21世纪高等职业教育创新型精品规划教材

出入境检验检疫报检实务

Provision Practice of Entry-exit Inspection and Quarantine Declaration

主　编　薛　军　王桂英　蔺　婧　张淑欣
副主编　赵晓光　邵凤柱　石　瑜　呼　晴
　　　　孙站稳　王继毅
主　审　张　哲　张援越

天津大学出版社
TIANJIN UNIVERSITY PRESS

内 容 提 要

本书共分5部分，计34章，系统地介绍了出入境检验检疫报检业务的操作程序及相关法规等内容。“基础知识”部分主要介绍了必备的报检一般规定；“报检实务”部分介绍了各种典型货物的报检范围、报检要求、随附单据等；“相关法律、法规”部分介绍了常用的、相关的法律法规；“现场”部分引入了大量的真实直观的报检和检验检疫单据；“习题”部分为各典型工作任务配有大量的练习题。

本书简单实用，书中配有“知识加油站”作为学生的课外参考资料，便于学生将课堂知识融汇贯通并予以延伸。“现场”部分均源于报检工作一线，学生可以通过单据感受工作现场。学生入门后可将此书作为工具书直接模拟实际操作。

本书以“新、实、全”为特色，既考虑了实际工作流程，又考虑了学生考取《报检员资格证》的需要；既可作为高职院校和应用型本科院校经贸专业及相关专业学生的教材，又可作为从业人员的参考用书及岗位培训教材。

图书在版编目(CIP)数据

出入境检验检疫报检实务/薛军等编. —天津：天津大学出版社，2010.1
21世纪高等职业教育创新型精品规划教材
ISBN 978-7-5618-3339-1

Ⅰ.①出… Ⅱ.①薛… Ⅲ.①国境检疫：卫生检疫－高等学校：技术学校－教材 Ⅳ.①R185.3

中国版本图书馆CIP数据核字(2010)第010097号

组稿编辑 赵宏志
责任编辑 常 红 周小明
装帧设计 谷英卉

出版发行 天津大学出版社
出 版 人 杨欢
地　　址 天津市卫津路92号天津大学内(邮编:300072)
电　　话 发行部:022-27403647 邮购部:022-27402742
网　　址 www.tjup.com
印　　刷 天津泰宇印务有限公司
经　　销 全国各地新华书店
开　　本 169 mm×239 mm
印　　张 19.5
字　　数 410千
版　　次 2010年1月第1版
印　　次 2010年1月第1次
印　　数 1－3 000
定　　价 38.00元

本书编委会

主　编　薛　军　王桂英　蔺　婧　张淑欣

副主编　赵晓光　邵凤柱　石　瑜　呼　晴

孙站稳　王继毅

参　编　刘庆珠　陈　鑫　程　惠　董　敬

胡静鑫

主　审　张　哲　张援越

序

作为政府的一个行政部门，出入境检验检疫局以保护国家整体利益和社会效益为衡量标准，以法律、行政法规、对外贸易合同规定和国际惯例为准则，对出入境货物、交通运输工具、人员及其事项等进行检验检疫、管理及认证。检验检疫工作是一项政策性、专业性和涉外性很强的工作，而报检公司、报检员是连接进出口企业与检验检疫部门的重要环节。因此，报检员必须熟练掌握与检验检疫相关的法律、法规、国际贸易等方面的知识。提高报检人员的素质，并使之具备与报检工作相适应的专业技能是当前外贸的需要。

在本书编写过程中，坚持针对性、实用性及可操作性相结合的原则，并体现重点突出、简练实用的风格，集要点学习、强化练习于一体，目的是为广大参加培训的学习者提供必要的指导和帮助。

张哲

2009 年 8 月

前 言

报检工作是一项政策性、专业性和涉外性很强的工作，是连接进出口企业与检验检疫部门工作的重要环节。中国入世以来，随着关税壁垒的减少，出入境检验检疫对促进对外贸易发展、减少贸易摩擦起到的作用日益凸显，报检工作愈发重要。

为了适应人才培养的需求，我们组织出入境检验检疫一线专家与高校教师共同编写了本教材。本教材的编写遵循职业教育"理论够用为主，重在培养学生动手能力"的宗旨，并在吸收借鉴已有教材的基础上，打破常规，将教材内容分为基础知识，报检实务，相关法律、法规和现场4部分。各部分内容既自成体系，又相互关联。这种体例编排不仅便于教师根据教学大纲对教学内容进行取舍，同时也便于学生的知识积累和温故知新。

本书在"工学结合"的基础上，具有如下特点。

新：在教材编写过程中，我们特别注意了时效性的问题，书中所引政策、制度、要求、单据等均为最新。

实："报检实务"部分从实际工做出发，介绍了各种典型货物的报检范围、报检要求、随附单据等，简单实用，学生入门后可将此部分作为工具用书直接模拟实际操作；书中配有"知识加油站"作为学生的课外参考资料，便于学生将课堂知识融汇贯通并予以延伸；"现场"部分均源于报检工作一线，学生可以通过单据感受工作现场。

全：本书既有学生入门所需的"基础知识"，报检实际工作一线所需的"报检实务"、"现场"；同时又有工作中依据的"相关法律、法规"；另外，第五部分还为前面各典型工作任务配有大量的练习题，充分考虑了学生考取《报检员资格证》的需要。

"新、实、全"的特点使本书既可作为高职院校和应用型本科院校经贸专业及相关专业学生的教材，又可作为从业人员的参考用书及岗位培训教材。

"一书在手，授课无忧"是本书一大亮点。为了帮助任课教师更好地备课，按照教学计划顺利完成教学任务，对选用本教材的授课教师提供一套包括教学大纲、授课计划、课程教案、优质课件、各阶段考试参考试卷等在内的完整的教学解决方案，从而为读者提供全方位的、细致周到的教学资源增值服务。

本书由天津出入境检验检疫局薛军、蔺婧，天津对外经济贸易职业学院王桂英，河北建材职业技术学院张淑欣任主编；天津出入境检验检疫局赵晓光、邵凤柱、石瑜，秦皇岛出入境检验检疫局呼晴，河北建材职业技术学院孙站稳，湖州职业技术学院王继毅任副主编；参加编写的还有天津对外经济贸易职业学院刘庆珠、陈鑫、程惠3位老师。

全书共分5部分，第一部分由王桂英、张淑欣、孙站稳、王继毅撰稿，第二部分由薛军、王桂英、蔺婧撰稿，第三部分由石瑜、呼晴撰稿，第四部分由赵晓光、邵凤柱撰稿，第五部分由刘庆珠、陈鑫、程惠撰稿，相关实际业务单证由天津大川国际货运代理有限公司董敬、卡尔加利（天津）金属制品有限公司胡静鑫提供。全书由王桂英总撰定稿，最终由天津出入境检验检疫局张哲、天津对外经济贸易职业学院张援越审核通过。

本教材在编写过程中，得到了天津出入境检验检疫局、秦皇岛出入境检验检疫局和行业专家、业内人士的大力支持，在此深表感谢！

对于本书疏漏及不当之处，欢迎有关各界能提出宝贵意见，以便再版时修正与增补。

（索取教师专用版光盘的联系电话：022－85977234。电子信箱：zhaohongzhi1958@126.com）

编　者

2010年1月

目　　录

第一部分　基础知识

第二部分　报检实务

第三部分　相关法律、法规

第四部分　现场

第五部分 习题

第一部分

基 础 知 识

1

中国出入境检验检疫知识

1.1 中国出入境检验检疫工作的产生与发展

出入境检验检疫是指作为政府行政部门的检验检疫部门和检验检疫机构为了确保人民的生命健康和生活环境安全，依照法律、行政法规和国际惯例等的要求，对出入境的货物、交通运输工具、人员及其事项等进行检验检疫、认证及签发官方检验检疫证明等监督管理工作，以保护国家整体利益和社会效益。

中国出入境检验检疫产生于19世纪后期，源自进出口商品检验、出入境动植物检疫和国境卫生检疫，迄今已有100多年的历史。

1.1.1 进出口商品检验

1864年（清同治三年），由英商劳合氏的保险代理人——上海仁记洋行代办水险和船舶检验、鉴定业务，这是中国第一个办理商品检验的机构。

1928年，国民政府工商部颁发了《商品出口检验暂行规则》。

1929年，国民政府工商部颁布了《商品检验局暂行章程》；同年，工商部上海商品检验局成立，这是中国第一家由国家设立的官方商品检验局。

1932年，国民政府行政院通过了《商品检验法》，这是中国商品检验最早的法律。

1989年2月21日，中华人民共和国第七届全国人大常委会第六次会议通过并公布了《中华人民共和国进出口商品检验法》（以下简称《商检法》）。

1992年10月，经国务院批准，国家商检局发布了《中华人民共和国进出口商品检验法实施条例》。

2002年4月28日，中华人民共和国第九届全国人大常委会第二十七次会议通过了《全国人民代表大会常务委员会关于修改〈中华人民共和国进出口商品检验法〉

的决定》。

2005 年 8 月 10 日，中华人民共和国国务院第一百零一次常务会议通过了最新修改的《中华人民共和国进出口商品检验法实施条例》。

1.1.2 出入境动植物检疫

1903 年，在中东铁路管理局建立的铁路兽医检疫处，对来自沙俄的各种肉类食品进行了检疫工作，这是中国最早的动植物检疫。

1927 年，在天津成立了“农工部毛革肉类检查所”，这是中国官方最早的动植物检疫机构。

1964 年 2 月，中华人民共和国国务院决定将动植物检疫从外贸部划归农业部领导，并于 1965 年在全国 27 个口岸设立了中华人民共和国动植物检疫所。

1991 年 10 月 30 日，中华人民共和国第七届全国人大常委会第二十二次会议通过并公布了《中华人民共和国进出境动植物检疫法》。

1.1.3 国境卫生检疫

1873 年，由于印度、泰国、马来半岛等地霍乱的流行并不断向海外广泛传播，上海、厦门海关设立了卫生检疫机构，订立了相应的检疫章程，这是中国出入境卫生检疫的雏形。

1957 年，中华人民共和国第一届全国人大常委会第八十八次会议通过了《中华人民共和国国境卫生检疫条例》，这是中华人民共和国成立以来颁布的第一部卫生检疫法规。

1986 年 12 月 2 日，中华人民共和国第六届全国人大常委会第十八次会议通过并公布了《中华人民共和国国境卫生检疫法》。

1.1.4 出入境检验检疫局的成立

1998 年 3 月，国家进出口商品检验局、国家动植物检疫局和国家卫生检疫局合并组建国家出入境检验检疫局，这就是统称的“三检合一”。合并后，国家出入境检验检疫局继承了原来“三检”机构的执法授权，使其职责更加明确，法律地位更加清晰，机构和人员更加精简、高效。

1999 年 8 月 10 日，全国各地 35 个直属检验检疫局同时挂牌成立。

1999 年 12 月，全国 278 个分支检验检疫机构陆续挂牌成立，出入境检验检疫事业全面进入新时期。

1.1.5 国家质量监督检验检疫总局的成立

2001 年 4 月，原国家出入境检验检疫局和国家质量技术监督局合并组建国家质量监督检验检疫总局（以下简称国家质检总局）。国家质检总局为国务院正部级直属机构。同时成立国家认证认可监督管理委员会（以下简称国家认监委）和国家标准化管理委员会，分别统一管理全国质量认证、认可和标准化工作。

国家质检总局成立后，原国家出入境检验检疫局设在各地的出入境检验检疫机构的管理体制及业务不变。

国家质检总局的成立转变了政府职能,适应了社会主义市场经济体制的需要,主要表现在:

(1)有利于制定统一的质量技术标准,防止和打击了质量违法行为;

(2)有利于引导企业提高产品和服务质量,保护了企业和消费者的合法权益;

(3)有利于充分发挥检验检疫和质量监督的整体优势,加强了质量监督和出入境检验检疫工作,把好了出入境检验检疫关;

(4)有利于我国在 WTO 规则内更好地开展国际经济合作和竞争。

1.2 中国出入境检验检疫概述

出入境检验检疫工作是国家出入境检验检疫机构依照国家检验检疫法律、法规,对出入境的商品(包括动植物产品)以及运载这些商品、动植物和旅客的交通工具、运输设备,分别实施检验、检疫、鉴定、监督管理和对出入境人员实施卫生检疫及口岸卫生监督的总称。

1.2.1 中国出入境检验检疫工作的主要目的和任务

依据国家有关法律、法规,出入境检验检疫工作的主要目的和任务如下。

(1)对进出口商品进行检验、鉴定和监督管理,加强进出口商品检验工作,规范进出口商品检验行为,维护社会公共利益和进出口贸易有关各方的合法权益,促进对外贸易的顺利发展。

(2)对出入境动植物及其产品,包括其运输工具、包装材料进行检疫和监督管理,防止危害动植物的病菌、害虫、杂草种子及其他有害生物由国外传入或由国内传出,保护我国农、林、牧、渔业生产和国际生态环境以及人类健康。

(3)对出入境人员、交通工具、运输设备以及可能传播检疫传染病的行李、货物、邮包等物品实施国境卫生检疫和口岸卫生监督,防止传染病由国外传入或由国内传出,以保护人类健康。

(4)出入境检验检疫机构按照 SPS/TBT 协议所建立的有关制度,在保护我国人民健康和安全以及我国动植物生命和健康的同时采取有效措施,以打破国外技术壁垒。

1.2.2 中国出入境检验检疫工作内容

依据国家有关法律、法规,出入境检验检疫工作的主要内容包括以下几部分。

1. 进出口商品检验

凡列入《出入境检验检疫机构实施检验检疫的进出境商品目录》(以下简称《目录》)的出入境商品和其他法律、法规规定必须检验的出入境商品,必须经过出入境检验检疫部门或其指定检验检疫机构的检验。规定入境商品应检验而未检验的,不准销售、使用;规定出境商品检验不合格的,不准出境。

知识加油站

检验检疫商品目录

2000年1月1日,当时的我国国家出入境检验检疫局与海关总署联合发布了2000年第一号公告,公布《出入境检验检疫机构实施检验检疫的进出境商品目录》(以下简称《目录》)并于当年2月1日起实行。这一检验检疫商品目录是在原国家进出口商品检验局制定的《进出口商品检验种类表》、原动植物检疫局制定的《进出境动植物检疫商品与HS目录对照表》、原卫生检疫局制定的《进口卫生监督检验食品与HS目录对照表》的基础上,进行合并、修订、调整而形成的现行法定检验检疫商品目录。

凡列入该《目录》的出入境商品,必须经出入境检验检疫机构实施检验检疫,海关凭出入境检验检疫机构签发的《入境货物通关单》或《出境货物通关单》验放。《目录》习惯上被称为法检商品种类表,是我国对须实施法定检验检疫的出入境商品种类、名称的最重要和详细的法律文件。根据国家利益的需要和贸易的变化,国家质检总局有权对《目录》的有关内容,如列入的商品名称和种类等进行增加或删减,并及时发布文告告知,使对外贸易关系人能够随时了解掌握。

该目录按照《商品名称及编码协调制度》对商品的分类、命名和编码方式进行编排。在2007年目录中共列入实施进出境检验检疫商品4 926个编码,其中,涉及出境检验检疫的商品共4 206个编码,涉及入境检验检疫的商品共3 561个编码。在出境商品中,列入实施出口商品检验的共2 260个,实施出境动植物、动植物产品检疫的共1 918个,实施出口食品卫生监督检验的共1 009个;在入境商品中,列入实施进口商品检验的共1 604个,实施入境动植物、动植物产品检疫的共1 928个,实施进口食品卫生监督检验的共1 248个,实施民用商品入境验证的共310个。

来源:商务部官方网站

《目录》由"商品编码"、"商品名称及备注"、"计量单位"、"海关监管条件"和"检验检疫类别"5个栏目组成。其中,"商品编码"、"商品名称及备注"和"计量单位"是以《商品名称及编码协调制度》为基础,依照海关通关业务系统《商品综合分类表》的商品编号、商品名称、商品备注和计量单位所编制。

《目录》中商品的"海关监管条件"为"A"表示须实施入境检验检疫,"海关监管条件"为"B"表示须实施出境检验检疫,"海关监管条件"为"D"表示海关与检验检疫联合监管。

《目录》中商品的"检验检疫类别"为"M"表示进口商品检验,"检验检疫类别"为

"N"表示出口商品检验;"检验检疫类别"为"P"表示入境动植物和动植物产品检疫,"检验检疫类别"为"Q"表示出境动植物和动植物产品检疫;"检验检疫类别"为"R"表示进口食品卫生监督检验,"检验检疫类别"为"S"表示出口食品卫生监督检验;"检验检疫类别"为"L"表示民用商品入境验证。

以"硬粒小麦(配额内)"为例,其对应的商品编码为10011000.10,计量单位为"千克","海关监管条件"A/B表示该商品在入境和出境时均须实施检验检疫,"检验检疫类别"M.P.R/Q.S表示该商品进口时应实施商品检验、植物产品检疫和食品卫生监督检验,出口时应实施植物产品检疫和食品卫生监督检验。

在该《目录》中有一项比较特殊的商品:成套设备。成套设备由于很难与编码一一对应,因此被列在《目录》的最后一项,而没有对应的商品编码,其"海关监管条件"是"A","检验检疫类别"是"M"。这表示进口的成套设备都是属于法定检验检疫的,不论其商品编码由几个组成,也不论其编码是否在《目录》内,均须实施商品检验。

2. 进口商品认证管理

国家对涉及人类健康和动植物健康以及环境保护和公共安全的产品实行强制性认证制度。

知识加油站

重要的质量认证机构

一、中国质量认证中心

中国质量认证中心(英文简称CQC)是国家质量监督检验检疫总局设立,由国家认监委统一管理和领导的专业认证机构。在全国设有11个分中心,33个评审中心,在韩国设有1个分中心,并拥有140多个签约试验室。CQC还是国际认证联盟(IQNet)和国际电工委员会电工产品合格与测试组织(IECEE)的正式成员。其主要业务有:CCC认证、CQC标志认证、体系认证、培训和其他增值服务。CQC以打造中国认证民族品牌、跻身国际知名认证机构为目标,并为中国认证事业的发展增光添彩。

二、方圆标志认证集团

方圆标志认证集团(英文简称CQM)是经国家工商部门批准,在原中国方圆标志认证委员会(成立于1991年)的基础上,于2004年改制重组成立的专业从事认证业务的企业集团。方圆标志认证集团目前在全国已建立了28家分公司、子公司和办事处。其主要业务有:体系认证、建筑材料CCC认证、CQM标志认证、培训等。

三、中国检验认证集团质量认证有限公司

中国检验认证(集团)有限公司(英文简称CCIC)是经国务院批准、国家工商总局注册,在原中国进出口商品检验总公司(成立于1980年)的基础上重组改制,于2003年组建成立的以"检验、鉴定、认证、测试"为主业的跨国检验认证机构,是国家工商总局登记成立的中国检验认证集团的母公司,以打造国际知名的检验认证民族品牌为己任。

中国检验认证集团质量认证有限公司(英文简称CCIC-CAS)是经国家认监委批准,在原中国进出口商品检验总公司质量认证中心的基础上投资设立的,是中国检验认证集团下属具有独立法人资格的第三方认证、培训机构。其主要认证业务有:玩具产品CCC认证、CCIC标志认证、体系认证、培训和其他增值服务。

四、国际标准化组织合格评定委员会(ISO/CASCO)

国际标准化组织(ISO)理事会为了协调各国认证工作的发展,促进各国认证制度之间的相互认可,减少国际贸易中的技术壁垒,于1970年成立了认证委员会(Committee on Certification,CERTICO)。随着其工作任务的发展,1985年改为合格评定委员会(Committee on Conformity Assessment,CASCO),它是国际标准化组织中专门从事合格认证、试验室认可、质量体系评定工作的机构。

五、国际电子元器件质量认证组织(IECQ)

国际电子元器件质量认证组织是经IEC授权建立的对电子元器件实行国际质量认证的国际认证组织,目的是保证经认证的电子元器件质量符合IEC有关规范的要求,以促进国际贸易活动的顺利进行。

IECQ有两个主要工作机构,其中认证管理委员会是其最高权力机构,检查协调委员会是监督质量评定程序规则并提出有关建议和决议的机构。

六、国际电工产品安全认证组织(IECEE)

国际电工产品安全认证组织是由IEC于1985年建立的关于电工产品安全认证的国际组织。

IECEE实施认证的电工产品有14大类:

(1)电线和电缆;

(2)作为元件的电器;

(3)电器开关及家用电器的自动控制装置;

(4)家用及类似用途的电器;

(5)安装附件及连接装置;

(6)照明;

(7)测量仪表;

(8)医疗用电器设备;

(9)信息技术及办公设备;

(10)低压大功率开关设备;

(11)安全保护设备;

(12)安全变压器及类似设备;

(13)可携式电动工具;

(14)电子娱乐设备。

七、欧洲标准化委员会的认证机构(CENCER)

1970年欧洲标准化委员会(CEN)开始实行符合其标准(EN)的合格认证制度,认证工作由下设的认证机构(CENCER)负责,对认证合格的产品发给CEN标志。CENCER标志制度的基础是各成员对颁发和维持相同合格标志的全部活动给予相互认可。CENCER标志制度是一种第三方认证制度,它包括型式试验、工厂质量管理的评定、定期监督、审查工厂质量管理以及从工厂和市场抽样检验。

八、欧洲电工标准化委员会(CENELEC)

1970年,在一些欧洲国家的要求下,欧洲电工标准化委员会同意建立一个欧洲电子元器件质量评定体系,并成立了电子元器件委员会(CECC),全面负责CECC体系工作。1973年1月1日,为了把欧洲共同体以外的国家包容进来,建立了欧洲电工技术标准化委员会,取代了欧洲电工协调委员会和CECC,制定了许多新规范并贯彻执行。通过协调电子元器件规范和质量评定程序,颁发国际认可的合格标志。按这些规定生产的电子元器件,成员国之间可以免检。

欧盟还制定了CE标志(Conformite Europeanne Mark),证明相关产品符合安全、卫生、环保和消费者保护要求的合格认证标志。只有当产品符合欧洲标准化委员会(CEN)、欧洲电讯标准协会(ETSI)和欧洲电工标准化委员会(CENELEC)制定的有关安全、卫生、环保、保护消费者的一系列有关标准规定时,方准加贴CE标志,能够在欧洲市场销售。

九、英国标准化协会(BSI)认证

英国标准化协会(BSI)是一个非官方的民间学术团体,成立于1901年。质量保证部QA是BSI四大组成部分(标准部、质量保证部、检验部、出口商技术服务部)之一。该部主要从事产品认证、体系认证、测试服务和代理服务四项工作。BSI是英国认证机构委员会(NACCB)认可的认证机构之一。BSI的产品认证有两种标志:风筝标志和安全标志。

十、美国石油学会(API)认证

美国石油学会(API)成立于1919年,它所制定的标准不仅包括金属器具、设备、管道,而且包括推荐程序、操作程序、海上安全和防止污染等。API根据其制定的标准,对石油产品实行质量标志使用许可证制度。

十一、UL安全认证

UL是英文企业名称Underwriters Laboratories Inc.的简称,中文译名为美国保险商试验所,也有的译为美国保险商试验室、美国保险商安全试验所等。UL创建于1894年,经过100多年的发展,UL已成为比较有权威的、世界上较大的从事安全试验和鉴定的非政府机构。UL是一个独立的、非盈利的、从事公共安全试验和认证的专业机构。

UL从事认证的产品主要是家用及商用的数百种电子、电气设备和器具，各种消防器材，各种建筑材料、塑料、防护用品，各种清洁液类的化工制品，医疗保健设备，健身器械，火险探测装置，防盗装置，报警系统，数据处理设备，各类燃烧装置、水上救生设备、船用卫生设施等。截至目前，经UL认证的产品已超过500大类，总计19 000多个品种。UL制定的安全标准是UL进行产品测试和安全认证的依据。目前，UL安全标准的影响已远远超出美国的国界，全世界约有90多个国家和地区开展了按UL安全标准进行测试和认证的工作。经过一定必要的程序，产品或商品被允许使用UL标志，是表明产品或商品符合UL安全标准要求的证明。

十二、CSA认证

CSA是加拿大标准协会(Canadian Standard Association)的简称，成立于1919年，总部设在多伦多市。CSA是加拿大最大的编制、起草标准和从事产品认证测试和检验的组织。CSA属于独立的、非盈利的民间机构，经过90来年的发展，CSA已在加拿大本土和世界近60个国家和地区建立了自己的服务网络。CSA的认证检验活动主要集中在下述8个领域的35种类型产品中，它们是：

(1)生态与环保；

(2)电气与电子；

(3)通信与信息系统；

(4)结构工程；

(5)能源工程；

(6)运输及分配系统；

(7)材料工艺；

(8)工商管理系统。

十三、TUV认证

TUV莱茵(TUV RHEINLAND)的中文译名为德国莱茵技术监督协会，成立于1872年，总部设在科隆。它依据德国的产品安全法和欧盟低压设备指令、DIN标准以及其他安全要求从事产品的检测认证，颁发证书和授权使用GS、CE标志。经德国劳动和社会事务部的认可，TUV RHEINLAND可对以下产品进行认证：家用器具、照明设备、办公设备、手动工具及器械、机械产品、元器件。

来源：商务部官方网站

自2003年5月1日起，列入《中华人民共和国实施强制性产品认证的产品目录》内的商品，必须经过指定的认证机构认证合格、取得指定认证机构颁发的认证证书，并加施认证标志后，方可进口。

3. 入境废物原料装运前检验

对国家允许作为原料进口的废物，实施装运前检验制度，防止境外有害废物向我国转运。收货人与发货人签订的废物原料进口合同中，必须注明所进口的废物原料须符合中国环境保护控制标准的要求，并约定由出入境检验检疫机构或国家质检总局认可的检验机构实施装运前检验，检验合格后方可装运。

4. 出口商品质量许可

国家对重要出口商品实行质量许可制度。出入境检验检疫部门单独或会同有关主管部门共同负责发放质量许可证的工作，未获得质量许可证书的商品不准出口。检验检疫部门已对机械、电子、轻工、机电、玩具、医疗器械、煤炭等类商品实施出口产品质量许可制度，国内生产企业或其他代理人均可向当地检验检疫机构申请出口质量许可证书，以便出入境检验检疫机构对实施质量许可制度的出口产品实行验证管理。

5. 食品卫生监督检验

进口食品（包括饮料、酒类、糖类）、食品添加剂、食品容器、包装材料、食品用工具及设备必须符合我国有关法律、法规的规定。申请人须向检验检疫机构申报并接受卫生监督检验。检验检疫机构对进口食品按食品危险性等级分类进行管理，依照国家卫生标准进行监督检验，检验合格的方准进口。

一切出口食品（包括各种供人食用、饮用的成品和原料以及按照传统习惯加入药物的食品）必须经过检验，未经检验或检验不合格的食品，不准出口。凡在中华人民共和国境内生产、加工、存储相应的出口食品，未经卫生注册或者登记的企业的出口食品，国家质检总局设在各地的检验检疫机构不予受理报验。出口食品生产企业需要办理国外卫生注册的，必须按照规定取得卫生注册证书或者卫生登记证书，依照《出口食品生产企业申请国外卫生注册管理办法》的有关要求，向所在地直属检验检疫局提出申请，由其向国家认监委申请推荐，国家认监委负责统一向进出口卫生主管当局推荐。未取得有关进口国批准或认可的食品，不得向该国出口。

6. 动植物检疫

检验检疫部门依法实施动植物检疫的有：出境、入境、过境的动植物；动植物产品和其他检疫物；装载动植物、动植物产品和其他检疫物的装载容器、包装物、铺垫材料；来自动植物疫区的运输工具，入境拆卸的废旧船舶；有关法律、行政法规、国际条约规定或者贸易合同约定应实施出入境动植物检疫的其他货物和物品。

检验检疫部门对入境动物、动物产品、植物种子、种苗及其他繁殖材料实行入境检疫许可制度，办理检疫审批。

对于出境动植物、动植物产品或其他检疫物，检验检疫机构对其生产、加工、存放过程实施检疫监管。

检验检疫部门对过境运输的动植物、动植物产品和其他检疫物实行检疫监管；对携带、邮寄入境的动植物、动植物产品和其他检疫物实行检疫监管。对来自疫区的运输工具,口岸检验检疫机构实施现场检疫和有关消毒处理。

7. 出境商品运输包装检验

对列入《目录》和其他法律、法规规定必须经检验检疫机构检验的出口商品的运输包装进行性能检验,未经检验或检验不合格的,不准用于盛装出口商品。对出口危险货物包装容器实行危包出口质量许可制度,危险货物包装容器须经检验检疫机构进行性能检验和使用鉴定后,方能生产使用。

8. 外商投资财产鉴定

各地检验检疫机构凭财产关系人或代理人及经济利益有关各方的申请或司法、仲裁、验资等机构的指定或委托,办理外商投资财产的鉴定工作。外商投资财产鉴定包括对商品的价值鉴定、损失鉴定,对商品的品种、质量和数量的鉴定等。

9. 货物装载和残损鉴定

用船舶和集装箱装运粮油食品、冷冻品等易腐食品出口的,应向口岸检验检疫机构申请检验船舱和集装箱,经检验装运技术条件合格并发给证书后,方准装运。

对外贸易关系人及仲裁、司法等机构对海运进口商品可向检疫机构申请办理监视、残损鉴定、监视卸载、海损鉴定、验残等残损鉴定工作。

10. 卫生检疫与处理

出入境检验检疫部门统一负责对出入境的人员、交通工具、集装箱、行李、货物、邮包等实施医学检查和卫生检查。检验检疫机构对未染有检疫传染病或者已实施卫生处理的交通工具,签发入境或者出境检疫证。

检验检疫机构对入境、出境人员实施传染病监测,有权要求入境人员填写健康申明卡,出示预防接种证书、健康证书或其他有关证件。

对于患有鼠疫、霍乱、黄热病的出入境人员,应实施隔离留验。

对于患有艾滋病、性病、麻风病、精神病、开放性肺结核的外国人,应阻止入境。

对于患有监测传染病的出入境人员,视情况分别采取留验、发就诊方便卡等措施。

检验检疫机构负责对国境口岸和停留在国境口岸的出入境交通工具的卫生状况实施卫生监督。监督内容包括监督和指导对啮齿动物、病媒昆虫的防除;检查和检验食品、饮用水及其存储、供应、运输设施;监督从事食品、饮用水供应的从业人员的健康状况;监督和检查垃圾、废水、污水、粪便、压舱水的处理。并可对卫生状况不良和可能引起传染病传播的因素采取必要措施。

检验检疫机构负责对发现患有检疫传染病、监测传染病、疑似检疫传染病的入境人员实施隔离、留验和就地诊验等医学措施。对来自疫区、被传染病污染、发现传染病媒介的出入境交通工具、集装箱、行李、货物、邮包等物品进行消毒、除鼠、除虫等卫生处理。

11. 涉外检验检疫鉴定审核程序

涉外检验检疫、鉴定、认证机构审核认可和监督涉外检验检疫、鉴定、认证机构审核认可和监督对于拟设立的中外合资、合作进出口商品检验、鉴定、认证公司由国家质检总局负责对其资格信誉、技术力量、装备设施及业务范围进行审查。合格后出具《外商投资检验公司资格审定意见书》,然后交由商务部批准。在工商行政管理部门办理登记手续领取营业执照后,再到国家质检总局办理《外商投资检验公司资格证书》,方可开展经营活动。

对从事进出口商品检验、鉴定、认证业务的中外合资、合作机构、公司及中资企业,经营活动实行统一监督管理。对于境内外检验鉴定认证公司设在各地的办事处实行备案管理。

12. 与外国和国际组织开展合作

检验检疫部门承担 WTO/TBT 协议和 SPS 协议咨询点业务;承担 UN、APEC 和 ASEM 等国际组织在标准与一致化和检验检疫领域的联络点工作;负责对外签订政府部门间的检验检疫合作协议、认证认可合作协议、检验检疫协议执行议定书等,并组织实施。

1.2.3 出入境检验检疫工作的重要性

出入境检验检疫在维护国家根本经济权益与安全的重要技术贸易壁垒措施和在保证中国对外贸易顺利进行和持续发展的需要等方面有着极其重要的意义。

1. 满足进口国的各种规定要求

世界各主权国家为了保证人民身体健康和消费者的安全以及保障工农业生产、基本建设、交通运输,都相继制定了有关食品、药品、化妆品和医疗器械的卫生法规,各种机电与电子设备、交通运输工具和涉及安全的消费品的安全法规,动植物及其产品的检疫法规和检疫传染病的卫生检疫法规。规定有关产品进口或携带、邮寄入境,都必须持有出口国官方检验检疫机构证明,符合相关安全、卫生与检疫法规标准的证书,甚至规定生产加工企业的质量与安全卫生保证体系必须经过出口国或进口国官方注册批准并使用法规要求的产品标签和合格标志,其产品才能取得市场准入资格。许多法规标准,已形成国际法规标准。

2. 利用非关税技术壁垒手段,以保证中国对外贸易顺利进行和持续发展

对进出口商品的官方检验检疫和监管认证是突破国外贸易技术壁垒和建立国家技术保护屏障的重要手段。中国检验检疫机构加强了对进口产品或我国生产加工企业的官方检验检疫与监管认证,突破了国外的贸易技术壁垒,取得了国外市场准入资格,保证了我国产品能在国外顺利通关入境。

中国检验检疫机构加强对进口产品的检验检疫和对相关的国外生产企业的注册登记与监督管理,是采用符合国外通行的技术贸易壁垒的做法,以合理的技术规范和措施保护国内产业和国家经济的顺利发展,保护消费者安全健康与合法权益,建立起维护国家根本利益的可靠屏障。

3. 促进提高中国产品质量,以增强国际市场的竞争能力

在当前,世界贸易竞争日益激烈,世界各国大都奖出限进,对进口商品加强限制,

消费者对商品质量要求也越来越高。出口商品如果质量差,必然会影响对外成交,卖不出去或卖不上好价;即使勉强推销出去,也会引起不良影响,遭致退货或索赔,甚至会丢失国外市场,使国家遭受经济损失和不良政治反映。为了维护国家经济利益和对外信誉,有必要对重要的出口商品实施强制性检验,以保证质量、规格、包装等符合进口国法规要求。

4. 保障国内生产安全与人民健康,以维护国家对外贸易的合法权益

随着对外贸易的发展,进口商品逐渐增多,如果不认真检验,不仅会遭受经济损失,还会严重影响生产建设和人民身体健康。进口商品的质量会存在以次充好、以旧顶新、以少冒多、掺杂使假等问题。所以有必要对进口商品的质量、规格、包装和数量等进行严格检验,把好进口商品质量关。

5. 为对外贸易各方提供公正权威凭证

在国际贸易中,对外贸易、运输、保险双方往往要求由官方或权威的非当事人,对进出口商品的质量、重量、包装、装运技术条件提供检验合格证明,作为出口商品交货、结算、计费、计税和进口商品的质量与残短索赔的有效凭证。中国检验检疫机构对进出口商品实施检验、提供的各种检验鉴定证明,就是为对外贸易有关方履行贸易、运输、保险契约和处理索赔争议,提供具有公正权威的必要证件。

综上所述,出入境检验检疫对保证国民经济的发展,消除国际贸易中的技术壁垒,维护国家权益和消费者利益等都有非常重要的作用。

随着改革开放的不断深入和对外贸易的不断发展,特别是中国加入世界贸易组织后,出入中国国境的人流、物流、货流范围之广、规模之大、数量之多是前所未有的,中国出入境检验检疫作为"国门卫士",将会继续发挥其不可替代的、越来越重要的作用。

2

报检单位与报检员

2.1　出入境检验检疫报检的概念及范围

我国出入境检验检疫的报检按照中华人民共和国国家出入境检验检疫局第16号令《出入境检验检疫报检规定》执行。

2.1.1　报检的概念

出入境检验检疫报检(以下简称报检)是指报检人依法向检验检疫机构申报检验检疫、办理相关手续、启动检验检疫流程的行为。

报检工作是由报检单位的报检员负责。报检单位是发生报检行为的主体,按其登记的性质,可分为自理报检单位和代理报检单位两种类型。报检员是指获得国家质检总局规定的执业资格,经检验检疫机构注册,负责办理出入境检验检疫报检业务的人员,报检员必须服务于某一个报检单位而不能独立其外。报检人是对履行出入境检验检疫报检/申报程序和手续并承担相应义务和法律责任的报检单位和报检员的统称。

2.1.2　报检的范围

凡是法定须进行检验检疫的进出口商品、出入境动植物及其产品和其他检疫物;装载动植物及其产品和其他检疫物的装载容器和包装物;来自动植物疫区的运输工具、出入境人员、交通工具、运输设备以及可能传播检疫传染病的行李、货物、邮包等都必须向检验检疫机构报检。

2.2 报检单位

依据我国《出入境检验检疫报检规定》，出入境检验检疫报检的单位分为两类：自理报检单位和代理报检单位。国家质检总局负责全国统一管理工作，各地直属检验检疫局负责所辖地区的组织实施工作。报检单位必须遵守出入境检验检疫有关报检规定，并接受检验机构监督管理。

2.2.1 自理报检单位

1. 概念

自理报检是指办理本单位检验检疫事项的行为。从事自理报检业务的单位称为自理报检单位。自理报检单位获取了国家质检总局颁发的《自理报检单位备案登记证明书》后，方可从事自理报检工作。

2. 自理报检单位的范围

近年来，我国与世界各国的政治、经济、文化、人员等方面的交流日益频繁，需要向检验检疫机构申报的单位和部门也在不断增加，自理报检单位主要包括：

(1)有进出口经营权的国内企业；

(2)进口货物的收货人或其代理人；

(3)出口货物的生产企业；

(4)出口货物运输包装及出口危险货物运输包装的生产企业；

(5)中外合资、中外合作、外商独资企业；

(6)国外(境外)企业、商社常驻中国代表机构；

(7)进出境动物隔离饲养和植物繁殖生产单位；

(8)进出境动植物产品的生产、加工、存储、运输单位；

(9)对进出境动植物、动植物产品、装载容器、包装物、交通运输工具等进行药剂熏蒸和消毒服务的单位；

(10)有进出境交换业务的科研单位；

(11)其他需报检的单位。

3. 自理报检单位的管理规定

依据《出入境检验检疫报检规定》的有关规定，国家对自理报检单位实行备案登记管理制度。凡纳入自理报检单位范围的单位，首次报检之前都应办理备案登记手续，取得登记代码，方可办理自理报检业务。

(1)自理报检单位备案登记申请人应首先向其工商注册所在地出入境检验检疫机构提交材料(或网上提交)，办理备案登记申请。

材料应齐备真实，主要包括：

①《自理报检单位备案登记申请表》；

②加盖企业公章的《企业法人营业执照》复印件，同时交验原件；

③加盖企业公章的《企业组织机构代码证》复印件，同时交验原件；

④有进出口经营权的企业须提供有关证明材料；

⑤检验检疫机构要求的其他有关证明材料。

(2)检验检疫机构受理申请，对申请人提供的资料进行审核。

(3)对审核通过的单位予以备案登记，并通知申请人携带单位公章印模及有效证件，领取《自理报检单位备案登记证明书》，取得登记代码。

(4)报检单位的组织机构、性质、业务范围、名称、法定代表人、法定地址及隶属关系等发生重大改变和变动的，应于15日内以书面形式向原报检备案登记的出入境检验检疫机构提出变更申请，并持《自理报检单位备案登记证明书》到发证机构办理变更手续。自理报检单位名称、地址、法定代表人更改的，重新颁发《自理报检单位备案登记证明书》。

(5)自理报检单位终止报检业务的，应于成立清算组织之日起15日内以书面形式向原报检备案登记的检验检疫机构办理注销报检备案登记手续。

(6)涉及备案登记有效期管理的，备案登记期满后，应重新申请备案登记。

对于违反以上规定的报检单位，原备案登记管理部门有权依照有关法律及规定取消其报检资格，停止其报检业务。

已经在报检单位工商注册所在地出入境检验检疫机构办理过备案登记手续的报检单位，去往其他口岸出入境检验检疫机构报检时，无须重新备案登记。只应按如下程序办理异地备案手续：

①报检单位如赴异地报检，须持《自理报检单位备案登记证明书》副本或复印件，填写异地备案登记表，明确表示已取得的唯一性代码，作异地备案申请工作；

②受理申请的异地出入境检验检疫机构将其数据存入当地数据库，并保留延用该单位已取得的唯一性代码。

4. 自理报检单位的权利和义务

1)权利

(1)根据检验检疫法律法规规定，依法办理出入境货物、人员、运输工具、动植物及其产品等及与其相关的报检/申报手续。

(2)在按有关规定办理报检，并提供抽样、检验检疫的各种条件后，有权要求检验检疫机构在国家质检总局统一规定的检验检疫期限内完成检验检疫工作，并出具证明文件。如因检验检疫工作人员玩忽职守造成入境货物超过索赔期而丧失索赔的或出境货物耽误装船结汇的，有权追究当事人责任。

(3)对检验检疫机构的检验检疫结果有异议的，有权在规定的期限内向原检验检疫机构或其上级检验检疫机构以至国家质检部门申请复验。

(4)在保密情况下提供有关商业及运输单据时，有权要求检验检疫机构及其工作人员予以保密。

(5)自理报检单位有权对检验检疫机构及其工作人员的违法、违纪行为进行控告、检举。

2)义务

(1)遵守国家有关法律法规和检验检疫规章,对所报检货物的质量负责,并接受出入境检验检疫机构的监督管理。

(2)遵守所属地管理原则,报检单位应在其工商注册所在地辖区的检验检疫机构办理备案登记手续。

(3)应按检验检疫要求选用若干名报检员,由报检员凭检验检疫机构核发的《报检员证》办理报检手续。自理报检单位应加强对本单位报检员的管理,并对报检员的报检行为承担法律责任。

(4)提供正确、齐全、合法、有效的证单,完整、准确、清楚地填制报检单,并在规定的时间和地点向检验检疫机构办理报检手续。

(5)在办理报检手续后,应按要求及时与检验检疫机构联系验货,协助检验检疫工作人员进行现场检验检疫、抽(采)样及检验检疫处理等事宜,并提供进行抽(采)样和检验检疫、鉴定等必要的工作条件。应落实检验检疫机构提出的检验检疫监管及有关要求。

(6)对已经检验检疫合格放行的出口货物应加强批次管理,不得错发、错运、漏发致使货证不符。对入境的法定检验货物,未经检验检疫或未经检验检疫机构的许可,不得销售、使用或拆卸、运递。

(7)申请检验检疫、鉴定工作时,应按规定缴纳检验检疫费。

2.2.2 代理报检单位

1.概念

代理报检是指经国家质检总局注册登记的境内企业法人(代理报检单位)依法接受进出口货物收、发货人的委托,为进出口货物收、发货人办理报检手续的行为。从事代理报检业务,并在工商行政管理部门注册登记的境内企业法人称为代理报检单位。

2.代理报检单位的管理规定

为了加强对代理报检单位的监督管理,规范代理报检行为,依据《出入境检验检疫代理报检管理规定》,申请从事代理报检业务的企业应向其所在地检验检疫机构办理注册登记手续,经各地直属检验检疫机构初审、国家质量监督检验检疫总局审核获得许可、登记,并取得国家质检总局颁发的《代理报检单位注册登记证书》后,方可在规定的区域内从事代理报检业务。各地检验检疫机构不受理未经注册登记的代理报检单位的代理报检业务。

代理报检单位的注册登记申请一般每年受理一至两次,每次的时间为1个月,具体受理申请时间由国家质检总局于申请开始前1个月对外公布。

1)注册登记时应具备的条件

(1)取得工商行政管理部门颁发的《企业法人营业执照》,该执照经营范围中应列明有代理报检或与之相关的经营权；

(2)注册资金在人民币150万元以上；

(3)有固定场所及符合办理检验检疫报检业务所需的条件；

(4)有健全的管理制度；

(5)有不少于10名经检验检疫机构考试合格并取得《报检员资格证》的人员,并与每个报检员签有合法的《劳动合同》,为每个报检员缴纳社会保险；

(6)国家质检总局规定的其他必备条件。

2)注册申请

(1)申请从事代理报检业务的代理报检单位应向其所在地辖区的直属检验检疫局提出申请并提交相关材料。

材料主要包括:

①填写《代理报检单位注册登记申请书》,并由企业法定代表人署名、加盖单位公章；

②提供上级主管部门批准成立的文件等,货运代理公司须提供交通主管部门的批准文件；

③工商行政管理部门颁发的《企业法人营业执照》,该执照经营范围中应列明有代理报检或与之相关的经营权,经验证后交付其复印件备案；

④《组织机构代码证》复印件,同时交验原件；

⑤拟聘报检员的《报检员资格证》复印件,同时交验原件；

⑥加盖有申请单位公章的《公司章程》复印件和最近一次《验资报告》复印件,同时交验原件；

⑦申请单位与其拟聘报检员签订的《劳动合同》复印件,同时交验原件,且复印件须加盖公章；

⑧《社会保险登记证》复印件,同时交验原件,以及由劳动和社会保障部门出具或确认的申请单位为每个报检员缴纳社会保险的证明文件；

⑨提交代理报检单位的保证书；

⑩提交报检时使用的申请单位印章印模及法人代表签名手迹备查；

⑪申请单位有关代理报检的管理制度的复印件；

⑫国家质检总局要求的其他材料。

(2)接受申请的直属检验检疫局对申请单位的申请进行初审。

(3)经直属检验检疫局初审后,符合条件的上报国家质检总局审核,经国家质检总局审核合格,颁发《代理报检单位注册登记证书》。

取得《代理报检单位注册登记证书》的代理报检单位,应在国家质检总局批准的区域内从事代理报检业务。代理报检单位所在地的直属检验检疫局对已注册登记的代理报检单位的代理报检行为实施监督管理。

3)年审

检验检疫机构对代理报验单位实行年度审核制度,要求代理报检单位在每年 3 月 31 日前向其所在地的检验检疫机构申请年度审核,并提交上一年度的《代理报检单位年审报告书》、《出入境检验检疫代理报检单位注册登记证书》复印件(同时交验正本)、《工商营业执照》复印件(同时交验正本),以及检验检疫机构要求提供的其他材料。

对于审核合格的,检验检疫局签发《代理报检单位年审合格通知书》。对于审核不合格的,报经国家质检总局批准同意后,取消其代理报检资格。对于有违反检验检疫法律法规情况的,按相关法律法规的规定处理。

办理注册不满一年的,本年度可不参加年审。未参加年审也未经直属检验检疫局同意延迟参加年审的单位,暂停其代理报检资格。

4)变更

代理报检单位遇有变更名称、地址、法定代表人、报检员、企业性质、经营范围及其他已在国家质检总局和直属检验检疫局登记内容的,均应在发生变更之日起 15 日内以书面形式报所在地直属检验检疫局。

3. 代理报检单位的权利和义务

1)权利

依据《出入境检验检疫代理报检管理规定》的有关规定,代理报检单位享有以下权利。

(1)代理报检单位须向国家质检总局申请注册登记,其报检员须经检验检疫机构培训、统一考试合格获得《报检员资格证》,并经所在地检验检疫机构注册取得《报检员证》。代理报检单位经准予注册登记后,可由其持有《报检员证》的报检员向检验检疫机构办理代理报检业务。

(2)除另有规定外,经国家质检总局准予注册登记的代理报检单位,允许代理委托人委托的出入境检验检疫报检业务。

(3)进口货物的收货人可以在报关地和收货地委托代理报检单位报检,出口货物发货人可以在发货地和报关地委托代理报检单位报检。

(4)对检验检疫机构的检验检疫结果有异议的,有权在规定的期限内向原检验检疫机构或其上级检验检疫机构以至国家质检部门申请复验。

(5)在保密情况下提供有关商业及运输单据时,有权要求检验检疫机构及其工作人员予以保密。

(6)代理报检单位有权对检验检疫机构及其工作人员的违法、违纪行为进行控告、检举。

(7)代理报检单位按有关规定代理报检业务,并提供抽样、检验检疫的各种条件后,有权要求检验检疫机构在国家质检总局统一规定的检验检疫期限内完成检验检疫工作,并出具证明文件。如因检验检疫工作人员玩忽职守造成损失或入境货物超过索赔期而丧失索赔权、出境货物耽误装船结汇的，有权追究当事人责任。

2）义务

依据《出入境检验检疫代理报检管理规定》的有关规定，代理报检单位应履行以下义务。

（1）代理报检单位在办理代理报检业务等事项时，必须遵守出入境检验检疫法律法规和《出入境检验检疫报检规定》，并对所报检货物的品名、规格、价格、数重量以及其他应报检的各项内容和提供的有关文件的真实性、合法性负责，承担相应的法律责任。

（2）代理报检单位从事代理报检业务时，必须提交委托人的《报检委托书》。《报检委托书》应载明委托人的名称、地址、法定代表人姓名（签字）、机构性质及经营范围，代理报检单位的名称、地址、联系人、联系电话、代理事项，以及双方责任、权利和代理期限等内容，并加盖双方的公章。

（3）代理报检单位应在检验检疫机构规定的期限、地点办理报检手续，办理报检时应按规定填写报检申请单，并提供检验检疫机构要求的必要证单；报检申请单应加盖代理报检单位的合法印章。

（4）国家质检部门鼓励代理报检单位以电子方式向检验检疫机构进行申报，但不得利用电子报检企业端软件开展远程电子预录入。

（5）代理报检单位应按报检地检验检疫机构的要求，切实履行代理报检职责，负责与委托人联系，协助检验检疫机构落实检验检疫时间、地点，配合检验检疫机构实施检验检疫，并提供必要的工作条件。对已完成检验检疫工作的，应及时领取检验检疫证单和通关证明。

（6）代理报检单位应积极配合检验检疫机构对其所代理报检的有关事宜进行调查和处理。

（7）代理报检单位对实施代理报检中所知悉的商业秘密负有保密义务。

（8）代理报检单位应按规定代委托人缴纳检验检疫费，在向委托人收取相关费用时应如实列明检验检疫机构收取的费用，并向委托人出示检验检疫机构出具的收费票据，不得借检验检疫机构名义向委托人收取额外费用。

3）必须遵守的其他规定

（1）代理报检单位不得出借其名义供他人办理代理报检业务。

（2）代理报检单位应按检验检疫机构的要求选用报检员，加强对报检员的管理，按照有关规定规范报检员的报检行为，并对报检员的报检行为承担法律责任；报检员不再从事报检工作或被解聘、或离开本单位的，代理报检单位应以书面形式通知检验检疫机构，办理收回和注销《报检员证》；否则，因此而产生的法律责任由代理报检单位承担。

（3）代理报检单位及其报检员在从事报检业务中有违反代理报检规定的，由出入境检验检疫机构视情况给予通报批评、警告、暂停其代理报检资格，直至上报国家质检总局取消其代理报检资格；违反有关法律法规的，按有关法律法规处理；涉嫌触犯刑律的，移交司法部门按照刑法的有关规定追究其刑事责任。

(4)代理报检单位与被代理人之间的法律关系适用于《中华人民共和国民法通则》的有关规定，并共同遵守出入境检验检疫法律法规；代理报检单位的代理报检，不免除被代理人或其他人根据合同和法律所承担的产品质量责任和其他责任。

(5)有伪造、变造、买卖或者盗窃出入境检验检疫证单、印章、标志、封识和质量认证标志行为的，除取消其代理报检注册登记及代理报检资格外，还应按照检验检疫相关法律法规的规定予以行政处罚；对情节严重、涉嫌构成犯罪的，移交司法部门对直接责任人依法追究刑事责任。

(6)代理报检单位及其报检员多人或多次违反法律法规及检验检疫规章的，暂停或取消其代理报检资格。

(7)代理报检单位因违反规定被出入境检验检疫机构暂停或取消其代理报检资格所发生的与委托人等关系人之间的财经纠纷，由代理报检单位自行负责。

2.3 报检员

依据《出入境检验检疫报检员管理规定》的有关规定，报检员是指获得国家质检总局规定的资格、在国家质检总局设在各地的检验检疫机构注册、办理报检业务的人员。

2.3.1 资格的取得

报检员是报检单位与检验检疫机构联系的桥梁，报检员素质的高低直接影响检验检疫工作的效率和质量，因此一个合格的报检员必须经过检验检疫机构的培训，掌握相关的法律法规、相应的基础知识和有关的工作程序与要求，做到依法办事，避免因其工作失误影响货物的正常进出口而导致企业不必要的经济损失，避免因其对检验检疫的法律法规不了解而产生的违法违规行为。

依据《出入境检验检疫报检员管理规定》的有关报检员资格的规定，报检员资格实行全国统一考试制度。报检单位或代理报检单位在向检验检疫机构进行备案或注册登记时指派的报检人员，须经国家质检总局统一考试合格取得《报检员资格证》，并在《报检员资格证》有效期内向其所在地辖区的检验检疫机构注册登记，取得出入境检验检疫《报检员证》后持证上岗，方可从事报检业务。

为加强对报检员的管理，检验检疫机构对报检业务实行报检员凭证报检制度。同时，报检单位对其指派的报检人员的报检行为负法律责任。因此，企业向检验检疫机构推荐报检员时必须选择具有良好的政治修养、较强的法律意识和工作责任心的人，其要求是：

(1)年满18周岁，具有完全民事行为能力，品行良好；

(2)具有高中或中等专业学校以上学历，有相关的英文水平和计算机应用能力；

(3)具有出入境检验检疫、国际贸易、运输、银行、保险、海关知识和商品学知识;

(4)具有知法、学法、懂法、守法的意识,能严格遵守出入境检验检疫法律法规,接受出入境检验检疫机构的培训和业务指导;

(5)了解出入境检验检疫法律法规,熟悉出入境检验检疫报检程序,能认真办理报检事项。

知识加油站

报检员考试简介

报检员资格全国统一考试是测试应试者从事报检工作必备业务知识水平和能力的专业资格考试,由国家质量监督检验检疫总局组织进行。该考试每年举行两次,分别为5月份及11月份,考试报名一般提前两个月。该考试自2003年开始实行全国统一考试,考试内容包括:检验检疫有关法律法规、报检业务基础、基础英语知识三部分内容。

来源:中国报检员考试网

报检员在接受检验检疫法律法规、相关知识的培训或自学后,经国家质检总局统一考试合格者,将取得《报检员资格证》(参见表2-1)。要成为正式报检员,应由其服务单位向所在地检验检疫机构申请,提交报检员注册申请书,经审核发给《报检员证》,获得《报检员证》者,方可从事报检工作,并应在报检时主动出示其《报检员证》。

2.3.2 报检员的管理

报检员在取得《报检员证》后即可从事报检工作,并同时接受检验检疫机构的监督和管理。

1. 一般规定

(1)出入境检验检疫机构负责对报检人员的培训、资格考试、考核、发证、管理等工作。

(2)《报检员证》的有效期为2年,期满之日前30天,报检员应向发证检验检疫机构提出延期申请,同时提交延期申请书。

(3)检验检疫机构结合日常报检工作记录对报检员进行审核。经审核合格的,其《报检员证》有效期延长2年。经审核不合格的,报检员应参加检验检疫机构组织的报检业务培训,经考试合格后,其《报检员证》有效期延长2年。未申请审核或经审核不合格且未通过培训考试的,不予延长其《报检员证》有效期。

(4)根据需要,对已取得报检员资格的人员进行不定期培训,以便传达有关出入境检验检疫新的规定、通告等信息。

(5)检验检疫机构对报检员的日常报检行为实施差错登记管理制度。

(6)报检员不再从事报检工作时,应以书面形式向原注册登记的检验检疫机构办理注销手续,同时交回《报检员证》,不能交回被终止的《报检员证》的,应办理登报作废手续。

(7)《报检员证》如有遗失,应在7日内办理登报作废手续,并向原发证的检验检疫机构申请补办。对在有效期内的,检验检疫机构予以补发,补发前报检员不得办理报检业务。

(8)报检员调往其他企业从事报检业务的,应持调入企业的证明文件,向发证检验检疫机构办理变更手续。调往异地从事报检业务的,应向调出地检验检疫机构办理注销手续,并持检验检疫机构签发的注销证明向调入企业所在地检验检疫机构重新办理注册手续。经核准的,检验检疫机构予以换发新的《报检员证》。

(9)《报检员证》是报检员办理报检业务的凭证,不得转借、涂改。

(10)报检员不得同时兼任两个或两个以上报检单位的报检工作。

对报检员在从事出入境报检活动中有逃避检验检疫或违反检验检疫有关规定行为的,检验检疫机构依照有关法律法规,追究报检单位及其相关报检员的法律责任。

表 2-1 《报检员资格证》与《报检员证》的比较

	《报检员资格证》	《报检员证》
有效期	2年	
延长期	不得延期	期满前1个月可申请2年
遗失	无	7天内登报声明,申请补办
变更		持调入企业的证明文件

2. 代理报检单位报检员的其他规定

(1)代理报检单位指派的报检员,只允许办理本代理报检单位所承揽的代理报检业务,不允许办理其他法人或组织代理的报检业务。

(2)代理报检单位指派的报检员,在出入境检验检疫机构从事报检事项属该代理报检单位的公务活动,并负有一切法律责任。

(3)注册登记的代理报检单位,如需撤销本代理报检单位已注册的报检员,应向原注册登记的出入境检验检疫机构办理书面注销手续,并交回被撤换人员的《报检员证》。

(4)对于代理报检单位的报检员,如有以下行为,坚决取消其代理报检资格,并注销其企业登记:

①违反国家质检总局有关代理报检规定的;

②不向企业如实反映检验检疫的收费标准,借代理报检名义向企业收取高额费用的;

③不能按照有关规定认真履行代理报检职责,被企业投诉经查实的;

④其他欺诈行为。

2.3.3 报检员的权利和义务

1. 报检员的权利

(1)对于入境货物,报检员在检验检疫机构规定的时间和地点办理报检,并提供抽样、检验的各种条件后,有权要求检验检疫机构在对外贸易合同约定的索赔期限内检验完毕,并出具证明。如果由于检验检疫工作人员玩忽职守造成货物超过索赔期而丧失索赔权的,报检员有权追究有关当事人的责任。

(2)对于出境货物,报检员在检验检疫机构规定的时间、地点和检疫机构办理报检,并提供必要工作条件,交纳检验检疫费后,有权要求在不延误装运的期限内检验完毕,并出具证明。如因检验检疫工作人员玩忽职守而耽误装船结汇的,报检员有权追究当事人的责任。

(3)报检员对出入境检验检疫机构的检验检疫结果有异议时,有权根据有关法律规定,向原机构或其上级机构申请复验。

(4)报检员如有正当理由撤销报检时,有权按有关规定办理撤检手续。

(5)报检员在保密情况下提供有关商业单据和运输单据时,有权要求检验检疫机构及其工作人员予以保密。

(6)对于出入境检验检疫机构的检验检疫工作人员滥用职权、徇私舞弊、伪造检验检疫结果的,报检员有权依法提出追究当事人的法律责任。

2. 报检员的义务

(1)报检员负责本企业的进出口货物申请报检事宜。

(2)报检员有义务向本企业的领导传达并解释出入境检验检疫有关法律法规、通告及管理办法。

(3)报检员须依法按规定向出入境检验检疫机构履行登记或报检所必需的程序和手续,做到报检的期限和地点符合出入境检验检疫机构的有关规定,申请证单填写正确、详细,随附证单齐全。

(4)报检员有义务向出入境检验检疫机构提供进行抽样和检验、检疫、鉴定等必要的工作条件,例如必要的工作场所、辅助劳动以及交通工具等。配合检验检疫机构为实施检验检疫而进行现场验(查)货、抽(采)样及检验检疫处理等事宜;并负责传达和落实检验检疫机构提出的检验检疫监管措施和其他有关要求。

(5)报检员有义务对经检验检疫机构检验合格放行的出口货物加强批次管理,不得错发、漏发致使货证不符。对入境的法定检验检疫货物,未经检验检疫或未经检验检疫机构的许可,不得销售、使用或拆卸、运递。

(6)报检员申请检验、检疫、鉴定工作时,应按规定缴纳检验检疫费。

(7)报检员必须严格遵守有关法律法规和有关行政法规的规定,不得擅自涂改、伪造或变造检验检疫证(单)。

(8)对于入境检疫物报检必须做到:经批准后提供隔离场所,办理检疫审批,配合检疫进程，了解检疫结果，适时做好除害处理，对不合格货物按检疫要求配合检验检疫机构作退运、销毁等处理。

(9)对出境检疫物报检必须做到：配合检验检疫机构，掌握输入国家（地区）必要的检疫规定等有关情况，进行必要的自检，提供有关产地检验资料，帮助检验检疫机构掌握产地疫情，了解检疫结果，领取证书。

(10)对入境不合格货物，应及时向出入境检验检疫机构通报情况，以便整理材料、证据对外索赔。对出境货物要搜集对方对货物的反映（尤其是有异议的货物），以便总结经验或及时采取对策，解决纠纷。

(11)报检员办理报检业务须出示《报检员证》，出入境检验检疫机构不受理无证报检业务。

3

报检的一般规定

3.1 出入境检验检疫工作环节

3.1.1 报检/申报

报检/申报是指申请人按照法律、法规或其他规章的规定向检验检疫机构报检并申报检验检疫工作的手续。

报检人应按检验检疫机构有关规定和要求提交相关资料。检验检疫机构工作人员审核报检人提交的报检单内容填写是否规范、完整,应附的单据资料是否齐全、符合规定,索赔或出运是否超过有效期等,审核无误的,方可受理报检。对报检人提交的材料不齐全或不符合有关规定的,检验检疫机构不予受理报检。

3.1.2 计费/收费

对已受理的报检,检验检疫机构工作人员按照《出入境检验检疫收费方法》的规定计费并收费。

3.1.3 抽样/采样

对须检验检疫并出具结果的出入境货物,施检人员须到现场抽取样品并采取样品。样品经检验检疫后重新封识,超过样品保存期后销毁。

3.1.4 检验检疫

检验检疫机构对已报检的出入境货物,按照国家强制性标准、国际惯例或合同、信用证的要求等相关检验依据进行检验检疫,以判定所检对象的各项指标是否合格。目前,检验检疫的方式包括全数检验、抽样检验、型式试验、过程检验、登记备案、符合性验证、符合性评估、合格保证和免于检验等9种。

知识加油站

商品检验检疫的依据

商品检验是对商品质量进行的检查、核实行为，是使用规定的科学检测手段，检查商品是否符合规格、标准的活动。商品检验必须依照标准或技术法规的规定方法和程序进行并判断合格与否。按照商检法实施条例的有关规定，检验检疫机构依据标准对进出口商品实施检验，其具体要求有以下3个方面。

（一）法律、行政法规规定有强制性标准或者其他必须执行的检验标准的，按照法律、行政法规规定的检验标准检验。

这类规定所涉及的进出口商品大都关系国家利益、人民健康安全、环境保护、社会公共利益等，我国及许多国家的政府部门为此制定了相应的法律、法规、技术标准，涉及到的进出口商品均按此规定进行检验，符合规定标准的准予进口或出口，不符合规定标准的不能进口或出口。执行这种标准检验是法律强制性的，与商业合同中是否规定无关。进出口食品卫生检验，出口危险货物包装容器安全检验，装运出口食品的船舱、集装箱的适载检验，药品检验，动植物检疫等都属于依据强制性标准进行检验的。

（二）法律、行政法规未规定有强制性标准或者其他必须执行的检验标准的，按照对外贸易合同约定的检验标准检验。凭样品成交的，应按照样品检验。

在对外贸易合同中制定的商品的品质、规格、检验方法是进行商品检验时的基本依据，也是贸易合同中必不可少的重要组成部分。在合同中明确凭样品成交和检验的，样品也是检验的依据。法律、行政法规规定的强制性标准或者其他必须执行的检验标准，低于对外贸易合同约定的检验标准时，按照合同中规定的检验标准检验。

（三）法律、行政法规未规定有强制性标准或者其他必须执行的检验标准，对外贸易合同又未约定检验标准或者约定检验标准不明确的，按照生产国标准、有关国际标准或者出入境检验检疫部门指定的标准检验。

来源：商务部官方网站

3.1.5 卫生除害处理

检验检疫机构对有关出入境货物、动植物、运输工具、交通工具等实施卫生除害处理。

3.1.6 签证放行

出境货物经检验检疫合格的，出具《出境货物通关单》作为海关核放货物的依据。买方要求出具检验检疫证书的，签发相关证书。经检验检疫不合格的，签发《出境货物不合格通知单》。

入境货物经检验检疫机构受理报检并进行了必要的卫生除害处理或检验检疫后,签发《入境货物通关单》作为海关核放货物的依据。货物通关后,经检验检疫机构检验检疫合格的,签发《入境货物检验检疫证明》作为销售、使用的凭证。检验检疫不合格的,签发《检验检疫处理通知书》。对外索赔的,签发检验检疫证书作为向有关方面索赔的依据。

3.2 入境货物报检的一般规定

3.2.1 入境货物的报检范围

根据检验检疫法律、行政法规的规定和目前我国对外贸易的实际情况,入境货物的报检范围一般包括以下 4 个方面:

(1)国家法律、行政法规规定必须由出入境检验检疫机构实施检验检疫的;

(2)对外贸易合同约定须凭检验检疫机构签发的证书进行交接、结算的;

(3)有关国际条约规定必须经检验检疫的;

(4)国际贸易关系人申请的其他检验检疫、鉴定工作。

3.2.2 入境货物检验检疫的工作程序

入境货物检验检疫的工作程序是报检后先放行通关,再进行检验检疫。

法定检验检疫的入境货物,在报关时必须提供报关地出入境检验检疫机构签发的《入境货物通关单》,海关凭报关地检验检疫机构签发的《入境货物通关单》验放。

(1)法定检验检疫货物在入境前或入境时,货主或其代理人首先向卸货口岸或到达站的检验检疫机构报检。

(2)报检人提供的单证材料齐全、符合要求的,检验检疫机构受理报检并计费/收费;对来自疫区的、可能传播检疫传染病、动植物疫情及可能夹带有害物质的入境货物的交通运输工具或运输包装物等实施必要的检疫、消毒、卫生除害处理后,签发《入境货物通关单》,供报检人办理海关的通关手续。

(3)货物通关后,货主或其代理人需在检验检疫机构规定的时间和地点到指定的检验检疫机构联系货物的检验检疫事宜,经检验检疫合格的,签发《入境货物检验检疫证明》,准予销售、使用;经检验检疫不合格的,签发《检验检疫处理通知书》,货主或其代理人应在检验检疫机构的监督下进行处理,无法进行处理或处理后仍不合格的,作退运或销毁处理。对外索赔的,签发检验检疫证书。

3.2.3 入境货物报检的方式

入境货物的报检方式通常分为 3 类:进境一般报检、进境流向报检、异地施检报检。申请进境一般报检的货物,其通关地与目的地通常在同一辖区内;申请进境流向报检和异地施检报检的货物,其通关地与目的地通常在不同辖区。

1. 进境一般报检

进境一般报检是指法定检验检疫入境货物的货主或其代理人持有关单证向卸货口岸检验检疫机构申请取得《入境货物通关单》(两联),并由口岸检验检疫机构完成对货物的检验检疫的报检方式。采取进境一般报检时,货主或其代理人在办理完通关手续后要及时主动与货物目的地检验检疫机构联系落实检验检疫工作。

2. 进境流向报检

进境流向报检也称口岸清关转异地进行检验检疫的报检,是指法定检验检疫货物的收货人或其代理人持有关单证在卸货口岸向口岸检验检疫机构报检的报检方式。入境口岸检验检疫机构只对其进行必要的检疫处理。货物获得《入境货物通关单》(四联)并通关后,由货主或其代理人将货物调往目的地,再由目的地检验检疫机构进行检验检疫监管。

3. 异地施检报检

异地施检报检是指已在口岸完成进境流向报检,货物到达目的地后,该批入境货物的货主或其代理人在规定的时间内,向目的地检验检疫机构申请进行检验检疫的报检方式。异地施检报检时,应提供口岸检验检疫机构签发的《入境货物调离通知单》。

知识加油站

关于《出境/入境货物通关单》的签发

入境货物在入境口岸实施检验检疫的,签发《入境货物通关单》(两联),应先在口岸放行;异地检验检疫的,签发《入境货物通关单》(四联)。在本地报关的出境货物经检验检疫合格后,签发《出境货物通关单》(两联)。正本由报检人持有,用于在海关办理通关手续。

来源:国家质量监督检验检疫总局门户网站

3.2.4 报检的时限和地点

1. 报检的时限

(1)输入微生物、人体组织、生物制品、血液及其制品或种畜、禽及其精液、胚胎、受精卵的,应在入境前30天报检;

(2)输入其他动物的,应在入境前15天报检;

(3)输入植物、种子、种苗及其他繁殖材料的,应在入境前7天报检;

(4)入境货物需对外索赔出证的,应在索赔有效期前不少于20天内向到货口岸或货物到达地的检验检疫机构报检。

2. 报检的地点

(1)对于审批、许可证等有关证件中规定检验检疫地点的,在规定的地点报检;

(2)对于大宗散装商品、易腐烂变质商品、废旧物品以及在卸货时发现包装破损、数重量短缺的商品,必须在卸货口岸检验检疫机构报检;

(3)对于需结合安装调试进行检验的成套设备、机电仪产品以及在口岸开件后难以恢复包装的商品,应在收货人所在地检验检疫机构报检并检验;

(4)对于其他入境货物,应在入境前或入境时向报关地检验检疫机构报检;

(5)对于入境的运输工具以及人员,应在入境前或入境时向入境口岸检验检疫机构申报。

对于符合直通式放行条件的企业,可以根据报关地的选择,在口岸检验检疫机构或者目的地检验检疫机构报检。

3.2.5 入境货物报检应提供的单据

(1)入境货物报检时,应填写《入境货物报检单》,并提供外贸合同、发票、提(运)单、装箱单等有关单证。按照检验检疫的要求,有关货物应提供其他特殊单证。

(2)《入境货物报检单》的填制要求:报检单所列各项内容应填写完整、准确、清晰、不得涂改,对无法填写的项目或无此内容的栏目,统一填写"＊＊＊"。中英文内容应一致,报检单位应填写单位的全称并加盖单位公章或已经向检验检疫机构备案的"报检专用章"。

①编号:由检验检疫机构报检受理人员填写,前6位为检验检疫机构代码,第7位为报检类代码,第8~9位为年代码,第10~15位为流水号。

②报检单位(加盖公章):填写报检单位的全称,并加盖报检单位公章或已向检验检疫机构备案的"报检专用章"。

③报检单位登记号:报检单位在检验检疫机构备案或注册登记的代码。

④联系人:报检人员姓名。电话:报检人员的联系电话。

⑤报检日期:检验检疫机构实际受理报检的日期,由检验检疫机构受理报检人员填写。

⑥收货人:外贸合同中的收货人,应中英文对照填写。

⑦发货人:外贸合同中的发货人。

⑧货物名称(中/外文):填写本批货物的品名及规格,应与进口合同、发票所列一致,如为废旧货物应注明。

⑨H.S编码:本批货物的10位数商品编码,以当年海关公布的商品税则编码分类为准。

⑩原产国(地区):该进口货物的生产/加工国家或地区。

⑪数/重量:应与合同、发票或报关单上所列的货物数/重量一致,并应注明数/重量单位。

⑫货物总值:入境货物的总值及币种,应与合同、发票或报关单上所列的货物总值一致。

⑬包装种类及数量:货物实际运输包装的种类及数量,应注明包装材质。

⑭运输工具名称号码:国际运输的运输工具的名称和号码。

⑮合同号:对外贸易合同、订单或形式发票的号码。

⑯贸易方式:该批货物进口的贸易方式。

⑰贸易国别(地区):进口货物的贸易国别(地区)。

⑱提单/运单号:货物海运提单号、空运单号或铁路运单号,有二程提单的应同时填写。

⑲到货日期:进口货物到达口岸的日期。

⑳启运国家(地区):填写本批货物的交通工具的启运国家或地区,若从中国境内保税区、出口加工区入境的,填写保税区、出口加工区。

㉑许可证/审批号:需办理入境许可证或审批的货物应填写相关的许可证号或审批号。

㉒卸毕日期:货物在口岸的卸毕日期。

㉓启运口岸:填写本批货物的交通工具的启运口岸,若从中国境内保税区、出口加工区入境的,填写保税区、出口加工区。

㉔入境口岸:填写本批货物的入境口岸。

㉕索赔有效期至:对外贸易合同中约定的索赔期限,特别要注明截止日期。

㉖经停口岸:货物在运输中曾经停靠的外国口岸。

㉗目的地:货物预定的最后到达的境内交货地。

㉘集装箱规格、数量及号码:货物若以集装箱运输,应填写集装箱的规格、数量及号码。

㉙合同订立的特殊条款以及其他要求:在合同中订立的有关质量、卫生等条款或报检单位对本批货物检验检疫的特殊要求。

㉚货物存放地点:货物存放的地点。

㉛用途:本批货物的实际用途。

㉜随附单据:按实际情况在随附单据种类前"□"上划"√"或补填。

㉝标记及号码:货物的标记号码,应与合同、发票等有关外贸单据保持一致,若没有标记号码则填"N/M"。

㉞外商投资财产:由检验检疫机构报检受理人员填写。

㉟签名:由负责本批货物报检的报检人员手签。

㊱检验检疫费:由检验检疫机构计费人员核定费用后填写。

㊲领取证单:报检人在领取检验检疫机构出具的有关检验检疫证单时填写实际领证日期并签名。

3.3 出境货物报检的一般规定

3.3.1 出境货物的报检范围

出境货物的报检范围包括：

(1)国家法律、行政法规规定必须由出入境检验检疫机构实施检验检疫的；

(2)对外贸易合同约定须凭检验检疫机构签发的证书进行交接、结算的；

(3)输入国家或地区规定必须凭检验检疫机构出具的证书方准入境的；

(4)有关国际条约规定必须经检验检疫的；

(5)申请签发一般原产地证明书、普惠制原产地证明书等原产地证明书的。

3.3.2 出境货物检验检疫的工作程序

出境货物检验检疫的工作程序是报检后先检验检疫，后放行通关。

对于法定检验检疫的出境货物，报关时必须提供出入境检验检疫机构签发的《出境货物通关单》，海关凭报关地出入境检验检疫机构出具的《出境货物通关单》验放。

(1)法定检验检疫的出境货物的发货人或其代理人在货物出境前向检验检疫机构报检，检验检疫机构受理报检和计收费后，转检验检疫部门实施检验检疫。

(2)对于产地和报关地属于同一辖区的出境货物，经检验检疫合格的出具《出境货物通关单》，供报检人在海关办理通关手续。对产地和报关地属不同辖区的出境货物，报检人应向产地检验检疫机构报检，产地检验检疫机构检验检疫合格后出具《出境货物换证凭单/条》，由报关地检验检疫机构核查货证后换发《出境货物通关单》。

(3)对于出境货物经检验检疫不合格的，出具《出境货物不合格通知单》。

3.3.3 出境货物报检的方式

出境货物的报检方式通常分为3类：出境一般报检、出境换证报检、出境预检报检。申请出境一般报检和出境换证报检的货物，其特点是生产完毕、包装完好、堆码整齐、相关单据齐全，已具备出口条件；申请出境预检报检的货物，其特点是暂不具备出口条件。

1. 出境一般报检

出境一般报检是指已具备出口条件的法定检验检疫出境货物的货主或其代理人，持有关单证向产地检验检疫机构申请检验检疫，以取得出境放行证明及其他证单的报检。

2. 出境换证报检

出境换证报检是指经产地检验检疫机构检验检疫合格的法定检验检疫出境货物的货主或其代理人，持产地检验检疫机构签发的《出境货物换证凭单/条》向报关地检验检疫机构申请换发《出境货物通关单》的报检。报关地检验检疫机构按照国家质检总局规定的抽查比例进行查验。

3. 出境预检报检

出境预检报检是指货主或其代理人持有关单证向产地检验检疫机构申请对暂时还不能出口的货物预先实施检验检疫的报检。预检报检的货物经检验检疫合格的，检验检疫机构签发《出境货物换证凭单/条》；正式出口时，货主或其代理人可在检验检疫有效期内持此单证向检验检疫机构申请办理放行手续。《出境货物换证凭单/条》的有效期以单据上标明的有效期为准。申请预检报检的货物须是经常出口的、非易燃易爆的、非易腐烂变质的商品。

3.3.4 报检的时限和地点

(1)出境货物最迟应在出口报关或装运前7天报检，对于个别检验检疫周期较长的货物，应留有相应的检验检疫时间；

(2)需隔离检验检疫的出境动物在出境前60天预报，隔离前7天报检；

(3)对于法定检验检疫货物，除活动物需由口岸检验检疫机构检验检疫外，原则上实施产地检验检疫。

3.3.5 报检时应提供的单据

(1)出境货物报检时，应填写《出境货物报检单》，并提供外贸合同或销售确认书或订单、信用证、有关函电，生产经营部门出具的厂检结果单原件、装箱单，检验检疫机构签发的《出境货物运输包装性能检验结果单》(原件)。

(2)对于凭样成交的，须提供样品。

(3)对于经预检的货物，在向检验检疫机构办理换证放行手续时，应提供该检验检疫机构签发的《出境货物换证凭单/条》(原件)。

(4)对于产地与报关地不一致的出境货物，在向报关地检验检疫机构申请《出境货物通关单》时，应提交产地检验检疫机构签发的《出境货物换证凭单》(原件)或《出境货物换证凭条》。

(5)出口危险货物时，必须提供《出境货物运输包装性能检验结果单》(原件)和《出境危险货物运输包装使用鉴定结果单》(原件)。

(6)对于预检报检的，还应提供货物生产企业与出口经营企业签订的贸易合同。尚无合同的，须在报检单上注明检验检疫的项目和要求。

(7)按照检验检疫的要求，提供其他相关特殊单证。

知识加油站

表述商品品质的商业文件

一、合同(Contract)

合同或称合约，是对约定各方具有法律约束力的文件。合同一经签订，签约各方必须严格按照合同约定的内容,履行自己的权利和义务。违反合同约定的一方,应承担违约赔偿的责任或承担相应的法律责任。

合同中有关商品品质和检验的规定,诸如质量、规格、包装、数量、重量、装运条件、检验、索赔等条款,合同当事人必须遵照执行,也是第三方检验机构进行检验、鉴定的基本依据。一般来说,列入目录的进出口商品,按照国家技术规范的强制性要求进行检验。尚未制定国家技术范围的强制性要求的,在未制定之前,可以参照国家商检部门制定的国外有关标准进行检验。可以说,商业合同是表述该合同项且下商品品质的最重要的文件,是执行检验、鉴定工作的基本文件。买卖双方在签订合约时,一定要详细列明商品品质和检验要求,以利检验工作正常进行,保证货物顺利交接。

二、信用证(Letter of Credit)

信用证是开证银行根据申请人的要求和指示,向受益人开立的有一定金额的、在一定期限内凭规定的单据在指定地点支付(即付款、承兑或预付汇票)的书面保证,是国际贸易的一种支付方式。按照国际贸易习惯,信用证虽然是以买卖合同为基础,但它并不依附于买卖合同,而是独立于买卖合同之外的银行信用凭证。

从法律的角度来说,合同与信用证是两个独立的契约文件。对于银行来说,它只有依照申请人的要求和指示,并以申请书为根据正确开出信用证的责任,而不负责其开出的信用证必须与贸易合同相符的义务。因此,合同对银行并无约束力。

但是,买卖双方的贸易关系是通过贸易合同而建立起来的。以信用证为结算方式的贸易合同要求买方不但要按时开出信用证,而且还要求信用证的各项条款与合同的规定相符。否则卖方便无法按照信用证的规定执行,或者虽然按照信用证的规定办理,也可能会使卖方遭受经济损失,从而使合同中确立的买卖双方的权利和义务无法得以实现。

因此,对买卖双方来说,它又要求信用证的内容与合同相符。对于检验机构来说,合同和信用证都是检验、鉴定的依据。因此,合同与信用证中规定的质量、包装、数量、重量、检验条件等内容应相同。如果信用证所列的质量、数量、重量等条件与合同不一致,高于或者多于合同规定的条件,应提醒卖方要求修改信用证,如果卖方不提出异议,检验时则以信用证规定的条件作为依据,以便安全迅速结汇。

三、运输单证

1. 海运提单(Bill of Landing)

提单是货物的承运人及其代理人收到货物之后,签发给托运人的凭证,也是货物所有权的凭证。从法律的观点来看,提单具有3种功能:第一,是承运人收到货物的证明,也是在卸货港提货的凭证;第二,是证明承运人与托运人之间已签订运输契约,并证明相互间的权利义务的文件;第三,是一种物权凭证,确定货物的所有权。提单中关于货物的记载事项,具有证明效用。海商法规定了任何提单都必须记载的

内容,主要有以下3项:

(1)凭证的名称及主要标志;

(2)包装的件数和货物的重量;

(3)货物的表面状况是否良好,如果包装和表面状况有异常,应加批注(承运人在装运港接货和到达目的港办理交接时,应及时检验清楚,以分清责任)。

关于货物的表面状况,如承运人在接货时表面包装完好,交货时发现异状,理货部门就要签发《残损单》,承运人就要负责;如果承运人在接货时发现货物件数不清不符、货物包装有异状,就要在提单上批注。凡经承运人加批注的提单称为"不清洁"提单,银行就要拒付货款;未加批注的提单称为"清洁"提单,银行接收作为付款的依据之一。

2. 国际铁路联运运单(Railway B/L)

国际铁路联运是使用一份统一规定的国际联运运单,由铁路负责,经过两个或两个以上国家的铁路全程运送,发货人不须参加办理交接手续。铁路运输的单据称为"运单",统一格式的运单有许多项目,分别由发货人和铁路部门各自填写有关项目,铁路部门验收货物后,在运单上加盖戳记,承运后,就成为运输合同。发货人在运单上必须填写货物的名称、数量、包装、发货站、经由铁路、国境站、到达站、发货人、收货人等。

为了履行海关手续和其他规章,发货人还必须将货物的明细单、商检证书、检疫证明等需要加附的证明文件附在运单上。如果发货人未能履行规定,未附加文件,铁路部门可能拒绝承运货物,但铁路部门无义务检查发货人所附在运单上的文件是否正确和齐全。如果发货人没有将必须加附的文件附在运单上,或加附的文件内容不正确而发生后果的,发货人应向铁路部门负责。运单上记载的事项,在法律上有证据作用。如,发货人应对运单上填写的内容和声明事项的正确性负责;发货人填写的内容和声明事项不正确或未按规定填写造成后果的,应由发货人负责。

运单随同货物从发运站经国境站,到国外的到达站全程附送,最后由铁路部门将货物和运单交付收货人。运单是铁路承运货物的凭证,货物如有损失,发货人据以向铁路部门提出索赔。国际铁路联运的货物,买卖双方的风险转移,以出口国内发运站办妥托运手续,取得凭证作为划分界限。运单上填写的到达站为进口国的内地到达站,称为"一票直达运输"。根据规定,发货人和收货人有权变更收货人的到达站,但须向铁路部门办理变更手续。变更后,铁路仍继续负责全程运输。这种变更实际上是变更了运输合同,铁路部门要按照变更后的到达站组织运送,向收货人交付货物和运单后,运输责任才算终止。

3. 航空运输运单(Airway Bill,AWB)

航空运输的单据称为空运单。空运单应载明启运地和目的地、经停地点,发货人和收货人的姓名、地址,货物的名称、件数,货物的包装、重量和体积尺码。托运人应对填写在空运单上的有关内容的正确性负责。如因托运人填写不实或有遗漏,使承运人受到损失,托运人应负责给予赔偿。空运单是承运部门接受货物、承运货物的运输合同,是关于货物的包装、数量、重量、尺码的证据。但对有关货物的数量、体积或货物表面状况的声明,并不构成对承运人的证据,除非承运人已当场进行核对,并将这些情况在空运单上注册。

4. 邮政运输单据

寄运人需按照邮局的有关规定填写包裹单,将货物交给邮局,付清邮资,取得收单。邮包收据是证明邮局收到邮运货物的收据。邮政包裹发递单需载明寄件人的姓名、地址,收货人的姓名、地址以及货物的名称、重量和交货日期。寄件人在包裹上和包裹发递单上所填写的寄件人和收货人姓名、地址及其他应填明的事项都应一致,如有差异,以填写在包裹上的为准。

根据规定,各国邮政部门自收到寄件人的邮包之日起,直到寄送他国邮政部门,并将邮包投递或交付给收件人时止,对邮包遗失、被窃或损坏都应负赔偿责任。

寄件人还须随同包裹发递单附寄原寄国内及寄达国内办理海关手续所必须的各类文件,如进口/出口许可证、卫生证、检验证、货物产地证、发票等。

5. 运输、卸货的各种事故责任的证明

货物在运输途中,中转港换船、中转地换机、国境站换车、到达港站卸货交接时,对发生的货差、货损等情况的各种记录,是发生货差、货损和区别责任的证明。如海运方面的有经理货部门和承运人签字确认的《货物残损单》;铁路方面的有铁路部门编制的或在国境站货物交接换车时,由两国铁路货运人员共同签字编制的《商务事故记录》;邮局的《包裹被窃、损坏、重量短少记录单》,应尽可能由收件人会签。

上述这些运输、卸货、交接的单据和记录证明,有的是证明承运人交货与提单(运单)记载的件数和货物的表面状况不相符合的依据,有的则是作为向承运人索赔的证据。如卸货交接事故记录的整件短卸部分,可凭记录向承运人索赔。同时,各种卸货记录又是分别原残(指卸货前已存在的原有残损)和工残(指装卸部门的责任)的重要依据。

此外,尚有《海事声明》、《海事报告》等多种单据,都是检验、鉴定的重要依据。

四、其他单证

1. 商业发票

商业发票是出口商给进口商开列的出口货物清单,它主要用于进出口报关完税和记账。由于商业发票内记载有货物的名称、数量、规格等内容,不仅是银行在结汇时审核其他单证是否与其一致的主要单据,而且也是买卖双方交接货物的主要单证之一,同时也是检验、鉴定货物的名称、数量、规格等是否符合的重要依据之一。

2. 装箱单(包装单)

装箱单是出口商编制的记载一批货物每一件包装内容的清单,证明发票所列货物的明细包装情况，实际上是发票内容的评述和补充，不仅便于买方在货物到达目的港（站）后验收货物，而且也是检验、鉴定机构核对数量的依据。

3. 重量单（磅码单）

重量单（磅码单）是卖方编制的一种单据，详细记载各种毛重、皮重、净重，是发票内容的评述与补充，可供买方和有关部门检验、核对货物重量之用。

来源：商务部官方网站

（8）《出境货物报检单》的填制要求：报检单位应加盖公章或已经向检验检疫机构备案的“报检专用章”，并准备填写本单位在检验检疫机构备案或注册登记的代码，所列各项内容应填写完整、准确、清晰，不得涂改。对无法填写的栏目或无此内容的栏目，统一填写“＊＊＊”。

①编号：由检验检疫机构报检受理人员填写，前6位为检验检疫机构代码，第7位为报检类代码，第8~9位为年代码，第10~15位为流水号。

②报检单位（加盖公章）：填写报检单位的全称，并加盖报检单位公章或已向检验检疫机构备案的“报检专用章”。

③报检单位登记号：报检单位在检验检疫机构备案或注册登记的代码。

④联系人：报检人员姓名。电话：报检人员的联系电话。

⑤报检日期：检验检疫机构实际受理报检的日期，由检验检疫机构受理报检人员填写。

⑥发货人：按不同情况填写。预检报检的，可填写生产单位；出口报检的，应填写外贸合同中的卖方或信用证受益人。

⑦收货人：按合同、信用证中所列买方名称填写。

⑧货物名称：按合同、信用证上所列名称及规格填写。

⑨H. S编码：按《协调商品名称及编码制度》中所列编码填写，以当年海关公布的商品税则编码分类为准。

⑩产地：指本批货物的生产/加工地，填写省、市、县名。

⑪数/重量：按实际申请检验检疫数/重量填写，重量还应该写毛/净重及皮重。

⑫货物总值：按合同或发票所列货物总值填写，需注明币种。

⑬包装种类及数量：填写本批货物实际运输包装的种类及数量，并应注明包装材质。

⑭运输工具名称号码：装运本批货物的运输工具的名称和号码。

⑮合同号：根据对外贸易合同填写，或填订单、形式发票的号码。

⑯信用证号：本批货物对应的信用证编号。

⑰贸易方式：该批货物出口的贸易方式。

⑱货物存放地点：注明具体地点、厂库。

⑲发货日期：填写出口装运日期，预检报检可不填。

⑳输往国家和地区：指外贸合同中买方所在国家和地区，或合同注明的最终输往

国家和地区。出口到中国境内保税区、出口加工区的，填写保税区、出口加工区。

㉑许可证/审批号：须办理出境许可证或审批的货物应填写相关的许可证号或审批号。

㉒生产单位注册号：指生产、加工本批货物的单位在检验检疫机构注册登记的编号，如卫生注册登记号等。

㉓启运地：本批货物离境的口岸/城市地区名称。

㉔到达口岸：货物抵达目的地入境口岸名称。

㉕集装箱规格、数量及号码：货物若以集装箱运输应填写集装箱的规格、数量及号码。

㉖合同订立的特殊条款以及其他要求：填写在外贸合同、信用证中特别订立的有关质量、卫生等条款或报检单位对本批货物检验检疫的特殊要求。

㉗标记号码：货物的标记号码，应与合同、发票等有关外贸单据保持一致。若没有标记号码则填“N/M”。

㉘用途：本批货物的实际用途。

㉙随附单据：按实际情况在随附单据种类前“□”上划“√”或补填。

㉚需要证单名称：根据所需由检验检疫机构出具的证单，在对应“□”上划“√”或补填，并注明所需正副本的数量。

㉛报检人郑重声明：由负责本批货物报检的报检人员手签。

㉜检验检疫费：由检验检疫机构计费人员核定费用后填写。

㉝领取证单：报检人在领取检验检疫机构出具的有关检验检疫证单时填写实际领证日期并签名。

知识加油站

关于未列入《出入境检验检疫机构实施检验检疫的进出境商品目录》的出入境货物检验检疫通关放行问题

根据《关于启用检验检疫出入境货物通关单的通知》(国检法联[1999]397号)，自2000年1月1日起，出入境检验检疫与海关建立新的检验检疫货物通关制度。《出入境检验检疫机构实施检验检疫的进出境商品目录》(以下简称《目录》)之外的出入境货物检验检疫通关放行规定如下。

(一)对进口可再利用的废物原料，海关不再加验原商检机构签发的《检验情况通知单》，一律凭检验检疫机构签发的《入境货物通关单》验放。各地检验检疫机构在签发《入境货物通关单》时，在备注栏注明“上述货物经初步查验，未发现不符合环境保护要求的物质。”

(二)对进口旧机电产品，海关不再加验原商检机构签发的《旧机电产品进口备案书》,一律凭检验检疫机构签发的《入境货物通关单》验放。各地检验检疫机构在签发《入境货物通关单》时,在备注栏注明“旧机电产品进口备案”的字样以及《配额产品证明》编号、《进口许可证》编号或《机电产品进口证明》编号或《机电产品进口登记表》编号。

(三)对出口纺织品标识查验,海关不再加验原商检机构签发的《出口纺织品标识查验放行单》,一律凭检验检疫机构签发的《出境货物通关单》验放。各地检验检疫机构在签发《出境货物通关单》时,在备注栏注明“纺织品标识查验合格”。

(四)对输往美国、加拿大带有木质包装的货物,海关不再加验原动植检机关签发的《熏蒸/消毒证书》,一律凭检验检疫机构签发的《出境货物通关单》验放。

(五)对美国或日本输往我国的、不属于《目录》内的非木质包装货物,海关可凭检验检疫机构签发的《入境货物通关单》或在报关单上加盖检验检疫专用章验放。

(六)进口货物发生短少、残损或其他质量问题而应对外索赔时,其赔付货物的入境,海关凭检验检疫机构签发的《入境货物通关单》和用于索赔的检验证书副本验放。

(七)对尸体、棺柩、骸骨、骨灰等的入出境,按照《关于遗体运输入出境事宜有关问题的通知》(民事法[1998]11 号)办理,海关凭检验检疫机构签发的《尸体/棺柩/骸骨/骨灰入/出境许可证》验放。

(八)除上述情况外,其他未列入《目录》的,但国家有关法律、法规明确规定由检验检疫机构负责检验检疫的货物和特殊物品,海关一律凭检验检疫机构签发的《入境货物通关单》或《出境货物通关单》验放。

来源:国家质量监督检验检疫总局门户网站

4 出入境动植物检疫

4.1 动植物检疫的性质

动植物检疫是遵照国家法律运用强制性手段和技术方法预防或阻断动植物疫病的发生以及从一个地区到另一个地区的传播。

检疫具有两个基本属性。其一为法律的强制性:动植物检疫机构是通过执法制止危险性的有害生物传播、蔓延。检疫执法离不开对有害生物进行鉴定、消毒灭菌、杀虫等科学技术的应用。其二为预防性:动植物检疫主要是预防外来危害严重、在国内未发生(或分布未广)而可能人为传播的疫情。由于防治困难,检疫采取强制执行的特殊预防手段。检疫工作应有预见,应引用新的技术,对疫情进行监测,对有害生物的危险性进行评估和分析,以做到"御疫病于国门之外"。

4.2 动植物检疫的目的

动植物检疫有3个目的。一是保护农、林、牧、渔业生产。农、林、牧、渔业生产在世界各国国民经济中占有非常重要的地位,采取一切有效的措施免受国内外重大疫情的危害,是每个国家对动植物检疫的重大任务。二是促进经济贸易的发展。当前国际间动植物及动植物产品贸易的成交与否,关键在于是否具有优质的动植物及动植物产品。三是保护人民身体健康。动植物及动植物产品与人民的生活密切相关,许多疫病是人畜共患、人禽共患的传染病。2005年的禽流感(真性鸡瘟)风波危害严重的主要原因是人类可以通过接触病禽等方式感染疫病并危害到自身健康。所以说动植物检疫对保护人民身体健康具有非常重要的意义。

知识加油站

风险评估

对于进出口的货物判定是否符合国家技术范围的强制性要求的合格评定活动，包括：抽样、检验和检查；评估、验证和合格保证等。其中，评估也是合格评定活动的方式之一。关于风险评估，它涉及到各个行业的风险评估，而我们侧重讨论的是进出口货物中存在的涉及保护人类健康和安全、保护动植物的生命和健康、环保、防止欺诈行为，维护国家安全的风险评估。

风险评估法律的地位是国际上农产品质量安全立法的立法趋势。世界贸易组织(WTO)、《卫生与植物卫生措施协议》(SPS)以及《技术性贸易壁垒协议》(TBT)均赋予风险评估贸易争端仲裁地位。《欧盟新食品法》明确构建欧盟风险分析框架。日本等国近几年颁布的有关管理法律中都明确强调农产品质量安全管理必须基于风险评估等。我国检验检疫部门也越来越重视风险评估地位，正在重点研究食品安全和出入境检验检疫风险评估、污染物溯源、安全标准制定、有效监测检测等关键技术，开发食物污染防控智能化技术和高通量检验检疫安全监控技术。

风险评估必须从事实认定来源，检验检疫部门下属机构每天接触到的进出口商品的检验检疫结果为风险评估积累了大量的数据。在此基础上，通过科学的评估手段及结论鉴定方法，得出风险评估结论，从而实现管理从感性决策到理性决策的转变，最终提高进出口商品的质量安全水平。

为了有效控制不合格产品以及有病虫害的动植物产品入境，检验检疫部门设立了入境动植物及其产品的检疫审批制度，对于国际上的疫病疫情情况随时发出预警公告，把这些产品拒在国门之外。针对出口食品中出现的质量问题，国家质检总局及时发出加强出口食品检验的通知，正在着力建立出口食品、农产品风险分析评估工作机制，从出口产品、生产体系、土壤、水质、农药和生产环境等方面，对疫病疫情、农残兽残、有害微生物、重金属、食品添加剂、加工工艺等逐一进行风险描述和分析评估，并采取了出口食品加贴检验检疫标签的措施；针对进口食品出现添加剂问题，国家质检总局及时把124种食品添加剂列入法定检验目录中，严加把关。

国家质检总局在风险评估的基础上，及时调整部分商品的检验检疫监管措施，都收到非常明显的成效。尤其加强了动植物产品和食品的风险分析和风险评估，严把进口检疫关，切实防止境外有害生物通过货物、包装或运输工具传入我国。每年，质检部门都能从出入境动植物及其产品的检疫中，查出大量动植物疫情。在入境植物检疫中，能够截获有害生物上千种，保障了我国人民的身体健康和国家经济安全。

来源：商务部官方网站

4.3 动植物检疫的主要环节

4.3.1 检疫审批

依据《中华人民共和国动植物检疫法》第十条规定，输入动物、动物产品、植物种子、种苗及其他繁殖材料的，必须事先提出申请，办理检疫审批手续。因此，进口商在签订进口动物、动物产品的外贸合同时应注意以下几点。

首先，在签订外贸合同前，应到直属检验检疫局申请办理检疫审批手续。直属检验检疫局初审合格后，将初审意见连同全部申请材料报送国家质检总局。取得国家质检总局准许入境的《中华人民共和国进境动植物检疫许可证》后，再签外贸合同。

其次，应在合同或者协议中注明中国法定的检疫要求，并注明必须附有输出国或者地区政府动植物检疫机关出具的检疫证书。

因科学研究等特殊需要，输入国家规定禁止或限制入境的动植物、动植物产品及其他检疫物等，还须持特许审批单报检。

办理入境检疫审批手续后，有下列情况之一的，货主或其代理人应重新办理审批手续：

(1)变更进口品种或增加数量的；

(2)变更输出国家或地区的；

(3)变更入境口岸、指运地或者运输路线的；

(4)超过检疫许可证有效期的。

入境动植物和动植物产品检疫审批的有效期为3个月。办理审批后，输出国发生重大疫情时，如果国家有关部门发布禁止或限制公告，原审批自动失效。

4.3.2 检疫检验

检疫检验是口岸出入境检验检疫局主要的日常业务。包括到国外产地检验检疫和进口前及进口后的监管，以进出口的现场和试验室检验为主。

4.3.3 隔离检疫

出入境动物、入境植物繁殖材料要按检疫审批的要求接受隔离检疫，这是重要的技术手段。其中，大、中动物要隔离45天，小动物要隔离30天；植物繁殖材料一年生的至少要隔离一个生长周期，多年生的至少要隔离两年。

4.3.4 检疫处理与检疫监管

根据检验检疫结果，确定并完成符合要求的检疫处理，检疫处理在检疫机构的监督指导下由货主完成。

对检出患传染病、寄生虫病的动物，检出《中华人民共和国进境动物一、二类传染病、寄生虫病名录》中一类病的，全群动物或动物遗传物质禁止入境，作退回或销毁处理；检出《中华人民共和国进境动物一、二类传染病、寄生虫病名录》中二类病的，患病动物或动物遗传物质禁止入境，作退回或销毁处理，同群的其他动物或动物遗传物质放行，并进行隔离观察。检疫中发现有检疫名录以外的传染病、寄生虫病，但国务院农业行政主管部门另有规定的，按规定作退回或销毁处理。

对输入植物、植物产品和其他检疫物，经检疫发现有植物危害性病、虫、杂草的，由口岸检验检疫机构签发《检验检疫处理通知书》，通知货主或其代理人作除害、退回或销毁处理。经除害处理合格的，准予入境。

检疫监管属检疫检验基本环节的后续管理。

4.3.5 检疫监测与疫情调查

各口岸检验检疫机构负责其驻地周围30公里范围的疫情监测。

5

出入境卫生检疫

为了防止传染病由国外传入或由国内传出，我国在国际通航的港口、机场以及陆地边境和国界江河口岸（以下简称国境口岸）设立了国境卫生检疫机关，对入境、出境的人员、交通工具、运输设备以及可能传播检疫传染病的行李、货物、邮包等物品实施国境卫生检疫，经国境卫生检疫机关许可，方准入境或者出境。

传染病是指检疫传染病和监测传染病。检疫传染病是指鼠疫、霍乱、黄热病以及国务院确定和公布的其他传染病。监测传染病由国务院卫生行政部门确定和公布。

《中华人民共和国国境卫生检疫法》（以下简称《国境卫生检疫法》）于 1986 年 12 月 2 日第六届全国人民代表大会常务委员会第十八次会议通过，其中第三章第十五条明确规定："国境卫生检疫机关对入境、出境的人员实施传染病监测，并且采取必要的预防、控制措施。"

5.1 口岸现行卫生检疫监管模式

目前对出入境人员的卫生检疫监管主要包括以下几个方面。

5.1.1 体温监测

发热是多数传染病的首发症状，因此体温监测是流动人群传染病监测的重要手段。目前主要通过在口岸出入境通道上安装测温装置对过境旅客进行体温监测，如发现体温异常，检验检疫工作人员截留该旅客复测体温，确认为发热后进行流行病学调查，如无疫病接触史，则发就诊方便卡放行；如有明确疫病接触史，则送医疗部门作进一步检查。

5.1.2 受理健康申报

根据国家质量监督检验检疫总局公告，持护照的旅客和中国台湾同胞在入境时必须填写《入境健康检疫申明卡》进行健康申报。检验检疫工作人员要认真核对其填写的内容是否齐全；对申报有症状或其他疾病的，按病人控制措施处理；入境汽车司机有发热等症状时，需在《监管簿》内填写，并接受检验检疫工作人员查验。收回的《入境健康检疫申明卡》按班次进行存放保管，保存期一般为3个月。

5.1.3 现场医学巡查和健康咨询

由于旅检现场旅客匆匆而过，能作的医学检查不多，这时候“视、触、扣、听”，“望、闻、问、切”等诊断手段基本上只剩“视诊”了。医学巡查正是要在旅客匆匆而过的一瞬间，通过“视诊”和一定程度的“闻、问”等手段采集旅客的患病信息。医学巡查的内容主要包括发热、脱水症状、呼吸困难、干咳、皮肤潮红、皮疹等。以发热为例，有些伴随症状是可以被观察到的，如满面通红、大汗淋漓、呼吸急促、寒战等。遇到这种情况，即使测温系统不报警，也应该请该旅客用水银温度计作一下测量，并详细询问病史。同时，工作人员还将为国际旅行者提供世界各国最新的疫情资料、卫生资源、各种传染病和常见旅行疾病的预防知识及旅行卫生小常识，以确保出入境人员的健康、平安。

5.2 出入境人员传染病监测体检工作

依据《国境卫生检疫法》等相关法律法规，凡出国1年以上的人员均须到就近的出入境检验检疫局下属的国际旅行卫生保健中心办理健康检查和预防接种，并领取《国际旅行健康证书》和《国际预防接种证书》，出境时须向出入境检验检疫机关出示，方能出境；来中国居留或工作学习的外国人和回国居住或工作、学习的华侨、港澳台人员均须到就近的出入境检验检疫局下属的国际旅行卫生保健中心办理健康检查，并领取《国际旅行健康证书》，凭此证明书到公安部门办理居留审批手续及到劳动局等部门办理就职审批手续；在国外居住3个月的国内公民回国，入境后1个月内须到就近的出入境检验检疫局下属的国际旅行卫生保健中心进行健康检查。

6 出入境检验检疫的管理制度

国家质检总局根据国家检验检疫执法把关的需要，在合法、合理、提高效能和明确责任的原则基础上，对于部分涉及安全卫生、环境保护、人身健康安全的出入境货物和与之有关的专用场所设定了检验检疫注册登记审批制度，对于部分出入境货物设定了认证、备案等管理制度，对于涉及安全、卫生的重要进出口商品及其生产企业实施强制性认证制度和进出口质量许可制度，对于出口食品及其生产企业实施卫生注册登记制度。本节将对现行的出入境货物检验检疫注册登记认证等相关制度作简要介绍，目的是让报检人员熟悉和掌握有关要求和程序，在报检工作中做到依法报检。

6.1 强制性产品认证

我国对涉及人类健康和安全、动植物生命和健康以及环境保护和公共安全的产品实行强制性认证制度。

6.1.1 认证适用范围

国家对强制性产品认证公布了统一的《中华人民共和国实施强制性产品认证的产品目录》（以下简称《目录》）。凡列入该《目录》的产品，必须经国家指定的认证机构认证合格、取得指定认证机构颁发的中国国家强制性产品认证证书，并加施中国国家强制性产品认证标志后，方可出厂销售、进口和在经营活动中使用。

自2003年5月1日起，未获得中国国家强制性产品认证证书和未加施中国国家强制性产品认证标志的产品不得出厂、进口和销售。

6.1.2 认证主管机构

根据国务院授权，国家认证认可监督管理委员会主管全国认证认可工作，负责全国强制性产品认证制度的管理和组织实施工作。各地质检行政部门负责对所辖地区列入《目录》的产品实施监督，对强制性产品认证违法行为进行查处。

国家认证认可监督管理委员会指定的认证机构在其被指定的工作范围内按照产品认证实施规则开展认证工作。对获得认证的产品颁发《中国国家强制性产品认证证书》；对获得认证的产品进行跟踪检查；受理有关的认证投诉、申诉工作；依法暂停、注销和撤销认证证书。

6.1.3 认证程序

1. 认证申请和受理

《目录》中产品的生产者、销售者或进口商可作为申请人，向指定认证机构提出申请。申请时应遵守以下规定：

(1)按照《目录》中产品认证实施规则的规定，向指定认证机构提交认证申请书、必要的技术文件和样品；

(2)申请人为销售者、进口商时，应向指定认证机构同时提交销售者和生产者或者进口商和生产者订立的相关合同副本；

(3)申请人委托他人申请《目录》中产品认证的，应与委托人订立认证、检测、检查和跟踪检查等事项的合同，受委托人应同时提交委托书、委托合同的副本和其他相关合同的副本；

(4)按照国家规定缴纳认证费用。

知识加油站

质量认证的基本内容

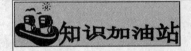

质量认证的基本内容包括型式试验、质量体系检查、抽查检验和监督检查4项，由于各项质量认证制度所涉及的基本内容不同，从而形成了各种不同类型的认证制度。换句话说，质量认证制度的不同类型，实质上就是基本内容的不同组合。

一、型式试验

型式试验的原意是为了批准产品设计，查明该产品是否能够满足产品技术规范全部要求所进行的试验。它是新产品鉴定中必不可少的一个组成部分，只有型式试验通过以后，该产品才能正式投入生产。对于质量认证来说，一般不对新产品实行认证，主要是对那些正常批量生产的产品实行认证制度。质量认证进行型式试验的目的，是为了检验产品质量是否满足生产标准的全部要求。型式试验是构成不同类型的质量认证制度的基础。

二、质量体系检查

质量体系是由实施质量管理所需的组织机构、程序、过程和资源构成的有机整体。质量体系检查是指对产品生产企业的质量保证能力进行检查和评定。任何一个企业,要想有效地保证产品质量持续地满足标准的要求,就必须根据本企业的特点建立质量体系。产品质量是一个逐步形成的过程,在这一过程中有许多影响最终产品质量的因素,例如,市场调研、设计和规范、物资采购、分工安排不当或者失去控制等都会影响产品的质量。建立质量体系就是要使影响产品质量的技术、管理和人员等各项因素都得到控制,以减少、消除,特别是预防质量缺陷的产生。

三、抽查检验

产品质量认证赖以生存和发展的基础是被认证的产品质量可靠,符合规定的标准和技术规范,否则,消费者和用户会对认证标志失去信任,实行质量认证制度也就失去了意义。因此,如何使已获准使用认证标志的产品质量稳定,并持续符合有关标准和规范的要求,是认证机构十分关心的问题。解决这个问题的措施之一,就是定期对认证产品进行抽查检验。

抽查检验就是从生产企业的最终产品中或者从市场上抽取样品,由认可的独立检验机构进行检验。如果检验结果证明抽取的样品符合标准和规范的要求,则允许生产企业继续使用认证标志。

抽查检验的项目,可不必像初次型式试验那样按照标准规定的全部要求进行检验和试验,而主要选择部分关键项目,特别是对消费者或用户反映的质量缺陷进行重点抽查检验。

四、监督检查

监督检查是对认证产品生产企业的质量体系进行定期复查,这是保证认证产品的质量持续符合标准的又一项监督措施。监督检查就是要监督企业贯彻执行已经建立的质量体系,从而保证产品质量的稳定。

来源:商务部官方网站

2. 型式试验

3. 工厂审查

4. 抽样检测

5. 认证结果评价和批准

国家认证认可监督管理委员会指定的认证机构审查工厂的审查报告和型式试验的结果及报告等,在受理申请的90日内,做出认证决定并通知申请人。认证合格的产品将予以颁发《中国国家强制性产品认证证书》,并批准使用“CCC”标志。

6. 获得认证后的监督

国家认证认可监督管理委员会指定的认证机构按照具体产品认证实施规则的规定,对其颁发认证证书的产品及生产厂(场)实施跟踪检查。《中国国家强制性产品认证证书》的有效性依据发证机构的定期监督获得保持。

(1)对下列情形之一,应注销认证证书:

①《目录》中产品认证适用的国家标准、技术规则或者认证实施规则发生变更,认证证书的持有人不能满足上述变更要求的;

②认证证书超过有效期,但认证证书的持有人未申请延期使用的;

③获得认证的产品不再生产的;

④认证证书的持有人申请注销的。

(2)对下列情形之一,应责令暂时停止使用认证证书:

①认证证书的持有人未按规定使用认证证书和认证标志的;

②认证证书的持有人违反《目录》中产品认证实施规则和指定认证机构要求的;

③监督结果证明产品不符合《目录》中产品认证实施规则要求,但是不需要立即撤销认证证书的。

(3)对下列情形之一,应撤销认证证书:

①在认证证书暂停使用的期限内,认证证书的持有人未采取纠正措施的;

②监督结果证明产品出现严重缺陷的;

③获得认证的产品因出现严重缺陷而导致重大质量事故的。

(4)申请人和认证证书持有人对指定认证机构的认证决定有异议的,可以向做出认证决定的认证机构提出申诉、投诉,对认证机构处理结果仍有异议的,可以向国家认监委申诉。

6.1.4 无须办理和免于办理强制性产品认证的有关规定

(1)符合以下条件的,无须办理强制性产品认证:

①外国驻华使馆、领事馆和国际组织驻华机构及其外交人员自用的物品;

②香港、澳门特区政府驻内地官方机构及其工作人员自用的物品;

③入境人员随身从境外带入境内的自用物品;

④政府间援助、赠送的物品。

符合以上条件的《目录》中的产品,无须申请强制性产品认证证书,也不须加施中国强制性产品认证标志。

(2)符合以下条件的,可免于办理强制性产品认证:

①科研、测试所需的产品;

②考核技术引进生产线所需的零部件;

③直接为最终用户维修所需的产品;

④工厂生产线/成套生产线配套所需的设备/部件(不包含办公用品);

⑤仅用于商业展示,但不销售的产品;

⑥暂时进口,须退运出关的产品(含展览品);

⑦以整机全数出口为目的而用一般贸易方式进口的零部件;

⑧以整机全数出口为目的而用进料或来料加工方式进口的零部件。

符合以上免于办理强制性认证条件的《目录》中的产品,生产厂商、进口商、销售商或其代理人可向质检机构提出申请，并提交相关的申请书、证明符合免办条件的证明材料、责任担保书、产品符合性声明（包括型式试验报告）等资料，经批准获得《免于办理强制性产品认证证明》后，方可出厂销售、进口和在经营性活动中使用。

6.2 出口商品质量许可证

为保证出口商品质量，国家对重要的出口商品实施出口商品质量许可证制度。经考核并获得出口商品质量许可证的商品，检验检疫机构方可受理报检和检验放行。

6.2.1 适用范围

出口商品质量许可证的适用范围主要包括机械、电子、轻工、机电、玩具、医疗器械、煤炭类等（商品种类以国家质检总局调整公布为准）。

为避免重复管理，对实施强制性产品认证制度的产品，不再实施出口质量许可证制度。

6.2.2 主管部门

实施出口商品质量许可证制度的主管部门是各商品单位的直属检验检疫局。

6.2.3 申请程序

1. 申请

申请单位向工商注册所在地直属检验检疫局提出申请并提交以下有关资料：

（1）《出口商品质量许可申请书》3 份；

（2）企业工商营业执照及其复印件；

（3）质量管理文件；

（4）生产用主要设备、工艺、装备、仪器明细表，关键零部件，主要原材料明细表，检验试验用仪器设备明细表。

2. 受理申请

直属检验检疫局根据申请单位提交的材料是否齐全、是否符合法定形式，做出受理或不受理的决定，并按规定出具书面凭证。

3. 申请考核

受理申请后，直属检验检疫局按规定对申请材料内容进行具体审查，由试验室对产品进行型式试验，评审组对工厂质量保证体系进行现场评审。

4. 许可评价和批准

各直属检验检疫局根据规定，对申请材料、型式试验报告和评审结果，做出准予许可或不准予许可的决定。准予许可的，于 10 个工作日内颁发《出口商品质量许可证书》；不准予许可的，书面说明理由。

5. 监督管理

质量许可证的有效期按不同的商品有不同的规定。在有效期内，检验检疫机构对获证单位实行日常的检查监督,对不符合要求的予以吊销质量许可证。质量许可证被吊销半年后,方可重新办理申请手续。在质量许可证的有效期满前半年内,获证单位应申请办理下一有效期的接转手续。

6.3 出口危险货物包装容器质量许可证

检验检疫机构对出口危险货物的运输包装容器的生产单位实行质量许可证制度。

6.3.1 申请范围

出口危险货物包装容器的质量许可证的申请范围是危险货物运输包装容器的生产企业。

6.3.2 主管部门

国家质检总局统一管理全国出口危险货物包装容器质量许可证的工作,负责审批、发放《出口危险货物包装容器质量许可证》。

各直属检验检疫局负责受理《联合国危险货物运输规章范本》细目表中的危险货物及根据《联合国危险货物运输标准与试验手册》所界定的出口危险货物的包装容器(包括常规危险货物包装容器,25升以下的小型气体压力容器,如喷灌、打火机、中型散装容器、便携式罐体、大包装等)质量许可证的申请、考核和后续管理。

6.3.3 申请程序

1. 申请

申请单位向所在地直属检验检疫局提出申请并提交以下有关材料:

(1)《出口危险货物包装容器质量许可证申请书》;

(2)营业执照及其复印件;

(3)生产用主要设备、工艺,外购、外协明细表;

(4)现行的质量手册和质量管理文件;

(5)必要的检验、试验用设备、仪器、工具明细表;

(6)提供国家质检总局出口危险包装监测试验室的合格报告。

2. 受理申请

直属检验检疫局根据申请单位提交的材料是否齐全、是否符合法定形式,当场或5日内做出受理或不受理的决定,并按规定出具书面凭证。

3. 申请考核

受理申请后,直属检验检疫局按规定对申请材料内容进行具体审查,申请产品送交检测试验室进行检测,对申请单位进行生产现场考核。

4. 许可评价

考核完成后,直属检验检疫局将考核材料和申请材料报送国家质检总局。

5. 许可批准

国家质检总局对申请材料和考核材料进行审查，做出准予许可或不准予许可的决定。准予许可的，于10个工作日内颁发《出口危险货物包装容器质量许可证》；不准予许可的，书面说明理由。

6. 监督管理

《出口危险货物包装容器质量许可证》有效期3年，出口危险货物包装容器的生产单位如继续生产该产品，须在《出口危险货物包装容器质量许可证》有效期满前6个月内重新提出申请，经检验检疫机构考核合格，颁发质量许可证。

6.4　出口工业产品企业分类管理

为规范对出口工业产品生产企业的检验监管工作，提高检验监管有效性，鼓励出口工业产品生产企业诚实守信，增强责任意识，促进出口产品质量提高，国家质检总局于2009年6月14日发布第113号局长令，公布了新的《出口工业产品企业分类管理办法》，并于2009年8月1日实施。

6.4.1　适用范围

检验检疫机构对列入《出入境检验检疫机构实施检验检疫的进出境商品目录》的出口工业产品的生产企业，根据企业信用、质量保证能力和产品质量状况进行分类，并结合产品的风险等级对不同类别的生产企业采取不同检验监管方式的检验监督管理。

检验检疫机构对出口工业产品生产企业按照一类企业、二类企业、三类企业、四类企业四种类别进行分类并实施检验监督管理。出口食品、动植物产品生产企业不按照本节所述的分类管理方式进行检验监管。

对出口工业产品按照高风险、较高风险和一般风险三个级别进行分级。

6.4.2　主管部门

国家质检总局统一管理全国出口工业产品生产企业分类管理工作。各地的直属出入境检验检疫局负责所辖地区出口工业产品生产企业分类管理的组织和监督管理工作。各地的检验检疫机构负责所辖地区出口工业产品生产企业分类管理的申请受理、考核以及日常检验监督管理工作。

6.4.3　评定标准和评定程序

（1）国家质检总局制定《出口工业产品生产企业分类指南》，规范出口工业产品生产企业分类评定标准和评定程序。

（2）直属检验检疫局根据《出口工业产品生产企业分类指南》，结合各地实际情况制定相应的评定工作规范，并报国家质检总局批准后实施。

（3）出口工业产品生产企业分类评定标准应当包括以下要素：

①企业信用情况；
②企业生产条件；
③企业检测能力；
④企业人员素质；
⑤原材料供应方管理能力；
⑥企业出口产品被预警、索赔、退货及投诉情况；
⑦企业产品追溯能力；
⑧企业质量管理体系建立情况；
⑨其他影响企业质量保证能力情况。

6.4.4 企业分类

(1) 根据综合评定结果将出口工业产品生产企业分为以下四种类别：
①综合评定结果优秀的为一类企业；
②综合评定结果良好的为二类企业；
③综合评定结果一般的为三类企业；
④综合评定结果差的为四类企业。
(2) 综合评定。
①企业所在地检验检疫机构组成评定小组，负责出口工业产品生产企业分类的综合评定工作。
②评定为一类、四类企业的综合评定结果需经直属检验检疫局审核。
③检验检疫机构对首次出口工业产品生产企业按照三类企业管理。

6.4.5 产品风险等级

(1) 检验检疫机构根据评定工作规范的有关要求对本辖区内出口的工业产品进行风险分析、风险评估、风险分级。

(2) 直属检验检疫局负责本辖区内出口工业产品风险情况的汇总、协调、审核工作。

(3) 检验检疫机构根据产品风险分析的结果，将出口工业产品分为高风险、较高风险和一般风险三级。

①高风险产品目录由国家质检总局发布、调整。各直属检验检疫局结合辖区内的实际情况经评估后，可以增加本地区的高风险产品目录，并报国家质检总局备案。

②较高风险、一般风险产品分级由各直属检验检疫局确定，并报国家质检总局备案。

6.4.6 检验监管方式

检验检疫机构按照不同的企业类别和产品风险等级分别采用特别监管、严密监管、一般监管、验证监管、信用监管等五种不同检验监管方式。

(1)特别监管方式是指检验检疫机构在监督企业整改的基础上,对企业出口的工业产品实施全数检验。

(2)严密监管方式是指检验检疫机构对企业实施严格的监督检查,对其出口的工业产品实施逐批检验。

(3)一般监管方式是指检验检疫机构对企业实施监督检查,对其出口的工业产品实施抽批检验。

(4)验证监管方式是指检验检疫机构对企业实施监督检查,对相关证明文件与出口工业产品实施符合性审查,必要时实施抽批检验。

(5)信用监管方式是指检验检疫机构对企业实施常规的监督检查。

6.4.7 各类企业的检验监管方式

(1) 一类企业出口工业产品时,检验检疫机构按照以下方式进行检验监管:

①产品为高风险的,采用验证监管方式或者信用监管方式;

②产品为较高风险或者一般风险的,采用信用监管方式。

(2) 二类企业出口工业产品时,检验检疫机构按照以下方式进行检验监管:

①产品为高风险的,采用一般监管方式;

②产品为较高风险的,采用一般监管方式或者验证监管方式;

③产品为一般风险的,采用验证监管方式。

(3) 三类企业出口工业产品时,检验检疫机构按照以下方式进行检验监管:

①产品为高风险的,采用严密监管方式;

②产品为较高风险的,采用严密监管方式或者一般监管方式;

③产品为一般风险的,采用一般监管方式。

(4) 四类企业出口工业产品时,检验检疫机构采用特别监管方式进行检验监管。

(5) 检验检疫机构对需出具检验检疫证书或者依据检验检疫证书所列重量、数量、品质等计价结汇的出口工业产品,实施逐批检验。

(6) 检验检疫机构对下列产品采用按照严密监管方式进行检验监管:

①列入国家标准公布的《危险货物品名表》、《剧毒化学品目录》等的商品及其包装;

②品质波动大或者散装运输的出口商品;

③国家质检总局规定必须实施严密监管的其他产品。

6.4.8 对分类企业的管理

(1) 企业分类管理期限一般为3年,检验检疫机构可以根据企业具体情况进行动态调整。

(2) 检验检疫机构对出口工业产品及其生产企业实行动态分类管理。

产品风险属性及企业分类属性发生变化时,检验检疫机构应当及时对产品风险等级和企业类别进行重新评估、调整。

(3) 出口工业产品生产企业有下列情形之一的，检验检疫机构视情节轻重作降类处理，调整其监管方式，加严检验监管：

①违反检验检疫法律、行政法规及规章规定，受到检验检疫机构行政处罚的；

②企业质量保证能力存在隐患的；

③抽查检验连续出现不合格批次的；

④受到相关风险预警通报、通告或者公告的；

⑤因产品质量或者安全问题被召回、退货或者造成不良影响，确属企业责任的；

⑥超过一年未出口产品的；

⑦发生其他不诚信行为的。

降类企业完成整改后可以向检验检疫机构报告，检验检疫机构应当在20个工作日内对企业进行重新评估。

(4) 检验检疫机构确定不同检验监管方式所对应的监督检查的频次和具体内容，对出口工业产品生产企业进行日常监督检查。

(5) 检验检疫机构对分类企业建立分类管理档案。

6.5 出口食品生产企业卫生注册登记

食品卫生关系着人类健康，国家为保证食品安全卫生，对生产食品的工厂、仓库，采用注册登记的形式对其卫生状况进行重点卫生质量监督管理。出口食品生产企业经注册登记取得注册证书和批准编号，方可加工生产食品。

6.5.1 适用范围

出口食品生产企业卫生注册登记的适用范围是出口食品生产、加工、储存企业(以下简称出口食品生产企业)。

6.5.2 主管部门

国家认证认可监督管理委员会主管全国出口食品生产企业卫生注册、登记工作。国家质检总局设在各地的直属出入境检验检疫局负责所辖地区出口食品生产企业的卫生注册、登记工作。

6.5.3 卫生注册、登记的要求

(1)在中华人民共和国境内生产、加工、储存出口食品的企业，必须取得卫生注册证书或者卫生登记证书后，方可生产、加工、储存出口食品。

(2)未经卫生注册或者卫生登记企业的出口食品，国家质检总局设在各地的出入境检验检疫机构不予受理报检。

(3)国家认监委根据出口食品的风险程度，公布和调整《实施出口食品卫生注册、登记的食品目录》(以下简称《注册目录》)。对《注册目录》内食品的生产企业实施卫生注册管理；对《注册目录》外食品的生产企业实施卫生登记管理。

(4)申请卫生注册的出口食品生产企业，应按照《出口食品生产企业卫生要求》建立卫生质量体系。

(5)申请卫生登记的出口食品生产企业，应根据产品特点并参照《出口食品生产企业卫生要求》建立卫生质量体系。

出口食品生产企业在新建、扩建或者改建前，应向所在地的直属检验检疫局申请选址、设计的卫生审查，审查合格方能施工。

6.5.4　申请程序

1. 申请

申请单位向所在地直属检验检疫局提出申请并提交以下有关材料：

(1)《出口食品生产企业卫生注册登记申请表》一式三份；

(2)企业法人营业执照(复印件)；

(3)卫生质量体系文件；

(4)厂区平面图、车间平面图、工艺流程图以及生产工艺关键部位的图片资料。

2. 受理申请

直属检验检疫局根据申请单位提交的材料是否齐全、是否符合法定形式，做出受理或者不受理的决定，并按规定出具书面凭证。

3. 现场评审

受理申请后，直属检验检疫局组织评审组按规定对申请材料内容进行具体审查，对申请单位的出口食品生产、加工、储存条件进行现场评审。

4. 审批

直属检验检疫局根据规定，对申请材料和评审意见进行审查，做出准予许可或不予许可的决定。准予许可的，于10日内颁发《卫生注册证书》或《卫生登记证书》；不予许可的，书面说明理由。

5. 监督管理

直属检验检疫局对注册企业实施监督管理。

(1)日常监督管理。

由检验检疫机构派员对卫生注册企业实施日常监督管理。

(2)定期监督检查。

由直属检验检疫局组织卫生注册评审员对卫生注册企业实施定期监督检查。对肉类、水产、罐头、肠衣类卫生注册企业，每年至少组织一次全面监督检查。对季节性出口产品的卫生注册企业，应按照生产季节进行监督检查。对获得国外卫生注册的企业，应至少每半年(或者生产季节)进行一次全面监督检查。对其他卫生注册企业，直属检验检疫局可视具体情况确定监督检查次数。定期监督检查应包括日常监督管理中发现问题的改正情况。

(3)换证复查。

《卫生注册证书》和《卫生登记证书》有效期为3年。《卫生注册证书》由国家认监委统一印制，由直属检验检疫局向卫生注册企业颁发。《卫生登记证书》由国家认监委统一印制，以直属检验检疫局名义向卫生登记企业颁发。

出口食品注册企业应在证书有效期满前3个月向直属检验检疫局提出复查申请。受理申请的直属检验检疫局按照规定的评审要求，对申请企业进行复查，合格的予以换证，不合格的或者未申请换证的不予换证。

(4)在对卫生注册企业监督管理的过程中，有下列情形之一的，直属检验检疫局应书面通知企业限期整改，并暂停受理其出口报检，直至确认企业整改符合要求。

①发现有对产品安全卫生质量构成严重威胁的因素，包括原料、辅料和生产加工用水(冰)等，不能保证其产品安全卫生质量的；

②经出口检验检疫发现产品安全卫生质量不合格，且情况严重的。

(5)在对卫生注册企业监督管理的过程中，有下列情形之一的，由直属检验检疫局发出通知，吊销其卫生注册证书。

①有上述限期整改情形，在限期内未完成整改的；

②企业因原料、生产、加工、储存等内部管理原因，使其产品在国外出现卫生质量问题造成不良影响的；

③企业隐瞒出口产品安全卫生质量问题的事实真相，造成严重后果的；

④企业拒不接受监督管理的；

⑤借用、冒用、转让、涂改、伪造卫生注册证书、注册编号、卫生注册标志，或者本企业未注册食品使用本企业注册食品的注册编号的。

被吊销卫生注册证书的企业，自收到吊销通知书之日起1年内不得重新提出卫生注册申请。

(6)有下列情形之一的，视为企业的卫生注册资格自动失效。

①卫生注册企业的名称、法人代表或通讯地址发生变化后30日内未申请变更的；

②卫生注册企业的生产车间改建、扩建、迁址完毕或者其卫生质量体系发生重大变化后30日内未申请复查的；

③1年内没有出口注册范围内食品的；

④逾期未申请换证复查的。

第二部分

报 检 实 务

7

入境货物报检

为了保证国家经济的顺利发展,保护人民的生命和生活环境的安全与健康,国家对一些重要的商品实施强制性检验检疫。本章主要介绍部分重要商品在报检时的特殊要求及相关制度等。

7.1 入境货物木质包装的报检

7.1.1 报检的范围

法定检验的货物木质包装是指输入中国货物的木质包装。货物木质包装包括用于承载、包装、铺垫、支撑、加固货物的木质材料,如木板箱、木条箱、木托盘、木框、木桶(盛装酒类的橡木桶除外)、木轴、木楔、垫木、枕木、衬木等。不包括经人工合成或者经加热、加压等深度加工的包装用木质材料,如胶合板、刨花板、纤维板等以及薄板旋切芯、锯屑、木丝、刨花等和厚度等于或者小于6 mm的木质材料。

7.1.2 报检的要求

入境货物使用木质包装的,货主或其代理人应向出入境检验检疫机构报检并配合检验检疫机构实施检疫。

列入《出入境检验检疫机构实施检验检疫的进出境商品目录》(以下简称《目录》)的,签发《入境货物通关单》并对木质包装实施检疫;未列入《目录》的,海关放行后实施检疫。

2006年1月1日起,按照国家质检总局2005年第11号公告的规定,入境木质包装必须具有IPPC标识才能放行。检验检疫机构按照以下情况进行处理。

(1)对于已加施IPPC专用标识的木质包装,按规定抽查检疫,未发现活的有害生物的，立即予以放行；发现活的有害生物的，监督货主或其代理人对木质包装进行除害处理。

(2)对于未加施 IPPC 专用标识的木质包装，在检验检疫机构监督下进行除害处理或者销毁处理。

(3)对于报检时不能确定是否加施 IPPC 专用标识的木质包装，检验检疫机构按规定进行抽查检疫。经抽查确认木质包装加施了 IPPC 专用标识，且未发现活的有害生物的，予以放行；发现活的有害生物的，监督货主或其代理人对木质包装进行除害处理。经抽查发现木质包装未加施 IPPC 专用标识的，对木质包装进行除害处理或者销毁处理。

7.2 入境可用作原料的废物的报检

7.2.1 入境可用作原料的废物的含义

入境可用作原料的废物是指以任何贸易方式或无偿提供或捐赠等方式进入中华人民共和国境内的一切废物(含废料)。根据可用作原料的废物的物理特性及产生方式可将其分为以下几种。

(1)固体可用作原料的废物，指在生产建设、日常生活和其他活动中产生的污染环境的固态、半固态废弃物质。

(2)工业固体可用作原料的废物，指在工业、交通等生活活动中产生的可用作原料的固体废物。

(3)城市生活垃圾，指在城市日常生活中或为城市日常生活提供服务的活动中产生的固体可用作原料的废物以及法律、行政法规规定的视为生活垃圾的固体可用作原料的废物。

(4)危险废物，指列入国家危险废物名录或者根据国家规定的危险废物鉴别标准和鉴别方法认定的具有危险性的废物。

7.2.2 报检的范围

为切实加强对入境废物的管理，国家将入境废物分两类进行管理：一类是禁止入境的废物，一类是可作为原料但必须严格限制入境的废物。对于国家禁止入境的废物，任何单位和个人都不准从事此类废物的入境贸易以及其他经营活动；对于可作为原料但必须严格限制入境的废物，国家制定了《限制进口类可用作原料的废物目录》(第一批)和《自动进口许可管理类可用作原料的废物目录》，在此目录内的废物须由国家环保局统一审批，并由出入境检验检疫机构实行强制性检验检疫。

7.2.3 申请进口废物必须符合的条件

申请进口废物必须符合以下条件。

(1)申请进口废物作原料利用的企业必须是依法成立的企业法人，并具有利用入境废物的能力和相应的污染防治设备。对进口废物原料的国内收货人实行注册登记制度，自2007年9月1日起，对未获得国家质检总局登记的国内收货人，入境口岸检验检疫机构不受理其废物原料的报检申请。

(2)申请进口的废物已被列入《限制进口类可用作原料的废物目录》和《自动进口许可管理类可用作原料的废物目录》。

(3)进口废物前，废物进口单位应事先取得国家环保局签发的《废物进口许可证》。废物进口单位与境外贸易关系人签订的进口废物合同中，必须注明入境废物的品质和装运前的检验条款。约定入境废物必须由中国检验检疫机构指定或认可的其他检验机构实施装运前检验，检验合格后方可装运。

(4)可用作原料的废物的境外供货企业须获得国家质检总局的批准才能向境内进口商供货。未获得国家质检总局临时注册的供货企业的可用作原料的废物不得进入中国境内，国家质检总局指定的装运前检验机构不得受理报检，入境口岸检验检疫机构不受理其报检申请。

(5)入境可用作原料的废物的卫生和动植物检疫项目主要是检疫病媒昆虫、啮齿动物、病虫害及致病微生物等。废旧物品到达口岸时，承运人、代理人或者货主，必须向卫生检疫机关申报并接受卫生检疫。对于来自疫区的、被传染病污染的以及可能传播检疫传染病或者发现与人类健康有关的啮齿动物和病媒昆虫的集装箱、货物、废旧物等物品，应实施消毒、除鼠、除虫或者其他必要的卫生处理。

7.2.4　报检的要求

入境可用作原料的废物到达口岸后，货主或其代理人应立即向口岸或到达站检验检疫机构报检，并由检验检疫机构根据货物的不同性质特点实施卫生检验检疫处理和环保项目的检验。经检验检疫合格后，方可签发《入境货物通关单》供货主办理通关放行手续。

通关后的可用作原料的废物的品质检验可申请收用货地检验检疫机构实施。品质检验合格的，由检验检疫机构签发《入境货物检验检疫证明》，准予销售和使用；经检验不符合有关规定或合同约定的，由检验检疫机构签发品质检验证书，并对外进行索赔。

7.2.5　报检时应提供的单据

入境可用作原料的废物在口岸办理报检时除按规定填写《入境货物报检单》外，还应按规定提供以下证单。

(1)对外贸易合同、提单、发票、装箱单。

(2)国家环保总局签发的《废物原料进口许可证》(检验检疫联)，并复印留存。

(3)国内外贸易企业的登记证书，并复印留存。

(4)国家质检总局认可的检验机构签发的装运前检验证书(原件)。

(5)自陆运口岸入境的废物，还必须提供出境国官方机构出具的检验合格证书

(主要内容为不含爆炸物和放射性物质)。

7.2.6 境外检验机构

目前我国质检总局认可的境外检验机构有:中国检验有限公司(香港),日中商品检查株式会社,中国检验认证集团北美有限公司,中国检验认证集团澳大利亚有限公司,中国检验认证集团不莱梅有限公司,中国检验认证集团俄罗斯代表处,中国检验认证集团马赛有限公司,中国检验认证集团新西兰有限公司,中国检验认证集团新加坡有限公司,中国检验认证集团菲律宾有限公司,中国检验认证集团西班牙有限公司,中国检验认证集团伦敦有限公司,中国检验认证集团澳门有限公司,中国检验认证集团欧洲有限公司,中国检验认证集团阿拉木图有限公司,中国检验认证集团加拿大有限公司,中国检验认证集团迪拜有限公司,五洲检验有限公司(泰国)。

7.3 入境机电产品的报检

我国对重要的进口机电仪器和大型成套设备,在其出口装运前,收货人应依照合同派人进行预检、监造或监装。对重大进口设备或成套工程项目,检验机构应驻现场检验,参与检验方案、检验制度的制定,督促建设单位按照规定,严格把好质量关。此外,对下列进口的机电产品有特殊的报检要求。

7.3.1 强制性产品认证

国家对涉及人类健康、动植物生命和健康,以及环境保护和公共安全的产品实行强制性认证制度。自2002年5月1日起,列入《中华人民共和国实施强制性产品认证的产品目录》内的商品,必须经指定的认证机构认证合格、取得指定认证机构颁发的认证证书,并加施认证标志后,方可入境。

实施强制性产品认证商品的收货人或其代理人在报检时除填写《入境货物报检单》并随附有关的外贸证单外,还应提供认证证书复印件并在产品上加施认证标志。

7.3.2 进口许可证民用商品入境验证

民用商品入境验证是指对国家实行强制性产品认证的民用商品,在通关入境时由出入境检验检疫机构核查其是否取得必需的证明文件。

对列入《法检商品目录》内的检验检疫类别为“L”的进口商品的收货人或其代理人,在办理进口报检时,应提供有关进口许可的证明文件。口岸检验检疫机构对其认证文件进行验证,必要时对其货证的相符性以及认证标记进行查验。

7.3.3 入境旧机电产品

1. 报检的范围

法定检验的旧机电产品包括所有入境的旧机电产品。所谓“旧机电产品”,是指已经使用过(包括翻新)的机电产品,如旧压力容器类、旧工程机械类、旧电器类、旧车船类、旧印刷机械类、旧食品机械类、旧农业机械类等。对于入境旧机电产品,入境单位须向国家质检总局或其授权机构申请办理入境检验。

根据《入境旧机电产品检验监督管理办法》,报检的旧机电产品是指符合下列条件之一者:

(1)已经使用,仍具备基本功能和一定使用价值的机电产品;

(2)未经使用但存放时间过长,超过质量保证期的机电产品;

(3)未经使用但存放时间过长,部件产生明显有形损耗的机电产品;

(4)新旧部件混装的机电产品;

(5)大型二手成套设备。

报检的旧机电产品既包括国家机电办公室管理的机电产品,又包括其他不属于机电办公室管理的机电产品。报检的旧机电产品不包括国家禁止入境货物。

入境的旧机电产品必须符合我国有关安全、卫生和环境保护的国家技术规范的强制性要求。入境的旧机电产品未经检验或经检验不符合我国有关要求的不得销售、安装和使用。

2. 入境旧机电产品备案

入境旧机电产品备案是指国家允许入境的旧机电产品的收货人或其代理人在合同签署之前,向国家质检总局或者入境旧机电产品收货人所在地直属检验检疫局申请货物登记备案,并办理有关手续的活动。

凡列入《国家质检总局办理备案的进口旧机电产品目录》的入境旧机电产品,经所在地直属检验检疫局初审后,报国家质检总局备案;目录外的入境旧机电产品由所在地直属检验检疫局受理备案申请。国务院国有资产监督管理委员会履行出资人职责的企业及其所属的经营型企业入境旧机电产品的备案申请由国家质检总局受理。列入《不予受理的进口旧机电产品目录》的入境旧机电产品,除国家特殊需要并经国家质检总局批准的之外,入境旧机电产品备案机构一律不予受理备案申请。

国家质检总局或所在地直属检验检疫局在受理备案申请后5个工作日内确定该批入境旧机电产品是否需要实施装运前预检验。对于必须进行装运前预检验的,出具《进口旧机电产品装运前预检验备案书》;对于不须进行装运前预检验的,出具《进口旧机电产品免装运前预检验证明书》。

对于必须进行装运前预检验的,备案申请人应持《进口旧机电产品装运前预检验备案书》及备案产品清单及时向装运前预检验机构申请装运前预检验。

对于国家质检总局签发《进口旧机电产品装运前预检验备案书》的入境旧机电产品,由国家质检总局指定直属检验检疫局组织实施装运前预检验;对直属检验检疫局签发《进口旧机电产品装运前预检验备案书》的入境旧机电产品,由直属检验检疫局组织实施装运前预检验。

3. 入境旧机电产品报检的程序

(1)入境旧机电产品运抵口岸后,收货人或其代理人应持《进口旧机电产品免装运前预检验证明书》(正本)或者《进口旧机电产品装运前预检验备案书》(正本)、

《装运前预检验报告》(正本)和《装运前预检验证书》(正本)以及其他必要单证办理进口报检手续。

(2)口岸检验检疫机构受理报检后,核查单证,必要时按照规定实施现场查验,符合要求的,签发《入境货物通关单》,并在《入境货物通关单》上注明为旧机电产品。

(3)入境旧机电产品的收货人或其代理人应在货物到达使用地 6 个工作日内,持有关报检资料向货物使用地检验检疫机构申报检验。

4. 报检时应提供的单据

报检时应提供以下相关单据。

(1)进口在“限制进口机电产品目录”内,而不在“旧机电产品禁止进口目录”内的旧机电产品,货主或其代理人应提供外经贸部签发的注明为旧机电的相关机电进口证明。

(2)进口在“由外经贸部签发许可证的自动进口许可机电产品目录”或“由外经贸部签发自动进口许可证的旧机电产品目录”内,而不在“旧机电产品禁止进口目录”内的旧机电产品,货主或其代理人应提供外经贸部签发的注明为旧机电的相关机电进口证明。

(3)进口在“由地方、部门机电办签发许可证的自动进口许可机电产品目录”内,而不在“旧机电产品禁止进口目录”内,又不在“外经贸部签发自动进口许可证的旧机电产品目录”内的旧机电产品,货主或其代理人应提供各地方、部门机电办签发的注明为旧机电的相关机电进口证明。

(4)进口旧机电产品的单位,在签署合同或有约束力的协议时,必须按照国家安全、卫生、环保等法律、行政法规的规定注明该产品的检验依据及各项技术指标等的检验条款。对涉及国家安全、环保、人类健康的旧机电产品以及大型二手成套设备,进口单位必须在对外贸易合同中注明在出口国进行装运前预检验、监装等条款。国家规定必须进行装运前预检验的旧机电产品,还应提供装运前检验证书。

(5)列入《中华人民共和国实施强制性产品认证的产品目录》内的旧机电产品,用于销售、租赁或者专业维修等用途的,备案申请人在提交规定的备案申请资料的同时,还必须提供相应的“CCC 认证”证明文件。国家特殊需要并经国家质检总局批准的除外。

(6)入境旧机电产品,还应提供《进口旧机电产品备案书》或《免予装运前检验证书》。

7.3.4 入境电池产品

为加强电池产品汞污染的防治工作,保护和改善我国生态环境,原中国轻工总会等 9 个国务院原部委局联合下发了《发布〈关于限制电池产品汞含量的规定〉的通知》。通知规定,自 2001 年 1 月 1 日起,进出境电池产品汞含量由检验检疫机构实施强制检验,进出境电池产品实行备案和汞含量年度专项检测制度,汞含量专项检测由国家质检总局核准实施进出境电池产品汞含量检测的试验室实施。

所在地检验检疫机构受理备案申请后，对进出境电池产品是否属含汞电池产品进行审核。经审核，对不含汞的电池产品，直接签发《进出境电池产品备案书》；对含汞及必须通过检测才能确定其是否含汞的电池产品，须进行汞含量专项检测。受理备案申请的检验检疫机构凭“汞含量检测试验室”出具的《电池产品汞含量检测合格确认书》(正本)审核换发《进出境电池产品备案书》。

入境电池产品的收货人或其代理人在报检时应提供《进出境电池产品备案书》。《电池产品汞含量检测合格确认书》的有效期为1年。《进出境电池产品备案书》的有效期也为1年，有效期满前1个月，备案申请人凭进出口电池产品制造商对其产品未曾更改结构、工艺、配方等有关制造条件和对其产品汞含量符合中国法律法规的书面声明，到原签发机构核发下一年度的《进出境电池产品备案书》。

7.4 入境汽车的报检

7.4.1 报检的范围

入境汽车的报检范围包括：列入《出入境检验检疫机构实施检验检疫的进出境商品目录》的汽车，以及虽未列入该目录，但国家有关法律法规明确由检验检疫机构负责检验的汽车。运输工具的卫生检疫和动植物检疫不属于此范围。

7.4.2 报检的程序

(1)入境汽车的收货人或其代理人应持有关证单在入境口岸或到达站办理报检手续，口岸检验检疫机构审核后签发《入境货物通关单》。

(2)入境口岸检验检疫机构负责入境汽车的入境检验工作，用户所在地检验检疫机构负责入境汽车质保期内的检验管理工作。

(3)对于转关到内地的入境汽车，视通关所在地为口岸，由通关所在地检验检疫机构负责检验。

(4)对于大批量入境汽车，外贸经营单位和收用货主管单位应在对外贸易合同中约定在出口国装运前进行预检验、监造或监装，检验检疫机构可根据需要派出检验人员参加或者组织实施在出口国的检验。

(5)经检验合格的入境汽车，由口岸检验检疫机构签发《入境货物检验检疫证明》，并一车一单签发《进口机动车辆随车检验单》；用户在国内购买进口汽车时必须取得检验检疫机构签发的《进口机动车辆随车检验单》和购车发票。在办理正式牌证前到所在地检验检疫机构登检、换发《进口机动车辆检验证明》，作为到车辆管理机关办理正式牌证的依据。

(6)各有关单位在办理进口机动车辆的有关事宜时，按《进口机动车辆制造厂名称和车辆品牌中英文对照表》规定的进口汽车、摩托车制造厂名称和车辆品牌中文译名进行签注和计算机管理。对未列入《进口机动车辆制造厂名称和车辆品牌中英文对照表》的进口机动车制造厂商及车辆品牌，在申请汽车产品强制性认证时，进口关系人应向国家指定的汽车产品认证机构提供进口机动车制造厂商和(或)车辆品牌的中文译名。经指定认证机构审核后，报国家质检总局备案并通报各有关单位。

(7)2008年3月1日起，检验检疫机构对入境机动车实施车辆识别代号(简称VIN)入境验证管理。

入境机动车的车辆识别代号(VIN)必须符合国家强制性标准《道路车辆车辆识别代号(VIN)》(GB 16735—2004)的要求。对VIN不符合上述标准的入境机动车，检验检疫机构将禁止其入境，公安机关不予办理注册登记手续，国家特殊需要并经批准的，以及常驻我国的境外人员，我国驻外使领馆人员自带的除外。

为便于入境机动车产品顺利通关，在入境前，强制性产品认证证书(CCC证书)的持有人或其授权人可向签发CCC证书的认证机构提交拟入境的全部车辆的VIN和相关结构参数资料进行备案，认证机构再对上述资料进行核对、整理后上报国际质检总局及认监委，以便口岸检验检疫机构对入境机动车产品的VIN进行入境验证。

7.4.3 报检时应提供的单据

报检时应提供以下单据。

(1)直接从国外进口汽车的收货人或其代理人应提供合同、发票、提(运)单、装箱单、中国强制认证证书复印件、非CFC-12制冷工质的汽车空调器压缩机的证明以及海关出具的《进口货物证明》正本及复印件等证单及有关技术资料。

(2)通过国内渠道购买进口汽车的用户应提供口岸检验检疫机构签发的《进口机动车辆随车检验单》正本和海关出具的《进口货物证明》的正本及复印件。单位用车须提供企业代码或营业执照复印件。个人自用的进口汽车的用户须提供车主的身份证及复印件，或户口簿及复印件。

(3)罚没的进口汽车的用户应提供罚没证正本、商业发票等。单位用车须提供企业代码或营业执照复印件；个人自用的进口车须提供使用人的身份证及复印证或户口簿及复印件。

7.5 入境特殊物品的报检

7.5.1 报检的范围

出入境特殊物品是指微生物、人体组织、生物制品、血液及其制品等物品。“微生物”包括病毒、细菌、真菌、放线菌、立克次氏体、螺旋体、衣原体等医学微生物的菌种、毒种及培养物等和医用抗生素菌种。“人体组织”包括人体器官、组织、细胞和人胚活细胞组织等。“生物制品”包括各类菌苗、疫苗、毒素、类毒素、干扰素、激素、单克隆抗体、酶及其制剂、各种诊断用试剂等。“血液及其制品”指全血、血浆、血清、脐带血、血细胞、球蛋白、白蛋白、纤维蛋白原、蛋白因子、血小板等。

7.5.2　审批的程序

对于入境特殊物品,必须办理卫生检疫审批手续,未经检验检疫机构许可不准入境。入境特殊物品的申报人在特殊物品入境前10天到当地检验检疫机构办理特殊物品审批手续。

7.5.3　报检时应提供的单据

报检人办理入境特殊物品报检手续时,须携带《入境/出境特殊物品卫生检疫审批单》及合同(或函电)、发票、提单(运单)等相关资料到口岸检验检疫局申请《入境货物通关单》,由口岸检验检疫局有关部门实施查验。

7.6　入境食品的报检

《中华人民共和国食品安全法》已由中华人民共和国第十一届全国人民代表大会常务委员会第七次会议于2009年2月28日通过并予以公布,自2009年6月1日起施行。原《中华人民共和国食品卫生法》同时废止。

7.6.1　报检的范围

必须法定检验的入境食品包括入境的食品、食品添加剂、食品容器、食品包装容器、食品包装材料和食品用工具及设备等。

在《中华人民共和国食品卫生法》中对食品和食品添加剂的定义为:食品是指各种供人食用或者饮用的成品和原料以及按照传统既是食品又是药品的物品,但是不包括以治疗为目的的物品;食品添加剂是指为改善食品品质和色、香、味,以及为防腐和加工工艺的需要而加入食品中的化学合成或者天然物质。

进口的食品应当经出入境检验检疫机构检验后,海关凭出入境检验检疫机构签发的通关证明放行。

7.6.2　报检的要求

(1)标签审核。食品标签,是指在食品包装容器上或附于食品包装容器上的一切附签、吊牌、文字、图形、符号说明物。预包装食品,指预先定量包装或者制作在包装材料和容器中的食品。

食品和添加剂的标签、说明书,不得含有虚假、夸大的内容,不得涉及疾病预防、治疗功能。生产者对标签、说明书上所载明的内容负责。食品和食品添加剂的标签、说明书应当清楚、明显、容易辨识。食品和食品添加剂与其标签、说明书所载明的内容不符的,不得上市销售。

入境的预包装食品应当有中文标签、中文说明书。标签、说明书应当符合《食品安全法》以及我国其他有关法律、法规的规定和食品安全国家标准的要求,载明食品的原产地以及境内代理商的名称、地址、联系方式。预包装食品没有中文标签、中文说明书或者标签、说明书不符合《食品安全法》规定的,不得入境。

目前，检验检疫机构对食品的标签审核，与入境食品检验检疫结合进行。入境食品标签审核的内容包括：标签的格式、版面以及标注的与质量有关的内容是否真实、准确。经审核合格的，在按规定出具的检验证明文件中加注“标签经审核合格”。

(2)凡以保健食品名义报检的入境食品必须报国家食品药品监督管理局审批合格后方准入境。凡取得保健食品批号的入境保健食品，在入境时须增做功能性复核试验项目，否则一律不予签发《卫生证书》。

(3)进口尚无食品安全国家标准的食品，或者首次进口食品添加剂新品种、食品相关产品新品种，进口商应当向国务院卫生行政部门提出申请并提交相关的安全性评估材料。国务院卫生行政部门依照《食品安全法》第四十四条规定做出是否准予许可的决定，并及时制定相应的食品安全国家标准。

(4)向我国境内出口食品的出口商或者代理商应当向国家出入境检验检疫部门备案。向我国境内出口食品的境外食品生产企业应当经国家出入境检验检疫部门注册。

国家出入境检验检疫部门应当定期公布已经备案的出口商、代理商和已经注册的境外食品生产企业名单。

(5)进口商应当建立食品进口和销售记录制度，如实记录食品的名称、规格、数量、生产日期、生产或者进口批号、保质期、出口商和购货者名称及联系方式、交货日期等内容。

食品进口和销售记录应当真实，保存期限不得少于2年。

7.6.3 报检时应提供的单据

(1)报检人按规定填写《入境货物报检单》并提供相关外贸单据，如合同、发票、装箱单、提(运)单等；

(2)进口食品原产地证书；

(3)输出国使用的农药、化肥、除草剂、熏蒸剂及生产食品的原料、添加剂、加工方法等有关资料及标准。

7.6.4 入境食品换证

入境食品经营企业(指入境食品的批发、零售商)在批发、零售进口食品时应持有当地检验检疫机构签发的入境食品卫生证书。入境食品在口岸检验合格取得卫生证书后再转运内地销售时，入境食品经营企业应持口岸检验检疫机构签发的入境食品卫生证书正本或副本到当地检验检疫机构换取卫生证书。申请换证时也应填写《入境货物报检单》，并在报检单“合同订立的特殊条款以及其他要求”一栏中注明需换领证书的份数。

7.7　入境化妆品的报检

7.7.1　报检的范围

法定检验的化妆品指以涂、擦散布于人体表面任何部位(皮肤、毛发、指甲、口唇等)或口腔黏膜,以达到清洁、护肤、美容和修饰目的的产品。

7.7.2　报检的要求

国家质检总局对进出境化妆品实施分级监督检验管理制度。按照品牌、品种将进出境化妆品的监督检验分为放宽级和正常级,并根据日常监督检验结果,动态公布《进出境化妆品分级管理类目表》。检验检疫机构对入境化妆品及其生产企业实施卫生质量许可制度等监督管理措施。入境化妆品经营单位应到本地检验检疫机构登记备案。

入境化妆品由入境口岸检验检疫机构实施检验。经检验合格的入境化妆品,必须在检验检疫机构监督下加贴检验检疫标志。

入境化妆品的标签内容必须符合中国法律法规和强制性标准的规定以及与质量有关内容的真实性、准确性。检验检疫机构对化妆品的标签审核与入境化妆品检验检疫结合进行。经检验合格的,在按规定出具的检验证明文件中加注“标签经审核合格”。

化妆品标签审核的内容包括:

(1)标签所标注的化妆品卫生质量状况、功效成分等内容是否真实、准确;

(2)标签的格式、版面、文字说明、图形、符号等是否符合有关规定;

(3)入境化妆品是否使用正确的中文标签;

(4)标签是否符合进口国使用要求。

7.7.3　报检时应提供的单据

报检人按规定填写《入境货物报检单》并提供相关外贸单据,如合同、发票、装箱单、提(运)单等。对于从发生疯牛病的国家或地区进口化妆品,有关进口商必须向口岸出入境检验检疫机构提供输出国或地区官方出具的动物检疫证书,说明该化妆品不含有牛、羊的脑及神经组织、内脏、胎盘和血液(含提取物)等动物性原料成分。

7.8　入境石材和涂料的报检

7.8.1　报检的范围

法定检验的入境石材是指《商品名称及编码协调制度》中编码为2515、2516、6801、6802项下的商品。法定检验的进口涂料是指《商品名称及编码协调制度》中编码为3208、3209项下的商品。

7.8.2 石材的报检程序和应提供的单据

进口石材的货主或其代理人应在货物入境前按《出入境检验检疫报检规定》,到入境口岸检验检疫机构办理报检。报检时除提供合同、发票、提单和装箱单等资料外,还应提供符合 GB 6566—2001 分类要求的石材说明书,注明石材原产地、用途、放射性水平类别和适用范围等;报检人未提供说明书或说明书中未注明的,均视为使用范围不受限制,检验时依据 GB 6566—2001 规定的最严格限量要求进行验收。

7.8.3 涂料的报检程序和应提供的单据

1. 登记备案

国家质检总局对进口涂料的检验采取登记备案、专项检测制度。进口涂料的生产商、进口商和进口代理商根据需要,可以向备案机构申请进口涂料备案。备案申请应在涂料进口之前至少 2 个月向备案机构申请。

国家质检总局指定的进口涂料备案机构和专项检测试验室,分别负责进口涂料的备案和专项检测。备案机构和专项检测试验室必须具备检测能力和相应的资格。

2. 报检程序和应提供的单据

货主或其代理人应在进口涂料入境前按照《出入境检验检疫报检规定》,到入境口岸检验检疫机构办理报检。报检时除提供合同、发票、提单和装箱单等资料外,已经备案的进口涂料应同时提交《进口涂料备案书》或其复印件。

口岸检验检疫机构按照以下规定实施检验。

(1)逐批核查《进口涂料备案书》的符合性。核查内容包括品名、品牌、型号、生产厂商、产地、标签等。

(2)专项检测项目的抽查。同一品牌涂料年度抽查比例不少于进口批次的 10%,每个批次抽查不少于进口规格型号种类的 10%,所抽取样品送专项检测试验室进行专项检测。

(3)对于未经备案的进口涂料,检验检疫机构接受报检后,按照有关规定抽取样品,并由报检人将样品送专项检测试验室检测,检验检疫机构根据专项检测报告进行符合性核查。

(4)对于经检验合格的进口涂料,检验检疫机构签发《入境货物检验检疫证明》。对于检验不合格的进口涂料,检验检疫机构出具检验检疫证书,并报国家质检总局。对于专项检测不合格的进口涂料,收货人必须将其退运出境或者按照有关规定妥善处理。

7.9 鉴定业务的报检

7.9.1 外商投资财产价值鉴定

1. 报检的范围

外商投资财产是指在外商投资企业及各种对外补偿贸易方式中,境外(包括港、澳、台地区)投资者以实物作价投资的,或外商投资企业委托国外投资者用投资资金从境外购买的财产(外商独资企业的外商投资财产除外)。

外商投资财产价值鉴定的内容包括外商投资财产的品种、质量、数量、价值和损失的鉴定。品种、质量、数量鉴定是对外商投资财产的品名、型号、质量、数量、规格、商标、新旧程度及出厂日期、制造国别、厂家等的鉴定。价值鉴定是对外商投资财产的现时价值的鉴定。损失鉴定是对外商投资财产因自然灾害、意外事故引起的损失的原因、程度,以及损失清理费用和残余价值的鉴定。

2. 报检的程序

报检人应向口岸或到达站检验检疫机构提出申请,口岸或到达站检验检疫机构审核其有关单据符合要求后受理其报检申请,并签发《入境货物通关单》。企业凭此单向海关办理通关放行手续。货物通关后,货主或其代理人应及时与出入境检验检疫机构联系办理具体检验鉴定手续。货物通关后转运异地的,货主或代理人应及时与最终到货地检验检疫机构联系办理检验鉴定手续。检验检疫机构对鉴定完毕的外商投资财产签发《价值鉴定证书》,供企业到所在地会计事务所办理验资手续。

3. 报检时应提供的单据

报检人按规定填写《入境货物报检单》并提供相关外贸单据,如合同、发票、装箱单、提(运)单等。首次办理的企业应提供营业执照副本复印件、外商投资企业批准证书复印件、公司章程、进口财产明细表。若投资物涉及废、旧物品及许可证管理的物品,应取得相应证明文件。

7.9.2 残损鉴定

1. 鉴定范围

入境商品发生残损或者可能发生残损而必须进行残损检验鉴定的,入境商品的收货人或其他贸易关系人应向进口商品卸货口岸所在地检验检疫机构申请残损检验鉴定。检验检疫机构凭入境商品的发货人、收货人、保险人、承运人的申请和国内外仲裁、司法、检验机构的委托,办理舱口检视、载损鉴定、监视卸载、海损鉴定、验残等入境商品残损鉴定工作,以确定货损的原因、程度、金额及商品的贬值程度或加工整理的费用等。

2. 申请鉴定的时间和地点

对于入境商品在卸货中发现或者发生残损的,应停止卸货并立即申请鉴定。对于须登轮了解受损情况,以确定受损范围和判定致损原因的,应在卸货前申请鉴定。对于易腐、易变、易扩大损失的残损商品,发现残损立即申请鉴定。对于须申请到货地检验检疫机构鉴定的残损商品,应在索赔期满20天前申请鉴定。对于卸货时发现包装或外表残损的,必须在卸货口岸申请当地检验检疫机构鉴定。对于包装完整或有隐蔽性缺陷的残损商品,可向到货地检验检疫机构申请鉴定。

检验检疫机构鉴定后出具残损证书,进口商可依此向有关方面提出索赔。依照国际惯例,残损鉴定费应由造成残损一方负担。当换货、补发货进口通关时,进口商可凭检验检疫机构出具的有关检验鉴定证书和《入境货物通关单》免交换补货的进口关税。

3. 申请鉴定时应提供的单据

(1)申请舱口检视、载损鉴定和监视卸载的,应提供舱单、积载图、航海日志及海事声明等;

(2)申请海损鉴定的,应提供舱单、积载图、提单、海事报告、事故报告等;

(3)申请验残的,应提供合同、提单、发票、装箱单、理货残损单、说明书、重量明细单、品质证书等。

另外,报检人还应提供货损情况说明,对已与外商签署退换货赔偿协议的应附赔偿协议复印件。

7.10 入境展览物品的报检

7.10.1 报检的范围

参加国际展览的入境展览物品及其包装材料、运输工具均应实施检验检疫。

7.10.2 报检的程序

展览物品入境前、入境时,货主或其代理人应持有关证单向出入境检验检疫机构报检,出入境检验检疫机构根据有关规定出具《入境货物通关单》。入境展品不必进行品质检验。

入境展览物品运抵存放地后,检验检疫人员实施现场检验检疫,对入境的集装箱进行检疫处理,并按有关规定对入境货物进行取样。经现场检验检疫合格或经检验检疫处理合格的展览物品,可以进入展览馆展出,展览期间受检验检疫机构的监管。经检疫不合格又无有效处理方法的,作退运或销毁处理。

入境展览物品在展览期间必须接受检验检疫人员的监督管理,仅供用于展览,未经许可不得改作他用。展览会结束后,所有入境展览物品须在检验检疫人员监管下由货主或其代理人作退运、留购或销毁处理。留购的展览物品,报检人应重新办理有关检验检疫手续。

对于退运的展览物品,须出具官方检疫证书的应在出境前向出入境检验检疫机构报检，经检疫或除害处理合格后，出具有关证书，准予出境。

7.10.3 报检时应提供的单据

报检时，应填写《入境货物报检单》并提供外贸合同、发票、提（运）单等有关证单。

入境展览物品为旧机电产品的应按旧机电产品备案手续办理相关证明。

对于须进行检疫审批的动植物及其产品，应提供相应的检疫审批手续。

7.11 入境人类食品和动物饲料添加剂及原料产品的报检

7.11.1 报检的范围

国家质检总局与商务部、海关总署于2007年4月30日印发的将124种人类食品和动物饲料添加剂及原料产品列入了《法检目录》的联合公告（2007年第70号）提及的产品。

7.11.2 报检的要求

（1）对于申报用于人类食品和动物饲料添加剂及原料的产品，由出入境检验检疫机构进行检验检疫，海关凭出入境检验检疫机构签发的《出境/入境货物通关单》办理放行手续。

（2）对于申报仅用于工业用途、不用于人类食品和动物饲料添加剂及原料的产品，企业须提交贸易合同及非用于人类食品和动物饲料添加剂及原料用途的证明，经出入境检验检疫机构查验无误后，对检验检疫类别仅为R或S的，直接签发《出境/入境货物通关单》；检验检疫类别非R或S的，按规定实施品质检验。海关凭出入境检验检疫机构签发的《出境/入境货物通关单》办理放行手续。

（3）进口124种人类食品和动物饲料添加剂及原料产品时，外包装上须印明产品用途（用于食品加工或动物饲料加工或仅用于工业用途），所印内容必须与向检验检疫机构申报用途一致。

8 出境货物报检

8.1 出境货物木质包装的报检

8.1.1 报检的范围

根据《中华人民共和国进出境动植物检疫法》及《中华人民共和国进出境动植物检疫法实施条例》,对出境植物、植物产品及其他检疫物的装载容器、包装物及铺垫材料依照规定实施检疫。

2009 年 1 月 1 日起,所有出境货物木质包装均须按要求进行检疫处理并加施 IPPC 专用标识。

8.1.2 报检的要求

报检时应注意:如输入国家或地区已采用《木质包装检疫国际标准》(ISPM15 号)的,出口商不必向检验检疫机构报检,但应接受监管和抽查;如输入国家或地区要求出具《植物检疫证书》或《熏蒸/消毒证书》的,出口商仍应报检。

8.2 出境机电产品的报检

8.2.1 出境电池的报检

1. 报检的范围

国家对出境电池产品实行备案和汞含量专项检测制度,未经备案或汞含量检测不合格的电池产品不准出境。电池产品的报检范围是:编码 8506、8507 项下的所有子目商品。

2. 报检的程序

出境电池产品必须经过审核，取得《进出口电池产品备案书》后方可报检。《进出口电池产品备案书》向所在地检验检疫机构申请。

3. 报检时应提供的单据

按规定填写《出境货物报检单》并提供相关外贸单据，如合同或销售确认书、发票、装箱单等；《出境货物运输包装性能检验结果单》（正本）；《进出口电池产品备案书》（正本）或其复印件。《进出口电池产品备案书》有效期为1年。

4. 施检程序

未列入《出入镜检验检疫机构实施检验检疫的进出境商品目录》的不含汞的出境电池产品可凭《进出口电池产品备案书》（正本）或复印件申报放行，不实施检验；含汞电池产品实施汞含量和其他项目的检验。

8.2.2 出境小家电产品的报检

1. 报检的范围

小家电产品指须外接电源的家庭日常生活使用或类似用途，具有独立功能的并与人身有直接或间接的接触，将电能转化为功能或热能，涉及人身安全、卫生、健康的小型电器产品。

报检范围：编码为84145110的功率≤125瓦的吊扇，84145120的功率≤125瓦的换气扇，84145130的功率≤125瓦具有旋转导风轮的风扇，84145191的输出功率≤125瓦的台扇，84145192的输出功率≤125瓦的落地扇，84145193的输出功率≤125瓦的壁扇，84145199的功率≤125瓦其他未列名风机、风扇，84212110的家用型水过滤、净化机器及装置，84213910的家用型气体过滤、净化机器及装置，84213991的静电除尘器，84221100的家电型洗碟机，84248910的家用型喷射、喷雾机械器具，85091000的真空吸尘器，85092000的地板打蜡机，85093000的厨房废物处理器，85094000的食品研磨机、搅拌器及果、菜榨汁器，85098000的其他家用电动器具，85101000的电动剃须刀，85102000的电动毛发推剪，85103000的电动脱毛器，85161000的电热水器（指电热的快速热水器、储存式热水器、侵入式液体加热器），85162100的电气储存式散热器，5162990的电气空间加热器，85163100的电吹风机，85163200的其他电热理发器具，85163300的电热干手器，85164000的电熨斗，85165000的微波炉，85166010的电磁炉，85166030的电饭锅，85166040的电炒锅，85166090的其他电炉、电锅、电热饭、加热环等，85167100的电咖啡壶或茶壶，85167200的电热烤面包器，85167900的未列名电热器具，90191010的按摩器具，95069110的健康及康复器具。

2. 报检的程序

1）出境小家电产品生产企业实行登记制度

登记时，应提交《出口小家电生产企业登记表》，并提供相应的出口产品质量技术文件，如产品企业标准、国内外认证证书、出口质量许可证书、型式试验报告及其他有关产品获证文件。检验检疫机构对出口小家电产品的企业的质量保证体系进行书面审核和现场验证，重点审查其是否具备必须的安全项目（如抗电强度、接地电池、绝缘电阻、泄漏电流及特定产品特殊项目）的检测仪器和相应资格的检测人员。

2）小家电产品取得型式试验报告

首次登记的企业，由当地的检验检疫机构派员从生产批中随机抽取并封存样品，由企业送至国家质检总局指定的试验室进行型式试验。凡型式试验不合格的产品，一律不准出口。

3. 报检时应提供的单据

（1）按规定填写《出境货物报检单》并提供相关外贸单据，如合同或销售确认书、发票、装箱单等；

（2）由检验检疫机构签发的产品合格的有效的型式试验报告（正本）；

（3）对于列入强制产品认证的，还应提供强制认证证书和认证标志。

8.3 出境食品的报检

8.3.1 报检的范围

法定检验的出境食品包括一切出境食品（如各种供人食用、饮用的成品和原料，以及按照传统习惯加入药物的食品）和用于出境食品的食品添加剂等。

《中华人民共和国食品卫生法》对食品和食品添加剂的定义：食品是指各种供人食用或者饮用的成品和原料以及按照传统既是食品又是药品的物品，但是不包括以治疗为目的的物品；食品添加剂是指为改善食品品质和色、香、味，以及为防腐和加工工艺的需要而加入食品中的化学合成或者天然物质。

8.3.2 报检的要求

出境食品的报检应注意：出境食品的生产、加工、储存企业实施卫生注册或登记制度，货主或其代理人向检验检疫机构报检的出口食品，应产自或储存于经卫生注册或登记的企业或仓库。对于未经卫生注册或登记的企业和仓库所生产或储存的出境食品，不予受理报检。

8.3.3 报检时应提供的单据

（1）按规定填写《出境货物报检单》并提供相关外贸单据，如合同或销售确认书、发票、装箱单等。

（2）提供生产企业（包括加工厂、冷库、仓库等）的卫生注册或登记号码。

8.4 出境食品包装容器和包装材料的报检

8.4.1 报检的范围

出境食品包装容器、包装材料(以下简称食品包装)是指已经与食品接触或预期会与食品接触的出境食品内包装、销售包装、运输包装及包装材料。

出境食品包装检验监管的范围包括对出境食品包装的生产、加工、储存、销售等生产经营活动的检验检疫和监管。

8.4.2 报检有关规定

食品包装容器和包装材料的生产企业在提供出境食品包装容器和包装材料给出口食品生产企业前,应到所在地检验检疫机构申请对该出境食品包装的检验检疫。生产企业在申报时应注明出口国别,经检验检疫合格的由施检的检验检疫机构出具《出入境食品包装及材料检验检疫结果单》,证单有效期为1年。未经检验检疫机构检验检疫或经检验检疫不合格的食品包装不得用于包装和盛放出境食品。

出境食品生产企业在生产出口食品时应使用经检验检疫机构检验合格的食品包装容器和包装材料。

8.4.3 监督管理

国家质检总局对出境食品包装生产企业实行备案制度,由各直属检验检疫局负责对辖区相关企业实施备案登记。

出境食品包装生产企业申请时应提交以下资料:

(1)《出入境食品包装及材料备案登记申请表》;

(2)出境食品包装生产企业《企业法人营业执照》(复印件);

(3)食品容器、包装材料的成分、助剂说明材料;

(4)食品容器、包装材料的生产工艺说明材料;

(5)备案登记申请单位就其产品中有害有毒物质符合我国卫生标准和卫生要求的自律声明;

(6)生产企业平面图;

(7)生产企业概况;

(8)其他相关资料。

登记备案后,检验检疫机构对同一个企业的同一种材料、同一种设计规格、同一种加工工艺的出口食品包装,实行安全、卫生项目的周期检测。周期为3个月,连续3次周期检测合格的企业,可延长检测周期为6个月,连续两次检测不合格的企业,检测周期缩短为1个月。检测周期内检验检疫机构将进行现场抽批验证及部分安全、卫生项目抽查。经抽查检测不合格的,不准出口。

对出境食品包装生产企业实行企业代码制,企业代码应根据标准要求标注在包装容器上。

8.5 出境食品运输包装加施检验检疫标志

8.5.1 运输包装加施检验检疫标志的出境食品范围

运输包装加施检验检疫标志的出境食品范围:水产品及其制品、畜禽、野生动物肉类及其制品、肠衣、蛋及蛋制品、食用动物油脂,以及其他动物源性食品;大米、杂粮(豆类)、蔬菜及其制品、面粉及粮食制品、酱腌制品、花生、茶叶、可可、咖啡豆、麦芽、啤酒花、籽仁、干(坚)果和炒货类、植物油、油籽、调味品、乳及乳制品、保健食品、酒、罐头、饮料、糖与糖果巧克力类、糕点饼干类、蜜饯、蜂产品、速冻小食品、食品添加剂。

8.5.2 食品运输包装加施检验检疫标志的要求

运输包装上必须注明生产企业名称、卫生注册登记号、产品品名、生产批号和生产日期,并加施检验检疫标志。

标志应牢固加施在运输包装的正侧面左上角或右上角,加施标志规格应与运输包装的大小相适应。

企业应将加施标志的时间、地点、规格、流水号区段等信息登记在企业产品检验合格报告上,以备报检时提交产地检验检疫机构。

8.6 出境化妆品的报检

化妆品指以涂、擦散布于人体表面任何部位(皮肤、毛发、指甲、口唇等)或口腔黏膜,以达到清洁、护肤、美容和修饰目的的产品。化妆品是和人体直接接触的物质,对安全和卫生要求很高。国际上许多国家对它进行立法管理,1990 年起我国对进出口化妆品实施法定检验。

8.6.1 报检的范围

报检范围:HS 编码为 33030000 的香水及花露水,33041000 的唇用化妆品,33042000 的眼用化妆品,33043000 的指(趾)用化妆品,33049100 的香粉(不论是否压紧),33049900.10 的护肤品(包括防晒油或晒黑油,但药品除外),33049900.90 的其他美容化妆品,33051000 的洗发剂(香波),33052000 的烫发剂,33053000 的定型剂,33059000 的其他护发品。

8.6.2 报检的程序

检验检疫机构对出境化妆品实施检验的项目包括化妆品的标签、数量、重量、规格、包装、标记以及品质卫生等。检验检疫机构还应检验化妆品包装容器是否符合产品的性能及安全卫生的要求。出境化妆品经检验合格的,由检验检疫机构出具合格证单。经检验不合格的,由检验检疫机构出具不合格证单。其中,安全卫生指标不合格的,应在检验检疫机构监督下进行销毁或退货;其他项目不合格的,必须在检验检疫机构监督下进行技术处理,经重新检验合格后方可销售或出境;不能进行技术处理或者经技术处理后重新检验仍不合格的,不准出境。

8.6.3 报检时应提供的单据

(1)按规定填写《出境货物报检单》并提供相关外贸单据,如合同或销售确认书、发票、装箱单等。

(2)首次出口的化妆品必须提供生产卫生许可证、安全性评价资料和产品成分表(包括特殊化妆品),以供检验检疫机构备案。

(3)对于出口预包装化妆品,除应按报检规定提供报检资料外,还应提供与标签检验有关的标签样张和翻译件。出口化妆品的标签必须符合进口国(地区)的要求。根据国家质检总局2006年第44号公告《关于调整进出口食品、化妆品标签审核制度的公告》,自2006年4月1日起,出口化妆品的标签审核与出口化妆品检验检疫结合进行,不再实行预先审核。

8.7 出境玩具的报检

玩具是促进儿童增长知识、发展智力的益智产品,一般是为特定年龄组的儿童设计和制造的,由于儿童受智力发育的自然限制不能识别玩具在正常使用中或滥用后的潜在危险,不懂得如何保护自己免受伤害。因此国际上对玩具的安全、卫生性能要求很高,许多国家制定了严格的玩具安全标准,并实施严格的检验管制。我国对出口玩具及其生产企业实行质量许可制度,生产出口玩具的企业必须按《出口玩具质量许可证管理办法》建立质量保证体系,并取得《出口玩具质量许可证》,检验检疫机构必须凭《出口玩具质量许可证》接受报检。

8.7.1 报检的范围

玩具的种类很多,按加工工艺不同分为布绒玩具、塑料玩具、电子玩具、电动玩具和机械玩具。

法定检验的玩具范围:HS编码为95010000的供儿童乘骑的带轮玩具及玩偶车(如三轮车、踏板车、踏板汽车),95021000的玩偶(无论是否着装),95031000的玩具电动火车(包括轨道、信号及其他附件),95032000的缩小(按比例缩小)圈套模型组件(不论是否活动,但编号950310的货品除外),95033000的其他建筑套件及建筑玩具,95034100的填充玩具动物,95034900的其他玩具动物,95035000的玩具乐器,95036000的智力玩具,95037000的组装成套的其他玩具,95038000的其他带动力装置的玩具及模型,95039000的其他未列明的玩具。

8.7.2 报检的程序

(1)生产出口玩具的企业根据《出口玩具质量许可证管理办法》的要求,向检验检疫机构申请《出口玩具质量许可证》。申请《出口玩具质量许可证》必须符合下列要求:出口玩具样品必须按照《出口玩具型式试验规则》试验合格;出口玩具的生产企业按照ISO9000标准系列和《出口玩具生产企业质量体系评审表》建立质量体系。在资料审查、型式试验和生产企业现场评审合格后,由国家质检总局统一颁发出口质量许可证,证书有效期5年。

(2)检验检疫机构凭《出口玩具质量许可证》受理报检。

(3)出口玩具的发货人应在货物装运前7天向检验检疫机构报检,出口玩具必须逐批实施检验,检验不合格的不准出口。

8.7.3 报检时应提供的单据

除按规定填写《出境货物报检单》并提供合同或销售确认书、发票、装箱单等有关外贸单据外,还应提供如下相应资料:

(1)提供《出口玩具质量许可证》;

(2)该批货物符合输入国法规、标准和国家强制性标准的质量合格的符合性声明;

(3)所使用油漆的检测合格报告,没有提供合格报告的不予接受报检。

8.8 出境烟花爆竹的报检

烟花爆竹自古就是民间喜庆佳节的文娱佳品,也是我国传统的大宗出口商品,属于易燃易爆的危险品。根据《国务院办公厅关于加强烟花爆竹生产经营安全监督管理和清理整顿的紧急通知》的精神和《出口烟花爆竹检验管理办法》(原国家出入境检验检疫局第9号令)、《关于进一步加强对出口烟花爆竹检验和对其生产企业管理的紧急通知》的规定,检验检疫机构对出口烟花爆竹的企业实施登记管理制度。

8.8.1 报检的范围

报检的范围包括HS编码为36041000的烟花爆竹。

8.8.2 报检的要求

报检应注意以下几方面的要求。

(1)出口烟花爆竹的企业应向所在地的检验检疫机构正式提交书面登记申请。生产企业应提供有关生产、质量、安全等方面的资料,由检验检疫机构对申请登记企业进行考核。对于考核合格的企业,由检验检疫机构授予专用代码。经考核合格的企业,方可从事烟花爆竹的出口。生产烟花爆竹的企业应按照《联合国危险货物建议书规章范本》和有关法律、法规的规定生产、储存出境烟花爆竹。

(2)出境烟花爆竹的检验应严格执行国家法律、法规规定的标准。对进口国以及贸易合同高于我国法律、法规规定标准的,按其标准检验。检验检疫机构对首次出口或者原材料、配方发生变化的烟花爆竹应实施烟火药剂安全稳定性能检测。对长期出口的烟花爆竹产品,每年应进行不少于一次的烟火药剂安全稳定性能检验。

(3)对于盛装出口烟花爆竹的运输包装,应标有联合国规定的危险货物包装标记和出口烟花爆竹生产企业的登记代码标记。凡经检验合格的出口烟花爆竹,由检验检疫机构在其运输包装明显部位加贴验讫标志。

8.8.3　报检时应提供的单据

报检时应提供以下单据。

(1)按规定填写《出境货物报检单》并提供相关外贸单据,如合同或销售确认书、发票、装箱单等。

(2)生产烟花爆竹的企业在申请出口烟花爆竹的检验时,应向检验检疫机构提交《出口烟花爆竹生产企业声明》。

(3)对于出口组合类烟花爆竹(即不同花色品种的烟花爆竹混装于一个销售包装内),在组合前,每种出口烟花爆竹必须经产地检验检疫机构检验合格并出具《出境货物换证凭单》,组合烟花爆竹的企业在出口时凭《出境货物换证凭单》(正本)向口岸检验检疫机构申请核查,经查验合格后,方可出口。

8.9　出境打火机和点火枪类商品的报检

打火机和点火枪类商品是涉及运输及消费者人身安全的危险品,美国、加拿大及欧盟等国家已陆续对该类产品强制性的执行国际安全质量标准。我国是打火机、点火枪类商品生产和出口大国。近年来,我国出口该类商品因质量不符合国际标准被进口国查禁、销毁、退货情况时有发生,甚至出现了在运输过程中爆炸及烧伤儿童的安全质量事故,直接影响我国产品的信誉和出口。为提高我国该类商品的质量,促进贸易发展,保障运输及消费者人身安全,原国家出入境检验检疫局、经贸部、海关总署联合发文,自 2001 年 6 月 1 日起,对出口打火机、点火枪类商品实施法定检验。

8.9.1　报检的范围

出境需要实施检验的打火机、点火枪类商品包括:HS 编码为 96131000 的一次性袖珍气体打火机,96132000 的可充气袖珍气体打火机,96133000 的台式打火机,96138000 的其他类型打火机(包括点火枪)。

8.9.2　报检的程序

报检应按照以下程序进行。

(1)各直属检验检疫机构对出口打火机、点火枪类的企业实施登记管理制度。对于经审查合格的企业,由各直属局颁发《出口打火机、点火枪类商品生产企业登记证》并取得规定的代码和批次号。

(2)企业应按照《联合国危险货物建议书规章范本》和有关法律、法规的规定进行出口打火机、点火枪类商品的生产、包装、储存。

(3)出境打火机、点火枪类商品应严格按照国家法律、法规规定的标准进行检验。对于进口国高于我国法律、法规规定标准的,按进口国标准进行检验。对于我国与进口国政府有危险品检验备忘录或协议的,应符合备忘录或协议的要求。

(4)出口打火机、点火枪类商品上应注有检验检疫机构颁发的登记代码,其外包装上须印有登记代码和批次,在外包装的明显部位上应贴有检验检疫机构的验讫标志,否则不予放行。

8.9.3 报检时应提供的单据

报检时应提供以下单据:

(1)按规定填写《出境货物报检单》并提供相关外贸单据,如合同或销售确认书、发票、装箱单等;

(2)《出口打火机、点火枪类商品生产企业自我声明》;

(3)《出口打火机、点火枪类商品企业登记证》;

(4)《出口打火机、点火枪类商品的型式试验报告》。

8.10 出境危险货物小型气体容器包装的报检

检验检疫机构根据《商检法》和《国际海运危险货物规则》的有关规定,对海运出口危险货物小型气体容器包装实施检验和管理,有关生产企业应向检验检疫机构申请海运出境危险货物小型气体容器包装的检验。

8.10.1 报检的范围

实施检验的海运出口危险货物小型容器是指充灌有易燃气体的气体充灌容器,容量不超过1 000 cm^3,工作压力大于0.1 MPa(100 kPa)的气体喷雾器及其他充灌有气体的容器。

8.10.2 报检的程序

(1)生产出境危险货物小型气体容器的生产企业应事先向当地检验检疫机构办理注册登记。经检验检疫机构按国家质检总局《出口商品质量许可证管理办法》考核合格并获得出口商品质量许可证,取得出口商品质量体系(ISO9000)合格证书的企业方准予从事出境危险货物小型气体容器的生产。

(2)已获准生产出境危险货物小型气体容器的生产企业在对本企业产品检验合格后,应向检验检疫机构申请海运出口危险货物小型气体容器的包装检验。报检时填写《出境货物申请单》,并提供小型气体容器的生产标准、性能试验报告、厂检结果单。

(3)检验检疫机构依照《海运出口危险货物小型气体容器包装检验规程》及《国际海运危险货物规则》,对海运出境危险货物小型气体容器包装进行性能检验,经检验鉴定合格的签发《出境货物运输包装性能检验结果单》。

(4)申请人领取《出境货物运输包装性能检验结果单》。

(5)申请人可凭该检验结果单申请检验检疫机构签发《出境危险货物运输包装使用鉴定结果单》以及相应的检验证书。

(6)各地港务部门必须凭检验检疫机构出具的《出境危险货物运输包装使用鉴定结果单》或相应的检验证书对包装进行查验,经查验合格的货物给予装卸或承运。

8.11　出境危险货物包装容器的性能检验及使用鉴定的报检

危险货物是指具有燃烧、爆炸、腐蚀、毒害以及放射性、辐射性等危害生命、财产、环境的物质和物品。盛装这些物质或物品的容器,称为危险货物包装容器,均列入法定检验范围。

生产出境危险货物包装容器的企业必须向检验检疫机构申请进行包装容器的性能检验。包装容器经检验检疫机构检验合格并取得性能检验合格单的,方可用于包装危险货物。生产出境危险货物包装容器的企业必须申请检验检疫机构进行危险货物包装容器的使用鉴定。对于危险货物包装容器经检验检疫机构鉴定合格并取得使用鉴定结果单的,方可包装危险货物出境。

8.11.1　出境危险货物包装容器性能检验的报检

1. 申请并填写《出境货物运输包装检验申请单》

2. 报检时应提供的单据和资料

(1)生产包装容器的生产标准。

(2)生产包装容器的工艺规程及有关资料。

3. 检验检疫机构实施性能检验

4. 领取检验检疫证单

对于经检验检疫机构对空运、海运出境危险货物包装容器性能检验合格的,申请人领取《出境货物运输包装性能检验结果单》;对于经检验检疫机构检验不合格的,申请人领取《出境货物不合格通知单》。

8.11.2　《出境危险货物包装性能检验结果单》的使用

《出境危险货物包装性能检验结果单》中对危险货物包装的检验结果表明该单所列包装容器经检验检疫机构检验符合《国际海运危规》或《空运危规》的规定,该结果单具有以下用途。

(1)出口危险货物的经营单位向检验检疫机构申请出口危险货物品质检验时,必须向当地检验检疫机构提供《出境货物运输包装性能检验结果单》。检验检疫机构凭该单(原件),受理其品质检验。

(2)出口危险货物的经营单位向检验检疫机构申请出口危险货物包装容器的使用鉴定时,必须凭《出境危险货物包装性能检验结果单》(原件),向检验检疫机构申请办理《出境危险货物运输包装使用鉴定结果单》。

(3)当合同规定或客户要求出具《出境危险货物包装性能检验证书》时,可凭《出境危险货物包装性能检验结果单》(原件)向出境所在地检验检疫机构申请换发《出境危险货物包装性能检验证书》。

(4)对于同一批号不同单位使用的出境危险货物包装容器,在性能检验结果单的有效期内,可以凭该单向检验检疫机构申请办理分证。

(5)经检验检疫机构性能检验合格的本地区运输包装容器销往异地装货使用时,必须附有当地检验检疫机构签发的《出境货物运输包装性能检验结果单》随该批包装容器流通,检验检疫机构在接受出口危险货物报检时,凭《出境危险货物包装性能检验结果单》(原件)或分单(原件)受理品质检验或使用鉴定。

8.11.3 出境危险货物包装容器使用鉴定的报检

1. 按规定填写《出境货物运输包装检验申请单》

2. 报检时应提供的单据和资料

(1)《出境危险货物包装性能检验结果单》。

(2)其他有关资料。

3. 检验检疫机构实施使用鉴定

4. 领取检验检疫证单

对于经检验检疫机构对出境危险货物包装容器使用鉴定合格的,申请人领取《出境危险货物运输包装使用鉴定结果单》;对于经检验检疫机构鉴定不合格的,申请人领取《出境货物不合格通知单》。

8.11.4 《出境危险货物包装使用鉴定结果单》的使用

《出境危险货物包装使用鉴定结果单》表明该单所列包装容器经检验检疫机构鉴定合格,并按《国际海运危规》或《空运危规》的规定盛装货物,该结果单具有以下用途。

(1)外贸经营部门凭检验检疫机构出具的《出境危险货物包装使用鉴定结果单》验收危险货物。

(2)港务部门凭检验检疫机构出具的《出境危险货物包装使用鉴定结果单》安排出境危险货物的装运,并严格检查包装是否与检验结果单相符,有无破损渗漏、污染和严重锈蚀等情况。对包装不符合要求的,不得入库和装船。

(3)当合同规定或客户要求出具《出境危险货物包装容器检验证书》时,可凭《出境危险货物包装使用鉴定结果单》向出境所在地检验检疫机构申请换取《出境危险货物包装容器检验证书》。

(4)对同一批号,分批出境的危险货物包装容器在使用结果单有效期内,可凭该结果单在出境所在地检验检疫机构申请办理分证。

8.11.5 出境危险货物包装容器报检时应注意事项

出境危险货物包装容器报检时应注意以下事项。

(1)外贸经营单位在收购出口危险货物时,应向危险货物生产单位索取《出境危险货物包装使用鉴定结果单》。

(2)空运、海运出境危险货物的包装容器由检验检疫机构按照《国际海运危规》和《空运危规》规定实行强制性检验。包装容器检验不合格的不得使用、出口。

(3)《出境货物运输包装性能检验结果单》和《出境危险货物包装使用鉴定结果单》都有一定的有效期。出境危险货物应在其有效期内出口,对超过有效期的《出境危险货物包装使用鉴定结果单》和《出境货物运输包装性能检验结果单》,检验检疫机构不予受理报检换证手续,港务部门不予办理装运手续。

(4)《出境危险货物运输包装使用鉴定结果单》是出口公司向港务部门办理出境装运手续的有效证件。对未经鉴定合格并取得《出境危险货物运输包装使用鉴定结果单》的货物,港务部门拒绝办理出口装运手续。

8.12 出境普通货物运输包装容器的报检

8.12.1 报检的范围

出境普通货物运输包装容器的检验指列入《出入境检验检疫机构实施检验检疫的进出境商品目录》及其他法律、行政法规规定须经检验检疫机构检验检疫,并且检验检疫监管条件为"N"或"S"的出境货物的运输包装容器,必须申请检验,经检验检疫机构检验合格后,方准盛装出口货物。

8.12.2 出境货物运输包装容器的报检

1. 按规定填写《出境货物运输包装检验申请单》

2. 报检时应提供的单据和资料

(1)出口运输包装容器生产质量许可证。

(2)生产单位的本批包装容器"检验结果单"。

(3)包装容器规格清单。

(4)客户订单。

(5)该批包装容器的设计工艺、材料检验标准等技术资料。

8.12.3 《出境货物运输包装性能检验结果单》的使用

《出境货物运输包装性能检验结果单》具有以下用途。

(1)出境货物生产企业或经营单位向生产单位购买包装容器时,生产包装容器的单位应提供检验检疫机构签发的《出境货物运输包装性能检验结果单》(原件)。

(2)出境货物生产企业或经营单位申请出境货物检验检疫时,应向检验检疫机构提供《出境货物运输包装性能检验结果单》(原件),以便检验检疫机构核销。

(3)合同规定或客户要求出具包装检验证书时，可凭《出境货物运输包装性能检验结果单》(原件)向出境所在地检验检疫机构换发包装检验证书。

(4)对于同一批号不同单位使用的或同一批号多次装运出境货物的运输包装容器，在性能结果单有效期内，可以凭此单向检验检疫机构报检，申请分单。

8.13 出境纺织品标识的报检

根据1993年3月4日对外经济贸易合作部、海关总署和原国家商检局《关于发布〈对外经济贸易部、海关总署、国家商检局关于禁止纺织品非法转口的规定〉的通知》([1993]外经贸签发第10号)的规定，检验检疫机构应对对外经济贸易部公布的目录内的出境纺织品，进行标签、吊牌和包装的产地标识的检验。

8.13.1 报检的范围

凡列入对外经济贸易部公布的须经检验检疫机构进行检验的出境纺织品目录内的纺织品均在报检范围内。

8.13.2 报检时应提供的资料

报检时应提供报检的纺织品的包装唛头、标签、吊牌等实物。

8.13.3 报检的时间

报检的时间与报检纺织品的品质检验的时间相同。

8.13.4 出境纺织品标识查验放行

检验检疫机构对出境纺织品的包装唛头内容和标签、吊牌进行核查，经检验符合《关于禁止纺织品非法转口的规定》的，如产地与报关地一致的，检验检疫机构出具《出境货物通关单》上注明纺织品标识检验合格；如产地与报关地不一致的，出具《出境货物换证凭单》并注明纺织品标识检验合格。

8.14 市场采购出境货物和援外物资的报检

8.14.1 市场采购出境货物

1. 报检的范围

市场采购出境货物指由报检单位直接从市场、商店等批发或零售部门购买的货物。

2. 市场采购出境货物报检时应注意的问题

(1)市场采购出境货物的报检和检验检疫程序与大货贸易相同。

(2)报检时如不具备《厂检单》，可由出境单位提供经该单位检验合格的品质证明。

(3)市场采购出境货物必须取得检验检疫机构签发的《出境货物运输包装性能检验结果单》,否则对货物的包装须进行包装性能检验检疫。

(4)市场采购出境货物的报检和检验检疫工作在货物采购地进行,须出具换证凭单或转单的,应在证单中或转单信息中注明为市场采购货物。

(5)凡实施出口质量许可制度(如机电产品、化工品)和卫生注册登记制度(如食品、畜产品)的产品,必须向获证企业采购,禁止在市场上采购。

8.14.2 援外物资的报检

援外物资指在我国政府提供的无息贷款、低息贷款和无偿援助项下购置并用于援外项目建设或交付给受援国政府的一切生产和生活物资。根据现行的《对外援助物资检验管理办法(试行)》的规定,援外物资未经检验检疫机构产地检验、口岸查验合格的,不准启运出境。

1.报检时应提供的单据

(1)援外承包总合同或项目总承包企业与生产企业签订的内部销售合同、内部购销合同中必须有"援××国×××项目的内部购销合同"字样。

(2)检验合格单总承包企业验收合格证明。

(3)经贸部和国家质检总局的批文。

(4)《出境货物运输包装容器性能检验结果单》。

(5)货物清单。

2.援外物资的检验检疫工作流程

(1)填写《出境货物报检单》;

(2)提供相关随附单据;

(3)施检部门实施检验检疫;

(4)产地检验检疫机构出具《出境货物换证凭单》;

(5)口岸检验检疫机构对货物进行查验;

(6)查验合格的货物出具检验检疫证书,不合格的出具《出境货物不合格通知单》;

(7)物资项目的总承包企业凭各口岸检验检疫机构出具的检验证书向外经贸部办理结算。

3.对援外物资的特殊规定

(1)对援外物资供货厂商资质的审定:

①凡实施出境质量许可制度(如机电产品、化工品)和卫生注册登记制度(如食品、畜产品)的产品,必须向获证企业采购,禁止在市场上采购;

②未实施出境质量许可制度的产品,必须优先选用获得中国国家进出口企业认证机构认可委员会(CNAB)认证企业的产品,其次可选用获得国际质量体系认证企业的产品。

(2)对小批量、品种繁杂的援外物资,凡符合下列规定之一的,允许总承包企业在市场采购：

①由外经贸部委托总承包企业向已经建成成套项目提供的零配件企业采购；

②某一品种采购总价不超过10万元人民币的物资，但招（议）标文件规定的特殊情况除外。

（3）对于法律、行政法规规定由其他检验检疫机构实施检验的援外物资（西药、飞机、船舶等），报检单位应持其他检验检疫机构签发的有效合格证单到口岸检验检疫机构申请查验，经查验无误后换发检验证书。

8.15 出境木家具的报检

8.15.1 报检的范围

《实施出口木制品及木制家具检验监管的目录》所列的出口木制品及木制家具产品，除实施检疫监管外，还同时实施检验监管。

8.15.2 报检时应提供的单据

（1）按规定填写《出境货物报检单》并提供相关外贸单据，如合同或销售确认书、发票、装箱单等。

（2）产品符合输入国家或地区的技术法规、标准或国家强制性标准质量的符合性声明。

（3）输入国（地区）技术法规和标准对木制家具机械安全项目有要求的，出口木制家具生产企业必须提供相关检测报告。

8.15.3 报检其他规定

（1）对出口木制品和木制家具生产企业实施出口质量许可准入制度。出口木制品及木制家具生产企业应建立从原料、生产环节到最后成品的质量安全控制体系。对已建立健全的质量安全控制体系并运行有效的出口企业，实施分类管理。

（2）出境木制品及木制家具的生产企业，坚持产地检验、口岸查验的原则，不接受异地报检。

8.16 出境竹木草制品的报检

8.16.1 报检的范围

国家检验检疫部门和有关农、林行政部门依照《中华人民共和国进出境动植物检疫法》的规定，对出境的竹制品、木制品、草制品进行审查，并最终决定是否允许出境。

8.16.2 报检时应提供的单据

（1）《出境货物报检单》；

(2)出境货物换证凭单/条(仅适用于经产地检验检疫机构检疫并出具《出境货物换证凭单》或实施电子转单的);

(3)合同或信用证;

(4)代理报检委托书(仅适用于代理报检的),一类、二类企业报检时应同时提供《出境竹木草制品厂检记录单》。

8.16.3　报检其他规定

(1)办理现场检疫手续,货主或其代理人报检后,检验检疫机构根据竹木草制品的检疫类别,结合企业日常监督管理以及不同季节、输往国家或地区、是否经过检疫处理等情况,对出境竹木草制品实施现场批次抽查检疫。

(2)办理口岸查验手续,货主或其代理人应在《出境货物换证凭单》有效期内按有关规定向出境口岸检验检疫机构报检。口岸检验检疫机构按照《出境口岸查验规定》等有关规定进行查验,并作查验记录。发现问题需作试验室检验检疫的,应按照有关规定取样后,送试验室检疫。

(3)货主或其代理人办理完口岸查验手续后,检验检疫机构对出境竹木草制品的装卸、运输、储存、加工过程实施监督管理,并作监督管理记录。

(4)出境口岸检验检疫机构对查验不合格的货物,应将查验的有关情况向产地检验检疫机构通报。

(5)检验检疫机构对出境有具体检疫要求的竹木草制品实行备案、登记制度,并对植物生长期病虫害进行监测性调查。

(6)检疫或口岸查验合格的符合输入国家和地区的植物检疫要求、政府及政府主管部门间双边植物检疫协定、协议、备忘录和议定书以及贸易合同或信用证中有关检验检疫要求的,出具《植物检疫证书》、《卫生证书》、《检验证书》、《出境货物换证凭单》、《出境货物通关单》等有关单证。

(7)根据输入国家或地区的官方要求或货主申请,检验检疫部门需出具《熏蒸/消毒证书》的货物,在实施熏蒸处理后,出具《熏蒸/消毒证书》(美国、澳大利亚、新西兰、欧盟等国家一般要求出具证书)。出境货物检疫有效期一般为21天,北方部分地区冬季可酌情延长至35天。

知识加油站

《出境货物通关单》的有效期

《出境货物通关单》的有效期:一般货物为60天;植物和植物产品为21天,北方冬季可适当延长至35天;鲜活类货物为14天。检验检疫机构有其他规定的,以《出境货物通关单》标明的有效期为准。

来源:国家质量监督检验检疫总局门户网站

9 出入境动植物报检

9.1 入境动物及其产品的报检

9.1.1 报检的范围

入境动物及其产品的报检范围应包括入境的动物、动物产品及其他检疫物。

9.1.2 报检前的审批

输入动物、动物产品及其他检疫物的,必须事先提出申请办理检疫审批手续。

输入动物产品进行加工的货主或其代理人须申请办理注册登记,经出入境检验检疫机构检查考核其用于生产、加工、储存的场地,符合规定防疫条件的发给注册登记证,并应向检验检疫机构提出申请办理检疫审批手续。

9.1.3 检疫的工作程序

入境动物、动物产品的检疫应按照以下程序进行:货主或其代理人应在货物入境前向指定口岸检验检疫机构报检,约定检疫时间;经现场检疫合格的,允许卸离运输工具,对运输工具、货物外包装、污染场地进行消毒处理并签发《入境货物通关单》,将货物运至指定存放地点;入境后,该批货物须实施检验检疫,入境活动物时还须实施隔离检疫,未经检疫机构实施检验检疫,不得加工、使用、销售;经检验检疫合格的,签发《入境货物检验检疫证明》;经检验检疫不合格的,签发《检验检疫处理通知书》,在检验检疫机构的监督下,作退回、销毁或者无害化处理。

9.1.4 报检的时间和地点

(1)货主或其代理人应在货物入境前向指定口岸检验检疫机构报检,并约定检疫时间。

①输入种畜、禽及其精液、胚胎的,应在入境前30日报检;

②输入其他动物的,应在入境前15日报检;

③输入上述以外动物产品的,应在入境时报检。

(2)货主或其代理人应在检疫审批单规定的地点向检验检疫机构报检。在检疫审批单中对检疫地点规定的一般性原则如下:

①输入动物、动物产品和其他检疫物,向入境口岸检验检疫机构报检,由口岸检验检疫机构实施检疫;

②入境后须办理转关手续的检疫物,除活动物和来自动植物疫情流行国家或地区的检疫物由入境口岸检疫外,其他均在指运地检验检疫机构报检并实施检疫;

③涉及品质检验且在目的港或者到达站卸货时没有发现残损的,可在合同约定的目的地向检验检疫机构报检并实施检验。

9.1.5 报检时应提供的单据

货主或其代理人在办理入境动物、动物产品及其他检疫物的报检手续时,除填写《入境货物报检单》外,还应按检疫要求出具下列有关证单。

(1)外贸合同、发票、装箱单、海运提单或空运单、产地证等。

(2)列入检疫范围的入境动物、动物产品须提供《中华人民共和国进境动植物检疫许可证》。分批进口的,还须提供许可证复印件进行核销。

(3)输出国家或地区官方出具的检疫证书(原件)。

(4)输入活动物的,应提供隔离场审批证明。

(5)输入动物产品的,应提供加工厂注册登记证书。

(6)以一般贸易方式入境的肉鸡产品还须提供由商务部签发的《自动登记进口证明》。外商投资企业入境的肉鸡产品还须提供商务部或省级外资管理部门签发的《外商投资企业特定商品进口登记证明》复印件。

(7)以加工贸易方式入境的肉鸡产品还应提供由商务部签发的《加工贸易业务批准证》。

9.2 入境植物及其产品的报检

9.2.1 种子、苗木

1. 检疫审批

入境的植物种子、种苗,货主或其代理人应按照我国引进种子的审批规定,事先向农业部、国家林业局、各省植物保护站及林业局等有关部门申请办理《引进种子、苗木检疫审批单》。入境后须进行隔离检疫的,还要向检验检疫机构申请隔离场或临时隔离场。带介质土的,还须办理特许审批。转基因产品须到农业部申领许可证。

2. 报检的程序

(1)引进单位、个人或其代理人应在种子、苗木入境前10~15日,将《引进种子、苗木检疫审批单》送入境口岸直属检验检疫局办理备案手续。

(2)在种子、苗木入境前7日,货主或其代理人持有关资料向指定的出入境检验检疫机构报检,约定检疫时间。经出入境检验检疫机构实施现场检疫或处理合格的,签发《入境货物通关单》。

3. 报检时应提供的单据

货主或其代理人应填写《入境货物报检单》并随附合同、发票、提单、《引进种子、苗木检疫审批单》及输出国家或地区官方植物检疫证书、产地证等有关单证。

9.2.2 水果、烟叶和茄科蔬菜

1. 检疫审批

进口水果、烟叶和茄科蔬菜(主要有番茄、辣椒、茄子等)须事先提出申请,办理检疫审批手续,取得《中华人民共和国进境动植物检疫许可证》。

2. 报检的程序

在入境前,货主或其代理人应持有关资料向口岸出入境检验检疫机构报检,约定检疫时间。经出入境检验检疫机构检疫合格的,签发《入境货物通关单》,准予入境。

3. 报检时应提供的单据

货主或其代理人应填写《入境货物报检单》并随附合同、发票、提单、《中华人民共和国进境动植物产品检疫许可证》及输出国家或地区官方植物检疫证书、产地证等有关单证。

9.2.3 粮食和饲料

1. 报检的范围

入境应法定检验的"粮食"指禾谷类、豆类、薯类等粮食作物的子实及其加工产品;"饲料"指粮食、油料经加工后的副产品。

2. 检疫审批

国家质检总局对入境粮食和饲料实行检疫审批制度。货主或其代理人应在签订贸易合同前在直属出入境检验检疫局办理初审后送国家质检总局办理检疫审批手续。货主或其代理人应将《中华人民共和国进境动植物检疫许可证》规定的入境粮食和饲料的检疫要求在贸易合同中注明。

3. 报检程序及应提供的单据

货主或其代理人应在粮食和饲料入境前向入境口岸检验检疫机构报检。报检时,应填写《入境货物报检单》,并提供《中华人民共和国进境动植物检疫许可证》、贸易文件(合同、信用证等)约定的检验方法标准或成交样品、输出国家或地区官方植物检疫证书、发票、提单、产地证及其他有关单证。

9.2.4 其他植物产品

对入境法定检验的其他植物产品还作如下规定。

(1)进口原木须随附输出国家或地区官方检疫部门出具的植物检疫证书,证明

其不带有中国不关注的检疫性有害生物或双边植物检疫协定中规定的有害生物和土壤。进口原木带有树皮的，应在植物检疫证书中注明除害处理方法、使用药剂和剂量、处理时间和温度；进口原木不带有树皮的，应在植物检疫证书中做出声明。

(2)进口干果、干菜、原糖、天然树脂、土产等，货主或其代理人应根据货物的不同种类申办，对于必须办理检疫审批的(如干辣椒等)，在其入境前事先提出申请，办理检疫审批手续，取得许可证。货主或其代理人在进口上述货物前应持合同、输出国家或地区官方出具的植物检疫证书向有关出入境检验检疫机构报检，约定检疫时间。经出入境检验检疫机构实施现场检疫并试验室检疫合格或经检疫处理合格的，签发《入境货物通关单》，准予入境。

(3)植物性油类及植物性饲料，包括草料、颗粒状或粉状成品饲料的原料和配料以及随动物出入境的饲料，货主或其代理人在进口上述货物前应持合同、发票、输出国家或地方官方植物检疫证书等有关资料向出入境检验检疫机构报检，约定检疫时间。经检验检疫机构实施现场检疫并试验室检疫合格的，签发《入境货物通关单》，准予入境。

9.3　出境动物及其产品的报检

9.3.1　出境动物的报检

1. 报检的范围

依据《中华人民共和国进出境动植物检疫法》的规定，"动物"是指饲养、野生的活动物，如畜、禽、兽、蛇、龟、鱼、虾、蟹、贝、蚕、蜂等。

出境动物出境前应根据《中华人民共和国进出境动植物检疫法》、《中华人民共和国进出境动植物检疫实施条例》及有关规定进行检疫。检疫内容根据双边动物检疫协议、协定或动物检疫议定书、输入国的兽医卫生要求并参照贸易合同中订明的检疫要求确定。

2. 报检时间、地点及随附单据

(1)须隔离检疫的出境动物，应在出境前60日预报，隔离前7日报检。

(2)输出观赏动物，应在动物出境前30日持贸易合同或展出合约、产地检疫证书、国家濒危物种进出口管理办公室出具的许可证和信用证到出境口岸检验检疫机构报检。

(3)实行检疫监督的输出动物，生产企业须出示输出动物检疫许可证。

(4)输出国家规定保护的动物，应有国家濒危物种进出口管理办公室出具的许可证。

(5)输出非供屠宰用的畜禽，应有农牧部门品种审批单。

(6)输出试验动物，应有中国生物工程开发中心的审批单。

(7)输出观赏鱼类，应有养殖场供货证明、养殖场或中转包装场注册登记证和委托书等。

(8)输出野生捕捞水生动物,应提供所在地县级以上渔业主管部门出具的捕捞船舶登记证和捕捞许可证,捕捞渔船与出口企业的供货协议(含捕捞船只负责人签字),检验检疫机构规定的其他资料,进口国家或地区对捕捞海域有特定要求的,报检时应申明捕捞海域。

(9)输出养殖水生动物,应提供《注册登记证》(复印件)等单证,并按照检验检疫报检规定提交相关材料。不能提供《注册登记证》的,检验检疫机构不予受理报检。

9.3.2 出境动物产品及其他检疫物的报检

1. 报检的范围

根据《中华人民共和国进出境动植物检疫法》的规定,“动物产品”是指动物未经加工或虽经加工但仍有可能传播疫病的产品,如生皮张、毛类、脏器、油脂、动物水产品、奶制品、蛋类、血液、精液、胚胎、骨、蹄、角等;“其他检疫物”是指动物疫苗、血清、诊断液、废弃物等。

2. 报检的程序

对生产出境动物产品的企业(包括加工厂、屠宰厂、冷库、仓库)实施卫生注册登记制度。货主或其代理人向检验检疫机构报检的出境动物产品必须产自经注册登记的生产企业,并存放于注册登记的冷库或仓库。

3. 报检的时间

报检人在办理海关手续前应向检验检疫机构报检。出境动物产品,应在出境前7日报检;需作熏蒸消毒处理的,应在出境前15日报检。

4. 报检时应提供的单据

(1)按规定填写的《出境货物报检单》并提供相应外贸单据,如合同/销售确认书或信用证、发票、装箱单等。

(2)出境动物产品生产企业(包括加工厂、屠宰厂、冷库、仓库等)的卫生注册登记证。

(3)如果出境动物产品来自于国内某种属于国家级保护或濒危物种的动物、濒危野生动植物国际贸易公约中的中国物种的动物,报检时必须递交国家濒危物种进出口管理办公室出具的允许出口证明书。

9.4 出境植物及其产品的报检

9.4.1 报检的范围

法定检验的出境植物及其产品报检范围:

(1)贸易性出境植物、植物产品及其他检疫物(商品);

(2)作为展出、援助、交换、赠送等的非贸易性出境植物、植物产品及其他检疫物(非商品);

(3)进口国家或地区有植物检疫要求的出境植物产品;

(4)以上出境植物、植物产品及其他检疫物的装载容器、包装物及铺垫材料。

其中:

"植物"是指栽培植物、野生植物及其种子、苗木及其他繁殖材料等;

"植物产品"是指植物未经加工或虽经加工但仍有可能传播病虫害的产品,如粮食、豆、棉花、油、麻、烟草、籽仁、干果、鲜果、蔬菜、生药材、木材、饲料等;

"其他检疫物"包括植物废弃物,垫舱木、芦苇、草帘、竹篓、麻袋、纸等废旧植物性包装物,有机肥料等。

9.4.2 报检时应提供的单据

(1)按规定填写《出境货物报检单》并提供相应贸易单据,如合同/销售确认书或信用证、发票、装箱单等。

(2)濒危和野生动植物资源须出具国家濒危物种进出口管理办公室或其授权的办事机构签发的允许出境证明文件。

(3)输往欧盟、美国、加拿大等国家或地区的出境盆景,应提供《出境盆景场/苗木种植场检疫注册证》。

(4)出境水果来自注册登记果园、包装厂的,应提供注册登记证书复印件,来自本辖区以外其他注册果园的,由注册果园所在地检验检疫机构出具水果产地供货证明。

9.4.3 报检的时间

报检人在办理海关手续前应向检验检疫机构报检。出境植物产品,应在出境前10日报检;需作熏蒸消毒处理的,应在出境前15日报检。

9.4.4 报检其他规定

(1)出境水果应在包装厂所在地检验检疫机构报检,注册果园不在本辖区的,要提供产地供货证明。

(2)国家质检总局对出口水果的果园、包装厂实施注册登记制度,自2007年11月1日起,对来自非注册果园、包装厂或来源不清的水果,不予受理出口报检。

9.5 过境动植物及其产品的报检

9.5.1 检疫审批

要求运输动物过境的,必须事先商得中国国家动植物检疫机关同意,并按照指定的口岸和路线过境。

9.5.2 报检的相关要求

对于运输动植物、动植物产品和其他检疫物过境的，由承运人或者押运人持货运单和输出国家或地区政府动植物检疫机关出具的检疫证书，在入境时向口岸动植物检疫机关报检，出境口岸不再检疫。

9.5.3 检疫处理

装载过境动物的运输工具、装载容器、饲料和铺垫材料，必须符合中国动植物检疫的规定。

过境的动物经检疫合格的，准予过境；发现有《中华人民共和国进境动物一、二类传染病、寄生虫病名录》中所列动物传染病、寄生虫病的，全群动物不准过境。对于过境动物的饲料受病虫害污染的，应作除害、不准过境或者销毁处理。对于过境动物的尸体、排泄物、铺垫材料及其他废弃物，必须按照动植物检疫机关的规定处理，不得擅自抛弃。

在动植物、动植物产品和其他检疫物过境期间，未经动植物检疫机关批准，不得开拆包装或卸离运输工具。

10

出入境集装箱和交通运输工具的检验检疫

10.1 出入境集装箱的检验检疫

出入境集装箱是指国际标准化组织所规定的集装箱，包括入境、出境和过境的实箱和空箱。根据《进出境集装箱检验检疫管理办法》规定，集装箱出入境前、出入境时或过境时，承运人、货主或其代理人（以下简称报检人）必须向检验检疫机构报检。检验检疫机构按照有关规定对报检集装箱实施检验检疫。检验检疫机构在对出入境集装箱实施检验检疫工作时，有关单位和个人应提供必需的工作条件及辅助人力、用具等。

10.1.1 入境集装箱

1. 入境集装箱实施检验检疫的范围

(1) 所有入境集装箱都应实施卫生检疫；

(2) 对于来自动植物疫区的，装载动植物、动植物产品和其他检疫物的，以及箱内带有植物性包装物或铺垫材料的集装箱，应实施动植物检疫；

(3) 对于由法律、行政法规、国际条约规定或贸易合同约定的其他应实施检验检疫的集装箱，按有关规定实施检验检疫。

2. 入境集装箱报检的时限、地点及应提供的单据

(1) 入境集装箱报检人应在办理海关手续前向入境口岸检验检疫机构报检。未经检验检疫机构许可，不得提运或拆箱。

(2) 入境集装箱报检时，应提供集装箱数量、规格、号码、到达或离开口岸的时间、装箱地点和目的地及货物的种类、数量和包装材料等单证或情况。

3. 装载法定检验检疫商品的入境集装箱的检验检疫

(1)报检人应填写《入境货物报检单》。对于在入境口岸结关的集装箱,集装箱与货物一次性向入境口岸检验检疫机构报检。

(2)检验检疫机构受理报检后,集装箱和货物一并实施检验检疫。经检验检疫合格的准予放行,并统一出具《入境货物通关单》;经检验检疫不合格的,按国家规定处理。

(3)对必须实施卫生除害处理的,签发《检验检疫处理通知书》。完成处理后,应报检人要求出具《熏蒸/消毒证书》。

(4)装运经国家批准进口的废物原料的集装箱应由口岸检验检疫机构实施检验检疫。经检验检疫符合国家环保标准的签发检验检疫情况通知单;不符合国家环保标准的出具环保安全证书,并移交当地海关、环保部门处理。

4. 装载非法定检验检疫商品的入境集装箱和入境空箱的检验检疫

(1)对于在入境口岸结关的集装箱,报检人应填写《出境/入境集装箱报检单》向入境口岸检验检疫机构报检。

(2)检验检疫机构受理报检后,根据集装箱箱体可能携带的有害生物和病媒生物种类及其他有毒有害物质情况实施检验检疫。

(3)实施检验检疫后,对于不必实施卫生除害处理的,应报检人的要求出具《集装箱检验检疫结果单》;对于必须实施卫生除害处理的,签发《检验检疫处理通知书》,完成处理后,应报检人的要求出具《熏蒸/消毒证书》。

5. 入境转关分流的集装箱

对于指运地结关的集装箱,入境口岸检验检疫机构受理报检后,检查集装箱外表(必要时进行卫生除害处理),办理调离和签封手续,到指运地进行检验检疫,并通知指运地检验检疫机构。

10.1.2 出境集装箱

1. 出境集装箱实施检验检疫的范围

(1)所有出境集装箱都应实施卫生检疫。

(2)装载动植物、动植物产品和其他检疫物的集装箱应实施动植物检疫。

(3)装运出口易腐烂变质食品、冷冻品的集装箱应实施适载检验。

(4)对于输入国家或地区要求实施检验检疫的集装箱,按要求实施检验检疫。

(5)由法律、行政法规、国际条约规定或贸易合同约定的其他应实施检验检疫的集装箱按有关规定实施检验检疫。

2. 出境集装箱报检的时限、地点及应提供的单据

(1)集装箱出境前或出境时,承运人、货主或其代理人应在装货前向所在地检验检疫机构报检。在出境口岸装载拼装货物的集装箱,由出境口岸检验检疫机构实施检验检疫。未经检验检疫机构许可,不准装运。

(2)出境集装箱报检时,如集装箱与货物不能一起报检,报检人应填写《出境/入

境集装箱报检单》向检验检疫机构报检,并提供相应的资料和单据。

3. 出境集装箱的检验检疫

(1)检验检疫机构受理报检并实施检验检疫后,对不必实施卫生除害处理的,应报检人的要求出具《集装箱检验检疫结果单》;对必须实施卫生除害处理的,签发《检验检疫处理通知书》,完成处理后,应报检人的要求出具《熏蒸/消毒证书》。

(2)对于装载出境货物的集装箱,出境口岸检验检疫机构凭启运地检验检疫机构出具的检验检疫证单验证放行。法律、法规另有规定的除外。

(3)集装箱检验检疫有效期限为 21 天,超过有效期限的出境集装箱必须重新检验检疫。

10.1.3　过境集装箱

对于过境应检集装箱,由入境口岸检验检疫机构实施查验,出境口岸检验检疫机构不再检验检疫。过境集装箱经查验发现有可能中途撒漏造成污染的,报检人应按入境口岸检验检疫机构的要求,采取密封措施;无法采取密封措施的,不准过境。对于发现被污染或危险性病虫害的,应作卫生除害处理或不准过境。

10.1.4　出入境集装箱的卫生除害处理

出入境集装箱有下列情况之一的,应作卫生除害处理:

(1)来自检疫传染病或监测传染病疫区的;

(2)被传染病污染的或可能传播检疫传染病的;

(3)携带有与人类健康有关的病媒昆虫或啮齿动物的;

(4)检疫发现有国家公布的一、二类动物传染病、寄生虫名录及植物危险性病、虫、杂草名录中所列病虫和对农、林、牧、渔业有严重危险的其他病虫害的,发现超过规定标准的一般性病虫害;

(5)装载废旧物品或有碍公共卫生的腐败变质物品的;

(6)装载尸体、棺柩、骨灰等特殊物品的;

(7)输入国家或地区要求作卫生除害处理的;

(8)国家法律、行政法规或国际条约规定必须作卫生除害处理的。

对集装箱及其所载货物实施卫生除害处理时,应避免造成不必要的损害。用于集装箱卫生除害处理的方法、药物须经国家检验检疫局认可。

10.1.5　监督管理

从事出入境集装箱清洗、卫生除害处理的单位必须经国家检验检疫局考核认可,并接受检验检疫机构的指导和监督。

检验检疫机构对装载商品的出入境集装箱实施监督管理。监督管理的具体内容包括查验集装箱封识、标志是否完好,箱体是否有损伤、变形、破口等。

10.2 出入境交通运输工具的卫生检疫

根据《中华人民共和国国境卫生检疫法》规定，入境、出境的人员、交通工具、运输设备以及可能传播检疫传染病的行李、货物、邮包等物品都应接受检疫，经国境卫生检疫机关许可，方可入境或出境。

10.2.1 卫生检疫的时间和地点

(1)入境的交通工具和人员必须在最先到达的国境口岸的指定地点接受检疫。除引航员外，未经国境卫生检疫机关许可，任何人不准上下交通工具，不准装卸行李、货物、邮包等物品。

(2)出境的交通工具和人员，必须在最后离开的国境口岸接受检疫。

(3)来自国外的船舶、航空器因故停泊、降落在中国境内非口岸地点的时候，船舶、航空器的负责人应立即向就近的国境卫生检疫机关或当地卫生行政部门报告。除紧急情况外，未经国境卫生检疫机关或当地卫生行政部门许可，任何人不准上下船舶、航空器，不准装卸行李、货物、邮包等物品。

(4)在国境口岸发现检疫传染病、疑似检疫传染病，或有人非因意外伤害而死亡并死因不明的，国境口岸有关单位和交通工具的负责人应立即向国境卫生检疫机关报告，并申请临时检疫。

10.2.2 卫生检疫处理

(1)国境卫生检疫机关依据检疫医师提供的检疫结果，对未染有检疫传染病或已实施卫生处理的交通工具，签发入境检疫证或出境检疫证。

(2)接受入境检疫的交通工具有下列情形之一的，应实施消毒、除鼠、除虫或其他卫生处理：

①来自检疫传染病疫区的；

②被检疫传染病污染的；

③发现有与人类健康有关的啮齿动物或病媒昆虫的。

如果外国交通工具的负责人拒绝接受卫生处理，除有特殊情况外，准许该交通工具在国境卫生检疫机关的监督下，立即离开中华人民共和国国境。

10.2.3 卫生监督

(1)国境卫生检疫机关根据国家规定的卫生标准，对国境口岸的卫生状况和停留在国境口岸的入境、出境交通工具的卫生状况实施卫生监督。

①监督和指导有关人员对啮齿动物、病媒昆虫的防除；

②检查和检验食品、饮用水及其储存、供应、运输设施；

③监督从事食品、饮用水供应的从业人员的健康状况，检查其健康证明书；

④监督和检查垃圾、废物、污水、粪便、压舱水的处理。

(2)国境卫生检疫机关设立国境口岸卫生监督员,执行国境卫生检疫机关交给的任务。

国境口岸卫生监督员在执行任务时,有权对国境口岸和入境、出境交通工具进行卫生监督和技术指导,对卫生状况不良和可能引起传染病传播的因素提出改进意见,协同有关部门采取必要的措施。

10.2.4　法律责任

(1)有下列行为之一的单位或个人,国境卫生检疫机关可以根据情节轻重,给予警告或罚款:

①逃避检疫、向国境卫生检疫机关隐瞒真实情况的;

②入境的人员未经国境卫生检疫机关许可,擅自上下交通工具,或者装卸行李、货物、邮包等物品,不听劝阻的。

罚款全部上缴国库。

(2)当事人对国境卫生检疫机关给予的罚款决定不服的,可以在接到通知之日起15日内,向当地人民法院起诉。逾期不起诉又不履行的,国境卫生检疫机关可以申请人民法院强制执行。

(3)对于违反《中华人民共和国国境卫生检疫法》规定,引起检疫传染病传播或有引起检疫传染病传播严重危险的,依照《中华人民共和国刑法》第一百七十八条的规定追究刑事责任。

(4)国境卫生检疫机关工作人员应秉公执法、忠于职守,对入境、出境的交通工具和人员及时进行检疫。违法失职的给予行政处分。情节严重构成犯罪的依法追究刑事责任。

10.3　出入境交通运输工具的动植物检疫

《中华人民共和国进出境动植物检疫法》第二条规定:出入境的动植物、动植物产品和其他检疫物,装载动植物、动植物产品和其他检疫物的装载容器、包装物,以及来自动植物疫区的运输工具依照本法规定实施检疫。运输工具的动植物检疫范围包括来自动植物疫区的船舶、飞机、火车,入境的车辆,入境供拆船用的废旧船舶,装载动植物、动植物产品和其他检疫物出境、入境和过境的运输工具等。

10.3.1　入境交通运输工具的动植物检疫

1. 来自动植物疫区的运输工具的动植物检疫

(1)动植物疫区的确定。动植物疫区是指动植物疫情发生或流行的区域。目前国家检验检疫部门公布的入境运输工具动植物检疫疫区分为动物疫区和植物疫区。其中,有的国家既是动物疫区又是植物疫区。动植物疫区是依据农业部公布的《中华人民共和国进境动物一、二类传染病、寄生虫病名录》中近期内发生一类传染病和二类传染病的疫区，以及农业部公布的《中华人民共和国进境植物检疫危险性病、虫、杂草名录》中最易通过运输工具传播的部分危险性病虫害，并结合我国与世界各国和地区通商通航的实际情况而划定的。由于世界各地疫情不断发生变化，疫区也将不断变化。

(2)来自动植物疫区的船舶、飞机、火车抵达口岸时，无论其是否装载动植物、动植物产品和其他检疫物，均由口岸检疫机关实施动植物检疫。重点对船舶的生活区、厨房、冷藏室及动植物性废弃物存放场所和容器，飞机的配餐间，旅客遗弃的动植物、动植物产品、动植物性废弃物等进行检疫。

(3)来自动植物疫区的运输工具是指本航次或本车次的始发地或途经地是上述动植物疫区的运输工具。这些运输工具未经检疫不得卸货，经检疫合格的准予卸货，检疫不合格的经除害处理合格后方准卸货。

(4)检疫时发现运输工具中装有我国规定禁止或限制入境的物品，须施加标识予以封存。上述运输工具在中国期间，未经口岸检验检疫机构许可，不得启封动用。发现有危险性病虫害的，作不准带离运输工具、除害、封存或销毁处理。对运输工具的非动植物性物品或货物作外包装消毒处理，对可能被动植物病虫害污染的部位和场地作消毒除害处理。

(5)对于出入境运输工具上的泔水、动植物性废弃物，依照口岸动植物检疫机关的规定处理，不得擅自抛弃。

(6)对于来自疫区的运输工具经检疫合格或除害处理合格的，由口岸检验检疫机构根据不同情况，分别签发《运输工具检疫证书》、《运输工具检疫处理证书》方能准予入境。

2. 装载入境动物的运输工具的检疫

装载入境动物的运输工具无论是否来自动物疫区，均须实施动物检疫。装载动物的运输工具抵达口岸时，未经口岸检验检疫机构防疫消毒和许可，任何人不得上下运输工具。动物和其他货物同运输工具一起运抵口岸时，未经口岸检验检疫机构防疫消毒和许可，任何人不得接触和移动动物。口岸检验检疫机构采取现场预防措施，对上下运输工具的人员、接近动物的人员、装载动物的运输工具以及被污染的场地作防疫消毒处理；对饲养入境动物用的饲料、铺垫材料以及排泄物等作消毒除害处理。

3. 入境车辆的检疫

入境的车辆包括机动车和非机动车。来自动植物疫区的入境车辆，由口岸动植物检疫机关作防疫消毒处理。

4. 入境供拆船用的废旧船舶的检疫

入境供拆船用的废旧船舶包括进口供拆船用的废旧钢船、入境修理的船舶以及我国淘汰的远洋废旧钢船。不论其是否来自动植物疫区，一律由口岸检验检疫机构实施检疫。这是因为废旧船舶长期运载各种货物、往返于各国港口，船舱缝隙通常匿藏多种害虫，船上遗留的动植物、动植物产品常常带有病虫害。对于检疫发现的我国禁止入境物，来自动植物疫区或来历不明的动植物及其产品，以及动植物性废弃物作销毁处理；对于发现危险性病虫害的舱室进行消毒、熏蒸处理。

10.2.2 装载过境动植物和动植物产品的运输工具

装载过境动物的运输工具到达口岸时，口岸检验检疫机构对运输工具和装载容器外表进行消毒。

装载过境植物、动植物产品和其他检疫物的运输工具和包装容器必须完好，不得有货物撒漏。过境时，口岸检验检疫机构检查运输工具和包装容器外表，符合国家检疫要求的准予过境。发现运输工具和包装不严密，有可能使过境货物在途中撒漏的，承运人或押运人应按检疫要求采取密封措施；无法采取密封措施的，不准过境。检疫发现有危险性病虫害的，必须进行除害处理，除害处理合格的准予过境。动植物、动植物产品和其他检疫物过境期间，未经检验检疫机构批准不得开拆包装或卸离运输工具。出境口岸对过境货物及运输工具不再检疫。

10.2.3 出境运输工具的动植物检疫

对于装载出境动物的运输工具，须在口岸检验检疫机构监督下进行消毒处理合格后，由口岸检验检疫机构签发《运输工具检疫处理证书》，才能准予装运。

对于装载出境动植物、动植物产品和其他检疫物的运输工具，经口岸检验检疫机构查验合格后，方可装运。如发现危险性病虫害或一般生活害虫超过规定标准的，须经除害处理后，由口岸检验检疫机构签发《运输工具检疫处理证书》，才能准予装运。《运输工具检疫处理证书》只限本次出境有效。

11 出入境旅客携带物和邮寄物的检验检疫

根据《中华人民共和国进出境动植物检疫法》及其实施条例、《中华人民共和国国境卫生检疫法》及其实施细则，检验检疫机构依法对旅客携带物和邮寄物实施检验检疫。

11.1 检验检疫范围

旅客携带物检验检疫是指检验检疫机构对出入境的旅客（包括交通员工和享有外交、领事特权与豁免权的人员）携带或随所搭乘的车、船、航空器等交通工具托运的特殊物品（包括微生物、人体组织、生物制品、血液及其制品）、骸骨、骨灰、废旧物品和来自疫区的、被传染病污染的或者可能传播传染病的行李物品以及动植物、动植物产品和其他检疫物，在对外开放的港口、机场、车站和边境通道等场所实施的检验检疫。

邮寄物检验检疫是指对通过国际邮政渠道（包括邮政部门、国际邮件快递公司和其他经营国际邮件的单位）邮寄的出入境动植物、动植物产品和其他检疫物，来自疫区的、被传染病病原体污染的或者可能成为传染病传播媒介的国际邮寄物品、微生物、人体组织、生物制品、血液及其制品等特殊物品实施的检验检疫。

11.2 携带物和邮寄物检疫的一般规定

11.2.1 检疫审批

携带或邮寄植物种子、种苗及其他繁殖材料入境的，必须事先办理检疫审批手续。因特殊情况无法事先办理的，应在口岸补办检疫审批手续。办理审批手续后，须在入境口岸所在地直属检验检疫局备案。因科学研究等特殊需要，携带或邮寄国家规定的禁止入境物，必须向国家质检总局办理特许审批手续。入境或出境的尸体、骸骨的托运人或其代理人必须向国境卫生检疫机关申报，经卫生检查合格后发给入境或出境许可证，方准运进或者运出。携带或邮寄特殊物品出入境时，必须事先办理检疫审批手续。

携带或邮寄植物种子、种苗及其他繁殖材料入境，未依法办理检疫审批手续的，由口岸动植物检疫机关作退回或者销毁处理。邮件作退回处理的，由口岸动植物检疫机关在邮件及发递单上批注退回原因；对于邮件作销毁处理的，由口岸动植物检疫机关签发通知单，通知寄件人。

11.2.2　检疫的相关要求

（1）对于携带动植物、动植物产品和其他检疫物入境的，入境时必须向海关申报并接受口岸动植物检疫机关检疫。海关应将申报或者查获的动植物、动植物产品和其他检疫物及时交由口岸动植物检疫机关检疫。未经检疫的，不得携带入境。对于携带动植物、动植物产品和其他检疫物出境的，根据旅客要求，由出境口岸检验检疫机构依据进口国检疫要求或双边协定实施检疫。

（2）对于携带动物进境的，必须持有输出动物的国家或地区政府动植物检疫机关出具的检疫证书，经检疫合格后放行；对于携带犬、猫等宠物进境的，每人限带一只，还必须持有疫苗接种证书。对于没有检疫证书、疫苗接种证书的，由口岸动植物检疫机关作限期退回或没收销毁处理。对于作限期退回处理的，携带人必须在规定的时间内持口岸动植物检疫机关签发的截留凭证，领取并携带出境；逾期不领取的，作自动放弃处理。

（3）对于邮寄入境的动植物、动植物产品和其他检疫物，由口岸动植物检疫机关在国际邮件互换局（含国际邮件快递公司及其他经营国际邮件的单位，以下简称邮局）实施检疫。邮局应提供必要的工作条件。未经检疫，不得入境。对于邮寄出境的动植物、动植物产品和其他检疫物，物主有检疫要求的，向口岸检验检疫机构报检。

（4）口岸动植物检疫机关可以在港口、机场、车站的旅客通道、行李提取处等现场进行检查。对可能携带动植物、动植物产品和其他检疫物而未申报的，可以进行查询并抽检其物品，必要时可以开包（箱）检查。旅客出入境检查现场应设立动植物检疫台位和标志。

11.2.3　检疫处理与放行

（1）凡携带禁止入境物的，一律作退回或销毁处理。

（2）对于携带动植物、动植物产品和其他检疫物入境，经现场检疫合格的，当场放行；对于必须作试验室检疫或隔离检疫的，由口岸动植物检疫机关签发截留凭证。对于截留检疫合格的，携带人持截留凭证向口岸动植物检疫机关领回；逾期不领回的，作自动放弃处理。

(3)对于邮寄入境的动植物、动植物产品和其他检疫物经现场检疫合格的，由口岸动植物检疫机关加盖检疫放行章，交邮局运递。须拆包检验时，由检验检疫人员和邮政部门工作人员双方共同拆包。对于必须作试验室检疫或隔离检疫的，口岸动植物检疫机关应向邮局办理交接手续；对于检疫合格的，加盖检疫放行章，交邮局运递。

(4)对于携带、邮寄入境的动植物、动植物产品和其他检疫物，经检疫不合格又无有效方法作除害处理的，作退回或者销毁处理，并签发《检疫处理通知单》交携带人、寄件人。

(5)国境卫生检疫机关对来自疫区的、被检疫传染病污染的或者可能成为检疫传染病传播媒介的行李、货物、邮包等物品，应进行卫生检查，实施消毒、除鼠、除虫或其他卫生处理。

12

出入境人员的卫生检疫

为防止传染病由国外传入或由国内传出，保障人民的身体健康，根据《国际卫生条例》、《中华人民共和国国境卫生检疫法》及其实施细则的规定，检验检疫机构对出入境人员实施卫生检疫。出入境人员卫生检疫是通过检疫查验发现染疫人和染疫嫌疑人，并给予隔离、留验、就地诊验和必要的卫生处理，达到控制传染病源、切断传播途径、防止传染病传入或传出的目的。

12.1 出入境人员检疫申报

12.1.1 入境人员检疫申报

(1)受检疫的入境人员必须根据检疫医师的要求，如实填写《入境检疫申明卡》，出示某种有效的传染病预防接种证书、健康证明或者其他有关证件。

(2)《入境检疫申明卡》是按《中华人民共和国国境卫生检疫法》和《中华人民共和国外国人入出境管理法实施细则》的有关规定要求，由入境人员填写并向检疫官员申报的卡片，每位入境人员必须主动填写、自觉申报。

(3)入境人员检疫申报的内容：

①精神病、艾滋病(含病毒感染者)、性病、肺结核等疾病；

②发烧、咳嗽、腹泻、呕吐等症状；

③随身携带的生物制品、血液、血液制品等特殊物品和废旧衣服；

④来自黄热病疫区的旅客应出示黄热病预防接种证书。

(4)检疫人员根据入境人员申报的内容，依法采取相应的预防、控制措施，以防止传染病传入我国。

12.1.2 出境人员检疫申报

(1)受检疫的出境人员应根据卫生检疫规定和检疫人员的要求,如实填写健康申明卡,出示某种有效的传染病预防接种证书、健康证明或者其他有关证件。

(2)出境1年以上的中国公民应出示《国际旅行健康证书》,前往黄热病疫区的中国籍旅客应出示黄热病预防接种证书。

(3)检疫人员对所有出境人员进行医学观察,阻止染疫人和染疫嫌疑人出境,并根据需要提供健康咨询服务。

12.1.3 传染病监测

传染病监测是指对特定环境、人群进行流行病学、血清学、病原学、临床病状以及其他有关影响因素的调查研究,预测传染病的发生、发展和流行规律,提出检疫措施并评价预防效果。传染病监测的内容主要有:病例个案调查,现场调查,国际间传染病监测体检,媒介生物分布调查,出入境废旧物品污染情况调查,药品和生物制品应用情况调查,杀虫、灭鼠药物敏感情况调查,发病率、死亡率调查等。

根据《国际卫生条例》规定,检疫传染病为鼠疫、霍乱、黄热病,监测传染病为流行性感冒、疟疾、脊髓灰质炎、流行性斑疹伤寒、流行性回归热,禁止入境传染病为精神病、麻风病、艾滋病、性病、开放型肺结核。

另外根据国际间新发现的疾病和我国疫情的情况,还对天花、病毒性肝炎、感染性腹泻、流行性出血热、埃博拉出血热、玛尔堡病毒病、布氏杆菌病、炭疽病、狂犬病等20多种传染病进行了监测。

12.2 出入境人员健康检查

12.2.1 健康检查对象

应接受健康检查的出入境人员包括:

(1)申请出国或出境1年以上的中国籍公民;

(2)在境外居住3个月以上的中国籍回国人员;

(3)来华工作或居留1年以上的外籍人员;

(4)国际通行交通工具上的中国籍员工。

12.2.2 健康检查的重点项目

(1)中国籍出境人员。重点检查项目是检疫传染病、监测传染病,还应根据去往国家疾病控制要求、职业特点及健康标准,着重检查有关项目,增加必要的检查项目。

(2)回国人员。除按照国际旅行人员健康检查记录表中的各项内容检查外,还应重点进行艾滋病抗体监测、梅毒等性病的监测。同时根据国际疫情,增加必要的检查项目,如疟疾血清学监测或血涂片、肠道传染病的粪检等。

(3)来华外籍人员。验证外国签发的健康检查证明,对可疑项目进行复查,对项目不全的进行补查。重点检查项目是检疫传染病、监测传染病和外国人禁止入境的5种传染病。

(4)国际通行交通工具上的中国籍员工。除按照国际旅行人员健康检查记录表中的各项内容检查外,还应重点进行艾滋病抗体监测、梅毒等性病的监测。

12.2.3　检疫处理

国境卫生检疫机关对检疫传染病染疫人必须立即隔离,隔离期限根据医学检查结果确定;对检疫传染病染疫嫌疑人应留验,留验期限根据该传染病的潜伏期确定。因患检疫传染病而死亡的尸体,必须就近火化。

对于患有监测传染病、来自国外监测传染病流行区或者与监测传染病人密切接触的人,国境卫生检疫机关应区别情况,发给就诊方便卡,实施留验或采取其他预防、控制措施,并及时通知当地卫生行政部门。各地医疗单位对持有就诊方便卡的人员,应优先诊治。

12.3　国际预防接种

12.3.1　预防接种的对象

(1)中国籍出入境人员(包括旅游、探亲、留学、定居、外交、公务、研修、劳务等);

(2)外籍人员(含港、澳、台胞);

(3)国际海员和其他途经国际口岸的交通工具上的员工;

(4)边境口岸有关人员。

12.3.2　预防接种的项目

国际旅行者是否须实施预防接种,根据其旅行的路线和到达国家的要求及传染病疫情确定。预防接种的项目可分为3类:

(1)根据世界卫生组织和《国际卫生条例》有关规定确定的预防接种项目,目前黄热病预防接种是国际旅行中唯一要求的预防接种项目;

(2)推荐的预防接种项目;

(3)申请人自愿要求的预防接种项目。

12.3.3　预防接种禁忌证明

《预防接种禁忌证明》是签发给患有不宜进行预防接种的严重疾病的旅行者的一种证书。前往正在流行《国际卫生条例》规定的烈性传染病的疫区或被世界卫生组织确定为某种传染病的常年疫区,需要有某种有效的预防接种。有些国家也要求入境旅行者具有某种有效的预防接种,否则将受到留验等卫生处理措施。由于这些人所患疾病为需要接种疫苗的禁忌症,因此,经申请人申请及提供有关的疾病诊断证明,检验检疫机构将给予签发《预防接种禁忌证明》。

13

电子检验检疫

随着全球化信息社会的形成，世界各国面对信息技术的挑战均制定了发展政府信息化的政策，旨在借助信息科技提高政府服务效率、加大施政力度，构建电子化政府已经成为世界范围内政府再造的新趋势。在国际经济贸易快速发展、世界经济日益一体化的今天，口岸已成为国内与国外物流相连接的重要节点，而通关效率则是国内外企业高度关注的主要问题，进而成为一个国家或地区贸易和投资环境优劣的重要评价指标。为提高进出境货物的通关速度，我国正在建立以提高口岸工作效率为突破口的“大通关”工程。检验检疫机构作为口岸执法部门，是积极推进“大通关”工程进程中的一个重要角色。为此，国家质检总局提出了“提速、增效、减负、严密监管”的加速通关目标。近年来，我国不断改革传统的口岸货物检验检疫流程，以信息化为手段，开发建设了中国电子检验检疫的系统工程。

中国电子检验检疫是国家电子政务12个重点信息系统之一“金质工程”的重要组成部分。2000年，国家质检总局开发了综合业务管理系统，在全国范围内实现了电子报检、电子签证、电子转单，随着快速核放系统、电子审单系统、入境许可证系统、决策支持系统、电子身份认证系统、集装箱管理系统等信息化系统的不断开发和应用，检验检疫工作不断向电子化进程推进。并逐渐形成由“电子申报、电子监管、电子放行”3部分组成的“三电工程”，中国电子检验检疫正日趋成熟。

13.1 电子申报

电子申报主要是指电子报检和原产地证书的电子签证。目前，电子申报已覆盖了全国31个省市区35个直属局的广域网主干网和440个分支机构，直接联网的进出口企业有4万家，部分企业与海关和口岸相关部门实现了互联互通。电子报检系统满足了加强和改进报检工作质量的基本要求，最大限度地减少环节、简化手续、减少企业往返检验检疫部门的次数。

13.1.1　电子报检的申请

电子报检是指报检人使用电子报检软件通过检验检疫电子业务服务平台将报检数据以电子方式传输给检验检疫机构，经检验检疫业务管理系统和检务人员处理后，将受理报检信息反馈报检人，实现远程办理出入境检验检疫报检的行为。目前能够进行电子报检的业务包括出境货物报检、入境货物报检、产地证书报检、出境包装报检等。

(1)申请电子报检的报检人应具备下列条件：

①遵守报检的有关管理规定；

②已在检验检疫机构办理报检人登记备案或注册登记手续；

③具有经检验检疫机构培训考核合格的报检员；

④具备开展电子报检的软硬件条件；

⑤在国家质检总局指定的机构办理电子业务开户手续。

(2)报检人在申请开展电子报检时，应提供以下资料：

①在检验检疫机构取得的报检人登记备案或注册登记证明复印件；

②《电子报检登记申请表》；

③《电子业务开户登记表》。

(3)检验检疫机构应及时对申请开展电子报检业务的报检人进行审查，经审查合格的报检人可以开展电子报检业务。

13.1.2　电子软件

电子报检人应使用经国家质检总局评测合格并认可的电子报检软件进行电子报检，不得使用未经国家质检总局测试认可的软件进行电子报检。这些软件有安装企业端软件通过专门平台电子报检和通过浏览器网上报检两种方式，企业可根据本企业的具体情况，自愿选择其中较为适合的方式。

13.1.3　实施电子报检后的工作流程

1. 报检环节

(1)对报检数据的审核采取“先机审，后人审”的程序进行。企业发送电子报检数据，电子审单中心按计算机系统数据规范和有关要求对数据进行自动审核。对不符合要求的，反馈错误信息；对符合要求的，将报检信息传输给受理报检人员。受理报检人员进行人工再次审核，符合规定的将成功受理报检信息同时反馈给报检企业和施检部门，并提示报检企业与相应的施检部门联系检验检疫事宜。

(2)出境货物受理电子报检后，报检人应按受理报检信息的要求，在检验检疫机构施检时，提交报检单和随附单据。

(3)入境货物受理电子报检后，报检人应按受理报检信息的要求，在领取《入境货物通关单》时，提交报检单和随附单据。

(4)电子报检人对已发送的报检申请需要更改或撤消时，应发送更改或撤消报检申请，检验检疫机构按有关规定办理。

2. 施检环节

报检企业接到报检成功信息后，按信息中的提示与施检部门联系检验检疫。在现场检验检疫时，将报检软件打印的报检单和全套随附单据交施检人员审核，不符合要求的，施检人员通知报检企业立即更改，并将不符合情况反馈给受理报检部门。

3. 计收费

计费由电子审单系统自动完成，接到施检部门转来的全套单据后，对照单据进行计费复核。报检企业逐票或按月缴纳检验检疫等有关费用。

4. 签证放行

13.1.4 电子报检应注意的问题

(1)电子报检人应确保电子报检信息真实、准确，不得发送无效报检信息。报检人发送的电子报检信息应与提供的报检单及随附单据有关内容保持一致。

(2)电子报检人须在规定的报检时限内将相关出入境货物的报检数据发送至报检地检验检疫机构。

(3)对于合同或信用证中涉及检验检疫特殊条款和特殊要求的，电子报检人须在电子报检申请中提出。

(4)实行电子报检的报检人的名称、法定代表人、经营范围、经营地址等变更时，应及时向当地检验检疫机构办理变更登记手续。

13.1.5 电子签证

电子签证适用于以电子方式签发的普惠制原产地证书(FORM A)和一般原产地证书(C.O.)，亚太贸易协定原产地证电子报检。

(1)申请电子签证的企业(以下简称申请企业)必须具备以下条件：

①已在检验检疫机构办理普惠制原产地证书/一般原产地证书注册登记手续；

②具有经检验检疫机构培训考试合格、取得原产地证书签员证并经电子签证培训取得合格证书的人员；

③使用全国组织机构统一代码(法人代码)；

④在签证工作中无违法行为；

⑤具备开展电子签证业务所必须的硬件设备。

(2)企业申请电子签证时，应提供以下文件：

①《企业申请签发原产地证注册登记表》；

②《原产地证电子签证申请表》；

③企业法人代表签字的《申请原产地证电子签证保证书》，检验检疫机构接到企业申请后，应按有关规定对企业进行考核，对符合条件的申请企业，准予办理原产地

证电子签证业务。

(3)原产地证电子申报与签证的有关内容。

①检验检疫机构办理原产地证电子签证时应统一采用经国家检验检疫局评测合格的"原产地证电子签证管理系统",利用国家检验检疫局"中国检验检疫电子业务服务平台"进行通讯。

②申请企业应使用经国家检验检疫局评测合格并认可的"原产地证电子签证系统企业端软件"。

③申请企业将已生成的原产地证及其相关单据通过电子方式发送给检验检疫机构,所发送申报单据和证书的内容应真实、准确,与实际出口完全一致。

④检验检疫机构接收电子数据后,应按规定进行电子审单,对符合要求的,发出正确回执,予以打印证书,办理签证手续;审核发现有误的,发出不受理回执,并将错误项明细反馈给申请企业。

⑤申请企业在领取原产地证时,须向检验检疫机构提交用"原产地证电子签证系统企业端软件"打印出的商业发票并加盖公章。

⑥申请企业在领取原产地证时,在证书上签字并加盖企业中英文印章,所盖印章必须与注册时的印章一致。如检验检疫机构发现证书上的印章与注册的印章不相符,应取消该证书或对外宣布其无效。

13.2　电子监管

国家质检总局根据国务院的指示,以已开发的检验检疫综合业务管理系统为基础,利用计算机处理、网络通讯等电子信息技术,对企业生产、加工、储运、处理等过程以及试验室检测、产品质量控制等工作实施全面的电子化管理,实现检验检疫与企业信息的共享、互动,并进行有效的质量分析。电子监管管理系统的部署和实施,将进一步促进检验检疫工作前推后移,加强对生产源头的监控和对检验检疫过程中涉及安全、卫生、健康、环保等关键控制点的监管。从生产源头抓检验检疫工作质量并实行电子化处理,改变传统的将成品检验检疫作为合格判定依据的旧模式,建立起在生产过程中贯彻检验检疫工作的新模式,既提高了检验检疫的工作效率和监管水平,做到严格把关,指导企业控制不合格产品的产出,又从更深层次加大对企业的服务力度,加快产业标准化进程,促进企业诚信意识和产品质量意识的提高。

13.2.1　电子监管的内容

(1)建立检验检疫法律、法规、标准和风险预警管理信息系统,为检验检疫活动提供支持,为企业提供帮助和指导。

(2)建立企业及产品许可管理系统,实现许可、注册、备案、登记管理电子化。

(3)建立企业自控体系评估管理系统,结合企业分类等管理活动,对影响出口产品质量的生产企业管理体系进行评估,帮助企业提高自身管理的水平,从根本上改善出口产品质量问题。

(4)完善检验检疫监督管理系统,让检验检疫监督管理工作深入到控制出口产品质量的关键环节中去,从源头抓产品的质量,实现出口产品监管工作的前推。

(5)建立企业出口产品过程监控系统,合理选择过程监控项目和参数,规范企业端数据采集,通过数据监控和关键控制点的视频监控对在线数据、试验室数据和视频数据等影响出口产品质量的关键数据进行采集。通过数据关联实现对不合格产品的可追溯,并实时调用所采集的信息,完成生产批合格评定。

(6)建立出口产品评定系统,在出口产品风险分析的基础上,综合各方面信息,完成产品合格判定工作。对生产过程监控系统范围内的出口产品,实现报检批与生产批的综合批次管理,将企业出口报检信息与企业生产监控信息有机关联。

(7)建立出口产品质量分析系统,实现对出口产品质量的全面分析和快速反应机制,解决未能解决的质量分析问题,为决策部门提供决策支持。

(8)建立口岸查验管理子系统,完善口岸局与产地局的信息交流,强化出境货物运输过程的监管,对产品的核放情况进行监控。

(9)建立电子监管系统的抽样评定规则库(包括企业抽样规则库和CIQ抽样规则库),实现对企业抽样的管理、评定以及验证抽样的管理和自动提示,支持检验检疫工作人员的业务操作。

(10)实现电子监管系统与出入境检验检疫其他系统充分整合,以推进出入境检验检疫全过程的电子化进程,形成一个完整的检验检疫电子网络。

13.2.2 进口快速查验

1. 适用于海港的电子验放系统

充分利用港区船舶、集装箱、货物信息流,主动监控检验检疫对象,实现电子申报、快速核查、电子闸口管理等3个系统目标。根据检验检疫的要求,对来自非疫区、无木质包装的《出入境检验检疫机构实施检验检疫的进出境商品目录》外货物,实现申报核查、快速放行;对来自疫区和须查验的集装箱向港区作业部门发送查验/卫生处理指令,实现信息共享,检企协同查验/处理;对无须港区内查验或须查验并已检验检疫完毕的,向港区作业部门发送电子放行指令,实现电子闸口管理。使检验检疫对象以“最短的时间、最少的移动、最低的成本”完成通关。

2. 适用于陆运口岸的电子申报快速查验系统

实施检验检疫电子通关后,在没有设置通道检验检疫闸口的前提下,利用海关通道自动核放系统闸口来为检验检疫执法把关,实现快速验放和有效监管。提前受理企业报关审单,通道无人值守,车辆经过海关通道时,通过采集车辆IC卡(运载货物的货车可以通过IC卡的数据与其运载的货物信息挂上钩)和司机IC卡的数据,电脑自动控制闸口的开启。对于已提前报关且审单通过的货物,当车辆通过通道时,闸口自动开启,车辆自行通过;当属于布控车辆时,闸口不能开启,同时系统报警,由海关关员手动打开闸口,将车辆引到指定地点待查。

3. 适用于空港普通货物和快件的电子验放系统

通过电子审核,利用空港数据平台提供的货物空运总运单、分运单以及申报人在网上确认补充的相关检验检疫数据等信息资源,对已在检验检疫机构电子申报的有关部门数据或申报人网上确认的信息进行核查,对未申报或申报不实的进行锁定,达到防止逃漏检的目的。另外,通过审核实现有关货物的检疫预处理,避免货物的多次移动,加快通关速度,提高物流效率,同时实现对空运进口货物的分类、统计功能。通过电子查验,实现施检货物电子信息在检验检疫内部的传递。通过快件子系统将施检信息反馈给相关企业。通过空港数据平台对检验检疫和海关须共同查验的信息进行共享,实现关检协同查验,最终实行电子放行。

13.2.3 出口快速核放

为了在"严密监管"的前提下,大力提高出口货物的验放通关速度,进一步推进"大通关"工程建设的步伐,国家质检总局开发了出境货物快速核放管理系统,对部分出口货物实施快速核放。所谓快速核放,是指检验检疫机构对部分质量稳定、质量管理水平高的企业的出口货物,在监管有效期内实施快速验放的做法。目前,实施快速核放的产品主要是质量较稳定的工业产品。

检验检疫机构根据对出口货物的监管情况,确定符合快速核放货物的范围,并对符合快速核放条件的货物确定一定的抽查检验比例。报检人通过电子申报软件发送报检信息时,系统将对报检信息与有关条件进行比对,如果符合快速核放条件且无须抽查检验,系统将自动实行快速验放。快速核放的实施,大大简化了工作流程,给出口企业带来了极大的便利,有效提高了出口货物的验放通关速度。

13.3 电子放行

13.3.1 电子通关

为确保检验检疫机构对出入境货物的监管有效方便,加快进出口货物通关速度,国家质检总局和海关总署开发了电子通关单联网核查系统,并于2003年1月1日起在主要口岸的检验检疫机构和海关推广应用。该系统采用网络信息技术,将检验检疫机构签发的出入境《通关单》电子数据传输到海关计算机业务系统,海关将报检报关数据比对确认相符后,予以放行。在目前阶段,检验检疫机构和海关联合采取的电子通关单联网核查系统还需同时校验纸质的通关单据,这是将来实现无纸化报关的一个必然过渡阶段。这种通关方式相比传统的通关方式具有信息共享、方便、快捷、准确的特点,企业可以在企业端通过电子申报进行电子报检,检验检疫机构放行的信息到达海关后,海关经核查无误即可放行。这不仅加快了通关速度,还有效控制了报检数据与报关数据不符问题的发生;同时,能有效遏制不法分子伪造、变造通关证单的不法行为。对于申报企业,要不断改善自身电子信息网络的条件,具备电子申报的条件和手段,要认真遵守检验检疫和海关的有关管理规定,配合两个管理部门电子信息化措施的推行和实施。

13.3.2 电子转单

电子转单指通过系统网络,将产地检验检疫机构和口岸检验检疫机构的相关信息相互连通,出境货物经产地检验检疫机构检验检疫合格后的相关电子信息传输到出境口岸检验检疫机构;入境货物经入境口岸检验检疫机构签发《入境货物通关单》后的相关电子信息传输到目的地检验检疫机构实施检验检疫的监管模式。较之传统的由客户凭《出境货物换证凭单》到报关地检验检疫机构换发《出境货物通关单》的方式,电子转单具有共享数据信息、简化操作程序、降低外贸成本、提高通关速度的特点。

1. 出境电子转单

(1)产地检验检疫机构检验检疫合格后,应及时通过网络将相关信息传输到电子转单中心。出境货物电子转单传输内容包括报检信息、签证信息及其他相关信息。

(2)由产地检验检疫机构向出境检验检疫关系人以书面方式提供报检单号、转单号及密码等。

(3)出境检验检疫关系人凭报检单号、转单号及密码等到出境口岸检验检疫机构申请《出境货物通关单》。

(4)出境口岸检验检疫机构应出境检验检疫关系人的申请,提取电子转单信息,签发《出境货物通关单》,并将处理信息反馈给电子转单中心。

(5)按《口岸查验管理规定》需核查货证的,出境检验检疫关系人应配合出境口岸检验检疫机构完成检验检疫工作。

2. 入境电子转单

(1)经入境口岸办理通关手续,须到目的地实施检验检疫的货物,口岸检验检疫机构通过网络将相关信息传输到电子转单中心。入境货物电子转单传输内容包括报检信息、签证信息及其他相关信息。

(2)由入境口岸检验检疫机构以书面方式向入境检验检疫关系人提供报检单号、转单号及密码等。

(3)目的地检验检疫机构应按时接收国家质检总局电子转单中心转发的相关电子信息,并反馈接收情况信息。

(4)入境检验检疫关系人凭报检单号、转单号及密码等,向目的地检验检疫机构申请实施检验检疫。

(5)目的地检验检疫机构根据电子转单信息,对入境检验检疫关系人未在规定期限内办理报检的,将有关信息通过国家质检总局电子转单中心反馈给入境口岸检验检疫机构。入境口岸检验检疫机构应按时接收电子转单中心转发的上述信息,并采取相关处理措施。

3. 实行电子转单应注意的问题

有下列情况之一的，暂不实施电子转单：

(1) 出境货物在产地预检的；

(2) 出境货物出境口岸不明确的；

(3) 出境货物需到口岸并批的；

(4) 出境货物按规定需在口岸检验检疫并出证的；

(5) 其他按有关规定不适用电子转单的。

4. 实施电子转单后查验和更改

(1) 查验：按《口岸查验管理规定》需核查货证的，报检单位应配合出境口岸检验检疫机构完成检验检疫工作。除出口活动物、有关名单内企业申报的货物以及国家质检总局确定的货物等必须逐批核查货证外，其他货物的口岸查验核查货证的比例为申报查验批次的1% ~3%。

(2) 更改：产地检验检疫机构签发完《转单凭条》后需进行更改的，按《出入境检验检疫报检规定》的有关规定办理。应报检人和产地检验检疫机构要求，在不违反有关法律法规及规章的情况下，出境口岸检验检疫机构可以根据下列情况对电子转单有关信息予以更改。

①对运输造成包装破损或短装等须减少数量、重量的；

②须在出境口岸更改运输工具名称、发货日期、集装箱规格及数量等有关内容的；

③申报总值按有关比重换算或变更申报总值幅度不超过10%的；

④经口岸检验检疫机构和产地检验检疫机构协商同意更改有关内容的。

13.3.3 绿色通道制度

为进一步加快口岸通关速度，方便出口货物通关放行，以促进出口，国家质检总局在局部试点的基础上，推出了检验检疫绿色通道制度（以下简称绿色通道制度）。

(1) 申请实施绿色通道制度的企业（以下简称申请企业）应具备以下条件：

①具有良好信誉，诚信度高，年出口额500万美元以上；

②已实施ISO9000质量管理体系，获得相关机构颁发的生产企业质量体系评审合格证书；

③出口货物质量长期稳定，两年内未发生过进口国质量索赔和争议；

④一年内无违规报检行为，两年内未受过检验检疫机构行政处罚；

⑤根据国家质检总局有关规定实施生产企业分类管理的，应属于一类或者二类企业；

⑥法律法规及双边协议规定必须使用原产地标记的，应获得原产地标记注册；

⑦国家质检总局规定的其他条件。

(2) 申请企业应对以下内容做出承诺：

①遵守出入境检验检疫法律法规和《出入境检验检疫报检规定》；

②采用电子方式进行申报；

③出口货物货证相符、批次清楚、标记齐全，可以实施封识的必须封识完整；

④产地检验检疫机构检验检疫合格的出口货物在运往口岸过程中，不发生换货、调包等不法行为；

⑤自觉接受检验检疫机构的监督管理。

申请实施绿色通道制度的企业，应到所在地检验检疫机构索取并填写《实施绿色通道制度申请书》，同时提交 ISO9000 质量管理体系认证证书（复印件）及其他有关文件。

(3)实行绿色通道制度放行的出口产品按照以下程序实行产地检验检疫和口岸验放。

①对于实施绿色通道制度的自营出口企业，报检单位、发货人、生产企业必须一致。

②对于实施绿色通道制度的经营性企业，报检单位、发货人必须一致，其经营的出口货物必须由获准实施绿色通道制度的生产企业生产。

③检验检疫机构工作人员在受理实施绿色通道制度企业电子报检时，应严格按照实施绿色通道制度的要求进行审核。对不符合有关要求的，应在给企业的报检回执中予以说明。

④产地检验检疫机构应对实施绿色通道制度出口货物的报检单据和检验检疫单据加强审核，对符合条件的必须以电子转单方式向口岸检验检疫机构发送通关数据，在实施转单时，应输入确定的报关口岸代码并出具《出境货物转单凭条》。

⑤对于实施绿色通道制度的企业，口岸检验检疫机构应严格审查电子转单数据中实施绿色通道制度的相关信息。对审核无误的，不须查验，直接签发《出境货物通关单》。

对于实施绿色通道制度的企业在口岸对有关申报内容进行更改的，口岸检验检疫机构不得按照绿色通道制度的规定予以放行。

第三部分

相 关 法 律 、法 规

14

中华人民共和国进出口商品检验法

中华人民共和国进出口商品检验法

（1989年2月21日第七届全国人民代表大会常务委员会第六次会议通过，根据2002年4月28日第九届全国人民代表大会常务委员会第二十七次会议《关于修改〈中华人民共和国进出口商品检验法〉的决定》修正）

第一章　总　　则

第一条　为了加强进出口商品检验工作，规范进出口商品检验行为，维护社会公共利益和进出口贸易有关各方的合法权益，促进对外经济贸易关系的顺利发展，制定本法。

第二条　国务院设立进出口商品检验部门（以下简称国家商检部门），主管全国进出口商品检验工作。国家商检部门设在各地的进出口商品检验机构（以下简称商检机构）管理所辖地区的进出口商品检验工作。

第三条　商检机构和经国家商检部门许可的检验机构，依法对进出口商品实施检验。

第四条　进出口商品检验应根据保护人类健康和安全、保护动物或者植物的生命和健康、保护环境、防止欺诈行为、维护国家安全的原则，由国家商检部门制定、调整必须实施检验的进出口商品目录（以下简称目录）并公布实施。

第五条　列入目录的进出口商品，由商检机构实施检验。

前款规定的进口商品未经检验的，不准销售、使用；前款规定的出口商品未经检验合格的，不准出口。

本条第一款规定的进出口商品，其中符合国家规定的免予检验条件的，由收货人或者发货人申请,经国家商检部门审查批准,可以免予检验。

第六条　必须实施的进出口商品检验,是指确定列入目录的进出口商品是否符合国家技术规范的强制性要求的合格评定活动。

合格评定程序包括:抽样、检验和检查;评估、验证和合格保证;注册、认可和批准以及各项的组合。

第七条　列入目录的进出口商品,按照国家技术规范的强制性要求进行检验;尚未制定国家技术规范的强制性要求的,应依法及时制定,未制定之前,可以参照国家商检部门指定的国外有关标准进行检验。

第八条　经国家商检部门许可的检验机构,可以接受对外贸易关系人或者外国检验机构的委托,办理进出口商品检验鉴定业务。

第九条　法律、行政法规规定由其他检验机构实施检验的进出口商品或者检验项目,依照有关法律、行政法规的规定办理。

第十条　国家商检部门和商检机构应及时收集和向有关方面提供进出口商品检验方面的信息。

国家商检部门和商检机构的工作人员在履行进出口商品检验的职责中,对所知悉的商业秘密负有保密义务。

第二章　进口商品的检验

第十一条　本法规定必须经商检机构检验的进口商品的收货人或者其代理人,应向报关地的商检机构报检。海关凭商检机构签发的货物通关证明验放。

第十二条　本法规定必须经商检机构检验的进口商品的收货人或者其代理人,应在商检机构规定的地点和期限内,接受商检机构对进口商品的检验。商检机构应在国家商检部门统一规定的期限内检验完毕,并出具检验证单。

第十三条　本法规定必须经商检机构检验的进口商品以外的进口商品的收货人,发现进口商品质量不合格或者残损短缺,需要由商检机构出证索赔的,应向商检机构申请检验出证。

第十四条　对重要的进口商品和大型的成套设备,收货人应依据对外贸易合同约定在出口国装运前进行预检验、监造或者监装,主管部门应加强监督;商检机构根据需要可以派出检验人员参加。

第三章　出口商品的检验

第十五条　本法规定必须经商检机构检验的出口商品的发货人或者其代理人,应在商检机构规定的地点和期限内,向商检机构报检。商检机构应在国家商检部门统一规定的期限内检验完毕,并出具检验证单。

对本法规定必须实施检验的出口商品,海关凭商检机构签发的货物通关证明验放。

第十六条　经商检机构检验合格发给检验证单的出口商品,应在商检机构规定的期限内报关出口;超过期限的,应重新报检。

第十七条 为出口危险货物生产包装容器的企业,必须申请商检机构进行包装容器的性能鉴定。生产出口危险货物的企业,必须申请商检机构进行包装容器的使用鉴定。使用未经鉴定合格的包装容器的危险货物,不准出口。

第十八条 对装运出口易腐烂变质食品的船舱和集装箱,承运人或者装箱单位必须在装货前申请检验。未经检验合格的,不准装运。

第四章 监督管理

第十九条 商检机构对本法规定必须经商检机构检验的进出口商品以外的进出口商品,根据国家规定实施抽查检验。

国家商检部门可以公布抽查检验结果或者向有关部门通报抽查检验情况。

第二十条 商检机构根据便利对外贸易的需要,可以按照国家规定对列入目录的出口商品进行出厂前的质量监督管理和检验。

第二十一条 为进出口货物的收发货人办理报检手续的代理人应在商检机构进行注册登记;办理报检手续时应向商检机构提交授权委托书。

第二十二条 国家商检部门可以按照国家有关规定,通过考核,许可符合条件的国内外检验机构承担委托的进出口商品检验鉴定业务。

第二十三条 国家商检部门和商检机构依法对经国家商检部门许可的检验机构的进出口商品检验鉴定业务活动进行监督,可以对其检验的商品抽查检验。

第二十四条 国家商检部门根据国家统一的认证制度,对有关的进出口商品实施认证管理。

第二十五条 商检机构可以根据国家商检部门同外国有关机构签订的协议或者接受外国有关机构的委托进行进出口商品质量认证工作,准许在认证合格的进出口商品上使用质量认证标志。

第二十六条 商检机构依照本法对实施许可制度的进出口商品实行验证管理,查验单证,核对证货是否相符。

第二十七条 商检机构根据需要,对检验合格的进出口商品,可以加施商检标志或者封识。

第二十八条 进出口商品的报检人对商检机构做出的检验结果有异议的,可以向原商检机构或者其上级商检机构以至国家商检部门申请复验,由受理复验的商检机构或者国家商检部门及时做出复验结论。

第二十九条 当事人对商检机构、国家商检部门做出的复验结论不服或者对商检机构做出的处罚决定不服的,可以依法申请行政复议,也可以依法向人民法院提起诉讼。

第三十条 国家商检部门和商检机构履行职责,必须遵守法律,维护国家利益,依照法定职权和法定程序严格执法,接受监督。

国家商检部门和商检机构应根据依法履行职责的需要,加强队伍建设,使商检工作人员具有良好的政治、业务素质。商检工作人员应定期接受业务培训和考核,经考核合格，方可上岗执行职务。

商检工作人员必须忠于职守，文明服务，遵守职业道德，不得滥用职权，谋取私利。

第三十一条　国家商检部门和商检机构应建立健全内部监督制度，对其工作人员的执法活动进行监督检查。

商检机构内部负责受理报检、检验、出证放行等主要岗位的职责权限应明确，并相互分离、相互制约。

第三十二条　任何单位和个人均有权对国家商检部门、商检机构及其工作人员的违法、违纪行为进行控告、检举。收到控告、检举的机关应依法按照职责分工及时查处，并为控告人、检举人保密。

第五章　法律责任

第三十三条　违反本法规定，将必须经商检机构检验的进口商品未报经检验而擅自销售或者使用的，或者将必须经商检机构检验的出口商品未报经检验合格而擅自出口的，由商检机构没收违法所得，并处货值金额5%以上20%以下的罚款；构成犯罪的，依法追究刑事责任。

第三十四条　违反本法规定，未经国家商检部门许可，擅自从事进出口商品检验鉴定业务的，由商检机构责令停止非法经营，没收违法所得，并处违法所得1倍以上3倍以下的罚款。

第三十五条　进口或者出口属于掺杂掺假、以假充真、以次充好的商品或者以不合格进出口商品冒充合格进出口商品的，由商检机构责令停止进口或者出口，没收违法所得，并处货值金额50%以上3倍以下的罚款；构成犯罪的，依法追究刑事责任。

第三十六条　伪造、变造、买卖或者盗窃商检单证、印章、标志、封识、质量认证标志的，依法追究刑事责任；尚不够刑事处罚的，由商检机构责令改正，没收违法所得，并处货值金额等值以下的罚款。

第三十七条　国家商检部门、商检机构的工作人员违反本法规定，泄露所知悉的商业秘密的，依法给予行政处分，有违法所得的，没收违法所得；构成犯罪的，依法追究刑事责任。

第三十八条　国家商检部门、商检机构的工作人员滥用职权，故意刁难的，徇私舞弊，伪造检验结果的，或者玩忽职守，延误检验出证的，依法给予行政处分；构成犯罪的，依法追究刑事责任。

第六章　附　则

第三十九条　商检机构和其他检验机构依照本法的规定实施检验和办理检验鉴定业务，依照国家有关规定收取费用。

第四十条　国务院根据本法制定实施条例。

第四十一条　本法自2002年10月1日起施行。

15

中华人民共和国进出口商品检验法实施条例

中华人民共和国进出口商品检验法实施条例

(自2005年12月1日起施行)

第一章 总 则

第一条 根据《中华人民共和国进出口商品检验法》(以下简称商检法)的规定,制定本条例。

第二条 中华人民共和国国家质量监督检验检疫总局(以下简称国家质检总局)主管全国进出口商品检验工作。

国家质检总局设在省、自治区、直辖市以及进出口商品的口岸、集散地的出入境检验检疫局及其分支机构(以下简称出入境检验检疫机构),管理所负责地区的进出口商品检验工作。

第三条 国家质检总局应依照商检法第四条规定,制定、调整必须实施检验的进出口商品目录(以下简称目录)并公布实施。

目录应至少在实施之日30日前公布;在紧急情况下,应不迟于实施之日公布。

国家质检总局制定、调整目录时,应征求国务院对外贸易主管部门、海关总署等有关方面的意见。

第四条 出入境检验检疫机构对列入目录的进出口商品以及法律、行政法规规定须经出入境检验检疫机构检验的其他进出口商品实施检验(以下称法定检验)。

出入境检验检疫机构对法定检验以外的进出口商品,根据国家规定实施抽查检验。

第五条 进出口药品的质量检验、计量器具的量值检定、锅炉压力容器的安全监督检验、船舶(包括海上平台、主要船用设备及材料)和集装箱的规范检验、飞机(包括飞机发动机、机载设备)的适航检验以及核承压设备的安全检验等项目,由有关法律、行政法规规定的机构实施检验。

第六条　进出境的样品、礼品、暂准进出境的货物以及其他非贸易性物品,免予检验。但是,法律、行政法规另有规定的除外。

列入目录的进出口商品符合国家规定的免予检验条件的,由收货人、发货人或者生产企业申请,经国家质检总局审查批准,出入境检验检疫机构免予检验。

免予检验的具体办法,由国家质检总局商有关部门制定。

第七条　法定检验的进出口商品,由出入境检验检疫机构依照商检法第七条规定实施检验。

国家质检总局根据进出口商品检验工作的实际需要和国际标准,可以制定进出口商品检验方法的技术规范和标准。

进出口商品检验依照或者参照的技术规范、标准以及检验方法的技术规范和标准,应至少在实施之日 6 个月前公布;在紧急情况下,应不迟于实施之日公布。

第八条　出入境检验检疫机构根据便利对外贸易的需要,对进出口企业实施分类管理,并按照根据国际通行的合格评定程序确定的检验监管方式,对进出口商品实施检验。

第九条　出入境检验检疫机构对进出口商品实施检验的内容,包括是否符合安全、卫生、健康、环境保护、防止欺诈等要求以及相关的品质、数量、重量等项目。

第十条　出入境检验检疫机构依照商检法的规定,对实施许可制度和国家规定必须经过认证的进出口商品实行验证管理,查验单证,核对证货是否相符。

实行验证管理的进出口商品目录,由国家质检总局商有关部门后制定、调整并公布。

第十一条　进出口商品的收货人或者发货人可以自行办理报检手续,也可以委托代理报检企业办理报检手续;采用快件方式进出口商品的,收货人或者发货人应委托出入境快件运营企业办理报检手续。

第十二条　进出口商品的收货人或者发货人办理报检手续,应依法向出入境检验检疫机构备案。

代理报检企业、出入境快件运营企业从事报检业务,应依法经出入境检验检疫机构注册登记。未依法经出入境检验检疫机构注册登记的企业,不得从事报检业务。

办理报检业务的人员应依法办理报检从业注册,并实行凭证报检。未依法办理报检从业注册的人员,不得从事报检业务。

代理报检企业、出入境快件运营企业以及报检人员不得非法代理他人报检,或者超出其业务范围从事报检业务。

第十三条　代理报检企业接受进出口商品的收货人或者发货人的委托,以委托人的名义办理报检手续的,应向出入境检验检疫机构提交授权委托书,遵守本条例对委托人的各项规定；以自己的名义办理报检手续的，应承担与收货人或者发货人相同的法律责任。

出入境快件运营企业接受进出口商品的收货人或者发货人的委托，应以自己的名义办理报检手续，承担与收货人或者发货人相同的法律责任。

委托人委托代理报检企业、出入境快件运营企业办理报检手续的，应向代理报检企业、出入境快件运营企业提供所委托报检事项的真实情况；代理报检企业、出入境快件运营企业接受委托人的委托办理报检手续的，应对委托人所提供情况的真实性进行合理审查。

第十四条　国家质检总局建立进出口商品风险预警机制，通过收集进出口商品检验方面的信息，进行风险评估，确定风险的类型，采取相应的风险预警措施及快速反应措施。

国家质检总局和出入境检验检疫机构应及时向有关方面提供进出口商品检验方面的信息。

第十五条　出入境检验检疫机构工作人员依法执行职务，有关单位和个人应予以配合，任何单位和个人不得非法干预和阻挠。

第二章　进口商品的检验

第十六条　法定检验的进口商品的收货人应持合同、发票、装箱单、提单等必要的凭证和相关批准文件，向海关报关地的出入境检验检疫机构报检；海关放行后20日内，收货人应依照本条例第十八条的规定，向出入境检验检疫机构申请检验。法定检验的进口商品未经检验的，不准销售，不准使用。

进口实行验证管理的商品，收货人应向海关报关地的出入境检验检疫机构申请验证。出入境检验检疫机构按照国家质检总局的规定实施验证。

第十七条　法定检验的进口商品、实行验证管理的进口商品，海关凭出入境检验检疫机构签发的货物通关单办理海关通关手续。

第十八条　法定检验的进口商品应在收货人报检时申报的目的地检验。

大宗散装商品、易腐烂变质商品、可用作原料的固体废物以及已发生残损、短缺的商品，应在卸货口岸检验。

对前两款规定的进口商品，国家质检总局可以根据便利对外贸易和进出口商品检验工作的需要，指定在其他地点检验。

第十九条　除法律、行政法规另有规定外，法定检验的进口商品经检验，涉及人身财产安全、健康、环境保护项目不合格的，由出入境检验检疫机构责令当事人销毁，或者出具退货处理通知单并书面告知海关，海关凭退货处理通知单办理退运手续；其他项目不合格的，可以在出入境检验检疫机构的监督下进行技术处理，经重新检验合格的，方可销售或者使用。当事人申请出入境检验检疫机构出证的，出入境检验检疫机构应及时出证。

出入境检验检疫机构对检验不合格的进口成套设备及其材料，签发不准安装使用通知书。经技术处理，并经出入境检验检疫机构重新检验合格的，方可安装使用。

第二十条　法定检验以外的进口商品，经出入境检验检疫机构抽查检验不合格的，依照本条例第十九条的规定处理。

实行验证管理的进口商品，经出入境检验检疫机构验证不合格的，参照本条例第十九条的规定处理或者移交有关部门处理。

法定检验以外的进口商品的收货人，发现进口商品质量不合格或者残损、短缺，申请出证的，出入境检验检疫机构或者其他检验机构应在检验后及时出证。

第二十一条　对属于法定检验范围内的关系国计民生、价值较高、技术复杂的以及其他重要的进口商品和大型成套设备，应按照对外贸易合同约定监造、装运前检验或者监装。收货人保留到货后最终检验和索赔的权利。

出入境检验检疫机构可以根据需要派出检验人员参加或者组织实施监造、装运前检验或者监装。

第二十二条　国家对进口可用作原料的固体废物的国外供货商、国内收货人实行注册登记制度，国外供货商、国内收货人在签订对外贸易合同前，应取得国家质检总局或者出入境检验检疫机构的注册登记。国家对进口可用作原料的固体废物实行装运前检验制度，进口时，收货人应提供出入境检验检疫机构或者经国家质检总局指定的检验机构出具的装运前检验证书。

国家允许进口的旧机电产品的收货人在签订对外贸易合同前，应向国家质检总局或者出入境检验检疫机构办理备案手续。对价值较高，涉及人身财产安全、健康、环境保护项目的高风险进口旧机电产品，应依照国家有关规定实施装运前检验，进口时，收货人应提供出入境检验检疫机构或者经国家质检总局指定的检验机构出具的装运前检验证书。

进口可用作原料的固体废物、国家允许进口的旧机电产品到货后，由出入境检验检疫机构依法实施检验。

第二十三条　进口机动车辆到货后，收货人凭出入境检验检疫机构签发的进口机动车辆检验证单以及有关部门签发的其他单证向车辆管理机关申领行车牌证。在使用过程中发现有涉及人身财产安全的质量缺陷的，出入境检验检疫机构应及时做出相应处理。

第三章　出口商品的检验

第二十四条　法定检验的出口商品的发货人应在国家质检总局统一规定的地点和期限内，持合同等必要的凭证和相关批准文件向出入境检验检疫机构报检。法定检验的出口商品未经检验或者经检验不合格的，不准出口。

出口商品应在商品的生产地检验。国家质检总局可以根据便利对外贸易和进出口商品检验工作的需要，指定在其他地点检验。

出口实行验证管理的商品，发货人应向出入境检验检疫机构申请验证。出入境检验检疫机构按照国家质检总局的规定实施验证。

第二十五条 在商品生产地检验的出口商品需要在口岸换证出口的，由商品生产地的出入境检验检疫机构按照规定签发检验换证凭单。发货人应在规定的期限内持检验换证凭单和必要的凭证，向口岸出入境检验检疫机构申请查验。经查验合格的，由口岸出入境检验检疫机构签发货物通关单。

第二十六条 法定检验的出口商品、实行验证管理的出口商品，海关凭出入境检验检疫机构签发的货物通关单办理海关通关手续。

第二十七条 法定检验的出口商品经出入境检验检疫机构检验或者经口岸出入境检验检疫机构查验不合格的，可以在出入境检验检疫机构的监督下进行技术处理，经重新检验合格的，方准出口；不能进行技术处理或者技术处理后重新检验仍不合格的，不准出口。

第二十八条 法定检验以外的出口商品，经出入境检验检疫机构抽查检验不合格的，依照本条例第二十七条的规定处理。

实行验证管理的出口商品，经出入境检验检疫机构验证不合格的，参照本条例第二十七条的规定处理或者移交有关部门处理。

第二十九条 出口危险货物包装容器的生产企业，应向出入境检验检疫机构申请包装容器的性能鉴定。包装容器经出入境检验检疫机构鉴定合格并取得性能鉴定证书的，方可用于包装危险货物。

出口危险货物的生产企业，应向出入境检验检疫机构申请危险货物包装容器的使用鉴定。使用未经鉴定或者经鉴定不合格的包装容器的危险货物，不准出口。

第三十条 对装运出口的易腐烂变质食品、冷冻品的集装箱、船舱、飞机、车辆等运载工具，承运人、装箱单位或者其代理人应在装运前向出入境检验检疫机构申请清洁、卫生、冷藏、密固等适载检验。未经检验或者经检验不合格的，不准装运。

第四章 监督管理

第三十一条 出入境检验检疫机构根据便利对外贸易的需要，可以对列入目录的出口商品进行出厂前的质量监督管理和检验，对其中涉及人身财产安全、健康的重要出口商品实施出口商品注册登记管理。实施出口商品注册登记管理的出口商品，必须获得注册登记，方可出口。

出入境检验检疫机构进行出厂前的质量监督管理和检验的内容，包括对生产企业的质量保证工作进行监督检查，对出口商品进行出厂前的检验。

第三十二条 国家对进出口食品生产企业实施卫生注册登记管理。获得卫生注册登记的出口食品生产企业，方可生产、加工、储存出口食品。获得卫生注册登记的进出口食品生产企业生产的食品，方可进口或者出口。

实施卫生注册登记管理的进口食品生产企业，应按照规定向国家质检总局申请卫生注册登记。

实施卫生注册登记管理的出口食品生产企业，应按照规定向出入境检验检疫机构申请卫生注册登记。

出口食品生产企业需要在国外卫生注册的，依照本条第三款规定进行卫生注册登记后，由国家质检总局统一对外办理。

第三十三条　国家对进出口化妆品生产企业实施卫生注册登记管理。具体办法由国家质检总局商国务院卫生主管部门制定。

第三十四条　进出口食品、化妆品在进出口前，其经营者或者代理人应接受出入境检验检疫机构对进出口食品、化妆品标签内容是否符合法律、行政法规规定要求以及与质量有关内容的真实性、准确性进行的检验，并取得国家质检总局或者其授权的出入境检验检疫机构签发的进出口食品、化妆品标签检验证明文件。

第三十五条　出入境检验检疫机构根据需要，对检验合格的进出口商品加施商检标志，对检验合格的以及其他需要加施封识的进出口商品加施封识。具体办法由国家质检总局制定。

第三十六条　出入境检验检疫机构按照有关规定对检验的进出口商品抽取样品。验余的样品，出入境检验检疫机构应通知有关单位在规定的期限内领回；逾期不领回的，由出入境检验检疫机构处理。

第三十七条　进出口商品的报检人对出入境检验检疫机构做出的检验结果有异议的，可以自收到检验结果之日起 15 日内，向做出检验结果的出入境检验检疫机构或者其上级出入境检验检疫机构以至国家质检总局申请复验，受理复验的出入境检验检疫机构或者国家质检总局应自收到复验申请之日起 60 日内做出复验结论。技术复杂，不能在规定期限内做出复验结论的，经本机构负责人批准，可以适当延长，但是延长期限最多不超过 30 日。

第三十八条　国家质检总局或者出入境检验检疫机构根据进出口商品检验工作的需要，可以指定符合规定资质条件的国内外检测机构承担出入境检验检疫机构委托的进出口商品检测。被指定的检测机构经检查不符合规定要求的，国家质检总局或者出入境检验检疫机构可以取消指定。

第三十九条　在中华人民共和国境内设立从事进出口商品检验鉴定业务的检验机构，应符合有关法律、行政法规、规章规定的注册资本、技术能力、人员资格等条件，经国家质检总局和有关主管部门审核批准，获得许可，并依法办理工商登记后，方可接受委托办理进出口商品检验鉴定业务。

第四十条　对检验机构的检验鉴定业务活动有异议的，可以向国家质检总局或者出入境检验检疫机构投诉。

第四十一条　国家质检总局、出入境检验检疫机构实施监督管理或者对涉嫌违反进出口商品检验法律、行政法规的行为进行调查，有权查阅、复制当事人的有关合同、发票、账簿以及其他有关资料。出入境检验检疫机构对有根据认为涉及人身财产安全、健康、环境保护项目不合格的进出口商品，经本机构负责人批准，可以查封或者扣押，但海关监管货物除外。

第四十二条　国家质检总局、出入境检验检疫机构应根据便利对外贸易的需要，采取有效措施,简化程序,方便进出口。

办理进出口商品报检、检验、鉴定等手续,符合条件的,可以采用电子数据文件的形式。

第四十三条 出入境检验检疫机构依照有关法律、行政法规的规定,签发出口货物普惠制原产地证明、区域性优惠原产地证明、专用原产地证明。办理原产地证明的申请人应依法取得出入境检验检疫机构的注册登记。

出口货物一般原产地证明的签发,依照有关法律、行政法规的规定执行。

第四十四条 出入境检验检疫机构对进出保税区、出口加工区等海关特殊监管区域的货物以及边境小额贸易进出口商品的检验管理,由国家质检总局商海关总署另行制定办法。

第五章 法律责任

第四十五条 擅自销售、使用未报检或者未经检验的属于法定检验的进口商品,或者擅自销售、使用应申请进口验证而未申请的进口商品的,由出入境检验检疫机构没收违法所得,并处商品货值金额5%以上20%以下罚款;构成犯罪的,依法追究刑事责任。

第四十六条 擅自出口未报检或者未经检验的属于法定检验的出口商品,或者擅自出口应申请出口验证而未申请的出口商品的,由出入境检验检疫机构没收违法所得,并处商品货值金额5%以上20%以下罚款;构成犯罪的,依法追究刑事责任。

第四十七条 销售、使用经法定检验、抽查检验或者验证不合格的进口商品,或者出口经法定检验、抽查检验或者验证不合格的商品的,由出入境检验检疫机构责令停止销售、使用或者出口,没收违法所得和违法销售、使用或者出口的商品,并处违法销售、使用或者出口的商品货值金额等值以上3倍以下罚款;构成犯罪的,依法追究刑事责任。

第四十八条 进出口商品的收货人、发货人、代理报检企业或者出入境快件运营企业、报检人员不如实提供进出口商品的真实情况,取得出入境检验检疫机构的有关证单,或者对法定检验的进出口商品不予报检,逃避进出口商品检验的,由出入境检验检疫机构没收违法所得,并处商品货值金额5%以上20%以下罚款;情节严重的,并撤销其报检注册登记、报检从业注册。

进出口商品的收货人或者发货人委托代理报检企业、出入境快件运营企业办理报检手续,未按照规定向代理报检企业、出入境快件运营企业提供所委托报检事项的真实情况,取得出入境检验检疫机构的有关证单的,对委托人依照前款规定予以处罚。

代理报检企业、出入境快件运营企业、报检人员对委托人所提供情况的真实性未进行合理审查或者因工作疏忽,导致骗取出入境检验检疫机构有关证单的结果的,由出入境检验检疫机构对代理报检企业、出入境快件运营企业处2万元以上20万元以下罚款;情节严重的,并撤销其报检注册登记、报检从业注册。

第四十九条　伪造、变造、买卖或者盗窃检验证单、印章、标志、封识、货物通关单或者使用伪造、变造的检验证单、印章、标志、封识、货物通关单，构成犯罪的，依法追究刑事责任；尚不够刑事处罚的，由出入境检验检疫机构责令改正，没收违法所得，并处商品货值金额等值以下罚款。

第五十条　擅自调换出入境检验检疫机构抽取的样品或者出入境检验检疫机构检验合格的进出口商品的，由出入境检验检疫机构责令改正，给予警告；情节严重的，并处商品货值金额10%以上50%以下罚款。

第五十一条　出口属于国家实行出口商品注册登记管理而未获得注册登记的商品的，由出入境检验检疫机构责令停止出口，没收违法所得，并处商品货值金额10%以上50%以下罚款。

第五十二条　进口或者出口国家实行卫生注册登记管理而未获得卫生注册登记的生产企业生产的食品、化妆品的，由出入境检验检疫机构责令停止进口或者出口，没收违法所得，并处商品货值金额10%以上50%以下罚款。

已获得卫生注册登记的进出口食品、化妆品生产企业，经检查不符合规定要求的，由国家质检总局或者出入境检验检疫机构责令限期整改；整改仍未达到规定要求或者有其他违法行为，情节严重的，吊销其卫生注册登记证书。

第五十三条　进口可用作原料的固体废物，国外供货商、国内收货人未取得注册登记，或者未进行装运前检验的，按照国家有关规定责令退货；情节严重的，由出入境检验检疫机构并处10万元以上100万元以下罚款。

已获得注册登记的可用作原料的固体废物的国外供货商、国内收货人违反国家有关规定，情节严重的，由出入境检验检疫机构撤销其注册登记。

进口国家允许进口的旧机电产品未办理备案或者未按照规定进行装运前检验的，按照国家有关规定予以退货；情节严重的，由出入境检验检疫机构并处100万元以下罚款。

第五十四条　提供或者使用未经出入境检验检疫机构鉴定的出口危险货物包装容器的，由出入境检验检疫机构处10万元以下罚款。

提供或者使用经出入境检验检疫机构鉴定不合格的包装容器装运出口危险货物的，由出入境检验检疫机构处20万元以下罚款。

第五十五条　提供或者使用未经出入境检验检疫机构适载检验的集装箱、船舱、飞机、车辆等运载工具装运易腐烂变质食品、冷冻品出口的，由出入境检验检疫机构处10万元以下罚款。

提供或者使用经出入境检验检疫机构检验不合格的集装箱、船舱、飞机、车辆等运载工具装运易腐烂变质食品、冷冻品出口的，由出入境检验检疫机构处20万元以下罚款。

第五十六条　擅自调换、损毁出入境检验检疫机构加施的商检标志、封识的，由出入境检验检疫机构处5万元以下罚款。

第五十七条 从事进出口商品检验鉴定业务的检验机构超出其业务范围，或者违反国家有关规定，扰乱检验鉴定秩序的，由出入境检验检疫机构责令改正，没收违法所得，可以并处10万元以下罚款，国家质检总局或者出入境检验检疫机构可以暂停其6个月以内检验鉴定业务；情节严重的，由国家质检总局吊销其检验鉴定资格证书。

第五十八条 未经注册登记擅自从事报检业务的，由出入境检验检疫机构责令停止非法经营活动，没收违法所得，并处违法所得1倍以上3倍以下罚款。

代理报检企业、出入境快件运营企业违反国家有关规定，扰乱报检秩序的，由出入境检验检疫机构责令改正，没收违法所得，可以并处10万元以下罚款，国家质检总局或者出入境检验检疫机构可以暂停其6个月以内代理报检业务；情节严重的，撤销其报检注册登记。

报检人员违反国家有关规定，扰乱报检秩序的，国家质检总局或者出入境检验检疫机构可以暂停其6个月以内执业；情节严重的，撤销其报检从业注册。

第五十九条 出入境检验检疫机构的工作人员滥用职权，故意刁难当事人的，徇私舞弊，伪造检验结果的，或者玩忽职守，延误检验出证的，依法给予行政处分；违反有关法律、行政法规规定签发出口货物原产地证明的，依法给予行政处分，没收违法所得；构成犯罪的，依法追究刑事责任。

第六十条 出入境检验检疫机构对没收的商品依法予以处理所得价款、没收的违法所得、收缴的罚款，全部上缴国库。

第六章 附 则

第六十一条 当事人对出入境检验检疫机构、国家质检总局做出的复验结论不服，或者对国家质检总局、出入境检验检疫机构做出的处罚决定不服的，可以依法申请行政复议，也可以依法向人民法院提起诉讼。

当事人逾期不履行处罚决定，又不申请行政复议或者向人民法院提起诉讼的，做出处罚决定的机构可以申请人民法院强制执行。

第六十二条 出入境检验检疫机构实施法定检验、经许可的检验机构办理检验鉴定业务，按照国家有关规定收取费用。

第六十三条 本条例自2005年12月1日起施行。1992年10月7日国务院批准、1992年10月23日原国家进出口商品检验局发布的《中华人民共和国进出口商品检验法实施条例》同时废止。

16

中华人民共和国进出境动植物检疫法

中华人民共和国进出境动植物检疫法

（1991年10月30日第七届全国人民代表大会常务委员会第二十二次会议通过。1991年10月30日中华人民共和国主席令第53号公布，自1992年4月1日起施行）

第一章　总则

第一条　为防止动物传染病、寄生虫病和植物危险性病、虫、杂草以及其他有害生物（以下简称病虫害）传入、传出国境，保护农、林、牧、渔业生产和人体健康，促进对外经济贸易的发展，制定本法。

第二条　进出境的动植物、动植物产品和其他检疫物，装载动植物、动植物产品和其他检疫物的装载容器、包装物，以及来自动植物疫区的运输工具，依照本法规定实施检疫。

第三条　国务院设立动植物检疫机关（以下简称国家动植物检疫机关），统一管理全国进出境动植物检疫工作。国家动植物检疫机关在对外开放的口岸和进出境动植物检疫业务集中的地点设立的口岸动植物检疫机关，依照本法规定实施进出境动植物检疫。

贸易性动物产品出境的检疫机关，由国务院根据情况规定。

国务院农业行政主管部门主管全国进出境动植物检疫工作。

第四条　口岸动植物检疫机关在实施检疫时可以行使下列职权：

（一）依照本法规定登船、登车、登机实施检疫；

（二）进入港口、机场、车站、邮局以及检疫物的存放、加工、养殖、种植场所实施

检疫,并依照规定采样;

(三)根据检疫需要,进入有关生产、仓库等场所,进行疫情监测、调查和检疫监督管理;

(四)查阅、复制、摘录与检疫物有关的运行日志、货运单、合同、发票及其他单证。

第五条 国家禁止下列各物进境:

(一)动植物病原体(包括菌种、毒种等)、害虫及其他有害生物;

(二)动植物疫情流行的国家和地区的有关动植物、动植物产品和其他检疫物;

(三)动物尸体;

(四)土壤。

口岸动植物检疫机关发现有前款规定的禁止进境物的,作退回或者销毁处理。

因科学研究等特殊需要引进本条第一款规定的禁止进境物的,必须事先提出申请,经国家动植物检疫机关批准。

本条第一款第二项规定的禁止进境物的名录,由国务院农业行政主管部门制定并公布。

第六条 国外发生重大动植物疫情并可能传入中国时,国务院应采取紧急预防措施,必要时可以下令禁止来自动植物疫区的运输工具进境或者封锁有关口岸;受动植物疫情威胁地区的地方人民政府和有关口岸动植物检疫机关,应立即采取紧急措施,同时向上级人民政府和国家动植物检疫机关报告。

邮电、运输部门对重大动植物疫情报告和送检材料应优先传送。

第七条 国家动植物检疫机关和口岸动植物检疫机关对进出境动植物、动植物产品的生产、加工、存放过程,实行检疫监督制度。

第八条 口岸动植物检疫机关在港口、机场、车站、邮局执行检疫任务时,海关、交通、民航、铁路、邮电等有关部门应配合。

第九条 动植物检疫机关检疫人员必须忠于职守,秉公执法。

动植物检疫机关检疫人员依法执行公务,任何单位和个人不得阻挠。

第二章 进境检疫

第十条 输入动物、动物产品、植物种子、种苗及其他繁殖材料的,必须事先提出申请,办理检疫审批手续。

第十一条 通过贸易、科技合作、交换、赠送、援助等方式输入动植物、动植物产品和其他检疫物的,应在合同或者协议中订明中国法定的检疫要求,并订明必须附有输出国家或者地区政府动植物检疫机关出具的检疫证书。

第十二条 货主或者其代理人应在动植物、动植物产品和其他检疫物进境前或者进境时持输出国家或者地区的检疫证书、贸易合同等单证,向进境口岸动植物检疫机关报检。

第十三条 装载动物的运输工具抵达口岸时,口岸动植物检疫机关应采取现场预防措施,对上下运输工具或者接近动物的人员、装载动物的运输工具和被污染的场地作防疫消毒处理。

第十四条　输入动植物、动植物产品和其他检疫物,应在进境口岸实施检疫。未经口岸动植物检疫机关同意,不得卸离运输工具。

输入动植物,需隔离检疫的,在口岸动植物检疫机关指定的隔离场所检疫。

因口岸条件限制等原因,可以由国家动植物检疫机关决定将动植物、动植物产品和其他检疫物运往指定地点检疫。在运输、装卸过程中,货主或者其代理人应采取防疫措施。指定的存放、加工和隔离饲养或者隔离种植的场所,应符合动植物检疫和防疫的规定。

第十五条　输入动植物、动植物产品和其他检疫物,经检疫合格的,准予进境;海关凭口岸动植物检疫机关签发的检疫单证或者在报关单上加盖的印章验放。

输入动植物、动植物产品和其他检疫物,需调离海关监管区检疫的,海关凭口岸动植物检疫机关签发的《检疫调离通知单》验放。

第十六条　输入动物,经检疫不合格的,由口岸动植物检疫机关签发《检疫处理通知单》,通知货主或者其代理人作如下处理:

(一)检出一类传染病、寄生虫病的动物,连同其同群动物全群退回或者全群扑杀并销毁尸体;

(二)检出二类传染病、寄生虫病的动物,退回或者扑杀,同群其他动物在隔离场或者其他指定地点隔离观察。

输入动物产品和其他检疫物经检疫不合格的,由口岸动植物检疫机关签发《检疫处理通知单》,通知货主或者其代理人作除害、退回或者销毁处理。经除害处理合格的,准予进境。

第十七条　输入植物、植物产品和其他检疫物,经检疫发现有植物危险性病、虫、杂草的,由口岸动植物检疫机关签发《检疫处理通知单》,通知货主或者其代理人作除害、退回或者销毁处理。经除害处理合格的,准予进境。

第十八条　本法第十六条第一款第一项、第二项所称一类、二类动物传染病、寄生虫病的名录和本法第十七条所称植物危险性病、虫、杂草的名录,由国务院农业行政主管部门制定并公布。

第十九条　输入动植物、动植物产品和其他检疫物,经检疫发现有本法第十八条规定的名录之外,对农、林、牧、渔业有严重危害的其他病虫害的,由口岸动植物检疫机关依照国务院农业行政主管部门的规定,通知货主或者其代理人作除害、退回或者销毁处理。经除害处理合格的,准予进境。

第三章　出境检疫

第二十条　货主或者其代理人在动植物、动植物产品和其他检疫物出境前,向口岸动植物检疫机关报检。

出境前需经隔离检疫的动物,在口岸动植物检疫机关指定的隔离场所检疫。

第二十一条 输出动植物、动植物产品和其他检疫物，由口岸动植物检疫机关实施检疫，经检疫合格或者经除害处理合格的，准予出境；海关凭口岸动植物检疫机关签发的检疫证书或者在报关单上加盖的印章验放。检疫不合格又无有效方法作除害处理的，不准出境。

第二十二条 经检疫合格的动植物、动植物产品和其他检疫物，有下列情形之一的，货主或者其代理人应重新报检：

(一)更改输入国家或者地区，更改后的输入国家或者地区又有不同检疫要求的；

(二)改换包装或者原未拼装后来拼装的；

(三)超过检疫规定有效期限的。

第四章 过境检疫

第二十三条 要求运输动物过境的，必须事先商得中国国家动植物检疫机关同意，并按照指定的口岸和路线过境。

装载过境动物的运输工具、装载容器、饲料和铺垫材料，必须符合中国动植物检疫的规定。

第二十四条 运输动植物、动植物产品和其他检疫物过境的，由承运人或者押运人持货运单和输出国家或者地区政府动植物检疫机关出具的检疫证书，在进境时向口岸动植物检疫机关报检，出境口岸不再检疫。

第二十五条 过境的动物经检疫合格的，准予过境；发现有本法第十八条规定的名录所列的动物传染病、寄生虫病的，全群动物不准过境。

过境动物的饲料受病虫害污染的，作除害、不准过境或者销毁处理。

过境的动物的尸体、排泄物、铺垫材料及其他废弃物，必须按照动植物检疫机关的规定处理，不得擅自抛弃。

第二十六条 对过境植物、动植物产品和其他检疫物，口岸动植物检疫机关检查运输工具或者包装，经检疫合格的，准予过境；发现有本法第十八条规定的名录所列的病虫害的，作除害处理或者不准过境。

第二十七条 动植物、动植物产品和其他检疫物过境期间，未经动植物检疫机关批准，不得开拆包装或者卸离运输工具。

第五章 携带、邮寄物检疫

第二十八条 携带、邮寄植物种子、种苗及其他繁殖材料进境的，必须事先提出申请，办理检疫审批手续。

第二十九条 禁止携带、邮寄进境的动植物、动植物产品和其他检疫物的名录，由国务院农业行政主管部门制定并公布。

携带、邮寄前款规定的名录所列的动植物、动植物产品和其他检疫物进境的，作退回或者销毁处理。

第三十条 携带本法第二十九条规定的名录以外的动植物、动植物产品和其他检疫物进境的,在进境时向海关申报并接受口岸动植物检疫机关检疫。

携带动物进境的,必须持有输出国家或者地区的检疫证书等证件。

第三十一条　邮寄本法第二十九条规定的名录以外的动植物、动植物产品和其他检疫物进境的,由口岸动植物检疫机关在国际邮件互换局实施检疫,必要时可以取回口岸动植物检疫机关检疫;未经检疫不得运递。

第三十二条　邮寄进境的动植物、动植物产品和其他检疫物,经检疫或者除害处理合格后放行;经检疫不合格又无有效方法作除害处理的,作退回或者销毁处理,并签发《检疫处理通知单》。

第三十三条　携带、邮寄出境的动植物、动植物产品和其他检疫物,物主有检疫要求的,由口岸动植物检疫机关实施检疫。

第六章　运输工具检疫

第三十四条　来自动植物疫区的船舶、飞机、火车抵达口岸时,由口岸动植物检疫机关实施检疫。发现有本法第十八条规定的名录所列的病虫害的,作不准带离运输工具、除害、封存或者销毁处理。

第三十五条　进境的车辆,由口岸动植物检疫机关作防疫消毒处理。

第三十六条　进出境运输工具上的泔水、动植物性废弃物,依照口岸动植物检疫机关的规定处理,不得擅自抛弃。

第三十七条　装载出境的动植物、动植物产品和其他检疫物的运输工具,应符合动植物检疫和防疫的规定。

第三十八条　进境供拆船用的废旧船舶,由口岸动植物检疫机关实施检疫,发现有本法第十八条规定的名录所列的病虫害的,作除害处理。

第七章　法律责任

第三十九条　违反本法规定,有下列行为之一的,由口岸动植物检疫机关处以罚款:

(一)未报检或者未依法办理检疫审批手续的;

(二)未经口岸动植物检疫机关许可擅自将进境动植物、动植物产品或者其他检疫物卸离运输工具或者运递的;

(三)擅自调离或者处理在口岸动植物检疫机关指定的隔离场所中隔离检疫的动植物的。

第四十条　报检的动植物、动植物产品或者其他检疫物与实际不符的,由口岸动植物检疫机关处以罚款;已取得检疫单证的,予以吊销。

第四十一条　违反本法规定,擅自开拆过境动植物、动植物产品或者其他检疫物的包装的,擅自将过境动植物、动植物产品或者其他检疫物卸离运输工具的,擅自抛弃过境动物的尸体、排泄物、铺垫材料或者其他废弃物的,由动植物检疫机关处以罚款。

第四十二条　违反本法规定,引起重大动植物疫情的,比照刑法第一百七十八条的规定追究刑事责任。

第四十三条　伪造、变造检疫单证、印章、标志、封识，依照刑法第一百六十七条的规定追究刑事责任。

第四十四条　当事人对动植物检疫机关的处罚决定不服的，可以在接到处罚通知之日起15日内向做出处罚决定的机关的上一级机关申请复议；当事人也可以在接到处罚通知之日起15日内直接向人民法院起诉。

复议机关应在接到复议申请之日起60日内做出复议决定。当事人对复议决定不服的，可以在接到复议决定之日起15日内向人民法院起诉。复议机关逾期不做出复议决定的，当事人可以在复议期满之日起15日内向人民法院起诉。

当事人逾期不申请复议也不向人民法院起诉、又不履行处罚决定的，做出处罚决定的机关可以申请人民法院强制执行。

第四十五条　动植物检疫机关检疫人员滥用职权，徇私舞弊，伪造检疫结果，或者玩忽职守，延误检疫出证，构成犯罪的，依法追究刑事责任；不构成犯罪的，给予行政处分。

第八章　附则

第四十六条　本法下列用语的含义是：

（一）“动物”是指饲养、野生的活动物，如畜、禽、兽、蛇、龟、鱼、虾、蟹、贝、蚕、蜂等；

（二）“动物产品”是指来源于动物未经加工或者虽经加工但仍有可能传播疫病的产品，如生皮张、毛类、肉类、脏器、油脂、动物水产品、奶制品、蛋类、血液、精液、胚胎、骨、蹄、角等；

（三）“植物”是指栽培植物、野生植物及其种子、种苗及其他繁殖材料等；

（四）“植物产品”是指来源于植物未经加工或者虽经加工但仍有可能传播病虫害的产品，如粮食、豆、棉花、油、麻、烟草、籽仁、干果、鲜果、蔬菜、生药材、木材、饲料等；

（五）“其他检疫物”是指动物疫苗、血清、诊断液、动植物性废弃物等。

第四十七条　中华人民共和国缔结或者参加的有关动植物检疫的国际条约与本法有不同规定的，适用该国际条约的规定。但是，中华人民共和国声明保留的条款除外。

第四十八条　口岸动植物检疫机关实施检疫依照规定收费。收费办法由国务院农业行政主管部门会同国务院物价等有关主管部门制定。

第四十九条　国务院根据本法制定实施条例。

第五十条　本法自1992年4月1日起施行。1982年6月4日国务院发布的《中华人民共和国进出口动植物检疫条例》同时废止。

17

中华人民共和国进出境动植物检疫法实施条例

中华人民共和国进出境动植物检疫法实施条例

(自 1997 年 1 月 1 日起施行)

第一章 总 则

第一条 根据《中华人民共和国进出境动植物检疫法》(以下简称进出境动植物检疫法)的规定,制定本条例。

第二条 下列各物,依照进出境动植物检疫法和本条例的规定实施检疫:

(一)进境、出境、过境的动植物、动植物产品和其他检疫物;

(二)装载动植物、动植物产品和其他检疫物的装载容器、包装物、铺垫材料;

(三)来自动植物疫区的运输工具;

(四)进境拆解的废旧船舶;

(五)有关法律、行政法规、国际条约规定或者贸易合同约定应实施进出境动植物检疫的其他货物、物品。

第三条 国务院农业行政主管部门主管全国进出境动植物检疫工作。

中华人民共和国动植物检疫局(以下简称国家动植物检疫局)统一管理全国进出境动植物检疫工作,收集国内外重大动植物疫情,负责国际间进出境动植物检疫的合作与交流。

国家动植物检疫局在对外开放的口岸和进出境动植物检疫业务集中的地点设立的口岸动植物检疫机关,依照进出境动植物检疫法和本条例的规定,实施进出境动植物检疫。

第四条 国(境)外发生重大动植物疫情并可能传入中国时,根据情况采取下列紧急预防措施：

（一）国务院可以对相关边境区域采取控制措施，必要时下令禁止来自动植物疫区的运输工具进境或者封锁有关口岸；

（二）国务院农业行政主管部门可以公布禁止从动植物疫情流行的国家和地区进境的动植物、动植物产品和其他检疫物的名录；

（三）有关口岸动植物检疫机关可以对可能受病虫害污染的本条例第二条所列进境各物采取紧急检疫处理措施；

（四）受动植物疫情威胁地区的地方人民政府可以立即组织有关部门制定并实施应急方案，同时向上级人民政府和国家动植物检疫局报告。

邮电、运输部门对重大动植物疫情报告和送检材料应优先传送。

第五条 享有外交、领事特权与豁免的外国机构和人员公用或者自用的动植物、动植物产品和其他检疫物进境，应依照进出境动植物检疫法和本条例的规定实施检疫；口岸动植物检疫机关查验时，应遵守有关法律的规定。

第六条 海关依法配合口岸动植物检疫机关，对进出境动植物、动植物产品和其他检疫物实行监管，具体办法由国务院农业行政主管部门会同海关总署制定。

第七条 进出境动植物检疫法所称动植物疫区和动植物疫情流行的国家与地区的名录，由国务院农业行政主管部门确定并公布。

第八条 对贯彻执行进出境动植物检疫法和本条例做出显著成绩的单位和个人，给予奖励。

第二章 检疫审批

第九条 输入动物、动物产品和进出境动植物检疫法第五条第一款所列禁止进境物的检疫审批，由国家动植物检疫局或者其授权的口岸动植物检疫机关负责。

输入植物种子、种苗及其他繁殖材料的检疫审批，由植物检疫条例规定的机关负责。

第十条 符合下列条件的，方可办理进境检疫审批手续：

（一）输出国家或者地区无重大动植物疫情；

（二）符合中国有关动植物检疫法律、法规、规章的规定；

（三）符合中国与输出国家或者地区签订的有关双边检疫协定（含检疫协议、备忘录等，下同）。

第十一条 检疫审批手续应在贸易合同或者协议签订前办妥。

第十二条 携带、邮寄植物种子、种苗及其他繁殖材料进境的，必须事先提出申请，办理检疫审批手续；因特殊情况无法事先办理的，携带人或者邮寄人应在口岸补办检疫审批手续，经审批机关同意并经检疫合格后方准进境。

第十三条 要求运输动物过境的，货主或者其代理人必须事先向国家动植物检疫局提出书面申请，提交输出国家或者地区政府动植物检疫机关出具的疫情证明、输入国家或者地区政府动植物检疫机关出具的准许该动物进境的证件，并说明拟过境的路线，国家动植物检疫局审查同意后，签发《动物过境许可证》。

第十四条 因科学研究等特殊需要，引进进出境动植物检疫法第五条第一款所列禁止进境物的，办理禁止进境物特许检疫审批手续时，货主、物主或者其代理人必须提交书面申请，说明其数量、用途、引进方式、进境后的防疫措施，并附具有关口岸动植物检疫机关签署的意见。

第十五条 办理进境检疫审批手续后，有下列情况之一的，货主、物主或者其代理人应重新申请办理检疫审批手续：

(一)变更进境物的品种或者数量的；

(二)变更输出国家或者地区的；

(三)变更进境口岸的；

(四)超过检疫审批有效期的。

第三章 进境检疫

第十六条 进出境动植物检疫法第十一条所称中国法定的检疫要求，是指中国的法律、行政法规和国务院农业行政主管部门规定的动植物检疫要求。

第十七条 国家对向中国输出动植物产品的国外生产、加工、存放单位，实行注册登记制度。具体办法由国务院农业行政主管部门制定。

第十八条 输入动植物、动植物产品和其他检疫物的，货主或者其代理人应在进境前或者进境时向进境口岸动植物检疫机关报检。属于调离海关监管区检疫的，运达指定地点时，货主或者其代理人应通知有关口岸动植物检疫机关。属于转关货物的，货主或者其代理人应在进境时向进境口岸动植物检疫机关申报；到达指运地时，应向指运地口岸动植物检疫机关报检。

输入种畜禽及其精液、胚胎的，应在进境前30日报检；输入其他动物的，应在进境前15日报检；输入植物种子、种苗及其他繁殖材料的，应在进境前7日报检。

动植物性包装物、铺垫材料进境时，货主或者其代理人应及时向口岸动植物检疫机关申报，动植物检疫机关可以根据具体情况对申报物实施检疫。

前款所称动植物性包装物、铺垫材料，是指直接用作包装物、铺垫材料的动物产品和植物、植物产品。

第十九条 向口岸动植物检疫机关报检时应填写报检单，并提交输出国家或者地区政府动植物检疫机关出具的检疫证书、产地证书和贸易合同、信用证、发票等单证；依法应办理检疫审批手续的，还应提交检疫审批单。无输出国家或者地区政府动植物检疫机关出具的有效检疫证书，或者未依法办理检疫审批手续的，口岸动植物检疫机关可以根据具体情况，作退回或者销毁处理。

第二十条 输入的动植物、动植物产品和其他检疫物运达口岸时，检疫人员可以到运输工具上和货物现场实施检疫，核对货、证是否相符，并可以按照规定采取样品。承运人、货主或者其代理人应向检疫人员提供装载清单和有关资料。

第二十一条 装载动物的运输工具抵达口岸时，上下运输工具或者接近动物的人员,应接受口岸动植物检疫机关实施的防疫消毒,并执行其采取的其他现场预防措施。

第二十二条 检疫人员应按照下列规定实施现场检疫。

(一)动物:检查有无疫病的临床症状。发现疑似感染传染病或者已死亡的动物时,在货主或者押运人的配合下查明情况,立即处理。动物的铺垫材料、剩余饲料和排泄物等,由货主或者其代理人在检疫人员的监督下,作除害处理。

(二)动物产品:检查有无腐败变质现象,容器、包装是否完好。符合要求的,允许卸离运输工具。发现散包、容器破裂的,由货主或者其代理人负责整理完好,方可卸离运输工具。根据情况,对运输工具的有关部位及装载动物产品的容器、外表包装、铺垫材料、被污染场地等进行消毒处理。需要实施试验室检疫的,按照规定采取样品。对易滋生植物害虫或者混藏杂草种子的动物产品,同时实施植物检疫。

(三)植物、植物产品:检查货物和包装物有无病虫害,并按照规定采取样品。发现病虫害并有扩散可能时,及时对该批货物、运输工具和装卸现场采取必要的防疫措施。对来自动物传染病疫区或者易带动物传染病和寄生虫病病原体并用作动物饲料的植物产品,同时实施动物检疫。

(四)动植物性包装物、铺垫材料:检查是否携带病虫害、混藏杂草种子,沾带土壤,并按照规定采取样品。

(五)其他检疫物:检查包装是否完好及是否被病虫害污染。发现破损或者被病虫害污染时,作除害处理。

第二十三条 对船舶、火车装运的大宗动植物产品,应就地分层检查;限于港口、车站的存放条件,不能就地检查的,经口岸动植物检疫机关同意,也可以边卸载边疏运,将动植物产品运往指定的地点存放。在卸货过程中经检疫发现疫情时,应立即停止卸货,由货主或者其代理人按照口岸动植物检疫机关的要求,对已卸和未卸货物作除害处理,并采取防止疫情扩散的措施,对被病虫害污染的装卸工具和场地,也应作除害处理。

第二十四条 输入种用大中家畜的,应在国家动植物检疫局设立的动物隔离检疫场所隔离检疫 45 日;输入其他动物的,应在口岸动植物检疫机关指定的动物隔离检疫场所隔离检疫 30 日。动物隔离检疫场所管理办法,由国务院农业行政主管部门制定。

第二十五条 进境的同一批动植物产品分港卸货时,口岸动植物检疫机关只对本港卸下的货物进行检疫,先期卸货港的口岸动植物检疫机关应将检疫及处理情况及时通知其他分卸港的口岸动植物检疫机关;需要对外出证的,由卸毕港的口岸动植物检疫机关汇总后统一出具检疫证书。

在分卸港实施检疫中发现疫情并必须进行船上熏蒸、消毒时,由该分卸港的口岸动植物检疫机关统一出具检疫证书,并及时通知其他分卸港的口岸动植物检疫机关。

第二十六条 对输入的动植物、动植物产品和其他检疫物,按照中国的国家标准、行业标准以及国家动植物检疫局的有关规定实施检疫。

第二十七条　输入动植物、动植物产品和其他检疫物，经检疫合格的，由口岸动植物检疫机关在报关单上加盖印章或者签发《检疫放行通知单》；需要调离进境口岸海关监管区检疫的，由进境口岸动植物检疫机关签发《检疫调离通知单》。货主或者其代理人凭口岸动植物检疫机关在报关单上加盖的印章或者签发的《检疫放行通知单》、《检疫调离通知单》办理报关、运递手续。海关对输入的动植物、动植物产品和其他检疫物，凭口岸动植物检疫机关在报关单上加盖的印章或者签发的《检疫放行通知单》、《检疫调离通知单》验放。运输、邮电部门凭单运递，运递期间国内其他检疫机关不再检疫。

第二十八条　输入动植物、动植物产品和其他检疫物，经检疫不合格的，由口岸动植物检疫机关签发《检疫处理通知单》，通知货主或者其代理人在口岸动植物检疫机关的监督和技术指导下，作除害处理；需要对外索赔的，由口岸动植物检疫机关出具检疫证书。

第二十九条　国家动植物检疫局根据检疫需要，并商输出动植物、动植物产品国家或者地区政府有关机关同意，可以派检疫人员进行预检、监装或者产地疫情调查。

第三十条　海关、边防等部门截获的非法进境的动植物、动植物产品和其他检疫物，应就近交由口岸动植物检疫机关检疫。

第四章　出境检疫

第三十一条　货主或者其代理人依法办理动植物、动植物产品和其他检疫物的出境报检手续时，应提供贸易合同或者协议。

第三十二条　对输入国要求中国对向其输出的动植物、动植物产品和其他检疫物的生产、加工、存放单位注册登记的，口岸动植物检疫机关可以实行注册登记，并报国家动植物检疫局备案。

第三十三条　输出动物，出境前需经隔离检疫的，在口岸动植物检疫机关指定的隔离场所检疫。输出植物、动植物产品和其他检疫物的，在仓库或者货场实施检疫；根据需要，也可以在生产、加工过程中实施检疫。

待检出境植物、动植物产品和其他检疫物，应数量齐全、包装完好、堆放整齐、唛头标记明显。

第三十四条　输出动植物、动植物产品和其他检疫物的检疫依据：

（一）输入国家或者地区和中国有关动植物检疫规定；

（二）双边检疫协定；

（三）贸易合同中订明的检疫要求。

第三十五条　经启运地口岸动植物检疫机关检疫合格的动植物、动植物产品和其他检疫物，运达出境口岸时，按照下列规定办理：

（一）动物应经出境口岸动植物检疫机关临床检疫或者复检；

（二）植物、动植物产品和其他检疫物从启运地随原运输工具出境的，由出境口岸动植物检疫机关验证放行，改换运输工具出境的，换证放行；

（三）植物、动植物产品和其他检疫物到达出境口岸后拼装的，因变更输入国家或者地区而有不同检疫要求的，或者超过规定的检疫有效期的，应重新报检。

第三十六条 输出动植物、动植物产品和其他检疫物，经启运地口岸动植物检疫机关检疫合格的，运往出境口岸时，运输、邮电部门凭启运地口岸动植物检疫机关签发的检疫单证运递，国内其他检疫机关不再检疫。

第五章 过境检疫

第三十七条 运输动植物、动植物产品和其他检疫物过境（含转运，下同）的，承运人或者押运人应持货运单和输出国家或者地区政府动植物检疫机关出具的证书，向进境口岸动植物检疫机关报检；运输动物过境的，还应同时提交国家动植物检疫局签发的《动物过境许可证》。

第三十八条 过境动物运达进境口岸时，由进境口岸动植物检疫机关对运输工具、容器的外表进行消毒并对动物进行临床检疫，经检疫合格的，准予过境。进境口岸动植物检疫机关可以派检疫人员监运至出境口岸，出境口岸动植物检疫机关不再检疫。

第三十九条 装载过境植物、动植物产品和其他检疫物的运输工具和包装物、装载容器必须完好。经口岸动植物检疫机关检查，发现运输工具或者包装物、装载容器有可能造成途中散漏的，承运人或者押运人应按照口岸动植物检疫机关的要求，采取密封措施；无法采取密封措施的，不准过境。

第六章 携带、邮寄物检疫

第四十条 携带、邮寄植物种子、种苗及其他繁殖材料进境，未依法办理检疫审批手续的，由口岸动植物检疫机关作退回或者销毁处理。邮件作退回处理的，由口岸动植物检疫机关在邮件及发递单上批注退回原因；邮件作销毁处理的，由口岸动植物检疫机关签发通知单，通知寄件人。

第四十一条 携带动植物、动植物产品和其他检疫物进境的，进境时必须向海关申报并接受口岸动植物检疫机关检疫。海关应将申报或者查获的动植物、动植物产品和其他检疫物及时交由口岸动植物检疫机关检疫。未经检疫的，不得携带进境。

第四十二条 口岸动植物检疫机关可以在港口、机场、车站的旅客通道、行李提取处等现场进行检查，对可能携带动植物、动植物产品和其他检疫物而未申报的，可以进行查询并抽检其物品，必要时可以开包（箱）检查。

旅客进出境检查现场应设立动植物检疫台位和标志。

第四十三条 携带动物进境的，必须持有输出动物的国家或者地区政府动植物检疫机关出具的检疫证书，经检疫合格后放行；携带犬、猫等宠物进境的，还必须持有疫苗接种证书。没有检疫证书、疫苗接种证书的，由口岸动植物检疫机关作限期退回或者没收销毁处理。作限期退回处理的，携带人必须在规定的时间内持口岸动植物检疫机关签发的截留凭证，领取并携带出境；逾期不领取的，作自动放弃处理。

携带植物、动植物产品和其他检疫物进境,经现场检疫合格的,当场放行;需要作试验室检疫或者隔离检疫的,由口岸动植物检疫机关签发截留凭证。截留检疫合格的,携带人持截留凭证向口岸动植物检疫机关领回;逾期不领回的,作自动放弃处理。

禁止携带、邮寄进出境动植物检疫法第二十九条规定的名录所列动植物、动植物产品和其他检疫物进境。

第四十四条 邮寄进境的动植物、动植物产品和其他检疫物,由口岸动植物检疫机关在国际邮件互换局(含国际邮件快递公司及其他经营国际邮件的单位,以下简称邮局)实施检疫,邮局应提供必要的工作条件。

经现场检疫合格的,由口岸动植物检疫机关加盖检疫放行章,交邮局运递。需要作试验室检疫或者隔离检疫的,口岸动植物检疫机关应向邮局办理交接手续;检疫合格的,加盖检疫放行章,交邮局运递。

第四十五条 携带、邮寄进境的动植物、动植物产品和其他检疫物,经检疫不合格又无有效方法作除害处理的,作退回或者销毁处理,并签发《检疫处理通知单》交携带人、寄件人。

第七章 运输工具检疫

第四十六条 口岸动植物检疫机关对来自动植物疫区的船舶、飞机、火车,可以登舱、登机、登车实施现场检疫。有关运输工具负责人应接受检疫人员的询问并在询问记录上签字,提供运行日志和装载货物的情况,开启舱室接受检疫。

口岸动植物检疫机关应对前款运输工具可能隐藏病虫害的餐车、配餐间、厨房、储藏室、食品舱等动植物产品存放、使用场所和泔水、动植物性废弃物的存放场所以及集装箱箱体等区域或者部位,实施检疫;必要时,作防疫消毒处理。

第四十七条 来自动植物疫区的船舶、飞机、火车,经检疫发现有进出境动植物检疫法第十八条规定的名录所列病虫害的,必须作熏蒸、消毒或者其他除害处理。发现有禁止进境的动植物、动植物产品和其他检疫物的,必须作封存或者销毁处理;作封存处理的,在中国境内停留或者运行期间,未经口岸动植物检疫机关许可,不得启封动用。对运输工具上的泔水,动植物性废弃物及其存放场所、容器,应在口岸动植物检疫机关的监督下作除害处理。

第四十八条 来自动植物疫区的进境车辆,由口岸动植物检疫机关作防疫消毒处理。装载进境动植物、动植物产品和其他检疫物的车辆,经检疫发现病虫害的,连同货物一并作除害处理。装运供应香港、澳门地区的动物的回空车辆,实施整车防疫消毒。

第四十九条 进境拆解的废旧船舶,由口岸动植物检疫机关实施检疫。发现病虫害的,在口岸动植物检疫机关监督下作除害处理。发现有禁止进境的动植物、动植物产品和其他检疫物的,在口岸动植物检疫机关的监督下作销毁处理。

第五十条 来自动植物疫区的进境运输工具经检疫或者经消毒处理合格后,运输工具负责人或者其代理人要求出证的,由口岸动植物检疫机关签发《运输工具检疫证书》或者《运输工具消毒证书》。

第五十一条 进境、过境运输工具在中国境内停留期间,交通员工和其他人员不得将所装载的动植物、动植物产品和其他检疫物带离运输工具;需要带离时,应向口岸动植物检疫机关报检。

第五十二条 装载动物出境的运输工具,装载前应在口岸动植物检疫机关监督下进行消毒处理。

装载植物、动植物产品和其他检疫物出境的运输工具,应符合国家有关动植物防疫和检疫的规定。发现危险性病虫害或者超过规定标准的一般性病虫害的,作除害处理后方可装运。

第八章 检疫监督

第五十三条 国家动植物检疫局和口岸动植物检疫机关对进出境动植物、动植物产品的生产、加工、存放过程,实行检疫监督制度。具体办法由国务院农业行政主管部门制定。

第五十四条 进出境动物和植物种子、种苗及其他繁殖材料,需要隔离饲养、隔离种植的,在隔离期间,应接受口岸动植物检疫机关的检疫监督。

第五十五条 从事进出境动植物检疫熏蒸、消毒处理业务的单位和人员,必须经口岸动植物检疫机关考核合格。

口岸动植物检疫机关对熏蒸、消毒工作进行监督、指导,并负责出具熏蒸、消毒证书。

第五十六条 口岸动植物检疫机关可以根据需要,在机场、港口、车站、仓库、加工厂、农场等生产、加工、存放进出境动植物、动植物产品和其他检疫物的场所实施动植物疫情监测,有关单位应配合。

未经口岸动植物检疫机关许可,不得移动或者损坏动植物疫情监测器具。

第五十七条 口岸动植物检疫机关根据需要,可以对运载进出境动植物、动植物产品和其他检疫物的运输工具、装载容器加施动植物检疫封识或者标志;未经口岸动植物检疫机关许可,不得开拆或者损毁检疫封识、标志。

动植物检疫封识和标志由国家动植物检疫局统一制发。

第五十八条 进境动植物、动植物产品和其他检疫物,装载动植物、动植物产品和其他检疫物的装载容器、包装物,运往保税区(含保税工厂、保税仓库等)的,在进境口岸依法实施检疫;口岸动植物检疫机关可以根据具体情况实施检疫监督;经加工复运出境的,依照进出境动植物检疫法和本条例有关出境检疫的规定办理。

第九章 法律责任

第五十九条 有下列违法行为之一的,由口岸动植物检疫机关处5 000元以下的罚款:

(一)未报检或者未依法办理检疫审批手续或者未按检疫审批的规定执行的;

(二)报检的动植物、动植物产品和其他检疫物与实际不符的。

有前款第二项所列行为,已取得检疫单证的,予以吊销。

第六十条　有下列违法行为之一的,由口岸动植物检疫机关处3 000元以上3万元以下的罚款:

(一)未经口岸动植物检疫机关许可擅自将进境、过境动植物、动植物产品和其他检疫物卸离运输工具或者运递的;

(二)擅自调离或者处理在口岸动植物检疫机关指定的隔离场所中隔离检疫的动植物的;

(三)擅自开拆过境动植物、动植物产品和其他检疫物的包装,或者擅自开拆、损毁动植物检疫封识或者标志的;

(四)擅自抛弃过境动物的尸体、排泄物、铺垫材料或者其他废弃物,或者未按规定处理运输工具上的泔水、动植物性废弃物的。

第六十一条　依照本条例第十七条、第三十二条的规定注册登记的生产、加工、存放动植物、动植物产品和其他检疫物的单位,进出境的上述物品经检疫不合格的,除依照本条例有关规定作退回、销毁或者除害处理外,情节严重的,由口岸动植物检疫机关注销注册登记。

第六十二条　有下列违法行为之一的,依法追究刑事责任;尚不构成犯罪或犯罪情节轻微依法不需要判处刑罚的,由口岸动植物检疫机关处2万元以上5万元以下的罚款:

(一)引起重大动植物疫情的;

(二)伪造、变造动植物检疫单证、印章、标志、封识的。

第六十三条　从事进出境动植物检疫熏蒸、消毒处理业务的单位和人员,不按照规定进行熏蒸和消毒处理的,口岸动植物检疫机关可以视情节取消其熏蒸、消毒资格。

第十章　附　则

第六十四条　进出境动植物检疫法和本条例下列用语的含义:

(一)"植物种子、种苗及其他繁殖材料",是指栽培、野生的可供繁殖的植物全株或者部分,如植株、苗木(含试管苗)、果实、种子、砧木、接穗、插条、叶片,芽体、块根、块茎、鳞茎、球茎、花粉、细胞培养材料等;

(二)"装载容器",是指可以多次使用、易受病虫害污染并用于装载进出境货物的容器,如笼、箱、桶、筐等;

(三)"其他有害生物",是指动物传染病、寄生虫病和植物危险性病、虫、杂草以外的各种危害动植物的生物有机体、病原微生物,以及软体类、啮齿类、螨类、多足虫类动物和危险性病虫的中间寄主、媒介生物等;

(四)"检疫证书",是指动植物检疫机关出具的关于动植物、动植物产品和其他检疫物健康或者卫生状况的具有法律效力的文件,如《动物检疫证书》、《植物检疫证书》、《动物健康证书》、《兽医卫生证书》、《熏蒸/消毒证书》等。

第六十五条 对进出境动植物、动植物产品和其他检疫物因实施检疫或者按照规定作熏蒸、消毒、退回、销毁等处理所需费用或者招致的损失，由货主、物主或者其代理人承担。

第六十六条 口岸动植物检疫机关依法实施检疫，需要采取样品时，应出具采样凭单；验余的样品，货主、物主或者其代理人应在规定的期限内领回；逾期不领回的，由口岸动植物检疫机关按照规定处理。

第六十七条 贸易性动物产品出境的检疫机关，由国务院根据情况规定。

第六十八条 本条例自1997年1月1日起施行。

18

中华人民共和国食品安全法

中华人民共和国食品安全法

（2009 年 2 月 28 日第十一届全国人民代表大会常务委员会第七次会议通过）

第一章　总　　则

第一条　为保证食品安全，保障公众身体健康和生命安全，制定本法。

第二条　在中华人民共和国境内从事下列活动，应当遵守本法：

（一）食品生产和加工（以下称食品生产），食品流通和餐饮服务（以下称食品经营）；

（二）食品添加剂的生产经营；

（三）用于食品的包装材料、容器、洗涤剂、消毒剂和用于食品生产经营的工具、设备（以下称食品相关产品）的生产经营；

（四）食品生产经营者使用食品添加剂、食品相关产品；

（五）对食品、食品添加剂和食品相关产品的安全管理。

供食用的源于农业的初级产品（以下称食用农产品）的质量安全管理，遵守《中华人民共和国农产品质量安全法》的规定。但是，制定有关食用农产品的质量安全标准、公布食用农产品安全有关信息，应当遵守本法的有关规定。

第三条　食品生产经营者应当依照法律、法规和食品安全标准从事生产经营活动，对社会和公众负责，保证食品安全，接受社会监督，承担社会责任。

第四条　国务院设立食品安全委员会，其工作职责由国务院规定。

国务院卫生行政部门承担食品安全综合协调职责，负责食品安全风险评估、食品安全标准制定、食品安全信息公布、食品检验机构的资质认定条件和检验规范的制定，组织查处食品安全重大事故。

国务院质量监督、工商行政管理和国家食品药品监督管理部门依照本法和国务院规定的职责，分别对食品生产、食品流通、餐饮服务活动实施监督管理。

第五条　县级以上地方人民政府统一负责、领导、组织、协调本行政区域的食品安全监督管理工作，建立健全食品安全全程监督管理的工作机制；统一领导、指挥食品安全突发事件应对工作；完善、落实食品安全监督管理责任制，对食品安全监督管理部门进行评议、考核。

县级以上地方人民政府依照本法和国务院的规定确定本级卫生行政、农业行政、质量监督、工商行政管理、食品药品监督管理部门的食品安全监督管理职责。有关部门在各自职责范围内负责本行政区域的食品安全监督管理工作。

上级人民政府所属部门在下级行政区域设置的机构应当在所在地人民政府的统一组织、协调下，依法做好食品安全监督管理工作。

第六条　县级以上卫生行政、农业行政、质量监督、工商行政管理、食品药品监督管理部门应当加强沟通、密切配合，按照各自职责分工，依法行使职权，承担责任。

第七条　食品行业协会应当加强行业自律，引导食品生产经营者依法生产经营，推动行业诚信建设，宣传、普及食品安全知识。

第八条　国家鼓励社会团体、基层群众性自治组织开展食品安全法律、法规以及食品安全标准和知识的普及工作，倡导健康的饮食方式，增强消费者食品安全意识和自我保护能力。

新闻媒体应当开展食品安全法律、法规以及食品安全标准和知识的公益宣传，并对违反本法的行为进行舆论监督。

第九条　国家鼓励和支持开展与食品安全有关的基础研究和应用研究，鼓励和支持食品生产经营者为提高食品安全水平采用先进技术和先进管理规范。

第十条　任何组织或者个人有权举报食品生产经营中违反本法的行为，有权向有关部门了解食品安全信息，对食品安全监督管理工作提出意见和建议。

第二章　食品安全风险监测和评估

第十一条　国家建立食品安全风险监测制度，对食源性疾病、食品污染以及食品中的有害因素进行监测。

国务院卫生行政部门会同国务院有关部门制定、实施国家食品安全风险监测计划。省、自治区、直辖市人民政府卫生行政部门根据国家食品安全风险监测计划，结合本行政区域的具体情况，组织制定、实施本行政区域的食品安全风险监测方案。

第十二条　国务院农业行政、质量监督、工商行政管理和国家食品药品监督管理等有关部门获知有关食品安全风险信息后，应当立即向国务院卫生行政部门通报。国务院卫生行政部门会同有关部门对信息核实后，应当及时调整食品安全风险监测计划。

第十三条　国家建立食品安全风险评估制度，对食品、食品添加剂中生物性、化学性和物理性危害进行风险评估。

国务院卫生行政部门负责组织食品安全风险评估工作，成立由医学、农业、食品、营养等方面的专家组成的食品安全风险评估专家委员会进行食品安全风险评估。

对农药、肥料、生长调节剂、兽药、饲料和饲料添加剂等的安全性评估，应当有食品安全风险评估专家委员会的专家参加。

食品安全风险评估应当运用科学方法，根据食品安全风险监测信息、科学数据以及其他有关信息进行。

第十四条　国务院卫生行政部门通过食品安全风险监测或者接到举报发现食品可能存在安全隐患的，应当立即组织进行检验和食品安全风险评估。

第十五条　国务院农业行政、质量监督、工商行政管理和国家食品药品监督管理等有关部门应当向国务院卫生行政部门提出食品安全风险评估的建议，并提供有关信息和资料。

国务院卫生行政部门应当及时向国务院有关部门通报食品安全风险评估的结果。

第十六条　食品安全风险评估结果是制定、修订食品安全标准和对食品安全实施监督管理的科学依据。

食品安全风险评估结果得出食品不安全结论的，国务院质量监督、工商行政管理和国家食品药品监督管理部门应当依据各自职责立即采取相应措施，确保该食品停止生产经营，并告知消费者停止食用；需要制定、修订相关食品安全国家标准的，国务院卫生行政部门应当立即制定、修订。

第十七条　国务院卫生行政部门应当会同国务院有关部门，根据食品安全风险评估结果、食品安全监督管理信息，对食品安全状况进行综合分析。对经综合分析表明可能具有较高程度安全风险的食品，国务院卫生行政部门应当及时提出食品安全风险警示，并予以公布。

第三章　食品安全标准

第十八条　制定食品安全标准，应当以保障公众身体健康为宗旨，做到科学合理、安全可靠。

第十九条　食品安全标准是强制执行的标准。除食品安全标准外，不得制定其他的食品强制性标准。

第二十条　食品安全标准应当包括下列内容：

（一）食品、食品相关产品中的致病性微生物、农药残留、兽药残留、重金属、污染物质以及其他危害人体健康物质的限量规定；

（二）食品添加剂的品种、使用范围、用量；

（三）专供婴幼儿和其他特定人群的主辅食品的营养成分要求；

（四）对与食品安全、营养有关的标签、标识、说明书的要求；

（五）食品生产经营过程的卫生要求；

(六)与食品安全有关的质量要求;

(七)食品检验方法与规程;

(八)其他需要制定为食品安全标准的内容。

第二十一条 食品安全国家标准由国务院卫生行政部门负责制定、公布,国务院标准化行政部门提供国家标准编号。

食品中农药残留、兽药残留的限量规定及其检验方法与规程由国务院卫生行政部门、国务院农业行政部门制定。

屠宰畜、禽的检验规程由国务院有关主管部门会同国务院卫生行政部门制定。

有关产品国家标准涉及食品安全国家标准规定内容的,应当与食品安全国家标准相一致。

第二十二条 国务院卫生行政部门应当对现行的食用农产品质量安全标准、食品卫生标准、食品质量标准和有关食品的行业标准中强制执行的标准予以整合,统一公布为食品安全国家标准。

本法规定的食品安全国家标准公布前,食品生产经营者应当按照现行食用农产品质量安全标准、食品卫生标准、食品质量标准和有关食品的行业标准生产经营食品。

第二十三条 食品安全国家标准应当经食品安全国家标准审评委员会审查通过。食品安全国家标准审评委员会由医学、农业、食品、营养等方面的专家以及国务院有关部门的代表组成。

制定食品安全国家标准,应当依据食品安全风险评估结果并充分考虑食用农产品质量安全风险评估结果,参照相关的国际标准和国际食品安全风险评估结果,并广泛听取食品生产经营者和消费者的意见。

第二十四条 没有食品安全国家标准的,可以制定食品安全地方标准。

省、自治区、直辖市人民政府卫生行政部门组织制定食品安全地方标准,应当参照执行本法有关食品安全国家标准制定的规定,并报国务院卫生行政部门备案。

第二十五条 企业生产的食品没有食品安全国家标准或者地方标准的,应当制定企业标准,作为组织生产的依据。国家鼓励食品生产企业制定严于食品安全国家标准或者地方标准的企业标准。企业标准应当报省级卫生行政部门备案,在本企业内部适用。

第二十六条 食品安全标准应当供公众免费查阅。

第四章 食品生产经营

第二十七条 食品生产经营应当符合食品安全标准,并符合下列要求:

(一)具有与生产经营的食品品种、数量相适应的食品原料处理和食品加工、包装、贮存等场所,保持该场所环境整洁,并与有毒、有害场所以及其他污染源保持规定的距离;

(二)具有与生产经营的食品品种、数量相适应的生产经营设备或者设施,有相应的消毒、更衣、盥洗、采光、照明、通风、防腐、防尘、防蝇、防鼠、防虫、洗涤以及处理废水、存放垃圾和废弃物的设备或者设施；

（三）有食品安全专业技术人员、管理人员和保证食品安全的规章制度；

（四）具有合理的设备布局和工艺流程，防止待加工食品与直接入口食品、原料与成品交叉污染，避免食品接触有毒物、不洁物；

（五）餐具、饮具和盛放直接入口食品的容器，使用前应当洗净、消毒，炊具、用具用后应当洗净，保持清洁；

（六）贮存、运输和装卸食品的容器、工具和设备应当安全、无害，保持清洁，防止食品污染，并符合保证食品安全所需的温度等特殊要求，不得将食品与有毒、有害物品一同运输；

（七）直接入口的食品应当有小包装或者使用无毒、清洁的包装材料、餐具；

（八）食品生产经营人员应当保持个人卫生，生产经营食品时，应当将手洗净，穿戴清洁的工作衣、帽，销售无包装的直接入口食品时，应当使用无毒、清洁的售货工具；

（九）用水应当符合国家规定的生活饮用水卫生标准；

（十）使用的洗涤剂、消毒剂应当对人体安全、无害；

（十一）法律、法规规定的其他要求。

第二十八条　禁止生产经营下列食品：

（一）用非食品原料生产的食品或者添加食品添加剂以外的化学物质和其他可能危害人体健康物质的食品，或者用回收食品作为原料生产的食品；

（二）致病性微生物、农药残留、兽药残留、重金属、污染物质以及其他危害人体健康的物质含量超过食品安全标准限量的食品；

（三）营养成分不符合食品安全标准的专供婴幼儿和其他特定人群的主辅食品；

（四）腐败变质、油脂酸败、霉变生虫、污秽不洁、混有异物、掺假掺杂或者感官性状异常的食品；

（五）病死、毒死或者死因不明的禽、畜、兽、水产动物肉类及其制品；

（六）未经动物卫生监督机构检疫或者检疫不合格的肉类，或者未经检验或者检验不合格的肉类制品；

（七）被包装材料、容器、运输工具等污染的食品；

（八）超过保质期的食品；

（九）无标签的预包装食品；

（十）国家为防病等特殊需要明令禁止生产经营的食品；

（十一）其他不符合食品安全标准或者要求的食品。

第二十九条　国家对食品生产经营实行许可制度。从事食品生产、食品流通、餐饮服务，应当依法取得食品生产许可、食品流通许可、餐饮服务许可。

取得食品生产许可的食品生产者在其生产场所销售其生产的食品，不需要取得食品流通的许可;取得餐饮服务许可的餐饮服务提供者在其餐饮服务场所出售其制作加工的食品,不需要取得食品生产和流通的许可;农民个人销售其自产的食用农产品,不需要取得食品流通的许可。

食品生产加工小作坊和食品摊贩从事食品生产经营活动,应当符合本法规定的与其生产经营规模、条件相适应的食品安全要求,保证所生产经营的食品卫生、无毒、无害,有关部门应当对其加强监督管理,具体管理办法由省、自治区、直辖市人民代表大会常务委员会依照本法制定。

第三十条　县级以上地方人民政府鼓励食品生产加工小作坊改进生产条件;鼓励食品摊贩进入集中交易市场、店铺等固定场所经营。

第三十一条　县级以上质量监督、工商行政管理、食品药品监督管理部门应当依照《中华人民共和国行政许可法》的规定,审核申请人提交的本法第二十七条第一项至第四项规定要求的相关资料,必要时对申请人的生产经营场所进行现场核查;对符合规定条件的,决定准予许可;对不符合规定条件的,决定不予许可并书面说明理由。

第三十二条　食品生产经营企业应当建立健全本单位的食品安全管理制度,加强对职工食品安全知识的培训,配备专职或者兼职食品安全管理人员,做好对所生产经营食品的检验工作,依法从事食品生产经营活动。

第三十三条　国家鼓励食品生产经营企业符合良好生产规范要求,实施危害分析与关键控制点体系,提高食品安全管理水平。

对通过良好生产规范、危害分析与关键控制点体系认证的食品生产经营企业,认证机构应当依法实施跟踪调查;对不再符合认证要求的企业,应当依法撤销认证,及时向有关质量监督、工商行政管理、食品药品监督管理部门通报,并向社会公布。认证机构实施跟踪调查不收取任何费用。

第三十四条　食品生产经营者应当建立并执行从业人员健康管理制度。患有痢疾、伤寒、病毒性肝炎等消化道传染病的人员,以及患有活动性肺结核、化脓性或者渗出性皮肤病等有碍食品安全的疾病的人员,不得从事接触直接入口食品的工作。

食品生产经营人员每年应当进行健康检查,取得健康证明后方可参加工作。

第三十五条　食用农产品生产者应当依照食品安全标准和国家有关规定使用农药、肥料、生长调节剂、兽药、饲料和饲料添加剂等农业投入品。食用农产品的生产企业和农民专业合作经济组织应当建立食用农产品生产记录制度。

县级以上农业行政部门应当加强对农业投入品使用的管理和指导,建立健全农业投入品的安全使用制度。

第三十六条　食品生产者采购食品原料、食品添加剂、食品相关产品,应当查验供货者的许可证和产品合格证明文件;对无法提供合格证明文件的食品原料,应当依照食品安全标准进行检验;不得采购或者使用不符合食品安全标准的食品原料、食品添加剂、食品相关产品。

食品生产企业应当建立食品原料、食品添加剂、食品相关产品进货查验记录制度，如实记录食品原料、食品添加剂、食品相关产品的名称、规格、数量、供货者名称及联系方式、进货日期等内容。

食品原料、食品添加剂、食品相关产品进货查验记录应当真实，保存期限不得少于2年。

第三十七条　食品生产企业应当建立食品出厂检验记录制度，查验出厂食品的检验合格证和安全状况，并如实记录食品的名称、规格、数量、生产日期、生产批号、检验合格证号、购货者名称及联系方式、销售日期等内容。

食品出厂检验记录应当真实，保存期限不得少于2年。

第三十八条　食品、食品添加剂和食品相关产品的生产者，应当依照食品安全标准对所生产的食品、食品添加剂和食品相关产品进行检验，检验合格后方可出厂或者销售。

第三十九条　食品经营者采购食品，应当查验供货者的许可证和食品合格的证明文件。

食品经营企业应当建立食品进货查验记录制度，如实记录食品的名称、规格、数量、生产批号、保质期、供货者名称及联系方式、进货日期等内容。

食品进货查验记录应当真实，保存期限不得少于2年。

实行统一配送经营方式的食品经营企业，可以由企业总部统一查验供货者的许可证和食品合格的证明文件，进行食品进货查验记录。

第四十条　食品经营者应当按照保证食品安全的要求贮存食品，定期检查库存食品，及时清理变质或者超过保质期的食品。

第四十一条　食品经营者贮存散装食品，应当在贮存位置标明食品的名称、生产日期、保质期、生产者名称及联系方式等内容。

食品经营者销售散装食品，应当在散装食品的容器、外包装上标明食品的名称、生产日期、保质期、生产经营者名称及联系方式等内容。

第四十二条　预包装食品的包装上应当有标签，标签应当标明下列事项：

（一）名称、规格、净含量、生产日期；

（二）成分或者配料表；

（三）生产者的名称、地址、联系方式；

（四）保质期；

（五）产品标准代号；

（六）贮存条件；

（七）所使用的食品添加剂在国家标准中的通用名称；

（八）生产许可证编号；

（九）法律、法规或者食品安全标准规定必须标明的其他事项。

专供婴幼儿和其他特定人群的主辅食品，其标签还应当标明主要营养成分及其含量。

第四十三条　国家对食品添加剂的生产实行许可制度。申请食品添加剂生产许可的条件、程序,按照国家有关工业产品生产许可证管理的规定执行。

第四十四条　申请利用新的食品原料从事食品生产或者从事食品添加剂新品种、食品相关产品新品种生产活动的单位或者个人,应当向国务院卫生行政部门提交相关产品的安全性评估材料。国务院卫生行政部门应当自收到申请之日起60日内组织对相关产品的安全性评估材料进行审查;对符合食品安全要求的,依法决定准予许可并予以公布;对不符合食品安全要求的,决定不予许可并书面说明理由。

第四十五条　食品添加剂应当在技术上确有必要且经过风险评估证明安全可靠,方可列入允许使用的范围。国务院卫生行政部门应当根据技术必要性和食品安全风险评估结果,及时对食品添加剂的品种、使用范围、用量的标准进行修订。

第四十六条　食品生产者应当依照食品安全标准关于食品添加剂的品种、使用范围、用量的规定使用食品添加剂;不得在食品生产中使用食品添加剂以外的化学物质和其他可能危害人体健康的物质。

第四十七条　食品添加剂应当有标签、说明书和包装。标签、说明书应当载明本法第四十二条第一款第一项至第六项、第八项、第九项规定的事项,以及食品添加剂的使用范围、用量、使用方法,并在标签上载明“食品添加剂”字样。

第四十八条　食品和食品添加剂的标签、说明书,不得含有虚假、夸大的内容,不得涉及疾病预防、治疗功能。生产者对标签、说明书上所载明的内容负责。

食品和食品添加剂的标签、说明书应当清楚、明显,容易辨识。

食品和食品添加剂与其标签、说明书所载明的内容不符的,不得上市销售。

第四十九条　食品经营者应当按照食品标签标示的警示标志、警示说明或者注意事项的要求,销售预包装食品。

第五十条　生产经营的食品中不得添加药品,但是可以添加按照传统既是食品又是中药材的物质。按照传统既是食品又是中药材的物质的目录由国务院卫生行政部门制定、公布。

第五十一条　国家对声称具有特定保健功能的食品实行严格监管。有关监督管理部门应当依法履职,承担责任。具体管理办法由国务院规定。

声称具有特定保健功能的食品不得对人体产生急性、亚急性或者慢性危害,其标签、说明书不得涉及疾病预防、治疗功能,内容必须真实,应当载明适宜人群、不适宜人群、功效成分或者标志性成分及其含量等;产品的功能和成分必须与标签、说明书相一致。

第五十二条　集中交易市场的开办者、柜台出租者和展销会举办者,应当审查入场食品经营者的许可证,明确入场食品经营者的食品安全管理责任,定期对入场食品经营者的经营环境和条件进行检查,发现食品经营者有违反本法规定的行为的,应当及时制止并立即报告所在地县级工商行政管理部门或者食品药品监督管理部门。

集中交易市场的开办者、柜台出租者和展销会举办者未履行前款规定义务,本市场发生食品安全事故的，应当承担连带责任。

第五十三条　国家建立食品召回制度。食品生产者发现其生产的食品不符合食品安全标准，应当立即停止生产，召回已经上市销售的食品，通知相关生产经营者和消费者，并记录召回和通知情况。

食品经营者发现其经营的食品不符合食品安全标准，应当立即停止经营，通知相关生产经营者和消费者，并记录停止经营和通知情况。食品生产者认为应当召回的，应当立即召回。

食品生产者应当对召回的食品采取补救、无害化处理、销毁等措施，并将食品召回和处理情况向县级以上质量监督部门报告。

食品生产经营者未依照本条规定召回或者停止经营不符合食品安全标准的食品的，县级以上质量监督、工商行政管理、食品药品监督管理部门可以责令其召回或者停止经营。

第五十四条　食品广告的内容应当真实合法，不得含有虚假、夸大的内容，不得涉及疾病预防、治疗功能。

食品安全监督管理部门或者承担食品检验职责的机构、食品行业协会、消费者协会不得以广告或者其他形式向消费者推荐食品。

第五十五条　社会团体或者其他组织、个人在虚假广告中向消费者推荐食品，使消费者的合法权益受到损害的，与食品生产经营者承担连带责任。

第五十六条　地方各级人民政府鼓励食品规模化生产和连锁经营、配送。

第五章　食品检验

第五十七条　食品检验机构按照国家有关认证认可的规定取得资质认定后，方可从事食品检验活动。但是，法律另有规定的除外。

食品检验机构的资质认定条件和检验规范，由国务院卫生行政部门规定。

本法施行前经国务院有关主管部门批准设立或者经依法认定的食品检验机构，可以依照本法继续从事食品检验活动。

第五十八条　食品检验由食品检验机构指定的检验人独立进行。

检验人应当依照有关法律、法规的规定，并依照食品安全标准和检验规范对食品进行检验，尊重科学，恪守职业道德，保证出具的检验数据和结论客观、公正，不得出具虚假的检验报告。

第五十九条　食品检验实行食品检验机构与检验人负责制。食品检验报告应当加盖食品检验机构公章，并有检验人的签名或者盖章。食品检验机构和检验人对出具的食品检验报告负责。

第六十条　食品安全监督管理部门对食品不得实施免检。

县级以上质量监督、工商行政管理、食品药品监督管理部门应当对食品进行定期或者不定期的抽样检验。进行抽样检验，应当购买抽取的样品，不收取检验费和其他任何费用。

县级以上质量监督、工商行政管理、食品药品监督管理部门在执法工作中需要对食品进行检验的，应当委托符合本法规定的食品检验机构进行，并支付相关费用。对检验结论有异议的，可以依法进行复检。

第六十一条 食品生产经营企业可以自行对所生产的食品进行检验，也可以委托符合本法规定的食品检验机构进行检验。

食品行业协会等组织、消费者需要委托食品检验机构对食品进行检验的，应当委托符合本法规定的食品检验机构进行。

第六章 食品进出口

第六十二条 进口的食品、食品添加剂以及食品相关产品应当符合我国食品安全国家标准。

进口的食品应当经出入境检验检疫机构检验合格后，海关凭出入境检验检疫机构签发的通关证明放行。

第六十三条 进口尚无食品安全国家标准的食品，或者首次进口食品添加剂新品种、食品相关产品新品种，进口商应当向国务院卫生行政部门提出申请并提交相关的安全性评估材料。国务院卫生行政部门依照本法第四十四条的规定做出是否准予许可的决定，并及时制定相应的食品安全国家标准。

第六十四条 境外发生的食品安全事件可能对我国境内造成影响，或者在进口食品中发现严重食品安全问题的，国家出入境检验检疫部门应当及时采取风险预警或者控制措施，并向国务院卫生行政、农业行政、工商行政管理和国家食品药品监督管理部门通报。接到通报的部门应当及时采取相应措施。

第六十五条 向我国境内出口食品的出口商或者代理商应当向国家出入境检验检疫部门备案。向我国境内出口食品的境外食品生产企业应当经国家出入境检验检疫部门注册。

国家出入境检验检疫部门应当定期公布已经备案的出口商、代理商和已经注册的境外食品生产企业名单。

第六十六条 进口的预包装食品应当有中文标签、中文说明书。标签、说明书应当符合本法以及我国其他有关法律、行政法规的规定和食品安全国家标准的要求，载明食品的原产地以及境内代理商的名称、地址、联系方式。预包装食品没有中文标签、中文说明书或者标签、说明书不符合本条规定的，不得进口。

第六十七条 进口商应当建立食品进口和销售记录制度，如实记录食品的名称、规格、数量、生产日期、生产或者进口批号、保质期、出口商和购货者名称及联系方式、交货日期等内容。

食品进口和销售记录应当真实，保存期限不得少于 2 年。

第六十八条 出口的食品由出入境检验检疫机构进行监督、抽检，海关凭出入境检验检疫机构签发的通关证明放行。

出口食品生产企业和出口食品原料种植、养殖场应当向国家出入境检验检疫部门备案。

第六十九条　国家出入境检验检疫部门应当收集、汇总进出口食品安全信息，并及时通报相关部门、机构和企业。

国家出入境检验检疫部门应当建立进出口食品的进口商、出口商和出口食品生产企业的信誉记录，并予以公布。对有不良记录的进口商、出口商和出口食品生产企业，应当加强对其进出口食品的检验检疫。

第七章　食品安全事故处置

第七十条　国务院组织制定国家食品安全事故应急预案。

县级以上地方人民政府应当根据有关法律、法规的规定和上级人民政府的食品安全事故应急预案以及本地区的实际情况，制定本行政区域的食品安全事故应急预案，并报上一级人民政府备案。

食品生产经营企业应当制定食品安全事故处置方案，定期检查本企业各项食品安全防范措施的落实情况，及时消除食品安全事故隐患。

第七十一条　发生食品安全事故的单位应当立即予以处置，防止事故扩大。事故发生单位和接收病人进行治疗的单位应当及时向事故发生地县级卫生行政部门报告。

农业行政、质量监督、工商行政管理、食品药品监督管理部门在日常监督管理中发现食品安全事故，或者接到有关食品安全事故的举报，应当立即向卫生行政部门通报。

发生重大食品安全事故的，接到报告的县级卫生行政部门应当按照规定向本级人民政府和上级人民政府卫生行政部门报告。县级人民政府和上级人民政府卫生行政部门应当按照规定上报。

任何单位或者个人不得对食品安全事故隐瞒、谎报、缓报，不得毁灭有关证据。

第七十二条　县级以上卫生行政部门接到食品安全事故的报告后，应当立即会同有关农业行政、质量监督、工商行政管理、食品药品监督管理部门进行调查处理，并采取下列措施，防止或者减轻社会危害：

（一）开展应急救援工作，对因食品安全事故导致人身伤害的人员，卫生行政部门应当立即组织救治；

（二）封存可能导致食品安全事故的食品及其原料，并立即进行检验，对确认属于被污染的食品及其原料，责令食品生产经营者依照本法第五十三条的规定予以召回、停止经营并销毁；

（三）封存被污染的食品用工具及用具，并责令进行清洗消毒；

（四）做好信息发布工作，依法对食品安全事故及其处理情况进行发布，并对可能产生的危害加以解释、说明。

发生重大食品安全事故的，县级以上人民政府应当立即成立食品安全事故处置指挥机构，启动应急预案，依照前款规定进行处置。

第七十三条 发生重大食品安全事故，设区的市级以上人民政府卫生行政部门应当立即会同有关部门进行事故责任调查，督促有关部门履行职责，向本级人民政府提出事故责任调查处理报告。

重大食品安全事故涉及两个以上省、自治区、直辖市的，由国务院卫生行政部门依照前款规定组织事故责任调查。

第七十四条 发生食品安全事故，县级以上疾病预防控制机构应当协助卫生行政部门和有关部门对事故现场进行卫生处理，并对与食品安全事故有关的因素开展流行病学调查。

第七十五条 调查食品安全事故，除了查明事故单位的责任，还应当查明负有监督管理和认证职责的监督管理部门、认证机构的工作人员失职、渎职情况。

第八章 监督管理

第七十六条 县级以上地方人民政府组织本级卫生行政、农业行政、质量监督、工商行政管理、食品药品监督管理部门制定本行政区域的食品安全年度监督管理计划，并按照年度计划组织开展工作。

第七十七条 县级以上质量监督、工商行政管理、食品药品监督管理部门履行各自食品安全监督管理职责，有权采取下列措施：

（一）进入生产经营场所实施现场检查；

（二）对生产经营的食品进行抽样检验；

（三）查阅、复制有关合同、票据、账簿以及其他有关资料；

（四）查封、扣押有证据证明不符合食品安全标准的食品，违法使用的食品原料、食品添加剂、食品相关产品，以及用于违法生产经营或者被污染的工具、设备；

（五）查封违法从事食品生产经营活动的场所。

县级以上农业行政部门应当依照《中华人民共和国农产品质量安全法》规定的职责，对食用农产品进行监督管理。

第七十八条 县级以上质量监督、工商行政管理、食品药品监督管理部门对食品生产经营者进行监督检查，应当记录监督检查的情况和处理结果。监督检查记录经监督检查人员和食品生产经营者签字后归档。

第七十九条 县级以上质量监督、工商行政管理、食品药品监督管理部门应当建立食品生产经营者食品安全信用档案，记录许可颁发、日常监督检查结果、违法行为查处等情况；根据食品安全信用档案的记录，对有不良信用记录的食品生产经营者增加监督检查频次。

第八十条 县级以上卫生行政、质量监督、工商行政管理、食品药品监督管理部门接到咨询、投诉、举报，对属于本部门职责的，应当受理，并及时进行答复、核实、处理；对不属于本部门职责的，应当书面通知并移交有权处理的部门处理。有权处理的部门应当及时处理，不得推诿；属于食品安全事故的，依照本法第七章有关规定进行处置。

第八十一条　县级以上卫生行政、质量监督、工商行政管理、食品药品监督管理部门应当按照法定权限和程序履行食品安全监督管理职责；对生产经营者的同一违法行为，不得给予两次以上罚款的行政处罚；涉嫌犯罪的，应当依法向公安机关移送。

第八十二条　国家建立食品安全信息统一公布制度。下列信息由国务院卫生行政部门统一公布：

（一）国家食品安全总体情况；

（二）食品安全风险评估信息和食品安全风险警示信息；

（三）重大食品安全事故及其处理信息；

（四）其他重要的食品安全信息和国务院确定的需要统一公布的信息。

前款第二项、第三项规定的信息，其影响限于特定区域的，也可以由有关省、自治区、直辖市人民政府卫生行政部门公布。县级以上农业行政、质量监督、工商行政管理、食品药品监督管理部门依据各自职责公布食品安全日常监督管理信息。

食品安全监督管理部门公布信息，应当做到准确、及时、客观。

第八十三条　县级以上地方卫生行政、农业行政、质量监督、工商行政管理、食品药品监督管理部门获知本法第八十二条第一款规定的需要统一公布的信息，应当向上级主管部门报告，由上级主管部门立即报告国务院卫生行政部门；必要时，可以直接向国务院卫生行政部门报告。

县级以上卫生行政、农业行政、质量监督、工商行政管理、食品药品监督管理部门应当相互通报获知的食品安全信息。

第九章　法律责任

第八十四条　违反本法规定，未经许可从事食品生产经营活动，或者未经许可生产食品添加剂的，由有关主管部门按照各自职责分工，没收违法所得、违法生产经营的食品、食品添加剂和用于违法生产经营的工具、设备、原料等物品；违法生产经营的食品、食品添加剂货值金额不足 1 万元的，并处 2 000 元以上 5 万元以下罚款；货值金额 1 万元以上的，并处货值金额 5 倍以上 10 倍以下罚款。

第八十五条　违反本法规定，有下列情形之一的，由有关主管部门按照各自职责分工，没收违法所得、违法生产经营的食品和用于违法生产经营的工具、设备、原料等物品；违法生产经营的食品货值金额不足 1 万元的，并处 2 000 元以上 5 万元以下罚款；货值金额 1 万元以上的，并处货值金额 5 倍以上 10 倍以下罚款；情节严重的，吊销许可证：

（一）用非食品原料生产食品或者在食品中添加食品添加剂以外的化学物质和其他可能危害人体健康的物质，或者用回收食品作为原料生产食品；

（二）生产经营致病性微生物、农药残留、兽药残留、重金属、污染物质以及其他危害人体健康的物质含量超过食品安全标准限量的食品；

（三）生产经营营养成分不符合食品安全标准的专供婴幼儿和其他特定人群的主辅食品；

（四）经营腐败变质、油脂酸败、霉变生虫、污秽不洁、混有异物、掺假掺杂或者感官性状异常的食品；

（五）经营病死、毒死或者死因不明的禽、畜、兽、水产动物肉类，或者生产经营病死、毒死或者死因不明的禽、畜、兽、水产动物肉类的制品；

（六）经营未经动物卫生监督机构检疫或者检疫不合格的肉类，或者生产经营未经检验或者检验不合格的肉类制品；

（七）经营超过保质期的食品；

（八）生产经营国家为防病等特殊需要明令禁止生产经营的食品；

（九）利用新的食品原料从事食品生产或者从事食品添加剂新品种、食品相关产品新品种生产，未经过安全性评估；

（十）食品生产经营者在有关主管部门责令其召回或者停止经营不符合食品安全标准的食品后，仍拒不召回或者停止经营的。

第八十六条　违反本法规定，有下列情形之一的，由有关主管部门按照各自职责分工，没收违法所得、违法生产经营的食品和用于违法生产经营的工具、设备、原料等物品；违法生产经营的食品货值金额不足1万元的，并处2 000元以上5万元以下罚款；货值金额1万元以上的，并处货值金额2倍以上5倍以下罚款；情节严重的，责令停产停业，直至吊销许可证：

（一）经营被包装材料、容器、运输工具等污染的食品；

（二）生产经营无标签的预包装食品、食品添加剂或者标签、说明书不符合本法规定的食品、食品添加剂；

（三）食品生产者采购、使用不符合食品安全标准的食品原料、食品添加剂、食品相关产品；

（四）食品生产经营者在食品中添加药品。

第八十七条　违反本法规定，有下列情形之一的，由有关主管部门按照各自职责分工，责令改正，给予警告；拒不改正的，处2 000元以上2万元以下罚款；情节严重的，责令停产停业，直至吊销许可证：

（一）未对采购的食品原料和生产的食品、食品添加剂、食品相关产品进行检验；

（二）未建立并遵守查验记录制度、出厂检验记录制度；

（三）制定食品安全企业标准未依照本法规定备案；

（四）未按规定要求贮存、销售食品或者清理库存食品；

（五）进货时未查验许可证和相关证明文件；

（六）生产的食品、食品添加剂的标签、说明书涉及疾病预防、治疗功能；

（七）安排患有本法第三十四条所列疾病的人员从事接触直接入口食品的工作。

第八十八条　违反本法规定，事故单位在发生食品安全事故后未进行处置、报告的，由有关主管部门按照各自职责分工，责令改正，给予警告；毁灭有关证据的，责令停产停业，并处2 000元以上10万元以下罚款；造成严重后果的，由原发证部门吊销许可证。

第八十九条　违反本法规定,有下列情形之一的,依照本法第八十五条的规定给予处罚:

(一)进口不符合我国食品安全国家标准的食品;

(二)进口尚无食品安全国家标准的食品,或者首次进口食品添加剂新品种、食品相关产品新品种,未经过安全性评估;

(三)出口商未遵守本法的规定出口食品。

违反本法规定,进口商未建立并遵守食品进口和销售记录制度的,依照本法第八十七条的规定给予处罚。

第九十条　违反本法规定,集中交易市场的开办者、柜台出租者、展销会的举办者允许未取得许可的食品经营者进入市场销售食品,或者未履行检查、报告等义务的,由有关主管部门按照各自职责分工,处2 000元以上5万元以下罚款;造成严重后果的,责令停业,由原发证部门吊销许可证。

第九十一条　违反本法规定,未按照要求进行食品运输的,由有关主管部门按照各自职责分工,责令改正,给予警告;拒不改正的,责令停产停业,并处2 000元以上5万元以下罚款;情节严重的,由原发证部门吊销许可证。

第九十二条　被吊销食品生产、流通或者餐饮服务许可证的单位,其直接负责的主管人员自处罚决定做出之日起5年内不得从事食品生产经营管理工作。

食品生产经营者聘用不得从事食品生产经营管理工作的人员从事管理工作的,由原发证部门吊销许可证。

第九十三条　违反本法规定,食品检验机构、食品检验人员出具虚假检验报告的,由授予其资质的主管部门或者机构撤销该检验机构的检验资格;依法对检验机构直接负责的主管人员和食品检验人员给予撤职或者开除的处分。

违反本法规定,受到刑事处罚或者开除处分的食品检验机构人员,自刑罚执行完毕或者处分决定做出之日起10年内不得从事食品检验工作。食品检验机构聘用不得从事食品检验工作的人员的,由授予其资质的主管部门或者机构撤销该检验机构的检验资格。

第九十四条　违反本法规定,在广告中对食品质量作虚假宣传,欺骗消费者的,依照《中华人民共和国广告法》的规定给予处罚。

违反本法规定,食品安全监督管理部门或者承担食品检验职责的机构、食品行业协会、消费者协会以广告或者其他形式向消费者推荐食品的,由有关主管部门没收违法所得,依法对直接负责的主管人员和其他直接责任人员给予记大过、降级或者撤职的处分。

第九十五条　违反本法规定,县级以上地方人民政府在食品安全监督管理中未履行职责,本行政区域出现重大食品安全事故、造成严重社会影响的,依法对直接负责的主管人员和其他直接责任人员给予记大过、降级、撤职或者开除的处分。

违反本法规定，县级以上卫生行政、农业行政、质量监督、工商行政管理、食品药品监督管理部门或者其他有关行政部门不履行本法规定的职责或者滥用职权、玩忽职守、徇私舞弊的，依法对直接负责的主管人员和其他直接责任人员给予记大过或者降级的处分；造成严重后果的，给予撤职或者开除的处分；其主要负责人应当引咎辞职。

第九十六条　违反本法规定，造成人身、财产或者其他损害的，依法承担赔偿责任。

生产不符合食品安全标准的食品或者销售明知是不符合食品安全标准的食品，消费者除要求赔偿损失外，还可以向生产者或者销售者要求支付价款10倍的赔偿金。

第九十七条　违反本法规定，应当承担民事赔偿责任和缴纳罚款、罚金，其财产不足以同时支付时，先承担民事赔偿责任。

第九十八条　违反本法规定，构成犯罪的，依法追究刑事责任。

第十章　附　　则

第九十九条　本法下列用语的含义：

食品，指各种供人食用或者饮用的成品和原料以及按照传统既是食品又是药品的物品，但是不包括以治疗为目的的物品；

食品安全，指食品无毒、无害，符合应当有的营养要求，对人体健康不造成任何急性、亚急性或者慢性危害；

预包装食品，指预先定量包装或者制作在包装材料和容器中的食品；

食品添加剂，指为改善食品品质和色、香、味以及为防腐、保鲜和加工工艺的需要而加入食品中的人工合成或者天然物质；

用于食品的包装材料和容器，指包装、盛放食品或者食品添加剂用的纸、竹、木、金属、搪瓷、陶瓷、塑料、橡胶、天然纤维、化学纤维、玻璃等制品和直接接触食品或者食品添加剂的涂料；

用于食品生产经营的工具、设备，指在食品或者食品添加剂生产、流通、使用过程中直接接触食品或者食品添加剂的机械、管道、传送带、容器、用具、餐具等；

用于食品的洗涤剂、消毒剂，指直接用于洗涤或者消毒食品、餐饮具以及直接接触食品的工具、设备或者食品包装材料和容器的物质；

保质期，指预包装食品在标签指明的贮存条件下保持品质的期限；

食源性疾病，指食品中致病因素进入人体引起的感染性、中毒性等疾病；

食物中毒，指食用了被有毒有害物质污染的食品或者食用了含有毒有害物质的食品后出现的急性、亚急性疾病；

食品安全事故，指食物中毒、食源性疾病、食品污染等源于食品，对人体健康有危害或者可能有危害的事故。

第一百条　食品生产经营者在本法施行前已经取得相应许可证的，该许可证继续有效。

第一百零一条　乳品、转基因食品、生猪屠宰、酒类和食盐的食品安全管理，适用本法；法律、行政法规另有规定的，依照其规定。

第一百零二条　铁路运营中食品安全的管理办法由国务院卫生行政部门会同国务院有关部门依照本法制定。

军队专用食品和自供食品的食品安全管理办法由中央军事委员会依照本法制定。

第一百零三条　国务院根据实际需要，可以对食品安全监督管理体制做出调整。

第一百零四条　本法自 2009 年 6 月 1 日起施行。《中华人民共和国食品卫生法》同时废止。

19

中华人民共和国国境卫生检疫法

中华人民共和国国境卫生检疫法

(1986年12月2日第六届全国人民代表大会常务委员会第十八次会议通过。1986年12月2日中华人民共和国主席令第46号公布,自1987年5月1日起施行)

第一章 总 则

第一条 为防止传染病由国外传入或者由国内传出,实施国境卫生检疫,保护人体健康,制定本法。

第二条 在中华人民共和国国际通航的港口、机场以及陆地边境和国界江河的口岸(以下简称国境口岸),设立国境卫生检疫机关,依照本法规定实施传染病检疫、监测和卫生监督。

国务院卫生行政部门主管全国国境卫生检疫工作。

第三条 本法规定的传染病是指检疫传染病和监测传染病。

检疫传染病,是指鼠疫、霍乱、黄热病以及国务院确定和公布的其他传染病。

监测传染病,由国务院卫生行政部门确定和公布。

第四条 入境、出境的人员、交通工具、运输设备以及可能传播检疫传染病的行李、货物、邮包等物品,都应接受检疫,经国境卫生检疫机关许可,方准入境或者出境。具体办法由本法实施细则规定。

第五条 国境卫生检疫机关发现检疫传染病或者疑似检疫传染病时,除采取必要措施外,必须立即通知当地卫生行政部门,同时用最快的方法报告国务院卫生行政部门,最迟不得超过24小时。邮电部门对疫情报告应优先传送。

中华人民共和国与外国之间的传染病疫情通报,由国务院卫生行政部门会同有关部门办理。

第六条　在国外或者国内有检疫传染病大流行的时候，国务院可以下令封锁有关的国境或者采取其他紧急措施。

第二章　检　　疫

第七条　入境的交通工具和人员，必须在最先到达的国境口岸的指定地点接受检疫。除引航员外，未经国境卫生检疫机关许可，任何人不准上下交通工具，不准装卸行李、货物、邮包等物品。具体办法由本法实施细则规定。

第八条　出境的交通工具和人员，必须在最后离开的国境口岸接受检疫。

第九条　来自国外的船舶、航空器因故停泊、降落在中国境内非口岸地点的时候，船舶、航空器的负责人应立即向就近的国境卫生检疫机关或者当地卫生行政部门报告。除紧急情况外，未经国境卫生检疫机关或者当地卫生行政部门许可，任何人不准上下船舶、航空器，不准装卸行李、货物、邮包等物品。

第十条　在国境口岸发现检疫传染病、疑似检疫传染病，或者有人非因意外伤害而死亡并死因不明的，国境口岸有关单位和交通工具的负责人，应立即向国境卫生检疫机关报告，并申请临时检疫。

第十一条　国境卫生检疫机关依据检疫医师提供的检疫结果，对未染有检疫传染病或者已实施卫生处理的交通工具，签发入境检疫证或者出境检疫证。

第十二条　国境卫生检疫机关对检疫传染病染疫人必须立即将其隔离，隔离期限根据医学检查结果确定；对检疫传染病染疫嫌疑人应将其留验，留验期限根据该传染病的潜伏期确定。

因患检疫传染病而死亡的尸体，必须就近火化。

第十三条　接受入境检疫的交通工具有下列情形之一的，应实施消毒、除鼠、除虫或者其他卫生处理：

（一）来自检疫传染病疫区的；

（二）被检疫传染病污染的；

（三）发现有与人类健康有关的啮齿动物或者病媒昆虫的。

如果外国交通工具的负责人拒绝接受卫生处理，除有特殊情况外，准许该交通工具在国境卫生检疫机关的监督下，立即离开中华人民共和国国境。

第十四条　国境卫生检疫机关对来自疫区的、被检疫传染病污染的或者可能成为检疫传染病传播媒介的行李、货物、邮包等物品，应进行卫生检查，实施消毒、除鼠、除虫或者其他卫生处理。

入境、出境的尸体、骸骨的托运人或者其代理人，必须向国境卫生检疫机关申报，经卫生检查合格后发给入境、出境许可证，方准运进或者运出。

第三章　传染病监测

第十五条　国境卫生检疫机关对入境、出境的人员实施传染病监测，并且采取必要的预防、控制措施。

第十六条 国境卫生检疫机关有权要求入境、出境的人员填写健康申明卡，出示某种传染病的预防接种证书、健康证明或者其他有关证件。

第十七条 对患有监测传染病的人、来自国外监测传染病流行区的人或者与监测传染病人密切接触的人，国境卫生检疫机关应区别情况，发给就诊方便卡，实施留验或者采取其他预防、控制措施，并及时通知当地卫生行政部门。各地医疗单位对持有就诊方便卡的人员，应优先诊治。

第四章 卫生监督

第十八条 国境卫生检疫机关根据国家规定的卫生标准，对国境口岸的卫生状况和停留在国境口岸的入境、出境的交通工具的卫生状况实施卫生监督：

（一）监督和指导有关人员对啮齿动物、病媒昆虫的防除；

（二）检查和检验食品、饮用水及其储存、供应、运输设施；

（三）监督从事食品、饮用水供应的从业人员的健康状况，检查其健康证明书；

（四）监督和检查垃圾、废物、污水、粪便、压舱水的处理。

第十九条 国境卫生检疫机关设立国境口岸卫生监督员，执行国境卫生检疫机关交给的任务。

国境口岸卫生监督员在执行任务时，有权对国境口岸和入境、出境的交通工具进行卫生监督和技术指导，对卫生状况不良和可能引起传染病传播的因素提出改进意见，协同有关部门采取必要的措施，进行卫生处理。

第五章 法律责任

第二十条 对违反本法规定，有下列行为之一的单位或者个人，国境卫生检疫机关可以根据情节轻重，给予警告或者罚款：

（一）逃避检疫，向国境卫生检疫机关隐瞒真实情况的；

（二）入境的人员未经国境卫生检疫机关许可，擅自上下交通工具，或者装卸行李、货物、邮包等物品，不听劝阻的。

罚款全部上缴国库。

第二十一条 当事人对国境卫生检疫机关给予的罚款决定不服的，可以在接到通知之日起 15 日内，向当地人民法院起诉。逾期不起诉又不履行的，国境卫生检疫机关可以申请人民法院强制执行。

第二十二条 违反本法规定，引起检疫传染病传播或者有引起检疫传染病传播严重危险的，依照《中华人民共和国刑法》第一百七十八条的规定追究刑事责任。

第二十三条 国境卫生检疫机关工作人员，应秉公执法，忠于职守，对入境、出境的交通工具和人员，及时进行检疫；违法失职的，给予行政处分，情节严重构成犯罪的，依法追究刑事责任。

第六章 附 则

第二十四条 中华人民共和国缔结或者参加的有关卫生检疫的国际条约同本法有不同规定的，适用该国际条约的规定。但是，中华人民共和国声明保留的条款除外。

第二十五条　中华人民共和国边防机关与邻国边防机关之间在边境地区的往来，居住在两国边境接壤地区的居民在边境指定地区的临时往来，双方的交通工具和人员的入境、出境检疫，依照双方协议办理，没有协议的，依照中国政府的有关规定办理。

第二十六条　国境卫生检疫机关实施卫生检疫，按照国家规定收取费用。

第二十七条　国务院卫生行政部门根据本法制定实施细则，报国务院批准后施行。

第二十八条　本法自1987年5月1日起施行。1957年12月23日公布的《中华人民共和国国境卫生检疫条例》同时废止。

20

中华人民共和国国境卫生检疫法实施细则

中华人民共和国国境卫生检疫法实施细则

（1989 年 2 月 10 日国务院批准，1989 年 3 月 6 日卫生部令第 2 号发布）

第一章　一般规定

第一条　根据《中华人民共和国国境卫生检疫法》（以下称《国境卫生检疫法》）的规定，制定本细则。

第二条　《国境卫生检疫法》和本细则所称：

“查验”指国境卫生检疫机关（以下称卫生检疫机关）实施的医学检查和卫生检查；

“染疫人”指正在患检疫传染病的人，或者经卫生检疫机关初步诊断，认为已经感染检疫传染病或者已经处于检疫传染病潜伏期的人；

“染疫嫌疑人”指接触过检疫传染病的感染环境，并且可能传播检疫传染病的人；

“隔离”指将染疫人收留在指定的处所，限制其活动并进行治疗，直到消除传染病传播的危险；

“留验”指将染疫嫌疑人收留在指定的处所进行诊察和检验；

“就地诊验”指一个人在卫生检疫机关指定的期间，到就近的卫生检疫机关或者其他医疗卫生单位去接受诊察和检验；或者卫生检疫机关、其他医疗卫生单位到该人员的居留地，对其进行诊察和检验；

“运输设备”指货物集装箱；

“卫生处理”指隔离、留验和就地诊验等医学措施，以及消毒、除鼠、除虫等卫生措施；

“传染病监测”指对特定环境、人群进行流行病学、血清学、病原学、临床症状以及其他有关影响因素的调查研究，预测有关传染病的发生、发展和流行；

“卫生监督”指执行卫生法规和卫生标准所进行的卫生检查、卫生鉴定、卫生评价和采样检验；

“交通工具”指船舶、航空器、列车和其他车辆；

“国境口岸”指国际通航的港口、机场、车站、陆地边境和国界江河的关口。

第三条　卫生检疫机关在国境口岸工作的范围，是指为国境口岸服务的涉外宾馆、饭店、俱乐部，为入境、出境交通工具提供饮食、服务的单位和对入境、出境人员、交通工具、集装箱和货物实施检疫、监测、卫生监督的场所。

第四条　入境、出境的人员、交通工具和集装箱，以及可能传播检疫传染病的行李、货物、邮包等，均应按照本细则的规定接受检疫，经卫生检疫机关许可，方准入境或者出境。

第五条　卫生检疫机关发现染疫人时，应立即将其隔离，防止任何人遭受感染，并按照本细则第八章的规定处理。

卫生检疫机关发现染疫嫌疑人时，应按照本细则第八章的规定处理。但对第八章规定以外的其他病种染疫嫌疑人，可以从该人员离开感染环境的时侯算起，实施不超过该传染病最长潜伏期的就地诊验或者留验以及其他的卫生处理。

第六条　卫生检疫机关应阻止染疫人、染疫嫌疑人出境，但是对来自国外并且在到达时接受就地诊验的人，本人要求出境的，可以准许出境；如果乘交通工具出境，检疫医师应将这种情况在出境检疫证上签注，同时通知交通工具负责人采取必要的预防措施。

第七条　在国境口岸以及停留在该场所的入境、出境交通工具上，所有非因意外伤害而死亡并死因不明的尸体，必须经卫生检疫机关查验，并签发尸体移运许可证后，方准移运。

第八条　来自国内疫区的交通工具，或者在国内航行中发现检疫传染病、疑似检疫传染病，或者有人非因意外伤害而死亡并死因不明的，交通工具负责人应向到达的国境口岸卫生检疫机关报告，接受临时检疫。

第九条　在国内或者国外检疫传染病大流行的时侯，国务院卫生行政部门应立即报请国务院决定采取下列检疫措施的一部或者全部：

（一）下令封锁陆地边境、国界江河的有关区域；

（二）指定某些物品必须经过消毒、除虫，方准由国外运进或者由国内运出；

（三）禁止某些物品由国外运进或者由国内运出；

（四）指定第一入境港口、降落机场，对来自国外疫区的船舶、航空器，除因遇险或者其他特殊原因外，没有经第一入境港口、机场检疫的，不准进入其他港口和机场。

第十条　入境、出境的集装箱、货物、废旧物等物品在到达口岸的时侯，承运人、代理人或者货主,必须向卫生检疫机关申报并接受卫生检疫。对来自疫区的、被传染病污染的以及可能传播检疫传染病或者发现与人类健康有关的啮齿动物和病媒昆虫的集装箱、货物、废旧物等物品,应实施消毒、除鼠、除虫或者其他必要的卫生处理。

集装箱、货物、废旧物等物品的货主要求在其他地方实施卫生检疫、卫生处理的,卫生检疫机关可以给予方便,并按规定办理。

海关凭卫生检疫机关签发的卫生处理证明放行。

第十一条　入境、出境的微生物、人体组织、生物制品、血液及其制品等特殊物品的携带人、托运人或者邮递人,必须向卫生检疫机关申报并接受卫生检疫,未经卫生检疫机关许可,不准入境、出境。

海关凭卫生检疫机关签发的特殊物品审批单放行。

第十二条　入境、出境的旅客、员工个人携带或者托运可以传播传染病的行李和物品,应接受卫生检查。卫生检疫机关对来自疫区或者被传染病污染的各种食品、饮料、水产品等应实施卫生处理或者销毁,并签发卫生处理证明。

海关凭卫生检疫机关签发的卫生处理证明放行。

第十三条　卫生检疫机关对应实施卫生检疫的邮包进行卫生检查和必要的卫生处理时,邮政部门应予配合。未经卫生检疫机关许可,邮政部门不得运递。

第十四条　卫生检疫单、证的种类、式样和签发办法,由国务院卫生行政部门规定。

第二章　疫情通报

第十五条　在国境口岸以及停留在国境口岸的交通工具上,发现检疫传染病、疑似检疫传染病,或者有人非因意外伤害而死亡并死因不明时,国境口岸有关单位以及交通工具的负责人,应立即向卫生检疫机关报告。

第十六条　卫生检疫机关发现检疫传染病、监测传染病、疑似检疫传染病时,应向当地卫生行政部门和卫生防疫机构通报,发现检疫传染病时,还应用最快的办法向国务院卫生行政部门报告。

当地卫生防疫机构发现检疫传染病、监测传染病时,应向卫生检疫机关通报。

第十七条　在国内或者国外某一地区发生检疫传染病流行时,国务院卫生行政部门可以宣布该地区为疫区。

第三章　卫生检疫机关

第十八条　卫生检疫机关根据工作需要,可以设立派出机构。卫生检疫机关的设立、合并或者撤销,由国务院卫生行政部门决定。

第十九条　卫生检疫机关的职责:

(一)执行《国境卫生检疫法》及其实施细则和国家有关卫生法规;

(二)收集、整理、报告国际和国境口岸传染病的发生、流行和终息情况;

(三)对国境口岸的卫生状况实施卫生监督,对入境、出境的交通工具、人员、集装箱、尸体、骸骨以及可能传播检疫传染病的行李、货物、邮包等实施检疫查验、传染病监测、卫生监督和卫生处理；

（四）对入境、出境的微生物、生物制品、人体组织、血液及其制品等特殊物品以及能传播人类传染病的动物，实施卫生检疫；

（五）对入境、出境人员进行预防接种、健康检查、医疗服务、国际旅行健康咨询和卫生宣传；

（六）签发卫生检疫证件；

（七）进行流行病学调查研究，开展科学试验；

（八）执行国务院卫生行政部门指定的其他工作。

第二十条　国境口岸卫生监督员的职责：

（一）对国境口岸和停留在国境口岸的入境、出境交通工具进行卫生监督和卫生宣传；

（二）在消毒、除鼠、除虫等卫生处理方面进行技术指导；

（三）对造成传染病传播、啮齿动物和病媒昆虫扩散、食物中毒、食物污染等事故进行调查，并提出控制措施。

第二十一条　卫生检疫机关工作人员、国境口岸卫生监督员在执行任务时，应穿着检疫制服，佩戴检疫标志；卫生检疫机关的交通工具在执行任务期间，应悬挂检疫旗帜。

检疫制服、标志、旗帜的式样和使用办法由国务院卫生行政部门会同有关部门制定，报国务院审批。

第四章　海港检疫

第二十二条　船舶的入境检疫，必须在港口的检疫锚地或者经卫生检疫机关同意的指定地点实施。

检疫锚地由港务监督机关和卫生检疫机关会商确定，报国务院交通和卫生行政部门备案。

第二十三条　船舶代理应在受入境检疫的船舶到达以前，尽早向卫生检疫机关通知下列事项：

（一）船名、国籍、预定到达检疫锚地的日期和时间；

（二）发航港、最后寄港；

（三）船员和旅客人数；

（四）货物种类。

港务监督机关应将船舶确定到达检疫锚地的日期和时间尽早通知卫生检疫机关。

第二十四条　受入境检疫的船舶，在航行中，发现检疫传染病、疑似检疫传染病，或者有人非因意外伤害而死亡并死因不明的，船长必须立民向实施检疫港口的卫生检疫机关报告下列事项：

（一）船名、国籍、预定到达检疫锚地的日期和时间；

（二）发航港、最后寄港；

（三）船员和旅客人数；

（四）货物种类；

（五）病名或者主要症状、患病人数、死亡人数；

（六）船上有无船医。

第二十五条　受入境检疫的船舶，必须按照下列规定悬挂检疫信号等侯查验，在卫生检疫机关发给入境检疫证前，不得降下检疫信号。

昼间在明显处所悬挂国际通语信号旗：

（一）“Q”字旗表示本船没有染疫，请发给入境检疫证；

（二）“QQ”字旗表示本船有染疫或者染疫嫌疑，请即刻实施检疫。

夜间在明显处所垂直悬挂灯号：

（一）红灯三盏表示本船没有染疫，请发给入境检疫证；

（二）红、红、白、红灯四盏表示本船有染疫或者染疫嫌疑，请即刻实施检疫。

第二十六条　悬挂检疫信号的船舶，除引航员和经卫生检疫机关许可的人员外，其他人员不准上船，不准装卸行李、货物、邮包等物品，其他船舶不准靠近；船上的人员，除因船舶遇险外，未经卫生检疫机关许可，不准离船；引航员不得将船引离检疫锚地。

第二十七条　申请电讯检疫的船舶，首先向卫生检疫机关申请卫生检查，合格者发给卫生证书，该证书自签发之日起 12 个月内可以申请电讯检疫。

第二十八条　持有效卫生证书的船舶在入境前 24 小时，应向卫生检疫机关报告下列事项：

（一）船名、国籍、预定到达检疫锚地的日期和时间；

（二）发航港、最后寄港；

（三）船员和旅客人数及健康状况；

（四）货物种类；

（五）船舶卫生证书的签发日期和编号、除鼠证书或者免予除鼠证书的签发日期和签发港，以及其他卫生证件。

经卫生检疫机关对上述报告答复同意后，即可进港。

第二十九条　对船舶的入境检疫，在日出后到日落前的时间内实施；凡具备船舶夜航条件，夜间可靠离码头和装卸作业的港口口岸，应实行 24 小时检疫。对来自疫区的船舶，不实行夜间检疫。

第三十条　受入境检疫船舶的船长，在检疫医师到达船上时，必须提交由船长签字或者有船医附签的航海健康申报书、船员名单、旅客名单、载货申报单，并出示除鼠证书或者免予除鼠证书。

在查验中，检疫医师有权查阅航海日志和其他有关证件；需要进一步了解船舶航行中卫生情况时，检疫医师可以向船长、船医提出询问，船长、船医必须如实回答。用书面回答时，须经船长签字和船医附签。

第三十一条　船舶实施入境查验完毕以后，对没有染疫的船舶，检疫医师应立即签发入境检疫证；如果该船有受卫生处理或者限制的事项，应在入境检疫证上签注，并按照签注事项办理。对染疫船舶、染疫嫌疑船舶，除通知港务监督机关外，对该船舶还应发给卫生处理通知书，该船舶上的引航员和经卫生检疫机关许可上船的人员，应视同员工接受有关卫生处理，在卫生处理完毕以后，再发给入境检疫证。

船舶领到卫生检疫机关签发的入境检疫证后，可以降下检疫信号。

第三十二条　船舶代理应在受出境检疫的船舶启航以前，尽早向卫生检疫机关通知下列事项：

(一)船名、国籍、预定开航的日期和时间；

(二)目的港、最初寄港；

(三)船员名单和旅客名单；

(四)货物种类。

港务监督机关应将船舶确定开航的日期和时间尽早通知卫生检疫机关。

船舶的入境、出境检疫在同一港口实施时，如果船员、旅客没有变动，可以免报船员名单和旅客名单；有变动的，报变动船员、旅客名单。

第三十三条　受出境检疫的船舶，船长应向卫生检疫机关出示除鼠证书或者免予除鼠证书和其他有关检疫证件。检疫医师可以向船长、船医提出有关船员、旅客健康情况和船上卫生情况的询问，船长、船医对上述询问应如实回答。

第三十四条　对船舶实施出境检疫完毕以后，检疫医师应按照检疫结果立即签发出境检疫证，如果因卫生处理不能按原定时间启航，应及时通知港务监督机关。

第三十五条　对船舶实施出境检疫完毕以后，除引航员和经卫生检疫机关许可的人员外，其他人员不准上船，不准装卸行李、货物、邮包等物品。如果违反上述规定，该船舶必须重新实施出境检疫。

第五章　航空检疫

第三十六条　航空器在飞行中，不得向下投掷或者任其坠下能传播传染病的任何物品。

第三十七条　实施卫生检疫机场的航空站，应在受入境检疫的航空器到达以前，尽早向卫生检疫机关通知下列事项：

(一)航空器的国籍、机型、号码、识别标志、预定到达时间；

(二)出发站、经停站；

(三)机组和旅客人数。

第三十八条　受入境检疫的航空器，如果在飞行中发现检疫传染病、疑似检疫传染病，或者有人非因意外伤害而死亡并死因不明时，机长应立即通知到达机场的航空站，向卫生检疫机关报告下列事项：

(一)航空器的国籍、机型、号码、识别标志、预定到达时间；

(二)出发站、经停站;

(三)机组和旅客人数;

(四)病名或者主要症状、患病人数、死亡人数。

第三十九条 受入境检疫的航空器到达机场以后,检疫医师首先登机。机长或者授权的代理人,必须向卫生检疫机关提交总申报单、旅客名单、货物仓单和有效的灭蚊证书,以及其他有关检疫证件;对检疫医师提出的有关航空器上卫生状况的询问,机长或者其授权的代理人应如实回答。在检疫没有结束之前,除卫生检疫机关许可外,任何人不得上下航空器,不准装卸行李、货物、邮包等物品。

第四十条 入境旅客必须在指定的地点接受入境查验,同时用书面或者口头回答检疫医师提出的有关询问。在此期间,入境旅客不得离开查验场所。

第四十一条 对入境航空器查验完毕以后,根据查验结果,对没有染疫的航空器,检疫医师应签发入境检疫证;如果该航空器有受卫生处理或者限制的事项,应在入境检疫证上签注,由机长或者其授权的代理人负责执行;对染疫或者有染疫嫌疑的航空器,除通知航空站外,对该航空器应发给卫生处理通知单,在规定的卫生处理完毕以后,再发给入境检疫证。

第四十二条 实施卫生检疫机场的航空站,应在受出境检疫的航空器起飞以前,尽早向卫生检疫机关提交总申报单、货物仓单和其他有关检疫证件,并通知下列事项:

(一)航空器的国籍、机型、号码、识别标志、预定起飞时间;

(二)经停站、目的站;

(三)机组和旅客人数。

第四十三条 对出境航空器查验完毕以后,如果没有染疫,检疫医师应签发出境检疫证或者在必要的卫生处理完毕以后,再发给出境检疫证;如果该航空器因卫生处理不能按原定时间起飞,应及时通知航空站。

第六章 陆地边境检疫

第四十四条 实施卫生检疫的车站,应在受入境检疫的列车到达之前,尽早向卫生检疫机关通知下列事项:

(一)列车的车次,预定到达的时间;

(二)始发站;

(三)列车编组情况。

第四十五条 受入境检疫的列车和其他车辆到达车站、关口后,检疫医师首先登车,列车长或者其他车辆负责人,应口头或者书面向卫生检疫机关申报该列车或者其他车辆上人员的健康情况,对检疫医师提出有关卫生状况和人员健康的询问,应如实回答。

第四十六条 受入境检疫的列车和其他车辆到达车站、关口,在实施入境检疫而未取得入境检疫证以前,未经卫生检疫机关许可,任何人不准上下列车或者其他车辆，不准装卸行李、货物、邮包等物品。

第四十七条　实施卫生检疫的车站，应在受出境检疫列车发车以前，尽早向卫生检疫机关通知下列事项：

（一）列车的车次，预定发车的时间；

（二）终到站；

（三）列车编组情况。

第四十八条　应受入境、出境检疫的列车和其他车辆，如果在行程中发现检疫传染病、疑似检疫传染病，或者有人非因意外伤害而死亡并死因不明的，列车或者其他车辆到达车站、关口时，列车长或者其他车辆负责人应向卫生检疫机关报告。

第四十九条　受入境、出境检疫的列车，在查验中发现检疫传染病或者疑似检疫传染病，或者因受卫生处理不能按原定时间发车，卫生检疫机关应及时通知车站的站长。如果列车在原停车地点不宜实施卫生处理，站长可以选择站内其他地点实施卫生处理。在处理完毕之前，未经卫生检疫机关许可，任何人不准上下列车，不准装卸行李、货物、邮包等物品。

为了保证入境直通列车的正常运输，卫生检疫机关可以派员随车实施检疫，列车长应提供方便。

第五十条　对列车或者其他车辆实施入境、出境检疫完毕后，检疫医师应根据检疫结果分别签发入境、出境检疫证，或者在必要的卫生处理完毕后，再分别签发入境、出境检疫证。

第五十一条　徒步入境、出境的人员，必须首先在指定的场所接受入境、出境查验，未经卫生检疫机关许可，不准离开指定的场所。

第五十二条　受入境、出境检疫的列车以及其他车辆，载有来自疫区、有染疫或者染疫嫌疑或者夹带能传播传染病的病媒昆虫和啮齿动物的货物，应接受卫生检查和必要的卫生处理。

第七章　卫生处理

第五十三条　卫生检疫机关的工作人员在实施卫生处理时，必须注意下列事项：

（一）防止对任何人的健康造成危害；

（二）防止对交通工具的结构和设备造成损害；

（三）防止发生火灾；

（四）防止对行李、货物造成损害。

第五十四条　入境、出境的集装箱、行李、货物、邮包等物品需要卫生处理的，由卫生检疫机关实施。

入境、出境的交通工具有下列情形之一的，应由卫生检疫机关实施消毒、除鼠、除虫或者其他卫生处理：

（一）来自检疫传染病疫区的；

（二）被检疫传染病污染的；

（三）发现有与人类健康有关的啮齿动物或者病媒昆虫，超过国家卫生标准的。

第五十五条　由国外起运经过中华人民共和国境内的货物，如果不在境内换装，除发生在流行病学上有重要意义的事件，需要实施卫生处理外，在一般情况下不实施卫生处理。

第五十六条　卫生检疫机关对入境、出境的废旧物品和曾行驶于境外港口的废旧交通工具，根据污染程度，分别实施消毒、除鼠、除虫，对污染严重的实施销毁。

第五十七条　入境、出境尸体、骸骨托运人或者代理人应申请卫生检疫，并出示死亡证明或者其他有关证件，对不符合卫生要求的，必须接受卫生检疫机关实施的卫生处理。经卫生检疫机关签发尸体、骸骨入境、出境许可证后，方准运进或者运出。

对因患检疫传染病而死亡的病人尸体，必须就近火化，不准移运。

第五十八条　卫生检疫机关对已在到达本口岸前的其他口岸实施卫生处理的交通工具不再重复实施卫生处理。但有下列情形之一的，仍需实施卫生处理：

（一）在原实施卫生处理的口岸或者该交通工具上，发生流行病学上有重要意义的事件，需要进一步实施卫生处理的；

（二）在到达本口岸前的其他口岸实施的卫生处理没有实际效果的。

第五十九条　在国境口岸或者交通工具上发现啮齿动物有反常死亡或者死因不明的，国境口岸有关单位或者交通工具的负责人，必须立即向卫生检疫机关报告，迅速查明原因，实施卫生处理。

第六十条　国际航行船舶的船长，必须每隔6个月向卫生检疫机关申请一次鼠患检查，卫生检疫机关根据检查结果实施除鼠或者免予除鼠，并且分别发给除鼠证书或者免予除鼠证书。该证书自签发之日起6个月内有效。

第六十一条　卫生检疫机关只有在下列之一情况下，经检查确认船舶无鼠害的，方可签发免予除鼠证书：

（一）空舱；

（二）舱内虽然装有压舱物品或者其他物品，但是这些物品不引诱鼠类，放置情况又不妨碍实施鼠患检查。

对油轮在实舱时进行检查，可以签发免予除鼠证书。

第六十二条　对船舶的鼠患检查或者除鼠，应尽量在船航空舱的时侯进行。如果船舶因故不宜按期进行鼠患检查或者蒸熏除鼠，并且该船又开往便于实施鼠患检查或者蒸熏除鼠的港口，可以准许该船原有的除鼠证书或者免予除鼠证书的有效期延长1个月，并签发延长证明。

第六十三条　对国际航行的船舶，按照国家规定的标准，应用蒸熏的方法除鼠时，如果该船的除鼠证书或者免予除鼠证书尚未失效，除该船染有鼠疫或鼠疫嫌疑外，卫生检疫机关应将除鼠理由通知船长。船长应按照要求执行。

第六十四条　船舶在港口停靠期间，船长应负责采取下列的措施：

（一）缆绳上必须使用有效的防鼠板，或者其他防鼠装置；

（二）夜间放置扶梯、桥板时，应用强光照射；

（三）在船上发现死鼠或者捕获到鼠类时，应向卫生检疫机关报告。

第六十五条 在国境口岸停留的国内航行的船舶如果存在鼠患，船方应进行除鼠。根据船方申请，也可由卫生检疫机关实施除鼠。

第六十六条 国务院卫生行政部门认为必要时，可以要求来自国外或者国外某些地区的人员在入境时，向卫生检疫机关出示有效的某种预防接种证书或者健康证明。

第六十七条 预防接种有效期如下：

（一）黄热病疫苗自接种后第10日起，10年内有效，如果前次接种不满10年又经复种，自复种的当日起，10年内有效；

（二）其他预防接种的有效期，按照有关规定执行。

第八章 检疫传染病管理

第一节 鼠 疫

第六十八条 鼠疫的潜伏期为6日。

第六十九条 船舶、航空器在到达时，有下列情形之一的，为染有鼠疫：

（一）船舶、航空器上有鼠疫病例的；

（二）船舶、航空器上发现有感染鼠疫的啮齿动物的；

（三）船舶上曾经有人在上船6日以后患鼠疫的。

第七十条 船舶在到达时，有下列情形之一的，为染有鼠疫嫌疑：

（一）船舶上没有鼠疫病例，但曾经有人在上船后6日以内患鼠疫的；

（二）船上啮齿动物有反常死亡，并且死因不明的。

第七十一条 对染有鼠疫的船舶、航空器应实施下列卫生处理：

（一）对染疫人实施隔离；

（二）对染疫嫌疑人实施除虫，并且从到达时算起，实施不超过6日的就地诊验或者留验，在此期间，船上的船员除因工作需要并且经卫生检疫机关许可外，不准上岸；

（三）对染疫人、染疫嫌疑人的行李、使用过的其他物品和卫生检疫机关认为有污染嫌疑的物品，实施除虫，必要时实施消毒；

（四）对染疫人占用过的部位和卫生检疫机关认为有污染嫌疑的部位，实施除虫，必要时实施消毒；

（五）船舶、航空器上有感染鼠疫的啮齿动物，卫生检疫机关必须实施除鼠，如果船舶上发现只有未感染鼠疫的啮齿动物，卫生检疫机关也可以实施除鼠，实施除鼠可以在隔离的情况下进行，对船舶的除鼠应在卸货以前进行；

（六）卸货应在卫生检疫机关的监督下进行，并且防止卸货的工作人员遭受感染，必要时，对卸货的工作人员从卸货完毕时算起，实施不超过6日的就地诊验或者留验。

第七十二条 对染有鼠疫嫌疑的船舶,应实施本细则第七十一条第(二)至第(六)项规定的卫生处理。

第七十三条 对没有染疫的船舶、航空器,如果来自鼠疫疫区,卫生检疫机关认为必要时,可以实施下列卫生处理:

(一)对离船、离航空器的染疫嫌疑人,从船舶、航空器离开疫区的时侯算起,实施不超过6日的就地诊验或者留验;

(二)在特殊情况下,对船舶、航空器实施除鼠。

第七十四条 对到达的时侯载有鼠疫病例的列车和其他车辆,应实施下列卫生处理:

(一)本细则第七十一条第一、第三、第四、第六项规定的卫生处理;

(二)对染疫嫌疑人实施除虫,并且从到达时算起,实施不超过6日的就地诊验或者留验;

(三)必要时,对列车和其他车辆实施除鼠。

第二节 霍 乱

第七十五条 霍乱潜伏期为5日。

第七十六条 船舶在到达的时侯载有霍乱病例,或者在达到前5日以内,船上曾有霍乱病例发生,为染有霍乱。

船舶在航行中曾经有霍乱病例发生,但是在到达前5日以内,没有发生新病例,为染有霍乱嫌疑。

第七十七条 航空器在到达的时侯载有霍乱病例,为染有霍乱。

航空器在航行中曾经有霍乱病例发生,但在到达以前该病员已经离去,为染有霍乱嫌疑。

第七十八条 对染有霍乱的船舶、航空器,应实施下列卫生处理:

(一)对染疫人实施隔离;

(二)对离船、离航空器的员工、旅客,从卫生处理完毕时算起,实施不超过5日的就地诊验或者留验;从船舶到达时算起5日内,船上的船员除因工作需要,并且经卫生检疫机关许可外,不准上岸;

(三)对染疫人、染疫嫌疑人的行李,使用过的其他物品和有污染嫌疑的物品、食品实施消毒;

(四)对染疫人占用的部位和有污染嫌疑的部位,实施消毒;

(五)对污染或者有污染嫌疑的饮用水,应实施消毒后排放,并在储水容器消毒后再换清洁饮用水;

(六)人的排泄物、垃圾、废水、废物和装自霍乱疫区的压舱水,未经消毒,不准排放和移下;

(七)卸货必须在卫生检疫机关监督下进行,并且防止工作人员遭受感染,必要时,对卸货工作人员从卸货完毕时算起,实施不超过5日的就地诊验或者留验。

第七十九条　对染有霍乱嫌疑的船舶、航空器应实施下列卫生处理：

(一)本细则第七十八条第二至第七项规定的卫生处理；

(二)对离船、离航空器的员工、旅客从到达时算起，实施不超过5日的就地诊验或者留验，在此期间，船上的船员除因工作需要，并经卫生检疫机关许可外，不准离开口岸区域，或者对离船、离航空器的员工、旅客，从离开疫区时算起，实施不超过5日的就地诊验或者留验。

第八十条　对没有染疫的船舶、航空器，如果来自霍乱疫区，卫生检疫机关认为必要时，可以实施下列卫生处理：

(一)本细则第七十八条第五、第六项规定的卫生处理；

(二)对离船、离航空器的员工、旅客，从离开疫区时算起，实施不超过5日的就地诊验或者留验。

第八十一条　对到达时载有霍乱病例的列车和其他车辆应实施下列卫生处理：

(一)按本细则第七十八条第一、第三、第四、第五、第七项规定的卫生处理；

(二)对染疫嫌疑人从到达时算起，实施不超过5日的就地诊验或者留验。

第八十二条　对来自霍乱疫区的或者染有霍乱嫌疑的交通工具，卫生检疫机关认为必要时，可以实施除虫、消毒；如果交通工具载有水产品、水果、蔬菜、饮料及其他食品，除装在密封容器内没有被污染外，未经卫生检疫机关许可，不准卸下，必要时可以实施卫生处理。

第八十三条　对来自霍乱疫区的水产品、水果、蔬菜、饮料以及装有这些制品的邮包，卫生检疫机关在查验时，为了判明是否被污染，可以抽样检验，必要时可以实施卫生处理。

第三节　黄热病

第八十四条　黄热病的潜伏期为6日。

第八十五条　来自黄热病疫区的人员，在入境时，必须向卫生检疫机关出示有效的黄热病预防接种证书。

对无有效的黄热病预防接种证书的人员，卫生检疫机关可以从该人员离开感染环境的时侯算起，实施6日的留验，或者实施预防接种并留验到黄热病预防接种证书生效时为止。

第八十六条　航空器到达时载有黄热病病例，为染有黄热病。

第八十七条　来自黄热病疫区的航空器，应出示在疫区起飞前的灭蚊证书；如果在到达时不出示灭蚊证书，或者卫生检疫机关认为出示的灭坟证书不符合要求，并且在航空器上发现活蚊，为染有黄热病嫌疑。

第八十八条　船舶在到达时载有黄热病病例，或者在航行中曾经有黄热病病例发生，为染有黄热病。

船舶在到达时，如果离开黄热病疫区没有满6日，或者没有满30日并且在船上发现埃及伊蚊或者其他黄热病媒介，为染有黄热病嫌染。

第八十九条 对染有黄热病的船舶、航空器，应实施下列卫生处理：

（一）对染疫人实施隔离；

（二）对离船、离航空器又无有效的黄热病预防接种证书的员工、旅客，实施本细则第八十五条规定的卫生处理；

（三）彻底杀灭船舶、航空器上的埃及伊蚊及其虫卵、幼虫和其他黄热病媒介，并且在没有完成灭蚊以前限制该船与陆地和其他船舶的距离不少于400米；

（四）卸货应在灭坟以后进行，如果在灭坟以前卸货，应在卫生检疫机关监督下进行，并且采取预防措施，使卸货的工作人员免受感染。必要时，对卸货的工作人员，从卸货完毕时算起，实施6日的应地诊验或者留验。

第九十条 对染有黄热病嫌疑的船舶、航空器，应实施本细则第八十九条第二至第四项规定的卫生处理。

第九十一条 对没有染疫的船舶、航空器，如果来自黄热病疫区，卫生检疫机关认为必要时，可以实施本细则第八十九条第三项规定的卫生处理。

第九十二条 对到达的时候载有黄热病病例的列车和其他车辆，或者来自黄热病疫区的列车和其他车辆，应实施本细则第八十九条第一、第四项规定的卫生处理；对列车、车辆彻底杀灭成蚊及其虫卵、幼虫；对无有效黄热病预防接种证书的员工、旅客，应实施本细则第八十五条规定的卫生处理。

第四节 就地诊验、留验和隔离

第九十三条 卫生检疫机关对受就地诊验的人员，应发给就地诊验记录簿，必要的时候，可以在该人员出具履行就地诊验的保证书以后，再发给其就地诊验记录簿。

受就地诊验的人员应携带就地诊验记录簿，按照卫生检疫机关指定的期间、地点，接受医学检查；如果就地诊验的结果没有染疫，诊验期满的时侯，受就地诊验的人员应将就地诊验记录簿退还卫生检疫机关。

第九十四条 卫生检疫机关应将受就地诊验人员的情况，用最快的方法通知受就地诊验人员的旅行停留地的卫生检疫机关或者其他医疗卫生单位。

卫生检疫机关、医疗卫生单位遇有受就地诊验的人员请求医学检查时，应视同急诊给予医学检查，并将检查结果在就地诊验记录簿上签注；如果发现其患检疫传染病或者监测传染病、疑似检疫染病或者疑似监测传染病时，应立即采取必要的卫生措施，将其就地诊验记录簿收回存查，并且报告当地卫生防疫机构和签发就地诊验记录簿的卫生检疫机关。

第九十五条 受留验的人员必须在卫生检疫机关指定的场所接受留验；但是有下列情形之一的，经卫生检疫机关同意，可以在船上留验：

（一）船长请求船员在船上留验的；

（二）旅客请求在船上留验，经船长同意，并且船上有船医和医疗、消毒设备的。

第九十六条 受留验的人员在留验期间如果出现检疫传染病的症状，卫生检疫机关应立即对该人员实施隔离，对与其接触的其他受留验的人员，应实施必要的卫生处理,并且从卫生处理完毕时算起,重新计算留验时间。

第九章 传染病监测

第九十七条 入境、出境的交通工具、人员、食品、饮用水和其他物品以及病媒昆虫、动物,均为传染病监测的对象。

第九十八条 传染病监测内容是:

(一)首发病例的个案调查;

(二)暴发流行的流行病学调查;

(三)传染源调查;

(四)国境口岸内监测传染病的回顾性调查;

(五)病原体的分离、鉴定,人群,有关动物血清学调查以及流行病学调查;

(六)有关动物、病媒昆虫、食品、饮用水和环境因素的调查;

(七)消毒、除鼠、除虫的效果观察与评价;

(八)国境口岸以及国内外监测传染病疫情的收集、整理、分析和传递;

(九)对监测对象开展健康检查和对监测传染病病人、疑似病人、密切接触人员的管理。

第九十九条 卫生检疫机关应阻止所发现的患有艾滋病、性病、麻风病、精神病、开放性肺结核病的外国人入境。

第一百条 受入境、出境检疫的人员,必须根据检疫医师的要求,如实填报健康申明卡,出示某种有效的传染病预防接种证书、健康证明或者其他有关证件。

第一百零一条 卫生检疫机关对国境口岸的涉外宾馆、饭店内居住的入境、出境人员及工作人员实施传染病监测,并区别情况采取必要的预防、控制措施。

对来自检疫传染病和监测传染病疫区的人员,检疫医师可以根据流行病学和医学检查结果,发给就诊方便卡。

卫生检疫机关、医疗卫生单位遇到持有就诊方便卡的人员请求医学检查时,应视同急诊给予医学检查;如果发现其患检疫传染病或者监测传染病、疑似检疫传染病或者疑似监测传染病,应立即实施必要的卫生措施,并且将情况报告当地卫生防疫机构和签发就诊方便卡的卫生检疫机关。

第一百零二条 凡申请出境居住1年以上的中国籍人员,必须持有卫生检疫机关签发的健康证明。中国公民出境、入境管理机关凭卫生检疫机关签发的健康证明办理出境手续。

凡在境外居住1年以上的中国籍人员,入境时必须向卫生检疫机关申报健康情况,并在入境后1个月内到就近的卫生检疫机关或者县级以上的医院进行健康检查。公安机关凭健康证明办理有关手续,健康证明的副本应寄送到原入境口岸的卫生检疫机关备案。

国际通行交通工具上的中国籍员工,应持有卫生检疫机关或者县级以上医院出具的健康证明。健康证明的项目、格式由国务院卫生行政部门统一规定,有效期为

12个月。

第一百零三条 卫生检疫机关在国境口岸内设立传染病监测点时，有关单位应给予协助并提供方便。

第十章 卫生监督

第一百零四条 卫生检疫机关依照《国境卫生检疫法》第十八条、第十九条规定的内容，对国境口岸和交通工具实施卫生监督。

第一百零五条 对国境口岸的卫生要求是：

（一）国境口岸和国境口岸内涉外的宾馆、生活服务单位以及候船、候车、候机厅（室）应有健全的卫生制度和必要的卫生设施，并保持室内外环境整洁、通风良好；

（二）国境口岸有关部门应采取切实可行的措施，控制啮齿动物、病媒昆虫，使其数量降低到不足为害的程度，仓库、货场必须具有防鼠设施；

（三）国境口岸的垃圾、废物、污水、粪便必须进行无害化处理，保持国境口岸环境整洁卫生。

第一百零六条 对交通工具的卫生要求是：

（一）交通工具上的宿舱、车厢必须保持清洁卫生，通风良好；

（二）交通工具上必须备有足够的消毒、除鼠、除虫药物及器械，并备有防鼠装置；

（三）交通工具上的货舱、行李舱、货车车厢在装货前或者卸货后应进行彻底清扫，有毒物品和食品不得混装，防止污染；

（四）对不符合卫生要求的入境、出境交通工具，必须接受卫生检疫机关的督导立即进行改进。

第一百零七条 对饮用水、食品及从业人员的卫生要求是：

（一）国境口岸和交通工具上的食品、饮用水必须符合有关的卫生标准；

（二）国境口岸内的涉外宾馆，以及向入境、出境的交通工具提供饮食服务的部门，营业前必须向卫生检疫机关申请卫生许可证；

（三）国境口岸内涉外的宾馆和入境、出境交通工具上的食品、饮用水从业人员应持有卫生检疫机关签发的健康证书，该证书自签发之日起12个月内有效。

第一百零八条 国境口岸有关单位和交通工具负责人应遵守下列事项：

（一）遵守《国境卫生检疫法》和本细则及有关卫生法规的规定；

（二）接受卫生监督员的监督和检查，并为其工作提供方便；

（三）按照卫生监督员的建议，对国境口岸和交通工具的卫生状况及时采取改进措施。

第十一章 罚 则

第一百零九条 《国境卫生检疫法》和本细则所规定的应受行政处罚的行为是指：

（一）应受入境检疫的船舶，拒不悬挂检疫信号的；

（二）入境、出境的交通工具，在入境检疫之前或者在出境检疫之后，擅自上下人员，装卸行李、货物、邮包等物品的；

（三）拒绝接受检疫或者抵制卫生监督，拒不接受卫生处理的；

（四）伪造或者涂改检疫单、证，不如实申报疫情的；

（五）瞒报携带禁止进口的微生物、人体组织、生物制品、血液及其制品或者其他可能引起传染病传播的动物和物品的；

（六）未经检疫的入境、出境交通工具，擅自离开检疫地点，逃避查验的；

（七）隐瞒疫情或者伪造情节的；

（八）未经卫生检疫机关实施卫生处理，擅自排放压舱水，移下垃圾、污物等控制的物品的；

（九）未经卫生检疫机关实施卫生处理，擅自移运尸体、骸骨的；

（十）废旧物品、废旧交通工具，未向卫生检疫机关申报，未经卫生检疫机关实施卫生处理和签发卫生检疫证书而擅自入境、出境或者使用、拆卸的；

（十一）未经卫生检疫机关检查，从交通工具上移下传染病病人造成传染病传播危险的。

第一百一十条　具有本细则第一百零九条所列第一到第五项行为的，处以警告或者100元以上5 000元以下的罚款；具有本细则第一百零九条所列第六至第九项行为的，处以1 000元以上1万元以下的罚款；具有本细则第一百零九条所列第十、第十一项行为的，处以5 000元以上3万元以下的罚款。

第一百一十一条　卫生检疫机关在收取罚款时，应出具正式的罚款收据。罚款全部上交国库。

第十二章　附　则

第一百一十二条　国境卫生检疫机关实施卫生检疫的收费标准，由国务院卫生行政部门会同国务院财政、物价部门共同制定。

第一百一十三条　本细则由国务院卫生行政部门负责解释。

第一百一十四条　本细则自发布之日起施行。

21

出入境检验检疫报检员管理规定

出入境检验检疫报检员管理规定

（自2003年1月1日起施行）

第一章　总　则

第一条　为加强对出入境检验检疫报检员(以下简称报检员)的管理,规范报检员的报检行为,维护正常的报检工作秩序,根据《中华人民共和国进出口商品检验法》及其实施条例、《中华人民共和国进出境动植物检疫法》及其实施条例、《中华人民共和国国境卫生检疫法》及其实施细则、《中华人民共和国食品卫生法》等法律法规的规定,制定本规定。

第二条　本规定所称报检员是指获得国家质量监督检验检疫总局(以下简称国家质检总局)规定的资格,在国家质检总局设在各地的出入境检验检疫机构(以下简称检验检疫机构)注册,办理出入境检验检疫报检业务(以下简称报检业务)的人员。

第三条　国家质检总局主管全国报检员管理工作,检验检疫机构负责组织报检员资格考试、注册及日常管理、定期审核等工作。

第四条　报检员在办理报检业务时,应遵守出入境检验检疫法律法规和有关规定,并承担相应的法律责任。

第二章　报检员资格

第五条　报检员资格实行全国统一考试制度。报检员资格全国统一考试办法由国家质检总局另行制定。

第六条　参加报检员资格考试的人员应符合下列条件:

(一)年满18周岁,具有完全民事行为能力;

(二)具有良好的品行;

(三)具有高中或者中等专业学校以上学历;

(四)国家质检总局规定的其他条件。

第七条　资格考试合格的人员,取得《报检员资格证》。2 年内未从事报检业务的,《报检员资格证》自动失效。

第三章　报检员注册

第八条　获得《报检员资格证》的人员,方可申请报检员注册。

第九条　报检员注册应由在检验检疫机构登记并取得报检单位代码的企业向登记地检验检疫机构提出申请,并提交下列材料:

(一)报检员注册申请书;

(二)拟任报检员所属企业在检验检疫机构的登记证书;

(三)拟任报检员的《报检员资格证》;

(四)检验检疫机构需要的其他证明文件。

第十条　检验检疫机构对提交的材料进行审核,经审核合格的,予以注册,颁发《报检员证》。

第十一条　《报检员证》是报检员办理报检业务的身份凭证,不得转借、涂改。

未取得《报检员证》的,不得从事报检业务。

第十二条　报检员调往当地其他企业从事报检业务的,应持调入企业的证明文件,向发证检验检疫机构办理变更手续;调往异地企业从事报检业务的,应向调出地检验检疫机构办理注销手续,并持注销证明向调入企业所在地检验检疫机构重新办理注册手续。经核准的,检验检疫机构予以换发新的《报检员证》。

第十三条　代理报检单位的报检员不得同时兼任两个或者两个以上代理报检单位的报检工作。

自理报检单位的报检员不得同时兼任两个或者两个以上自理单位的报检工作。

第十四条　报检员遗失《报检员证》的,应在 7 日内向发证检验检疫机构递交情况说明,并登报声明作废。对在有效期内的,检验检疫机构予以补发。未补发《报检员证》前报检员不得办理报检业务。

第十五条　有下列情况之一的,报检员所属企业应收回其《报检员证》交当地检验检疫机构,并以书面形式申请办理《报检员证》注销手续:

(一)报检员不再从事报检业务的;

(二)企业因故停止报检业务的;

(三)企业解聘报检员的。

因未办理《报检员证》注销手续而产生的法律责任由报检员所属企业承担。

第四章　报检员职责

第十六条　报检员依法代表所属企业办理报检业务。报检员应并有权拒绝办理所属企业交办的单证不真实、手续不齐全的报检业务。

第十七条　报检员应对所属企业负责,接受检验检疫机构的指导和监督,并履行下列义务：

（一）遵守有关法律法规和检验检疫的规定；

（二）在办理报检业务时严格按照规定提供真实的数据和完整、有效的单证，准确、清晰地填制报检单，并在规定的时间内缴纳有关费用；

（三）参加检验检疫机构举办的有关报检业务的培训；

（四）协助所属企业完整保存各种报检单证、票据、函电等资料；

（五）承担其他与报检业务有关的工作。

第五章　监督管理

第十八条　检验检疫机构负责对经其注册的报检员的业务培训、日常管理和定期审核工作。

第十九条　检验检疫机构对报检员的管理实施差错登记制度。

第二十条　《报检员证》的有效期为2年，期满之日前1个月，报检员应向发证检验检疫机构提交审核申请书。

第二十一条　检验检疫机构结合日常报检工作记录对报检员进行审核。

经审核合格的，其《报检员证》有效期延长2年。

经审核不合格的，报检员应参加检验检疫机构组织的报检业务培训，经考试合格后，其《报检员证》有效期延长2年。

未申请审核或者经审核不合格，且未通过培训考试的，不予延长其《报检员证》有效期。

第二十二条　报检员有下列行为之一的，由检验检疫机构暂停其3个月或者6个月报检资格：

（一）不履行本规定第十七条规定，情节严重的；

（二）1年内出现3次以上报检差错行为，情节严重的；

（三）转借或者涂改报检员证的。

第二十三条　报检员有下列行为之一的，由检验检疫机构取消其报检资格，吊销《报检员证》：

（一）不如实报检，造成严重后果的；

（二）提供虚假合同、发票、提单等单据的；

（三）伪造、变造、买卖或者盗窃、涂改检验检疫通关证明、检验检疫证单、印章、标志、封识和质量认证标志的；

（四）其他违反检验检疫法律法规规定，情节严重的。

第二十四条　报检员在从事报检业务活动中有其他违反法律法规规定的，按照相关法律法规规定处理。

第六章　附　　则

第二十五条　《报检员资格证》和《报检员证》由国家质检总局统一印制。

第二十六条　本规定由国家质检总局负责解释。

第二十七条　本规定自2003年1月1日起施行。

22

出入境检验检疫代理报检管理规定

出入境检验检疫代理报检管理规定

（自2003年1月1日起施行）

第一章　总　　则

第一条　为加强对代理报检行为的监督管理，规范代理报检行为，根据《中华人民共和国进出口商品检验法》及其实施条例、《中华人民共和国进出境动植物检疫法》及其实施条例、《中华人民共和国国境卫生检疫法》及其实施细则、《中华人民共和国食品卫生法》等法律法规的规定，制定本规定。

第二条　本规定所称代理报检，是指经国家质量监督检验检疫总局（以下简称国家质检总局）注册登记的境内企业法人（以下称代理报检单位）依法接受进出口货物收发货人的委托，为进出口货物收发货人办理报检手续的行为。

第三条　国家质检总局统一管理全国代理报检工作，负责对代理报检单位的注册登记；各直属出入境检验检疫局（以下简称直属检验检疫局）负责所辖地区代理报检单位的初审和年度考核工作；各地出入境检验检疫机构（以下简称检验检疫机构）负责代理报检单位的日常监督管理工作。

第四条　代理报检单位应经国家质检总局注册登记，未经注册登记的单位不得从事代理报检业务。

第五条　代理报检单位在接受委托办理报检等相关事宜时，应遵守有关出入境检验检疫法律法规规定，并对代理报检各项内容的真实性、合法性负责，承担相应的法律责任。

第二章 代理报检单位的注册登记

第六条 申请代理报检注册登记的单位(以下简称申请单位)应具备下列条件:

(一)取得工商行政管理部门颁发的《企业法人营业执照》;

(二)注册资金人民币150万元以上;

(三)有固定营业场所及符合办理检验检疫报检业务所需的设施;

(四)有健全的管理制度;

(五)有不少于10名取得《报检员资格证》的人员;

(六)国家质检总局规定的其他条件。

第七条 申请单位应向所在地直属检验检疫局提出申请并提交下列材料:

(一)《代理出入境检验检疫报检注册登记申请书》;

(二)《企业法人营业执照》复印件(同时交验原件);

(三)拟任报检员的《报检员资格证》复印件(同时交验原件);

(四)代理报检企业的印章印模;

(五)国家质检总局规定需提交的其他文件。

第八条 直属检验检疫局对申请单位的申请进行初审,初审合格的,报国家质检总局审核,经审核合格,颁发《代理出入境检验检疫报检登记证书》(以下简称《登记证书》)。

取得《登记证书》的代理报检单位,应在国家质检总局批准的区域内从事代理报检业务。

第九条 代理报检单位名称、地址、法定代表人、经营范围等重大事项发生变更的,应在变更之日起15日内以书面形式报所在地直属检验检疫局。

第三章 代理报检行为

第十条 进口货物的收货人可以在报关地和收货地委托代理报检单位报检,出口货物发货人可以在产地和报关地委托代理报检单位报检。

第十一条 接受委托的代理报检单位应完成下列代理报检行为:

(一)办理报检手续;

(二)缴纳检验检疫费;

(三)联系配合检验检疫机构实施检验检疫;

(四)领取检验检疫证单和通关证明;

(五)其他与检验检疫工作有关的事宜。

第十二条 代理报检单位接受收发货人的委托,应遵守法律法规对收发货人的各项规定。

第十三条 代理报检单位在报检时,应向检验检疫机构提交报检委托书。

报检委托书应载明委托人的名称、地址、法定代表人姓名(签字)、机构性质及经营范围;代理报检单位的名称、地址、代理事项,以及双方责任、权利和代理期限等内容,并加盖双方的公章。

第十四条　代理报检单位应按照相关规定规范报检员的报检行为，并对报检员的报检行为承担法律责任。

第十五条　代理报检单位应按照检验检疫机构的要求，负责落实检验检疫场地、时间等有关事宜。

第十六条　代理报检单位对实施代理报检中所知悉的商业秘密负有保密义务。

第十七条　代理报检单位应按照规定代委托人缴纳检验检疫费，不得借检验检疫机构名义向委托人收取额外费用。

代理报检单位应将向检验检疫机构的缴费情况以书面形式如实通知委托人，检验检疫机构对此可随时进行抽查、核实。

第十八条　代理报检单位应严格按照有关规定向委托人收取代理报检中介服务费。

第四章　监督管理

第十九条　检验检疫机构对代理报检单位实行年度审核制度。代理报检单位应在每年3月31日前向所在地直属检验检疫局申请年度审核，并提交上一年度的《年审报告书》。

《年审报告书》的主要内容包括：年度代理报检业务情况及分析，财务报告，报检差错及原因，遵守检验检疫相关规定情况及自我评估等。

获得国家质检总局注册登记不满1年的，本年度可不参加年审。

直属检验检疫局应将代理报检单位年审情况报国家质检总局备案。

第二十条　代理报检单位应配合检验检疫机构对其所代理报检的事项进行调查和处理。

第二十一条　代理报检单位不得以任何形式出让其名义供他人办理代理报检业务。

第二十二条　代理报检单位应建立、健全代理报检业务档案，真实完整地记录其承办的代理报检业务，并自觉接受检验检疫机构的日常监督和年度审核。

第二十三条　代理报检单位可以以电子方式向检验检疫机构进行申报，但不得利用电子报检企业端软件进行远程电子预录入。

第二十四条　代理报检单位有下列情况之一的，直属检验检疫局可以暂停其3个月或者6个月的代理报检资格：

（一）有违反检验检疫报检规定行为的；

（二）提供不真实情况，导致代理报检的货物不能落实检验检疫的；

（三）对报检员管理不严，多人次被取消报检资格的；

（四）未经检验检疫机构同意延迟参加年审的；

（五）违反本规定第十六条规定，泄露实施代理报检中所知悉的商业秘密的；

（六）违反本规定第十七条规定，未按照规定代委托人缴纳检验检疫费或者未将向检验检疫机构的缴费情况以书面形式通知委托人的，或者借检验检疫机构名义向委托人收取额外费用的；

（七）违反本规定第十八条规定，未按照规定向委托人收取代理报检中介服务费的；

（八）违反本规定第二十条规定，对检验检疫机构对其所代理报检事项进行的调查和处理不予配合的；

（九）违反本规定第二十一条规定，出让其名义供他人代理报检业务的；

（十）违反本规定第二十二条规定，未建立、健全代理报检业务档案，不能真实完整地记录其承办的代理报检业务的；

（十一）违反本规定第二十三条规定，利用电子报检企业端软件开展远程电子预录入的；

（十二）因其他原因需暂停报检的。

第二十五条 代理报检机构有下列情况之一的，国家质检总局可以取消其代理报检资格：

（一）代理报检企业发生变化，不具备本规定第六条条件的；

（二）未参加年审或者年审不合格的；

（三）有本规定第二十四条所列行为之一，情节严重的；

（四）不按代理权限履行义务，影响检验检疫工作秩序的；

（五）不如实报检，骗取检验检疫单证的；

（六）伪造、变造、买卖或者盗窃检验检疫单证、印章、标志、封识和质量认证标志的；

（七）因其他原因需取消代理报检资格的。

第二十六条 代理报检机构及其报检员在从事报检业务活动中违反检验检疫法律法规的，按照法律法规规定处理。

第二十七条 检验检疫机构和工作人员不得以任何形式成立代理报检单位，进行代理报检工作，从中谋取任何不正当利益。

第二十八条 检验检疫机构工作人员不得与代理报检单位有任何利益关系。检验检疫机构工作人员和按国家有关规定应予回避的人员以及离开检验检疫工作岗位3年内的人员，不得在代理报检单位任职并按照有关规定实行回避制度。

第五章 附 则

第二十九条 本规定所称的代理报检不包括生产企业接受贸易公司的委托，为该贸易公司收购本企业产品进行报检的行为。

第三十条 国家质检总局鼓励进出口企业以电子方式直接向检验检疫机构报检。

第三十一条 本规定由国家质检总局负责解释。

第三十二条 本规定自2003年1月1日起施行。

23

中华人民共和国认证认可条例

中华人民共和国认证认可条例

（自 2003 年 11 月 1 日起施行）

第一章　总　　则

第一条　为了规范认证认可活动，提高产品、服务的质量和管理水平，促进经济和社会的发展，制定本条例。

第二条　本条例所称认证，是指由认证机构证明产品、服务、管理体系符合相关技术规范、相关技术规范的强制性要求或者标准的合格评定活动。

本条例所称认可，是指由认可机构对认证机构、检查机构、试验室以及从事评审、审核等认证活动人员的能力和执业资格，予以承认的合格评定活动。

第三条　在中华人民共和国境内从事认证认可活动，应遵守本条例。

第四条　国家实行统一的认证认可监督管理制度。

国家对认证认可工作实行在国务院认证认可监督管理部门统一管理、监督和综合协调下，各有关方面共同实施的工作机制。

第五条　国务院认证认可监督管理部门应依法对认证培训机构、认证咨询机构的活动加强监督管理。

第六条　认证认可活动应遵循客观独立、公开公正、诚实信用的原则。

第七条　国家鼓励平等互利地开展认证认可国际互认活动。认证认可国际互认活动不得损害国家安全和社会公共利益。

第八条　从事认证认可活动的机构及其人员，对其所知悉的国家秘密和商业秘密负有保密义务。

第二章 认证机构

第九条 设立认证机构，应经国务院认证认可监督管理部门批准，并依法取得法人资格后，方可从事批准范围内的认证活动。

未经批准，任何单位和个人不得从事认证活动。

第十条 设立认证机构，应符合下列条件：

（一）有固定的场所和必要的设施；

（二）有符合认证认可要求的管理制度；

（三）注册资本不得少于人民币300万元；

（四）有10名以上相应领域的专职认证人员。

从事产品认证活动的认证机构，还应具备与从事相关产品认证活动相适应的检测、检查等技术能力。

第十一条 设立外商投资的认证机构除应符合本条例第十条规定的条件外，还应符合下列条件：

（一）外方投资者取得其所在国家或者地区认可机构的认可；

（二）外方投资者具有3年以上从事认证活动的业务经历。

设立外商投资认证机构的申请、批准和登记，按照有关外商投资法律、行政法规和国家有关规定办理。

第十二条 设立认证机构的申请和批准程序：

（一）设立认证机构的申请人，应向国务院认证认可监督管理部门提出书面申请，并提交符合本条例第十条规定条件的证明文件；

（二）国务院认证认可监督管理部门自受理认证机构设立申请之日起90日内，应做出是否批准的决定，涉及国务院有关部门职责的，应征求国务院有关部门的意见，决定批准的，向申请人出具批准文件，决定不予批准的，应书面通知申请人，并说明理由；

（三）申请人凭国务院认证认可监督管理部门出具的批准文件，依法办理登记手续。

国务院认证认可监督管理部门应公布依法设立的认证机构名录。

第十三条 境外认证机构在中华人民共和国境内设立代表机构，须经批准，并向工商行政管理部门依法办理登记手续后，方可从事与所从属机构的业务范围相关的推广活动，但不得从事认证活动。

境外认证机构在中华人民共和国境内设立代表机构的申请、批准和登记，按照有关外商投资法律、行政法规和国家有关规定办理。

第十四条 认证机构不得与行政机关存在利益关系。

认证机构不得接受任何可能对认证活动的客观公正产生影响的资助；不得从事任何可能对认证活动的客观公正产生影响的产品开发、营销等活动。

认证机构不得与认证委托人存在资产、管理方面的利益关系。

第十五条 认证人员从事认证活动，应在一个认证机构执业，不得同时在两个以上认证机构执业。

第十六条 向社会出具具有证明作用的数据和结果的检查机构、试验室，应具备有关法律、行政法规规定的基本条件和能力，并依法经认定后，方可从事相应活动，认定结果由国务院认证认可监督管理部门公布。

第三章 认　证

第十七条 国家根据经济和社会发展的需要，推行产品、服务、管理体系认证。

第十八条 认证机构应按照认证基本规范、认证规则从事认证活动。认证基本规范、认证规则由国务院认证认可监督管理部门制定；涉及国务院有关部门职责的，国务院认证认可监督管理部门应会同国务院有关部门制定。

属于认证新领域，前款规定的部门尚未制定认证规则的，认证机构可以自行制定认证规则，并报国务院认证认可监督管理部门备案。

第十九条 任何法人、组织和个人可以自愿委托依法设立的认证机构进行产品、服务、管理体系认证。

第二十条 认证机构不得以委托人未参加认证咨询或者认证培训等为理由，拒绝提供本认证机构业务范围内的认证服务，也不得向委托人提出与认证活动无关的要求或者限制条件。

第二十一条 认证机构应公开认证基本规范、认证规则、收费标准等信息。

第二十二条 认证机构以及与认证有关的检查机构、试验室从事认证以及与认证有关的检查、检测活动，应完成认证基本规范、认证规则规定的程序，确保认证、检查、检测的完整、客观、真实，不得增加、减少、遗漏程序。

认证机构以及与认证有关的检查机构、试验室应对认证、检查、检测过程做出完整记录，归档留存。

第二十三条 认证机构及其认证人员应及时做出认证结论，并保证认证结论的客观、真实。认证结论经认证人员签字后，由认证机构负责人签署。

认证机构及其认证人员对认证结果负责。

第二十四条 认证结论为产品、服务、管理体系符合认证要求的，认证机构应及时向委托人出具认证证书。

第二十五条 获得认证证书的，应在认证范围内使用认证证书和认证标志，不得利用产品、服务认证证书、认证标志和相关文字、符号，误导公众认为其管理体系已通过认证，也不得利用管理体系认证证书、认证标志和相关文字、符号，误导公众认为其产品、服务已通过认证。

第二十六条 认证机构可以自行制定认证标志，并报国务院认证认可监督管理部门备案。

认证机构自行制定的认证标志的式样、文字和名称，不得违反法律、行政法规的规定，不得与国家推行的认证标志相同或者近似，不得妨碍社会管理，不得有损社会道德风尚。

第二十七条　认证机构应对其认证的产品、服务、管理体系实施有效的跟踪调查，认证的产品、服务、管理体系不能持续符合认证要求的，认证机构应暂停其使用直至撤销认证证书，并予公布。

第二十八条　为了保护国家安全、防止欺诈行为、保护人体健康或者安全、保护动植物生命或者健康、保护环境，国家规定相关产品必须经过认证的，应经过认证并标注认证标志后，方可出厂、销售、进口或者在其他经营活动中使用。

第二十九条　国家对必须经过认证的产品，统一产品目录，统一技术规范的强制性要求、标准和合格评定程序，统一标志，统一收费标准。

统一的产品目录（以下简称目录）由国务院认证认可监督管理部门会同国务院有关部门制定、调整，由国务院认证认可监督管理部门发布，并会同有关方面共同实施。

第三十条　列入目录的产品，必须经国务院认证认可监督管理部门指定的认证机构进行认证。

列入目录产品的认证标志，由国务院认证认可监督管理部门统一规定。

第三十一条　列入目录的产品，涉及进出口商品检验目录的，应在进出口商品检验时简化检验手续。

第三十二条　国务院认证认可监督管理部门指定的从事列入目录产品认证活动的认证机构以及与认证有关的检查机构、试验室（以下简称指定的认证机构、检查机构、试验室），应是长期从事相关业务、无不良记录，且已经依照本条例的规定取得认可、具备从事相关认证活动能力的机构。国务院认证认可监督管理部门指定从事列入目录产品认证活动的认证机构，应确保在每一列入目录产品领域至少指定两家符合本条例规定条件的机构。

国务院认证认可监督管理部门指定前款规定的认证机构、检查机构、试验室，应事先公布有关信息，并组织在相关领域公认的专家组成专家评审委员会，对符合前款规定要求的认证机构、检查机构、试验室进行评审；经评审并征求国务院有关部门意见后，按照资源合理利用、公平竞争和便利、有效的原则，在公布的时间内做出决定。

第三十三条　国务院认证认可监督管理部门应公布指定的认证机构、检查机构、试验室名录及指定的业务范围。

未经指定，任何机构不得从事列入目录产品的认证以及与认证有关的检查、检测活动。

第三十四条　列入目录产品的生产者或者销售者、进口商，均可自行委托指定的认证机构进行认证。

第三十五条　指定的认证机构、检查机构、试验室应在指定业务范围内，为委托人提供方便、及时的认证、检查、检测服务，不得拖延，不得歧视、刁难委托人，不得牟取不当利益。

指定的认证机构不得向其他机构转让指定的认证业务。

第三十六条　指定的认证机构、检查机构、试验室开展国际互认活动，应在国务院认证认可监督管理部门或者经授权的国务院有关部门对外签署的国际互认协议框架内进行。

第四章　认　可

第三十七条　国务院认证认可监督管理部门确定的认可机构（以下简称认可机构），独立开展认可活动。

除国务院认证认可监督管理部门确定的认可机构外，其他任何单位不得直接或者变相从事认可活动。其他单位直接或者变相从事认可活动的，其认可结果无效。

第三十八条　认证机构、检查机构、试验室可以通过认可机构的认可，以保证其认证、检查、检测能力持续、稳定地符合认可条件。

第三十九条　从事评审、审核等认证活动的人员，应经认可机构注册后，方可从事相应的认证活动。

第四十条　认可机构应具有与其认可范围相适应的质量体系，并建立内部审核制度，保证质量体系的有效实施。

第四十一条　认可机构根据认可的需要，可以选聘从事认可评审活动的人员。从事认可评审活动的人员应是相关领域公认的专家，熟悉有关法律、行政法规以及认可规则和程序，具有评审所需要的良好品德、专业知识和业务能力。

第四十二条　认可机构委托他人完成与认可有关的具体评审业务的，由认可机构对评审结论负责。

第四十三条　认可机构应公开认可条件、认可程序、收费标准等信息。

认可机构受理认可申请，不得向申请人提出与认可活动无关的要求或者限制条件。

第四十四条　认可机构应在公布的时间内，按照国家标准和国务院认证认可监督管理部门的规定，完成对认证机构、检查机构、试验室的评审，做出是否给予认可的决定，并对认可过程做出完整记录，归档留存。认可机构应确保认可的客观公正和完整有效，并对认可结论负责。

认可机构应向取得认可的认证机构、检查机构、试验室颁发认可证书，并公布取得认可的认证机构、检查机构、试验室名录。

第四十五条　认可机构应按照国家标准和国务院认证认可监督管理部门的规定，对从事评审、审核等认证活动的人员进行考核，考核合格的，予以注册。

第四十六条　认可证书应包括认可范围、认可标准、认可领域和有效期限。

认可证书的格式和认可标志的式样须经国务院认证认可监督管理部门批准。

第四十七条　取得认可的机构应在取得认可的范围内使用认可证书和认可标志。取得认可的机构不当使用认可证书和认可标志的，认可机构应暂停其使用直至撤销认可证书，并予公布。

第四十八条 认可机构应对取得认可的机构和人员实施有效的跟踪监督,定期对取得认可的机构进行复评审,以验证其是否持续符合认可条件。取得认可的机构和人员不再符合认可条件的,认可机构应撤销认可证书,并予公布。

取得认可的机构的从业人员和主要负责人、设施、自行制定的认证规则等与认可条件相关的情况发生变化的,应及时告知认可机构。

第四十九条 认可机构不得接受任何可能对认可活动的客观公正产生影响的资助。

第五十条 境内的认证机构、检查机构、试验室取得境外认可机构认可的,应向国务院认证认可监督管理部门备案。

第五章 监督管理

第五十一条 国务院认证认可监督管理部门可以采取组织同行评议,向被认证企业征求意见,对认证活动和认证结果进行抽查,要求认证机构以及与认证有关的检查机构、试验室报告业务活动情况的方式,对其遵守本条例的情况进行监督。发现有违反本条例行为的,应及时查处,涉及国务院有关部门职责的,应及时通报有关部门。

第五十二条 国务院认证认可监督管理部门应重点对指定的认证机构、检查机构、试验室进行监督,对其认证、检查、检测活动进行定期或者不定期的检查。指定的认证机构、检查机构、试验室,应定期向国务院认证认可监督管理部门提交报告,并对报告的真实性负责;报告应对从事列入目录产品认证、检查、检测活动的情况做出说明。

第五十三条 认可机构应定期向国务院认证认可监督管理部门提交报告,并对报告的真实性负责;报告应对认可机构执行认可制度的情况、从事认可活动的情况、从业人员的工作情况做出说明。

国务院认证认可监督管理部门应对认可机构的报告做出评价,并采取查阅认可活动档案资料、向有关人员了解情况等方式,对认可机构实施监督。

第五十四条 国务院认证认可监督管理部门可以根据认证认可监督管理的需要,就有关事项询问认可机构、认证机构、检查机构、试验室的主要负责人,调查了解情况,给予告诫,有关人员应积极配合。

第五十五条 省、自治区、直辖市人民政府质量技术监督部门和国务院质量监督检验检疫部门设在地方的出入境检验检疫机构,在国务院认证认可监督管理部门的授权范围内,依照本条例的规定对认证活动实施监督管理。

国务院认证认可监督管理部门授权的省、自治区、直辖市人民政府质量技术监督部门和国务院质量监督检验检疫部门设在地方的出入境检验检疫机构,统称地方认证监督管理部门。

第五十六条 任何单位和个人对认证认可违法行为,有权向国务院认证认可监督管理部门和地方认证监督管理部门举报。国务院认证认可监督管理部门和地方认证监督管理部门应及时调查处理,并为举报人保密。

第六章 法律责任

第五十七条 未经批准擅自从事认证活动的，予以取缔，处10万元以上50万元以下的罚款，有违法所得的，没收违法所得。

第五十八条 境外认证机构未经批准在中华人民共和国境内设立代表机构的，予以取缔，处5万元以上20万元以下的罚款。

经批准设立的境外认证机构代表机构在中华人民共和国境内从事认证活动的，责令改正，处10万元以上50万元以下的罚款，有违法所得的，没收违法所得；情节严重的，撤销批准文件，并予公布。

第五十九条 认证机构接受可能对认证活动的客观公正产生影响的资助，或者从事可能对认证活动的客观公正产生影响的产品开发、营销等活动，或者与认证委托人存在资产、管理方面的利益关系的，责令停业整顿；情节严重的，撤销批准文件，并予公布；有违法所得的，没收违法所得；构成犯罪的，依法追究刑事责任。

第六十条 认证机构有下列情形之一的，责令改正，处5万元以上20万元以下的罚款，有违法所得的，没收违法所得；情节严重的，责令停业整顿，直至撤销批准文件，并予公布。

（一）超出批准范围从事认证活动的；

（二）增加、减少、遗漏认证基本规范、认证规则规定的程序的；

（三）未对其认证的产品、服务、管理体系实施有效的跟踪调查，或者发现其认证的产品、服务、管理体系不能持续符合认证要求，不及时暂停其使用或者撤销认证证书并予公布的；

（四）聘用未经认可机构注册的人员从事认证活动的。

与认证有关的检查机构、试验室增加、减少、遗漏认证基本规范、认证规则规定的程序的，依照前款规定处罚。

第六十一条 认证机构有下列情形之一的，责令限期改正；逾期未改正的，处2万元以上10万元以下的罚款。

（一）以委托人未参加认证咨询或者认证培训等为理由，拒绝提供本认证机构业务范围内的认证服务，或者向委托人提出与认证活动无关的要求或者限制条件的；

（二）自行制定的认证标志的式样、文字和名称，与国家推行的认证标志相同或者近似，或者妨碍社会管理，或者有损社会道德风尚的；

（三）未公开认证基本规范、认证规则、收费标准等信息的；

（四）未对认证过程做出完整记录，归档留存的；

（五）未及时向其认证的委托人出具认证证书的。

与认证有关的检查机构、试验室未对与认证有关的检查、检测过程做出完整记录，归档留存的，依照前款规定处罚。

第六十二条 认证机构出具虚假的认证结论，或者出具的认证结论严重失实的，撤销批准文件，并予公布；对直接负责的主管人员和负有直接责任的认证人员，撤销其执业资格；构成犯罪的，依法追究刑事责任；造成损害的，认证机构应承担相应的赔偿责任。

指定的认证机构有前款规定的违法行为的，同时撤销指定。

第六十三条 认证人员从事认证活动，不在认证机构执业或者同时在两个以上认证机构执业的，责令改正，给予停止执业 6 个月以上 2 年以下的处罚，仍不改正的，撤销其执业资格。

第六十四条 认证机构以及与认证有关的检查机构、试验室未经指定擅自从事列入目录产品的认证以及与认证有关的检查、检测活动的，责令改正，处 10 万元以上 50 万元以下的罚款，有违法所得的，没收违法所得。

认证机构未经指定擅自从事列入目录产品的认证活动的，撤销批准文件，并予公布。

第六十五条 指定的认证机构、检查机构、试验室超出指定的业务范围从事列入目录产品的认证以及与认证有关的检查、检测活动的，责令改正，处 10 万元以上 50 万元以下的罚款，有违法所得的，没收违法所得；情节严重的，撤销指定直至撤销批准文件，并予公布。

指定的认证机构转让指定的认证业务的，依照前款规定处罚。

第六十六条 认证机构、检查机构、试验室取得境外认可机构认可，未向国务院认证认可监督管理部门备案的，给予警告，并予公布。

第六十七条 列入目录的产品未经认证，擅自出厂、销售、进口或者在其他经营活动中使用的，责令改正，处 5 万元以上 20 万元以下的罚款，有违法所得的，没收违法所得。

第六十八条 认可机构有下列情形之一的，责令改正；情节严重的，对主要负责人和负有责任的人员撤职或者解聘。

（一）对不符合认可条件的机构和人员予以认可的；

（二）发现取得认可的机构和人员不符合认可条件，不及时撤销认可证书，并予公布的；

（三）接受可能对认可活动的客观公正产生影响的资助的。

被撤职或者解聘的认可机构主要负责人和负有责任的人员，自被撤职或者解聘之日起 5 年内不得从事认可活动。

第六十九条 认可机构有下列情形之一的，责令改正；对主要负责人和负有责任的人员给予警告。

（一）受理认可申请，向申请人提出与认可活动无关的要求或者限制条件的；

（二）未在公布的时间内完成认可活动，或者未公开认可条件、认可程序、收费标准等信息的；

（三）发现取得认可的机构不当使用认可证书和认可标志，不及时暂停其使用或者撤销认可证书并予公布的；

（四）未对认可过程做出完整记录，归档留存的。

第七十条　国务院认证认可监督管理部门和地方认证监督管理部门及其工作人员，滥用职权、徇私舞弊、玩忽职守，有下列行为之一的，对直接负责的主管人员和其他直接责任人员，依法给予降级或者撤职的行政处分；构成犯罪的，依法追究刑事责任。

（一）不按照本条例规定的条件和程序，实施批准和指定的；

（二）发现认证机构不再符合本条例规定的批准或者指定条件，不撤销批准文件或者指定的；

（三）发现指定的检查机构、试验室不再符合本条例规定的指定条件，不撤销指定的；

（四）发现认证机构以及与认证有关的检查机构、试验室出具虚假的认证以及与认证有关的检查、检测结论或者出具的认证以及与认证有关的检查、检测结论严重失实，不予查处的；

（五）发现本条例规定的其他认证认可违法行为，不予查处的。

第七十一条　伪造、冒用、买卖认证标志或者认证证书的，依照《中华人民共和国产品质量法》等法律的规定查处。

第七十二条　本条例规定的行政处罚，由国务院认证认可监督管理部门或者其授权的地方认证监督管理部门按照各自职责实施。法律、其他行政法规另有规定的，依照法律、其他行政法规的规定执行。

第七十三条　认证人员自被撤销执业资格之日起5年内，认可机构不再受理其注册申请。

第七十四条　认证机构未对其认证的产品实施有效的跟踪调查，或者发现其认证的产品不能持续符合认证要求，不及时暂停或者撤销认证证书和要求其停止使用认证标志给消费者造成损失的，与生产者、销售者承担连带责任。

第七章　附　则

第七十五条　药品生产、经营企业质量管理规范认证，试验动物质量合格认证，军工产品的认证，以及从事军工产品校准、检测的试验室及其人员的认可，不适用本条例。

依照本条例经批准的认证机构从事矿山、危险化学品、烟花爆竹生产经营单位管理体系认证，由国务院安全生产监督管理部门结合安全生产的特殊要求组织；从事矿山、危险化学品、烟花爆竹生产经营单位安全生产综合评价的认证机构，经国务院安全生产监督管理部门推荐，方可取得认可机构的认可。

第七十六条　认证认可收费，应符合国家有关价格法律、行政法规的规定。

第七十七条　认证培训机构、认证咨询机构的管理办法由国务院认证认可监督管理部门制定。

第七十八条　本条例自2003年11月1日起施行。1991年5月7日国务院发布的《中华人民共和国产品质量认证管理条例》同时废止。

24

进出口商品免验办法

进出口商品免验办法

（2002 年 7 月 24 日国家质量监督检验检疫总局令第 23 号公布）

第一章 总 则

第一条 为保证进出口商品质量，鼓励优质商品进出口，促进对外经济贸易的发展，根据《中华人民共和国进出口商品检验法》及其实施条例的有关规定，制定本办法。

第二条 列入必须实施检验的进出口商品目录的进出口商品（本办法第六条规定的商品除外），由收货人、发货人或者其生产企业（以下简称申请人）提出申请，经国家质量监督检验检疫总局（以下简称国家质检总局）审核批准，可以免予检验（以下简称免验）。

第三条 国家质检总局统一管理全国进出口商品免验工作，负责对申请免验生产企业的考核、审查批准和监督管理。

国家质检总局设在各地的出入境检验检疫机构（以下简称检验检疫机构）负责所辖地区内申请免验生产企业的初审和监督管理。

第四条 进出口商品免验的申请、审查、批准以及监督管理应按照本办法规定执行。

第二章 免验申请

第五条 申请进出口商品免验应符合以下条件：

（一）申请免验的进出口商品质量应长期稳定，在国际市场上有良好的质量信誉，无属于生产企业责任而引起的质量异议、索赔和退货，检验检疫机构检验合格率连续3年达到百分之百；

（二）申请人申请免验的商品应有自己的品牌，在相关国家或者地区同行业中，产品档次、产品质量处于领先地位；

（三）申请免验的进出口商品，其生产企业的质量管理体系应符合ISO9000质量管理体系标准或者与申请免验商品特点相应的管理体系标准要求，并获得权威认证机构认证；

（四）为满足工作需要和保证产品质量，申请免验的进出口商品的生产企业应具有一定的检测能力；

（五）申请免验的进出口商品的生产企业应符合《进出口商品免验审查条件》的要求。

第六条　对下列进出口商品不予受理免验申请。

（一）食品、动植物及其产品；

（二）危险品及危险品包装；

（三）品质波动大或者散装运输的商品；

（四）需出具检验检疫证书或者依据检验检疫证书所列重量、数量、品质等计价结汇的商品。

第七条　申请人应按照以下规定提出免验申请。

（一）申请进口商品免验的，申请人应向国家质检总局提出。申请出口商品免验的，申请人应先向所在地直属检验检疫局提出，经所在地直属检验检疫局依照本办法相关规定初审合格后，方可向国家质检总局提出正式申请。

（二）申请人应填写并向国家质检总局提交进出口商品免验申请书一式三份，同时提交申请免验进出口商品生产企业的ISO9000质量管理体系或者与申请免验商品特点相应的管理体系认证证书、质量管理体系文件、质量标准、检验检疫机构出具的合格率证明和初审报告、用户意见等文件。

第八条　国家质检总局对申请人提交的文件进行审核，并于1个月内做出以下书面答复意见。

（一）申请人提交的文件符合本办法规定的，予以受理；不符合本办法规定的，不予受理，并书面通知申请人。

（二）提交的文件不齐全的，通知申请人限期补齐，过期不补的或者补交不齐的，视为撤销申请。

第三章　免验审查

第九条　国家质检总局受理申请后，应组成免验专家审查组（以下简称审查组），在3个月内完成考核、审查。

审查组应由非申请人所在地检验检疫机构人员组成，组长负责组织审查工作。审查人员应熟悉申请免验商品的检验技术和管理工作。

第十条　申请人认为审查组成员与所承担的免验审查工作有利害关系，可能影响公正评审的,可以申请该成员回避。审查组成员是否回避,由国家质检总局决定。

第十一条 审查组按照以下程序进行工作:

(一)审核申请人提交的免验申请表及有关材料;

(二)审核检验检疫机构初审表及审查报告;

(三)研究制定具体免验审查方案并向申请人宣布审查方案;

(四)对申请免验的商品进行检验和测试,并提出检测报告;

(五)按照免验审查方案和《进出口商品免验审查条件》对生产企业进行考核;

(六)根据现场考核情况,向国家质检总局提交免验审查情况的报告,并明确是否免验的意见,同时填写《进出口商品免验审查报告》表。

第十二条 国家质检总局根据审查组提交的审查报告,对申请人提出的免验申请进行如下处理。

符合本办法规定的,国家质检总局批准其商品免验,并向免验申请人颁发《进出口商品免验证书》(以下简称免验证书)。对不符合本办法规定的,国家质检总局不予批准其商品免验,并书面通知申请人。

第十三条 未获准进出口商品免验的申请人,自接到书面通知之日起1年后,方可再次向检验检疫机构提出免验申请。

第十四条 审查组应对申请人的生产技术、生产工艺、检测结果、审查结果保密。

第十五条 对已获免验的进出口商品,需要出具检验检疫证书的,检验检疫机构应对该批进出口商品实施检验检疫。

第四章 监督管理

第十六条 免验证书有效期为3年。期满要求续延的,免验企业应在有效期满3个月前,向国家质检总局提出免验续延申请,经国家质检总局组织复核合格后,重新颁发免验证书。

复核程序依照本办法第三章规定办理。

第十七条 免验企业不得改变免验商品范围,如有改变,应重新办理免验申请手续。

第十八条 免验商品进出口时,免验企业可凭有效的免验证书、外贸合同、信用证、该商品的品质证明和包装合格单等文件到检验检疫机构办理放行手续。

第十九条 免验企业应在每年1月底前,向检验检疫机构提交上年度免验商品进出口情况报告,其内容包括上年度进出口情况、质量情况、质量管理情况等。

第二十条 检验检疫机构负责对所辖地区进出口免验商品的日常监督管理工作。

第二十一条 检验检疫机构在监督管理工作中,发现免验企业的质量管理工作或者产品质量不符合免验要求的,责令该免验企业限期整改,整改期限为3至6个月。免验企业在整改期间,其进出口商品暂停免验。

第二十二条 免验企业在整改限期内完成整改后,应向直属检验检疫局提交整改报告，经国家质检总局审核合格后方可恢复免验。

第二十三条　直属检验检疫局在监督管理工作中，发现免验企业有下列情况之一的，经国家质检总局批准，可对该免验企业做出注销免验的决定：

(一)不符合本办法第五条规定的；

(二)经限期整改后仍不符合要求的；

(三)弄虚作假，假冒免验商品进出口的；

(四)其他违反检验检疫法律法规的。

第二十四条　被注销免验的企业，自收到注销免验决定通知之日起，不再享受进出口商品免验，3年后方可重新申请免验。

第五章　附　则

第二十五条　检验检疫机构对进出口免验商品在免验期限内不得收取检验费。对获准免验的进出口商品需出具检验检疫证书、签证和监督抽查的，由检验检疫机构实施并按照规定收取费用。

第二十六条　申请人及免验企业违反本办法，有弄虚作假、隐瞒欺骗行为的，按照有关法律法规的规定予以处罚。

第二十七条　检验检疫工作人员在考核、审查、批准或者日常工作过程中违反本办法规定，滥用职权、玩忽职守、徇私舞弊的，根据情节轻重，按照有关法律法规的规定予以处理。

第二十八条　本办法由国家质检总局负责解释。

第二十九条　本办法自2002年10月1日起施行。原国家商检局1991年9月6日公布的《免验商品生产企业考核条件(试行)》和1994年8月1日公布的《进出口商品免验办法》同时废止。

25

中华人民共和国进境植物检疫性有害生物名录

中华人民共和国进境植物检疫性有害生物名录

(2007 年 5 月 28 日,农业部以第 862 号公告发布了该名录,自发布之日起执行)

昆虫	
1	*Acanthocinus carinulatus* (Gebler) 白带长角天牛
2	*Acanthoscelides obtectus* (Say) 菜豆象
3	*Acleris variana* (Fernald) 黑头长翅卷蛾
4	*Agrilus* spp. (non-Chinese) 窄吉丁(非中国种)
5	*Aleurodicus dispersus* Russell 螺旋粉虱
6	*Anastrepha* Schiner 按实蝇属
7	*Anthonomus grandis* Boheman 墨西哥棉铃象
8	*Anthonomus quadrigibbus* Say 苹果花象
9	*Aonidiella comperei* McKenzie 香蕉肾盾蚧
10	*Apate monachus* Fabricius 咖啡黑长蠹

续表

11	*Aphanostigma piri* (Cholodkovsky) 梨矮蚜
12	*Arhopalus syriacus* Reitter 辐射松幽天牛
13	*Bactrocera* Macquart 果实蝇属
14	*Baris granulipennis* (Tournier) 西瓜船象
15	*Batocera* spp. (non-Chinese) 白条天牛(非中国种)
16	*Brontispa longissima* (Gestro) 椰心叶甲
17	*Bruchidius incarnates* (Boheman) 埃及豌豆象
18	*Bruchophagus roddi* Gussak 苜蓿籽蜂
19	*Bruchus* spp. (non-Chinese) 豆象(属)(非中国种)
20	*Cacoecimorpha pronubana* (Hübner) 荷兰石竹卷蛾
21	*Callosobruchus* spp. (*maculatus*(F.) and non-Chinese) 瘤背豆象(四纹豆象和非中国种)
22	*Carpomya incompleta* (Becker) 欧非枣实蝇
23	*Carpomya vesuviana* Costa 枣实蝇
24	*Carulaspis juniperi* (Bouchè) 松唐盾蚧
25	*Caulophilus oryzae* (Gyllenhal) 阔鼻谷象
26	*Ceratitis* Macleay 小条实蝇属
27	*Ceroplastes rusci* (L.) 无花果蜡蚧
28	*Chionaspis pinifoliae* (Fitch) 松针盾蚧
29	*Choristoneura fumiferana* (Clemens) 云杉色卷蛾
30	*Conotrachelus* Schoenherr 鳄梨象属
31	*Contarinia sorghicola* (Coquillett) 高粱瘿蚊
32	*Coptotermes* spp. (non-Chinese) 乳白蚁(非中国种)

续表

33	*Craponius inaequalis* (Say) 葡萄象
34	*Crossotarsus* spp. (non-Chinese) 异胫长小蠹(非中国种)
35	*Cryptophlebia leucotreta* (Meyrick) 苹果异形小卷蛾
36	*Cryptorrhynchus lapathi* L. 杨干象
37	*Cryptotermes brevis* (Walker) 麻头砂白蚁
38	*Ctenopseustis obliquana* (Walker) 斜纹卷蛾
39	*Curculio elephas* (Gyllenhal) 欧洲栗象
40	*Cydia janthinana* (Duponchel) 山楂小卷蛾
41	*Cydia packardi* (Zeller) 樱小卷蛾
42	*Cydia pomonella* (L.) 苹果蠹蛾
43	*Cydia prunivora* (Walsh) 杏小卷蛾
44	*Cydia pyrivora* (Danilevskii) 梨小卷蛾
45	*Dacus* spp. (non-Chinese) 寡鬃实蝇(非中国种)
46	*Dasineura mali* (Kieffer) 苹果瘿蚊
47	*Dendroctonus* spp. (*valens* LeConte and non-Chinese) 大小蠹(红脂大小蠹和非中国种)
48	*Deudorix isocrates* Fabricius 石榴小灰蝶
49	*Diabrotica* Chevrolat 根萤叶甲属
50	*Diaphania nitidalis* (Stoll) 黄瓜绢野螟
51	*Diaprepes abbreviata* (L.) 蔗根象
52	*Diatraea saccharalis* (Fabricius) 小蔗螟
53	*Dryocoetes confusus* Swaine 混点毛小蠹
54	*Dysmicoccus grassi* Leonari 香蕉灰粉蚧

续表

55	*Dysmicoccus neobrevipes* Beardsley 新菠萝灰粉蚧
56	*Ectomyelois ceratoniae* (Zeller) 石榴螟
57	*Epidiaspis leperii* (Signoret) 桃白圆盾蚧
58	*Eriosoma lanigerum*(Hausmann) 苹果绵蚜
59	*Eulecanium gigantea* (Shinji) 枣大球蚧
60	*Eurytoma amygdali* Enderlein 扁桃仁蜂
61	*Eurytoma schreineri* Schreiner 李仁蜂
62	*Gonipterus scutellatus* Gyllenhal 桉象
63	*Helicoverpa zea* (Boddie) 谷实夜蛾
64	*Hemerocampa leucostigma* (Smith) 合毒蛾
65	*Hemiberlesia pitysophila* Takagi 松突圆蚧
66	*Heterobostrychus aequalis* (Waterhouse) 双钩异翅长蠹
67	*Hoplocampa flava* (L.) 李叶蜂
68	*Hoplocampa testudinea* (Klug) 苹叶蜂
69	*Hoplocerambyx spinicornis* (Newman) 刺角沟额天牛
70	*Hylobius pales* (Herbst) 苍白树皮象
71	*Hylotrupes bajulus* (L.) 家天牛
72	*Hylurgopinus rufipes* (Eichhoff) 美洲榆小蠹
73	*Hylurgus ligniperda* Fabricius 长林小蠹
74	*Hyphantria cunea* (Drury) 美国白蛾
75	*Hypothenemus hampei* (Ferrari) 咖啡果小蠹
76	*Incisitermes minor* (Hagen) 小楹白蚁

续表

77	*Ips* spp.（non-Chinese） 齿小蠹(非中国种)
78	*Ischnaspis longirostris*（Signoret） 黑丝盾蚧
79	*Lepidosaphes tapleyi* Williams 芒果蛎蚧
80	*Lepidosaphes tokionis*（Kuwana） 东京蛎蚧
81	*Lepidosaphes ulmi*（L.） 榆蛎蚧
82	*Leptinotarsa decemlineata*（Say） 马铃薯甲虫
83	*Leucoptera coffeella*（Guérin-Méneville） 咖啡潜叶蛾
84	*Liriomyza trifolii*（Burgess） 三叶斑潜蝇
85	*Lissorhoptrus oryzophilus* Kuschel 稻水象甲
86	*Listronotus bonariensis*（Kuschel） 阿根廷茎象甲
87	*Lobesia botrana*（Denis et Schiffermuller） 葡萄花翅小卷蛾
88	*Mayetiola destructor*（Say） 黑森瘿蚊
89	*Mercetaspis halli*（Green） 霍氏长盾蚧
90	*Monacrostichus citricola* Bezzi 桔实锤腹实蝇
91	*Monochamus* spp.（non-Chinese） 墨天牛(非中国种)
92	*Myiopardalis pardalina*（Bigot） 甜瓜迷实蝇
93	*Naupactus leucoloma*（Boheman） 白缘象甲
94	*Neoclytus acuminatus*（Fabricius） 黑腹尼虎天牛
95	*Opogona sacchari*（Bojer） 蔗扁蛾
96	*Pantomorus cervinus*（Boheman） 玫瑰短喙象
97	*Parlatoria crypta* Mckenzie 灰白片盾蚧
98	*Pharaxonotha kirschi* Reither 谷拟叩甲

续表

99	*Phloeosinus cupressi* Hopkins 美柏肤小蠹
100	*Phoracantha semipunctata* (Fabricius) 桉天牛
101	*Pissodes* Germar 木蠹象属
102	*Planococcus lilacius* Cockerell 南洋臀纹粉蚧
103	*Planococcus minor* (Maskell) 大洋臀纹粉蚧
104	*Platypus* spp. (non-Chinese) 长小蠹(属)(非中国种)
105	*Popillia japonica* Newman 日本金龟子
106	*Prays citri* Milliere 桔花巢蛾
107	*Promecotheca cumingi* Baly 椰子缢胸叶甲
108	*Prostephanus truncatus* (Horn) 大谷蠹
109	*Ptinus tectus* Boieldieu 澳洲蛛甲
110	*Quadrastichus erythrinae* Kim 刺桐姬小蜂
111	*Reticulitermes lucifugus* (Rossi) 欧洲散白蚁
112	*Rhabdoscelus lineaticollis* (Heller) 褐纹甘蔗象
113	*Rhabdoscelus obscurus* (Boisduval) 几内亚甘蔗象
114	*Rhagoletis* spp. (non-Chinese) 绕实蝇(非中国种)
115	*Rhynchites aequatus* (L.) 苹虎象
116	*Rhynchites bacchus* L. 欧洲苹虎象
117	*Rhynchites cupreus* L. 李虎象
118	*Rhynchites heros* Roelofs 日本苹虎象
119	*Rhynchophorus ferrugineus* (Olivier) 红棕象甲
120	*Rhynchophorus palmarum* (L.) 棕榈象甲

续表

121	*Rhynchophorus phoenicis* (Fabricius) 紫棕象甲
122	*Rhynchophorus vulneratus* (Panzer) 亚棕象甲
123	*Sahlbergella singularis* Haglund 可可盲蝽象
124	*Saperda* spp. (non-Chinese) 楔天牛(非中国种)
125	*Scolytus multistriatus* (Marsham) 欧洲榆小蠹
126	*Scolytus scolytus* (Fabricius) 欧洲大榆小蠹
127	*Scyphophorus acupunctatus* Gyllenhal 剑麻象甲
128	*Selenaspidus articulatus* Morgan 刺盾蚧
129	*Sinoxylon* spp. (non-Chinese) 双棘长蠹(非中国种)
130	*Sirex noctilio* Fabricius 云杉树蜂
131	*Solenopsis invicta* Buren 红火蚁
132	*Spodoptera littoralis* (Boisduval) 海灰翅夜蛾
133	*Stathmopoda skelloni* Butler 猕猴桃举肢蛾
134	*Sternochetus* Pierce 芒果象属
135	*Taeniothrips inconsequens* (Uzel) 梨蓟马
136	*Tetropium* spp. (non-Chinese) 断眼天牛(非中国种)
137	*Thaumetopoea pityocampa* (Denis et Schiffermuller) 松异带蛾
138	*Toxotrypana curvicauda* Gerstaecker 番木瓜长尾实蝇
139	*Tribolium destructor* Uyttenboogaart 褐拟谷盗
140	*Trogoderma* spp. (non-Chinese) 斑皮蠹(非中国种)
141	*Vesperus* Latreile 暗天牛属
142	*Vinsonia stellifera* (Westwood) 七角星蜡蚧

续表

143	*Viteus vitifoliae* (Fitch) 葡萄根瘤蚜
144	*Xyleborus* spp. (non-Chinese) 材小蠹(非中国种)
145	*Xylotrechus rusticus* L. 青杨脊虎天牛
146	*Zabrotes subfasciatus* (Boheman) 巴西豆象
软体动物	
147	*Achatina fulica* Bowdich 非洲大蜗牛
148	*Acusta despecta* Gray 硫球球壳蜗牛
149	*Cepaea hortensis* Müller 花园葱蜗牛
150	*Helix aspersa* Müller 散大蜗牛
151	*Helix pomatia* Linnaeus 盖罩大蜗牛
152	*Theba pisana* Müller 比萨茶蜗牛
真菌	
153	*Albugo tragopogi* (Persoon) Schröter var. *helianthi* Novotelnova 向日葵白锈病菌
154	*Alternaria triticina* Prasada et Prabhu 小麦叶疫病菌
155	*Anisogramma anomala*(Peck)E. Muller 榛子东部枯萎病菌
156	*Apiosporina morbosa* (Schweinitz) von Arx 李黑节病菌
157	*Atropellis pinicola* Zaller et Goodding 松生枝干溃疡病菌
158	*Atropellis piniphila* (Weir) Lohman et Cash 嗜松枝干溃疡病菌
159	*Botryosphaeria laricina* (K. Sawada) Y. Zhong 落叶松枯梢病菌
160	*Botryosphaeria stevensii* Shoemaker 苹果壳色单隔孢溃疡病菌
161	*Cephalosporium gramineum* Nisikado et Ikata 麦类条斑病菌
162	*Cephalosporium maydis* Samra, Sabet et Hingorani 玉米晚枯病菌
163	*Cephalosporium sacchari* E. J. Butler et Hafiz Khan 甘蔗凋萎病菌

续表

164	*Ceratocystis fagacearum* (Bretz) Hunt 栎枯萎病菌
165	*Chrysomyxa arctostaphyli* Dietel 云杉帚锈病菌
166	*Ciborinia camelliae* Kohn 山茶花腐病菌
167	*Cladosporium cucumerinum* Ellis et Arthur 黄瓜黑星病菌
168	*Colletotrichum kahawae* J. M. Waller et Bridge 咖啡浆果炭疽病菌
169	*Crinipellis perniciosa* (Stahel) Singer 可可丛枝病菌
170	*Cronartium coleosporioides* J. C. Arthur 油松疱锈病菌
171	*Cronartium comandrae* Peck 北美松疱锈病菌
172	*Cronartium conigenum* Hedgcock et Hunt 松球果锈病菌
173	*Cronartium fusiforme* Hedgcock et Hunt ex Cummins 松纺锤瘤锈病菌
174	*Cronartium ribicola* J. C. Fisch. 松疱锈病菌
175	*Cryphonectria cubensis* (Bruner) Hodges 桉树溃疡病菌
176	*Cylindrocladium parasiticum* Crous, Wingfield et Alfenas 花生黑腐病菌
177	*Diaporthe helianthi* Muntanola-Cvetkovic Mihaljcevic et Petrov 向日葵茎溃疡病菌
178	*Diaporthe perniciosa* É. J. Marchal 苹果果腐病菌
179	*Diaporthe phaseolorum* (Cooke et Ell.) Sacc. var. *caulivora* Athow et Caldwell 大豆北方茎溃疡病菌
180	*Diaporthe phaseolorum* (Cooke et Ell.) Sacc. var. *meridionalis* F. A. Fernandez 大豆南方茎溃疡病菌
181	*Diaporthe vaccinii* Shear 蓝莓果腐病菌
182	*Didymella ligulicola* (K. F. Baker, Dimock et L. H. Davis) von Arx 菊花花枯病菌
183	*Didymella lycopersici* Klebahn 番茄亚隔孢壳茎腐病菌
184	*Endocronartium harknessii* (J. P. Moore) Y. Hiratsuka 松瘤锈病菌
185	*Eutypa lata* (Pers.) Tul. et C. Tul. 葡萄藤猝倒病菌

续表

186	*Fusarium circinatum* Nirenberg et O'Donnell 松树脂溃疡病菌
187	*Fusarium oxysporum* Schlecht. f. sp. *apii* Snyd. et Hans 芹菜枯萎病菌
188	*Fusarium oxysporum* Schlecht. f. sp. *asparagi* Cohen et Heald 芦笋枯萎病菌
189	*Fusarium oxysporum* Schlecht. f. sp. *cubense* (E. F. Sm.) Snyd. et Hans (Race 4 non-Chinese races) 香蕉枯萎病菌(4号小种和非中国小种)
190	*Fusarium oxysporum* Schlecht. f. sp. *elaeidis* Toovey 油棕枯萎病菌
191	*Fusarium oxysporum* Schlecht. f. sp. *fragariae* Winks et Williams 草莓枯萎病菌
192	*Fusarium tucumaniae* T. Aoki, O'Donnell, Yos. Homma et Lattanzi 南美大豆猝死综合症病菌
193	*Fusarium virguliforme* O'Donnell et T. Aoki 北美大豆猝死综合症病菌
194	*Gaeumannomyces graminis* (Sacc.) Arx et D. Olivier var. *avenae* (E. M. Turner) Dennis 燕麦全蚀病菌
195	*Greeneria uvicola* (Berk. et M. A. Curtis) Punithalingam 葡萄苦腐病菌
196	*Gremmeniella abietina* (Lagerberg) Morelet 冷杉枯梢病菌
197	*Gymnosporangium clavipes* (Cooke et Peck) Cooke et Peck 榅桲锈病菌
198	*Gymnosporangium fuscum* R. Hedw. 欧洲梨锈病菌
199	*Gymnosporangium globosum* (Farlow) Farlow 美洲山楂锈病菌
200	*Gymnosporangium juniperi-virginianae* Schwein 美洲苹果锈病菌
201	*Helminthosporium solani* Durieu et Mont. 马铃薯银屑病菌
202	*Hypoxylon mammatum* (Wahlenberg) J. Miller 杨树炭团溃疡病菌
203	*Inonotus weirii* (Murrill) Kotlaba et Pouzar 松干基褐腐病菌
204	*Leptosphaeria libanotis* (Fuckel) Sacc. 胡萝卜褐腐病菌
205	*Leptosphaeria maculans* (Desm.) Ces. et De Not. 十字花科蔬菜黑胫病菌
206	*Leucostoma cincta* (Fr. : Fr.) Hohn. 苹果溃疡病菌
207	*Melampsora farlowii* (J. C. Arthur) J. J. Davis 铁杉叶锈病菌

续表

208	*Melampsora medusae* Thumen 杨树叶锈病菌
209	*Microcyclus ulei* (P. Henn.) von Arx 橡胶南美叶疫病菌
210	*Monilinia fructicola* (Winter) Honey 美澳型核果褐腐病菌
211	*Moniliophthora roreri* (Ciferri et Parodi) Evans 可可链疫孢荚腐病菌
212	*Monosporascus cannonballus* Pollack et Uecker 甜瓜黑点根腐病菌
213	*Mycena citricolor* (Berk. et Curt.) Sacc. 咖啡美洲叶斑病菌
214	*Mycocentrospora acerina* (Hartig) Deighton 香菜腐烂病菌
215	*Mycosphaerella dearnessii* M. E. Barr 松针褐斑病菌
216	*Mycosphaerella fijiensis* Morelet 香蕉黑条叶斑病菌
217	*Mycosphaerella gibsonii* H. C. Evans 松针褐枯病菌
218	*Mycosphaerella linicola* Naumov 亚麻褐斑病菌
219	*Mycosphaerella musicola* J. L. Mulder 香蕉黄条叶斑病菌
220	*Mycosphaerella pini* E. Rostrup 松针红斑病菌
221	*Nectria rigidiuscula* Berk. et Broome 可可花瘿病菌
222	*Ophiostoma novo-ulmi* Brasier 新榆枯萎病菌
223	*Ophiostoma ulmi* (Buisman) Nannf. 榆枯萎病菌
224	*Ophiostoma wageneri* (Goheen et Cobb) Harrington 针叶松黑根病菌
225	*Ovulinia azaleae* Weiss 杜鹃花枯萎病菌
226	*Periconia circinata*(M. Mangin)Sacc. 高粱根腐病菌
227	*Peronosclerospora* spp. (non-Chinese) 玉米霜霉病菌(非中国种)
228	*Peronospora farinosa* (Fries: Fries) Fries f. sp. *betae* Byford 甜菜霜霉病菌
229	*Peronospora hyoscyami* de Bary f. sp. *tabacina* (Adam) Skalicky 烟草霜霉病菌

续表

230	*Pezicula malicorticis* (Jacks.) Nannfeld 苹果树炭疽病菌
231	*Phaeoramularia angolensis* (T. Carvalho et O. Mendes) P. M. Kirk 柑橘斑点病菌
232	*Phellinus noxius* (Corner) G. H. Cunn. 木层孔褐根腐病菌
233	*Phialophora gregata* (Allington et Chamberlain) W. Gams 大豆茎褐腐病菌
234	*Phialophora malorum* (Kidd et Beaum.) McColloch 苹果边腐病菌
235	*Phoma exigua* Desmazières f. sp. *foveata* (Foister) Boerema 马铃薯坏疽病菌
236	*Phoma glomerata* (Corda) Wollenweber et Hochapfel 葡萄茎枯病菌
237	*Phoma pinodella* (L. K. Jones) Morgan-Jones et K. B. Burch 豌豆脚腐病菌
238	*Phoma tracheiphila* (Petri) L. A. Kantsch. et Gikaschvili 柠檬干枯病菌
239	*Phomopsis sclerotioides* van Kesteren 黄瓜黑色根腐病菌
240	*Phymatotrichopsis omnivora* (Duggar) Hennebert 棉根腐病菌
241	*Phytophthora cambivora* (Petri) Buisman 栗疫霉黑水病菌
242	*Phytophthora erythroseptica* Pethybridge 马铃薯疫霉绯腐病菌
243	*Phytophthora fragariae* Hickman 草莓疫霉红心病菌
244	*Phytophthora fragariae* Hickman var. *rubi* W. F. Wilcox et J. M. Duncan 树莓疫霉根腐病菌
245	*Phytophthora hibernalis* Carne 柑橘冬生疫霉褐腐病菌
246	*Phytophthora lateralis* Tucker et Milbrath 雪松疫霉根腐病菌
247	*Phytophthora medicaginis* E. M. Hans. et D. P. Maxwell 苜蓿疫霉根腐病菌
248	*Phytophthora phaseoli* Thaxter 菜豆疫霉病菌
249	*Phytophthora ramorum* Werres, De Cock et Man in't Veld 栎树猝死病菌
250	*Phytophthora sojae* Kaufmann et Gerdemann 大豆疫霉病菌
251	*Phytophthora syringae* (Klebahn) Klebahn 丁香疫霉病菌

续表

252	*Polyscytalum pustulans* (M. N. Owen et Wakef.) M. B. Ellis 马铃薯皮斑病菌
253	*Protomyces macrosporus* Unger 香菜茎瘿病菌
254	*Pseudocercosporella herpotrichoides* (Fron) Deighton 小麦基腐病菌
255	*Pseudopezicula tracheiphila* (Müller-Thurgau) Korf et Zhuang 葡萄角斑叶焦病菌
256	*Puccinia pelargonii-zonalis* Doidge 天竺葵锈病菌
257	*Pycnostysanus azaleae* (Peck) Mason 杜鹃芽枯病菌
258	*Pyrenochaeta terrestris* (Hansen) Gorenz, Walker et Larson 洋葱粉色根腐病菌
259	*Pythium splendens* Braun 油棕猝倒病菌
260	*Ramularia beticola* Fautr. et Lambotte 甜菜叶斑病菌
261	*Rhizoctonia fragariae* Husain et W. E. McKeen 草莓花枯病菌
262	*Rigidoporus lignosus* (Klotzsch) Imaz. 橡胶白根病菌
263	*Sclerophthora rayssiae* Kenneth, Kaltin et Wahl var. *zeae* Payak et Renfro 玉米褐条霜霉病菌
264	*Septoria petroselini* (Lib.) Desm. 欧芹壳针孢叶斑病菌
265	*Sphaeropsis pyriputrescens* Xiao et J. D. Rogers 苹果球壳孢腐烂病菌
266	*Sphaeropsis tumefaciens* Hedges 柑橘枝瘤病菌
267	*Stagonospora avenae* Bissett f. sp. *triticea* T. Johnson 麦类壳多胞斑点病菌
268	*Stagonospora sacchari* Lo et Ling 甘蔗壳多胞叶枯病菌
269	*Synchytrium endobioticum* (Schilberszky) Percival 马铃薯癌肿病菌
270	*Thecaphora solani* (Thirumalachar et M. J. O'Brien) Mordue 马铃薯黑粉病菌
271	*Tilletia controversa* Kühn 小麦矮腥黑穗病菌
272	*Tilletia indica* Mitra 小麦印度腥黑穗病菌
273	*Urocystis cepulae* Frost 葱类黑粉病菌

续表

274	*Uromyces transversalis* (Thümen) Winter 唐菖蒲横点锈病菌
275	*Venturia inaequalis* (Cooke) Winter 苹果黑星病菌
276	*Verticillium albo-atrum* Reinke et Berthold 苜蓿黄萎病菌
277	*Verticillium dahliae* Kleb. 棉花黄萎病菌
原核生物	
278	*Acidovorax avenae* subsp. *cattleyae* (Pavarino) Willems et al. 兰花褐斑病菌
279	*Acidovorax avenae* subsp. *citrulli* (Schaad et al.) Willems et al. 瓜类果斑病菌
280	*Acidovorax konjaci* (Goto) Willems et al. 魔芋细菌性叶斑病菌
281	Alder yellows phytoplasma 桤树黄化植原体
282	Apple proliferation phytoplasma 苹果丛生植原体
283	Apricot chlorotic leafroll phtoplasma 杏褪绿卷叶植原体
284	Ash yellows phytoplasma 白蜡树黄化植原体
285	Blueberry stunt phytoplasma 蓝莓矮化植原体
286	*Burkholderia caryophylli* (Burkholder) Yabuuchi et al. 香石竹细菌性萎蔫病菌
287	*Burkholderia gladioli* pv. *alliicola* (Burkholder) Urakami et al. 洋葱腐烂病菌
288	*Burkholderia glumae* (Kurita et Tabei) Urakami et al. 水稻细菌性谷枯病菌
289	*Candidatus Liberobacter africanum* Jagoueix et al. 非洲柑桔黄龙病菌
290	*Candidatus Liberobacter asiaticum* Jagoueix et al. 亚洲柑桔黄龙病菌
291	*Candidatus* Phytoplasma australiense 澳大利亚植原体候选种
292	*Clavibacter michiganensis* subsp. *insidiosus* (McCulloch) Davis et al. 苜蓿细菌性萎蔫病菌
293	*Clavibacter michiganensis* subsp. *michiganensis* (Smith) Davis et al. 番茄溃疡病菌
294	*Clavibacter michiganensis* subsp. *nebraskensis* (Vidaver et al.) Davis et al. 玉米内州萎蔫病菌
295	*Clavibacter michiganensis* subsp. *sepedonicus* (Spieckermann et al.) Davis et al. 马铃薯环腐病菌

续表

296	Coconut lethal yellowing phytoplasma 椰子致死黄化植原体
297	*Curtobacterium flaccumfaciens* pv. *flaccumfaciens* (Hedges) Collins et Jones 菜豆细菌性萎蔫病菌
298	*Curtobacterium flaccumfaciens* pv. *oortii* (Saaltink et al.) Collins et Jones 郁金香黄色疱斑病菌
299	Elm phloem necrosis phytoplasma 榆韧皮部坏死植原体
300	*Enterobacter cancerogenus* (Urosevi) Dickey et Zumoff 杨树枯萎病菌
301	*Erwinia amylovora* (Burrill) Winslow et al. 梨火疫病菌
302	*Erwinia chrysanthemi* Burkhodler et al. 菊基腐病菌
303	*Erwinia pyrifoliae* Kim, Gardan, Rhim et Geider 亚洲梨火疫病菌
304	Grapevine flavescence dorée phytoplasma 葡萄金黄化植原体
305	Lime witches' broom phytoplasma 来檬丛枝植原体
306	*Pantoea stewartii* subsp. *stewartii* (Smith) Mergaert et al. 玉米细菌性枯萎病菌
307	Peach X-disease phytoplasma 桃 X 病植原体
308	Pear decline phytoplasma 梨衰退植原体
309	Potato witches' broom phytoplasma 马铃薯丛枝植原体
310	*Pseudomonas savastanoi* pv. *phaseolicola* (Burkholder) Gardan et al. 菜豆晕疫病菌
311	*Pseudomonas syringae* pv. *morsprunorum* (Wormald) Young et al. 核果树溃疡病菌
312	*Pseudomonas syringae* pv. *persicae* (Prunier et al.) Young et al. 桃树溃疡病菌
313	*Pseudomonas syringae* pv. *pisi* (Sackett) Young et al. 豌豆细菌性疫病菌
314	*Pseudomonas syringae* pv. *maculicola* (McCulloch) Young *et al* 十字花科黑斑病菌
315	*Pseudomonas syringae* pv. *tomato* (Okabe) Young et al. 番茄细菌性叶斑病菌
316	*Ralstonia solanacearum* (Smith) Yabuuchi et al. (race 2) 香蕉细菌性枯萎病菌(2 号小种)
317	*Rathayibacter rathayi* (Smith) Zgurskaya et al. 鸭茅蜜穗病菌

续表

318	*Spiroplasma citri* Saglio et al. 柑橘顽固病螺原体
319	Strawberry multiplier phytoplasma 草莓簇生植原体
320	*Xanthomonas albilineans* (Ashby) Dowson 甘蔗白色条纹病菌
321	*Xanthomonas arboricola* pv. *celebensis* (Gaumann) Vauterin et al. 香蕉坏死条纹病菌
322	*Xanthomonas axonopodis* pv. *betlicola* (Patel et al.) Vauterin et al. 胡椒叶斑病菌
323	*Xanthomonas axonopodis* pv. *citri* (Hasse) Vauterin et al. 柑橘溃疡病菌
324	*Xanthomonas axonopodis* pv. *manihotis* (Bondar) Vauterin et al. 木薯细菌性萎蔫病菌
325	*Xanthomonas axonopodis* pv. *vasculorum* (Cobb) Vauterin et al. 甘蔗流胶病菌
326	*Xanthomonas campestris* pv. *mangiferaeindicae* (Patel et al.) Robbs et al. 芒果黑斑病菌
327	*Xanthomonas campestris* pv. *musacearum* (Yirgou et Bradbury) Dye 香蕉细菌性萎蔫病菌
328	*Xanthomonas cassavae* (ex Wiehe et Dowson) Vauterin et al. 木薯细菌性叶斑病菌
329	*Xanthomonas fragariae* Kennedy et King 草莓角斑病菌
330	*Xanthomonas hyacinthi* (Wakker) Vauterin et al. 风信子黄腐病菌
331	*Xanthomonas oryzae* pv. *oryzae* (Ishiyama) Swings et al. 水稻白叶枯病菌
332	*Xanthomonas oryzae* pv. *oryzicola* (Fang et al.) Swings et al. 水稻细菌性条斑病菌
333	*Xanthomonas populi* (ex Ride) Ride et Ride 杨树细菌性溃疡病菌
334	*Xylella fastidiosa* Wells et al. 木质部难养细菌
335	*Xylophilus ampelinus* (Panagopoulos) Willems et al. 葡萄细菌性疫病菌
线虫	
336	*Anguina agrostis* (Steinbuch) Filipjev 剪股颖粒线虫
337	*Aphelenchoides fragariae* (Ritzema Bos) Christie 草莓滑刃线虫
338	*Aphelenchoides ritzemabosi* (Schwartz) Steiner et Bührer 菊花滑刃线虫
339	*Bursaphelenchus cocophilus* (Cobb) Baujard 椰子红环腐线虫

续表

340	*Bursaphelenchus xylophilus* (Steiner et Bührer) Nickle 松材线虫
341	*Ditylenchus angustus* (Butler) Filipjev 水稻茎线虫
342	*Ditylenchus destructor* Thorne 腐烂茎线虫
343	*Ditylenchus dipsaci* (Kühn) Filipjev 鳞球茎茎线虫
344	*Globodera pallida* (Stone) Behrens 马铃薯白线虫
345	*Globodera rostochiensis* (Wollenweber) Behrens 马铃薯金线虫
346	*Heterodera schachtii* Schmidt 甜菜胞囊线虫
347	*Longidorus* (Filipjev) Micoletzky(The species transmit viruses) 长针线虫属(传毒种类)
348	*Meloidogyne* Goeldi (non-Chinese species) 根结线虫属(非中国种)
349	*Nacobbus abberans* (Thorne) Thorne et Allen 异常珍珠线虫
350	*Paralongidorus maximus* (Bütschli) Siddiqi 最大拟长针线虫
351	*Paratrichodorus* Siddiqi (The species transmit viruses) 拟毛刺线虫属(传毒种类)
352	*Pratylenchus* Filipjev (non-Chinese species) 短体线虫(非中国种)
353	*Radopholus similis* (Cobb) Thorne 香蕉穿孔线虫
354	*Trichodorus* Cobb (The species transmit viruses) 毛刺线虫属(传毒种类)
355	*Xiphinema* Cobb (The species transmit viruses) 剑线虫属(传毒种类)
病毒及类病毒	
356	*African cassava mosaic virus*, ACMV 非洲木薯花叶病毒(类)
357	*Apple stem grooving virus*, ASPV 苹果茎沟病毒
358	*Arabis mosaic virus*, ArMV 南芥菜花叶病毒
359	*Banana bract mosaic virus*, BBrMV 香蕉苞片花叶病毒
360	*Bean pod mottle virus*, BPMV 菜豆荚斑驳病毒
361	*Broad bean stain virus*, BBSV 蚕豆染色病毒

续表

362	*Cacao swollen shoot virus*, CSSV 可可肿枝病毒
363	*Carnation ringspot virus*, CRSV 香石竹环斑病毒
364	*Cotton leaf crumple virus*, CLCrV 棉花皱叶病毒
365	*Cotton leaf curl virus*, CLCuV 棉花曲叶病毒
366	*Cowpea severe mosaic virus*, CPSMV 豇豆重花叶病毒
367	*Cucumber green mottle mosaic virus*, CGMMV 黄瓜绿斑驳花叶病毒
368	*Maize chlorotic dwarf virus*, MCDV 玉米褪绿矮缩病毒
369	*Maize chlorotic mottle virus*, MCMV 玉米褪绿斑驳病毒
370	*Oat mosaic virus*, OMV 燕麦花叶病毒
371	*Peach rosette mosaic virus*, PRMV 桃丛簇花叶病毒
372	*Peanut stunt virus*, PSV 花生矮化病毒
373	*Plum pox virus*, PPV 李痘病毒
374	*Potato mop-top virus*, PMTV 马铃薯帚顶病毒
375	*Potato virus A*, PVA 马铃薯A病毒
376	*Potato virus V*, PVV 马铃薯V病毒
377	*Potato yellow dwarf virus*, PYDV 马铃薯黄矮病毒
378	*Prunus necrotic ringspot virus*, PNRSV 李属坏死环斑病毒
379	*Southern bean mosaic virus*, SBMV 南方菜豆花叶病毒
380	*Sowbane mosaic virus*, SoMV 藜草花叶病毒
381	*Strawberry latent ringspot virus*, SLRSV 草莓潜隐环斑病毒
382	*Sugarcane streak virus*, SSV 甘蔗线条病毒
383	*Tobacco ringspot virus*, TRSV 烟草环斑病毒

续表

384	*Tomato black ring virus*, TBRV 番茄黑环病毒
385	*Tomato ringspot virus*, ToRSV 番茄环斑病毒
386	*Tomato spotted wilt virus*, TSWV 番茄斑萎病毒
387	*Wheat streak mosaic virus*, WSMV 小麦线条花叶病毒
388	*Apple fruit crinkle viroid*, AFCVd 苹果皱果类病毒
389	*Avocado sunblotch viroid*, ASBVd 鳄梨日斑类病毒
390	*Coconut cadang-cadang viroid*, CCCVd 椰子死亡类病毒
391	*Coconut tinangaja viroid*, CTiVd 椰子败生类病毒
392	*Hop latent viroid*, HLVd 啤酒花潜隐类病毒
393	*Pear blister canker viroid*, PBCVd 梨疱症溃疡类病毒
394	*Potato spindle tuber viroid*, PSTVd 马铃薯纺锤块茎类病毒
杂草	
395	*Aegilops cylindrica* Horst 具节山羊草
396	*Aegilops squarrosa* L. 节节麦
397	*Ambrosia* spp. 豚草(属)
398	*Ammi majus* L. 大阿米芹
399	*Avena barbata* Brot. 细茎野燕麦
400	*Avena ludoviciana* Durien 法国野燕麦
401	*Avena sterilis* L. 不实野燕麦
402	*Bromus rigidus* Roth 硬雀麦
403	*Bunias orientalis* L. 疣果匙荠
404	*Caucalis latifolia* L. 宽叶高加利
405	*Cenchrus* spp. (non-Chinese species) 蒺藜草(属)(非中国种)

续表

406	*Centaurea diffusa* Lamarck 铺散矢车菊
407	*Centaurea repens* L. 匍匐矢车菊
408	*Crotalaria spectabilis* Roth 美丽猪屎豆
409	*Cuscuta* spp. 菟丝子(属)
410	*Emex australis* Steinh. 南方三棘果
411	*Emex spinosa*（L.）Campd. 刺亦模
412	*Eupatorium adenophorum* Spreng. 紫茎泽兰
413	*Eupatorium odoratum* L. 飞机草
414	*Euphorbia dentata* Michx. 齿裂大戟
415	*Flaveria bidentis*（L.）Kuntze 黄顶菊
416	*Ipomoea pandurata*（L.）G. F. W. Mey. 提琴叶牵牛花
417	*Iva axillaris* Pursh 小花假苍耳
418	*Iva xanthifolia* Nutt. 假苍耳
419	*Knautia arvensis*（L.）Coulter 欧洲山萝卜
420	*Lactuca pulchella*（Pursh）DC. 野莴苣
421	*Lactuca serriola* L. 毒莴苣
422	*Lolium temulentum* L. 毒麦
423	*Mikania micrantha* Kunth 薇甘菊
424	*Orobanche* spp. 列当(属)
425	*Oxalis latifolia* Kubth 宽叶酢浆草
426	*Senecio jacobaea* L. 臭千里光
427	*Solanum carolinense* L. 北美刺龙葵

续表

428	*Solanum elaeagnifolium* Cay. 银毛龙葵
429	*Solanum rostratum* Dunal. 刺萼龙葵
430	*Solanum torvum* Swartz 刺茄
431	*Sorghum almum* Parodi. 黑高粱
432	*Sorghum halepense* (L.) Pers. (Johnsongrass and its cross breeds) 假高粱(及其杂交种)
433	*Striga* spp. (non-Chinese species) 独脚金(属)(非中国种)
434	*Tribulus alatus* Delile 翅蒺藜
435	*Xanthium* spp. (non-Chinese species) 苍耳(属)(非中国种)

备注1:非中国种是指中国未有发生的种。

备注2:非中国小种是指中国未有发生的小种。

备注3:传毒种类是指可以作为植物病毒传播介体的线虫种类。

26

中华人民共和国进境植物检疫禁止进境物名录

中华人民共和国进境植物检疫禁止进境物名录

（1997年农业部动植物检疫局修订）

禁止进境物	禁止进境的原因（防止传入的危险病虫害）	禁止的国家或地区
玉米 （*Zea mays*） 种子	玉米细菌性枯萎病菌 *Erwinia stewartii*（E. F. Smith）Dye	亚洲：越南、泰国 欧洲：独联体、波兰、瑞士、意大利、罗马尼亚、南斯拉夫 美洲：加拿大、美国、墨西哥
大豆 （*Glycine max*） 种子	大豆疫病菌 *Phytophthora megasperma*（D）. f. sp. *glycinea* K. &E.	亚洲：日本 欧洲：英国、法国、独联体、德国 美洲：加拿大、美国 大洋洲：澳大利亚、新西兰

续表

禁止进境物	禁止进境的原因(防止传入的危险病虫害)	禁止的国家或地区
马铃薯(*Solanum tuberosvm*)块茎及其繁殖材料	马铃薯黄矮病毒 Potatoyellow dwarf virus 马铃薯帚顶病毒 Potato mop-top virus 马铃薯金线虫 *Giobodera pallida* (wollen.) Skarbilovich 马铃薯白线虫 *Giobodera pallida* (Stone) Muivey & Stone 马铃薯癌肿病 *Synchytyium endobioticum* (Schilb.) Percival	亚洲：日本、印度、巴勒斯坦、黎巴嫩、尼泊尔、以色列、缅甸 欧洲：丹麦、挪威、瑞典、独联体、波兰、捷克、斯洛伐克、匈牙利、保加利亚、芬兰、冰岛、德国、奥地利、瑞士、荷兰、比利时、英国、爱尔兰、法国、西班牙、葡萄牙、意大利 非洲：突尼斯、阿尔及利亚、南非、肯尼亚、坦桑尼亚、津巴布韦 美洲：加拿大、美国、墨西哥、巴拿马、委内瑞拉、秘鲁、阿根廷、巴西、厄瓜多尔、玻利维亚、智利 大洋洲：澳大利亚、新西兰
榆属(*Ulmus* spp.)苗、插条	榆枯萎病菌 *Ceratocystis ulmi* (Buisman) Moreall	亚洲：印度、伊朗、土耳其 欧洲:各国 美洲：加拿大、美国
松属(*Pinus* spp.)苗、接穗	松材线虫 *Bursaphelenchus xylophilus* (Steiner & Buhrer) Nckle 松突团蚧 *Hemiberlesia pitysophila* Takagi	亚洲：朝鲜、日本、香港、澳门 欧洲：法国 美洲：美国、加拿大
橡胶属(*Hevea* spp.)牙、苗、籽	橡胶南美叶疫病菌 *Microcyclus ulei* (P. Henn) Von Arx.	美洲：墨西哥、中美洲及南美洲各国
烟属(*Nicotiana* spp.)繁殖材料 烟叶	烟霜霉病菌 *Peronospora hyoscyami* de Bary f. sp. tabacia(Adam) Skalicky	亚洲：缅甸、伊朗、也门、伊拉克、叙利亚、黎巴嫩、约旦、以色列、土耳其 欧洲：各国 非洲：埃及、利比亚、突尼斯、阿尔及利亚、摩洛哥 美洲：加拿大、美国、墨西哥、危地马拉、萨尔瓦多、古巴、多米尼加、巴西、智利、阿根廷、乌拉圭 大洋洲：各国

续表

禁止进境物	禁止进境的原因(防止传入的危险病虫害)	禁止的国家或地区
水果及茄子、辣椒、番茄果实	地中海实蝇 *Ceratitis capitata* (Wiedemann)	亚洲：印度、伊朗、沙特阿拉伯、叙利亚、黎巴嫩、约旦、巴勒斯坦、以色列、塞浦路斯、土耳其 欧洲：匈牙利、德国、奥地利、比利时、法国、西班牙、葡萄牙、意大利、马耳他、南斯拉夫、阿尔巴尼亚、希腊 非洲：埃及、利比亚、突尼斯、阿尔及利亚、摩洛哥、塞内加尔、布基纳法索、马里、几内亚、塞拉利昂、利比里亚、加纳、多哥、贝宁、尼日尔、尼日利亚、喀麦隆、苏丹、埃塞俄比亚、肯尼亚、乌干达、坦桑涅亚、卢旺边、布隆迪、扎伊尔、安哥拉、赞比亚、马拉维、莫桑比克、马达加斯加、毛里求斯、留尼汪、津巴布韦、博茨瓦纳、南非 美洲：美国(包括夏威夷)、墨西哥、危地马拉、萨尔瓦多、洪都拉斯、尼加拉瓜、巴瓜多尔、哥斯达黎加、巴拿马、牙买加、委内瑞拉、秘鲁、巴西、玻利维亚、智利、阿根廷、乌拉圭、哥伦比亚 大洋洲：澳大利亚

注：因科学研究等特殊需要引进本表所列禁止进境的物品，必须事先提出申请，经国家动植物检疫机关批准。

27

中华人民共和国进境动物一、二类传染病、寄生虫病名录

中华人民共和国进境动物一、二类传染病、寄生虫病名录

List A and List B Diseases for the Animals Imported from other Countries into the People Republic of China

Ⅰ.一类传染病、寄生虫病

I. List A Diseases

1. 口蹄疫 Foot-and-mouth-Disease
2. 非洲猪瘟 African Swine Fever
3. 猪水包病 Swine Vesicular Disease
4. 猪瘟 Swine Fever
5. 牛瘟 Rinderpest
6. 小反刍兽疫 Peste des Petits Ruminants
7. 兰舌病 Bluetongue
8. 痒病 Scrapie
9. 牛海绵状脑病 Bovine Spngifom Encephalopathy
10. 非洲马瘟 African Horse Sickness
11. 鸡瘟 Fowl Plague
12. 新城疫 Newcastle Disease
13. 鸭瘟 Duck Plague
14. 牛肺疫 Contagious Bovine Pleuropneumonia
15. 牛结节疹 Lumpy Skin Disease

Ⅱ.二类传染病、寄生虫病

Ⅱ. List B Diseses

共患病(Multiple Specise Diseases):

16. 炭疽 Anthrax
17. 伪狂犬病 Aujeszky's Disease
18. 心水病 Heartwater
19. 狂犬病 Rabies
20. Q 热 Q Fever
21. 裂谷热 Rift Valley Fever
22. 副结核病 Paratuberculosis(John's Disease)
23. 巴氏杆菌病 Pasteurellosis
24. 布氏杆菌病 Brucellosis
25. 结核病 Tuberculosis
26. 鹿流行性出血热 Epizootic Haemorrhagic Disease of Deer
27. 细小病毒病 Parvovirus Infection
28. 梨型虫病 Piroplasmosis

牛病(Cattle Diseases):

29. 锥虫病 Trpanosomiasis
30. 边虫病 Anaplasmosis
31. 牛地方流行性白血病 Enzootic Bovine Leukosis
32. 牛传染性鼻气管炎 Infectious Bovine Rhinotracheitis
33. 牛病毒性腹泻 - 粘膜病 Bovins Viral Diarrhae-Mucosal Disease
34. 牛生殖道弯曲杆菌病 Bovine Genital Compylobacteriosis
35. 赤羽病 Akabane Disease
36. 中山病 Chuzan Disease
37. 水泡性口谈 Vesicular Stomatitis
38. 牛流行热 Bovine Ephemeral Fever
39. 茨城病 Ibaraki Disease

绵羊和山羊病(Sheep and Goat Diseases):

40. 绵羊痘和山羊痘 Sheep Pox and Goat Pox
41. 衣原体病 Enzootic Aboution of Ewes
42. 梅迪 - 维斯纳病 Maedi-visna Disesse
43. 边界病 Border Disease
44. 绵羊肺腺瘤病 Sheep Pulmonary Adenomatosis

45. 山羊关节炎/脑炎 Caprine Arthritis/Encephalitis

猪病（Pig Diseases）：

46. 猪传染性脑脊髓炎 Teschen Disease
47. 猪传染性胃肠炎 Transmissible Gastroenteritis of Swine
48. 猪流行性腹泻 Porcine Epizootic Diarrhea
49. 猪密螺旋体痢疾（猪血痢）Swine Dysentery
50. 猪传染性胸膜肺炎 Infectious Pleuropneumonia of Swine
51. 猪生殖和呼吸系统综合症（兰耳病）Swine Reproductive and Respiratory Syndrome（Blue-eared Disease）

马病（Horse Diseases）：

52. 马传染性贫血 Equine Infectious Anaemia
53. 马脑脊髓炎 Equine Encephalomyelitis
54. 委内瑞拉马脑脊髓炎 Venezuelan Equine Encephalormyelitis
55. 马鼻疽 Glanders
56. 马流行性淋巴管炎 Epizootic Lymphangitis
57. 马沙门氏杆菌病（马流产沙门氏杆菌）Salmonellosis（S. Abortus Equi）
58. 类鼻疽 Melioidosis
59. 马传染性动脉炎 Infectious Arteritis of Horses
60. 马鼻肺炎 Equine Rhinopneumonitis

禽病（Poultry Diseases）：

61. 鸡传染性喉气管炎 Avian Infectious Laryngotracheitis
62. 鸡传染性支气管炎 Avian Infectious Broncheitis
63. 鸡传染性囊病（甘保罗病）Infectious Bursal Disease
64. 鸭病毒性肝炎 Duck Viral Hepatitis
65. 鸡伤寒 Fowl Typhoid
66. 禽痘 Fowl Pox
67. 鹅螺旋体病 Spirochaetosis in Goose
68. 马立克氏病 Marek's Disease
69. 住白细胞原虫病 Leucocytozoosis
70. 鸡白痢 Pullorum Disease
71. 家禽支原体病 Avian Mycoplasmosis
72. 鹦鹉病（鸟疫）Psittacosis and Ornithosis
73. 鸡病毒性关节炎 Avian Viral Arthritis

74. 禽白血病 Avian Leukosis(祖代以上需作血清学试验)

啮齿动物病(Rodent Diseases):

75. 兔病毒性出血症(兔瘟) Viral Haemorrhaig Disease of Rabbits
76. 兔粘液瘤病 Myxomatosis
77. 野兔热 Tularaemia

水生动物病(Aquatic Animal Diseases):

78. 鲑鱼传染性胰脏坏死 Infectious Pancreatic Necrosis in Trout
79. 鱼传染性造血器官坏死 Infectious Haematopoietic Necrosis of Fish
80. 鲤春病毒病 Spring Viremia of Carp
81. 鲑鳟鱼病毒性出血性败血症 Haemorrhagic Septicaemia of Salmonids
82. 鱼鳔炎症 Swim Bladder Inflammation of Fish
83. 鱼眩转病 Whirling Disease of Fish
84. 鱼鳃霉病 Branchiomycosic of Fish
85. 鱼疖疮病 Furunculosis of Fish
86. 异尖线虫病 Disease of Anisakis
87. 对虾杆状病毒病 Disease of Baculovirus Penaei
88. 斑节对是杆状病毒病 Disease of Penaeus Monodon Type Baculovirus

蜂病(Bee Diseases):

89. 美洲蜂幼虫腐臭病 American Foul Brood
90. 欧洲蜂幼虫腐臭病 European Foul Brood
91. 蜂螨病 Acariasis of Bees
92. 瓦螨病 Varroais
93. 蜂孢子虫病 Nosemosis of Bees

其他动物疾病(Diseases of Other Animal Species):

94. 蚕微粒子病 Pebrine Disease of Chinese Silkworm
95. 水貂阿留申病 Aleutian Diseae of Mink
96. 犬瘟热 Canine Distemper
97. 利什曼病 Leishmaniasis

28

中华人民共和国禁止携带、邮寄进境的动物、动物产品和其他检疫物名录

中华人民共和国禁止携带、邮寄进境的动物、动物产品和其他检疫物名录

（1992年6月28日农业部公布）

类别	名称
动物	鸡、鸭、鹅、锦鸡、猫头鹰、鸽、鹌鹑、鸟、兔、大白鼠、小鼠、豚鼠、松鼠、花鼠、蛙、蛇、龟、鳖、蜥蜴、鳄、蚯蚓、蜗牛、鱼、虾、蟹、猴、穿山甲、猞猁、蜜蜂、蚕等
动物产品	精液、胚胎、受精卵、蚕卵、生肉类、腊肉类、香肠、火腿、腌肉、熏肉、蛋、水生动物产品、鲜奶、奶酪、黄油、奶油、乳清粉、皮张、鬃毛类、骨蹄角类、血液、血粉、油脂类、脏器类
其他检疫物	菌种、毒种、虫种、细胞、血清、动物标本、动物尸体、动物废弃物及可能被病原体污染的物品

29

进出境动物、动物产品检疫采样管理办法

进出境动物、动物产品检疫采样管理办法

((1992)农(检疫)字第15号)

第一条　为做好进出境动物和动物产品检疫工作,统一采样标准,规范样品管理,根据《中华人民共和国进出境动植物检疫法》的规定,制定本管理办法。

第二条　口岸动植物检疫机关对进出口动物及动物产品依法实施检疫,依照本规定采样。货主或代理人应配合做好货物移动、开启、复原和动物保存工作。

第三条　口岸动植物检疫机关采样,必须配备采样工具和盛装样品的容器。采样必须注意防止污染,采样后应向货主出具采样凭证。

第四条　特殊情况下经口岸动植物检疫机关批准,可由货主或代理人采样和送样,必要时口岸动植物检疫机关采样复查。

第五条　采样要有代表性,对动物产品采样上、中、下三个不同层次和同一层次的五个不同点随机采取;生皮张须逐张采样;种用大、中动物逐头采取血液、尿液等检疫材料;小动物和禽类按检疫条款采样或按《进出境动物、动物产品检疫采样标准》的有关规定采样。

第六条　采样数量参照本管理办法的附件《进出境动物、动物产品检疫采样标准》。

第七条　口岸动植物检疫机关对采取的样品必须妥善保存,并由现场检疫员填写送检报告单,连同样品送试验室检疫,为防止污染,在样品保存和样品运送时,必须采取有效的防护措施,以确保检疫结果的准确性。

第八条　已完成试验室检疫的剩余样品,未发现传染病病原的,通知货主或代理

人凭“采取样品凭单”领回，逾期不领和不能久存的物品，由口岸动植物检疫机关作无害化处理；对动物血清等根据检疫结果作定期保存或灭菌灭活处理。

第九条 货主或代理人必须按规定配合口岸动植物检疫机关采样、送样，不得弄虚作假，不得阻拦、刁难。口岸动植物检疫机关必须按规定的标准采样。违者按《中华人民共和国进出境动植物检疫法》的有关规定处理。

第十条 本办法自发布之日起施行。

30

中华人民共和国进出口货物原产地条例

中华人民共和国进出口货物原产地条例

（自2005年1月1日起施行）

第一条　为了正确确定进出口货物的原产地，有效实施各项贸易措施，促进对外贸易发展，制定本条例。

第二条　本条例适用于实施最惠国待遇、反倾销和反补贴、保障措施、原产地标记管理、国别数量限制、关税配额等非优惠性贸易措施以及进行政府采购、贸易统计等活动对进出口货物原产地的确定。

实施优惠性贸易措施对进出口货物原产地的确定，不适用本条例。具体办法依照中华人民共和国缔结或者参加的国际条约、协定的有关规定另行制定。

第三条　完全在一个国家（地区）获得的货物，以该国（地区）为原产地；两个以上国家（地区）参与生产的货物，以最后完成实质性改变的国家（地区）为原产地。

第四条　本条例第三条所称完全在一个国家（地区）获得的货物，是指：

（一）在该国（地区）出生并饲养的活的动物；

（二）在该国（地区）野外捕捉、捕捞、搜集的动物；

（三）从该国（地区）的活的动物获得的未经加工的物品；

（四）在该国（地区）收获的植物和植物产品；

（五）在该国（地区）采掘的矿物；

（六）在该国（地区）获得的除本条第一项至第五项范围之外的其他天然生成的物品；

（七）在该国（地区）生产过程中产生的只能弃置或者回收用作材料的废碎料；

(八)在该国(地区)收集的不能修复或者修理的物品,或者从该物品中回收的零件或者材料;

(九)由合法悬挂该国旗帜的船舶从其领海以外海域获得的海洋捕捞物和其他物品;

(十)在合法悬挂该国旗帜的加工船上加工本条第九项所列物品获得的产品;

(十一)从该国领海以外享有专有开采权的海床或者海床底土获得的物品;

(十二)在该国(地区)完全从本条第一项至第十一项所列物品中生产的产品。

第五条 在确定货物是否在一个国家(地区)完全获得时,不考虑下列微小加工或者处理:

(一)为运输、贮存期间保存货物而作的加工或者处理;

(二)为货物便于装卸而作的加工或者处理;

(三)为货物销售而作的包装等加工或者处理。

第六条 本条例第三条规定的实质性改变的确定标准,以税则归类改变为基本标准;税则归类改变不能反映实质性改变的,以从价百分比、制造或者加工工序等为补充标准。具体标准由海关总署会同商务部、国家质量监督检验检疫总局制定。

本条第一款所称税则归类改变,是指在某一国家(地区)对非该国(地区)原产材料进行制造、加工后,所得货物在《中华人民共和国进出口税则》中某一级的税目归类发生了变化。

本条第一款所称从价百分比,是指在某一国家(地区)对非该国(地区)原产材料进行制造、加工后的增值部分,超过所得货物价值一定的百分比。

本条第一款所称制造或者加工工序,是指在某一国家(地区)进行的赋予制造、加工后所得货物基本特征的主要工序。

世界贸易组织《协调非优惠原产地规则》实施前,确定进出口货物原产地实质性改变的具体标准,由海关总署会同商务部、国家质量监督检验检疫总局根据实际情况另行制定。

第七条 货物生产过程中使用的能源、厂房、设备、机器和工具的原产地,以及未构成货物物质成分或者组成部件的材料的原产地,不影响该货物原产地的确定。

第八条 随所装货物进出口的包装、包装材料和容器,在《中华人民共和国进出口税则》中与该货物一并归类的,该包装、包装材料和容器的原产地不影响所装货物原产地的确定;对该包装、包装材料和容器的原产地不再单独确定,所装货物的原产地即为该包装、包装材料和容器的原产地。

随所装货物进出口的包装、包装材料和容器,在《中华人民共和国进出口税则》中与该货物不一并归类的,依照本条例的规定确定该包装、包装材料和容器的原产地。

第九条 按正常配备的种类和数量随货物进出口的附件、备件、工具和介绍说明性资料，在《中华人民共和国进出口税则》中与该货物一并归类的，该附件、备件、工具和介绍说明性资料的原产地不影响该货物原产地的确定；对该附件、备件、工具和介绍说明性资料的原产地不再单独确定，该货物的原产地即为该附件、备件、工具和介绍说明性资料的原产地。

随货物进出口的附件、备件、工具和介绍说明性资料在《中华人民共和国进出口税则》中虽与该货物一并归类，但超出正常配备的种类和数量的，以及在《中华人民共和国进出口税则》中与该货物不一并归类的，依照本条例的规定确定该附件、备件、工具和介绍说明性资料的原产地。

第十条　对货物所进行的任何加工或者处理，是为了规避中华人民共和国关于反倾销、反补贴和保障措施等有关规定的，海关在确定该货物的原产地时可以不考虑这类加工和处理。

第十一条　进口货物的收货人按照《中华人民共和国海关法》及有关规定办理进口货物的海关申报手续时，应依照本条例规定的原产地确定标准如实申报进口货物的原产地；同一批货物的原产地不同的，应分别申报原产地。

第十二条　进口货物进口前，进口货物的收货人或者与进口货物直接相关的其他当事人，在有正当理由的情况下，可以书面申请海关对将要进口的货物的原产地做出预确定决定；申请人应按照规定向海关提供做出原产地预确定决定所需的资料。海关应在收到原产地预确定书面申请及全部必要资料之日起150天内，依照本条例的规定对该进口货物做出原产地预确定决定，并对外公布。

第十三条　海关接受申报后，应按照本条例的规定审核确定进口货物的原产地。

已做出原产地预确定决定的货物，自预确定决定做出之日起3年内实际进口时，经海关审核其实际进口的货物与预确定决定所述货物相符，且本条例规定的原产地确定标准未发生变化的，海关不再重新确定该进口货物的原产地；经海关审核其实际进口的货物与预确定决定所述货物不相符的，海关应按照本条例的规定重新审核确定该进口货物的原产地。

第十四条　海关在审核确定进口货物原产地时，可以要求进口货物的收货人提交该进口货物的原产地证书，并予以审验；必要时，可以请求该货物出口国（地区）的有关机构对该货物的原产地进行核查。

第十五条　根据对外贸易经营者提出的书面申请，海关可以依照《中华人民共和国海关法》第四十三条的规定，对将要进口的货物的原产地预先做出确定原产地的行政裁定，并对外公布。

进口相同的货物，应适用相同的行政裁定。

第十六条　国家对原产地标记实施管理。货物或者其包装上标有原产地标记的，其原产地标记所标明的原产地应与依照本条例所确定的原产地相一致。

第十七条　出口货物发货人可以向国家质量监督检验检疫总局所属的各地出入

境检验检疫机构、中国国际贸易促进委员会及其地方分会(以下简称签证机构),申请领取出口货物原产地证书。

第十八条 出口货物发货人申请领取出口货物原产地证书,应在签证机构办理注册登记手续,按照规定如实申报出口货物的原产地,并向签证机构提供签发出口货物原产地证书所需的资料。

第十九条 签证机构接受出口货物发货人的申请后,应按照规定审查确定出口货物的原产地,签发出口货物原产地证书;对不属于原产于中华人民共和国境内的出口货物,应拒绝签发出口货物原产地证书。

出口货物原产地证书签发管理的具体办法,由国家质量监督检验检疫总局会同国务院其他有关部门、机构另行制定。

第二十条 应出口货物进口国(地区)有关机构的请求,海关、签证机构可以对出口货物的原产地情况进行核查,并及时将核查情况反馈进口国(地区)有关机构。

第二十一条 用于确定货物原产地的资料和信息,除按有关规定可以提供或者经提供该资料和信息的单位、个人的允许,海关、签证机构应对该资料和信息予以保密。

第二十二条 违反本条例规定申报进口货物原产地的,依照《中华人民共和国对外贸易法》、《中华人民共和国海关法》和《中华人民共和国海关行政处罚实施条例》的有关规定进行处罚。

第二十三条 提供虚假材料骗取出口货物原产地证书或者伪造、变造、买卖或者盗窃出口货物原产地证书的,由出入境检验检疫机构、海关处5 000元以上10万元以下的罚款;骗取、伪造、变造、买卖或者盗窃作为海关放行凭证的出口货物原产地证书的,处货值金额等值以下的罚款,但货值金额低于5 000元的,处5 000元罚款。有违法所得的,由出入境检验检疫机构、海关没收违法所得。构成犯罪的,依法追究刑事责任。

第二十四条 进口货物的原产地标记与依照本条例所确定的原产地不一致的,由海关责令改正。

出口货物的原产地标记与依照本条例所确定的原产地不一致的,由海关、出入境检验检疫机构责令改正。

第二十五条 确定进出口货物原产地的工作人员违反本条例规定的程序确定原产地的,或者泄露所知悉的商业秘密的,或者滥用职权、玩忽职守、徇私舞弊的,依法给予行政处分;有违法所得的,没收违法所得;构成犯罪的,依法追究刑事责任。

第二十六条 本条例下列用语的含义:

获得,是指捕捉、捕捞、搜集、收获、采掘、加工或者生产等;

货物原产地,是指依照本条例确定的获得某一货物的国家(地区);

原产地证书,是指出口国(地区)根据原产地规则和有关要求签发的,明确指出

该证中所列货物原产于某一特定国家(地区)的书面文件;

原产地标记,是指在货物或者包装上用来表明该货物原产地的文字和图形。

第二十七条　本条例自2005年1月1日起施行。1992年3月8日国务院发布的《中华人民共和国出口货物原产地规则》、1986年12月6日海关总署发布的《中华人民共和国海关关于进口货物原产地的暂行规定》同时废止。

第四部分

现 场

31

报检和检验检疫单证

31.1 代理报检委托书

代理报检委托书

________出入境检验检疫局:

本委托人郑重声明,保证遵守《中华人民共和国进出口商品检验法》、《中华人民共和国进出境动植物检疫法》、《中华人民共和国国境卫生检疫法》等有关法律、法规的规定和检验检疫机构制定的各项规章制度。如有违法违规行为,自愿接受检验检疫机构的处罚并负法律责任。

本委托人所委托受委托人向检验检疫机构提交的"报检申请单"和各种随附单据所列内容真实无讹。具体委托情况如下:

本单位将于____年____月间进口/出口如下货物:

品　　名		H.S 编码	
数(重)量		合同号	
信用证号		审批文号	
其他特殊要求			

特委托________(单位)代表本公司全程办理所有检验检疫事宜,请贵局按有关法律规定予以办理。

委托方名称:　　　　　　　　被委托方名称:

单位地址:　　　　　　　　　单位地址:

联系人:　　　　　　　　　　联系人:

联系电话:　　　　　　　　　联系电话:

(签章)　　　　　　　　　　(签章)

年　月　日　　　　　　　　年　月　日

本委托书有效期至____年____月____日,逾期无效。

31.2 出境货物报检单

中华人民共和国出入境检验检疫

出境货物报检单

报检单位(加盖公章)： *编号：

报检单位登记号： 联系人： 电话： 报检日期： 年 月 日

发货人	(中文)	
	(外文)	
收货人	(中文)	
	(外文)	

货物名称(中/外文)	H.S编码	产地	数/重量	货物总值	包装种类及数量

运输工具名称号码		贸易方式		货物存放地点	
合同号		信用证号		用途	
发货日期		输往国家(地区)		许可证/审批号	
启运地		到达口岸		生产单位注册号	
集装箱规格、数量及号码					

合同、信用证订立的检验检疫条款或特殊要求	标 记 及 号 码	随附单据(划"✓"或补填)	
		□合同	□包装性能结果单
		□信用证	□许可/审批文件
		□发票	□
		□换证凭单	□
		□装箱单	□
		□厂检单	□

需要证单名称(划"✓"或补填)				检验检疫费	
□品质证书	__正__副	□植物检疫证书	__正__副	总金额(人民币元)	
□重量证书	__正__副	□熏蒸/消毒证书	__正__副		
□数量证书	__正__副	□出境货物换证凭单	__正__副		
□兽医卫生证书	__正__副	□		计费人	
□健康证书	__正__副	□			
□卫生证书	__正__副	□		收费人	
□动物卫生证书	__正__副	□			

报检人郑重声明：	领 取 证 单	
1. 本人被授权报检。 2. 上列填写内容正确属实，货物无伪造或冒用他人的厂名、标志、认证标志、并承担货物质量责任。 签名：________	日期	
	签名	

注：有"＊"号栏由出入境检验检疫机关填写。 ◆国家出入境检验检疫局制

[1-2(2000.1.1)]

31.3　入境货物报检单

中华人民共和国出入境检验检疫
入境货物报检单

报检单位(加盖公章)：　　　　　　　　　　　　　　　　　　　　* 编号：

报检单位登记号：　　　　　联系人：　　　　　电话：　　　　　报检日期：　年　月　日

收货人	(中文)		企业性质(划"✓")	□合资□合作□外资	
	(外文)				
发货人	(中文)				
	(外文)				

货物名称(中/外文)	H.S编码	原产国(地区)	数/重量	货物总值	包装种类及数量

运输工具名称号码				合同号	
贸易方式		贸易国别(地区)		提单/运单号	
到货日期		启运国家(地区)		许可证/审批号	
卸毕日期		启运口岸		入境口岸	
索赔有效期至		经停口岸		目的地	
集装箱规格、数量及号码					
合同订立的特殊条款以及其他要求				货物存放地点	
				用途	

随附单据(划"✓"或补填)		标记及号码	* 外商投资财产(划"✓")	□是□否
□合同	□到货通知		* 检验检疫费	
□发票	□装箱单			
□提/运单	□质保书		总金额(人民币元)	
□兽医卫生证书	□理货清单			
□植物检疫证书	□磅码单			
□动物检疫证书	□验收报告		计费人	
□卫生证书	□			
□原产地证	□		收费人	
□许可/审批文件	□			

报检人郑重声明：	领取证单	
1. 本人被授权报检。	日期	
2. 上列填写内容正确属实。		
签名：________	签名	

注：有"＊"号栏由出入境检验检疫机关填写。　　　　◆国家出入境检验检疫局制

[1-1(2000.1.1)]

31.4 更改申请单

中华人民共和国出入境检验检疫

更 改 申 请 单

日期： 年 月 日　　　　　　　　　　　　　　　　　　*编号：

申请人 （加盖公章）		联系人	
		电话	
原发证单 种类		原发证单 编号	
货物品名 及数量		交还 原证单	正本 份 副本 份
申请摘要	更改内容：		
	更改原因：		
领证人签名：		日期： 年 月 日	

*以下栏目由检验检疫机关填写。

施检部门意见： 签字：　　　　　　日期： 年 月 日
检务部门意见： 签字：　　　　　　日期： 年 月 日

注：有“＊”号栏由出入境检验检疫机关填写。

◆国家出入境检验检疫局制

［1-8（2000.1.1）］

31.5 出境货物换证凭单

出境货物换证凭单

类别： *编号

发货人				标记及号码
收货人				
品名				
H.S 编码				
报检数/重量				
包装种类及数量				
申报总值				
产地		生产单位（注册号）		
生产日期		生产批号		
包装性能检验结果单号		合同/信用证号		
		运输工具名称及号码		
输往国家或地区		集装箱规格及数量		
发货日期		检验依据		
检验检疫结果	签字： 日期： 年 月 日			
本单有效期	截止于 年 月 日			
备注				

分批出境核销栏	日期	出境数/重量	结存数/重量	核销人	日期	出境数/重量	结存数/重量	核销人

说明：(1)货物出境时，经口岸检验检疫机关查验货证相符，且符合检验检疫要求的予以签发通关单或换发检验检疫证书；(2)本单不作为国内贸易的品质或其他证明；(3)涂改无效；(4)有“＊”号栏由出入境检验检疫机关填写。

31.6 出境货物通关单

中华人民共和国出入境检验检疫
出境货物通关单

*编号：

1. 发货人			5. 标记及号码
2. 收货人			
3. 合同/信用证号	4. 输往国家或地区		
6. 运输工具名称及号码	7. 发货日期		8. 集装箱规格及数量
9. 货物名称及规格	10. H.S编码	11. 申报总值	12. 数/重量、包装数量及种类
13. 证明 签字：　　　　日期：　年　月　日			
14. 备注			

注：有"*"号栏由出入境检验检疫机关填写。①货物通关　　印刷流水号：　　[2-2(2000.1.11]

31.7 入境货物通关单

中华人民共和国出入境检验检疫
入境货物通关单

*编号：

1. 收货人			5. 标记及号码
2. 发货人			
3. 合同/提(运)单号	4. 输出国家或地区		
6. 运输工具名称及号码	7. 目的地		8. 集装箱规格及数量
9. 货物名称及规格	10. H.S 编码	11. 申报总值	12. 数/重量、包装数量及种类
13. 证明 签字： 日期： 年 月 日			
14. 备注			

D ①货物通关 [2-2(2000.1.11]

注：有"＊"号栏由出入境检验检疫机关填写。

31.8 入境货物检验检疫证明

入境货物检验检疫证明

*编号________________

收货人			
发货人			
品名		报检数/重量	
包装种类及数量		输出国家或地区	
合同号		标记及号码	
提/运单号			
入境口岸			
入境日期			
证明 检验检疫结果 签字：　　　　日期：　　年　　月　　日			
备注			

注:有“＊”号栏由出入境检验检疫机关填写。　　①货主收执

31.9　入境货物检验检疫情况通知单

入境货物检验检疫情况通知单

*编号＿＿＿＿＿＿＿

收货人	收货人(中文)		
发货人	发货人(中文)		
品名	品名(中文)	提/运单号	
报检数/重量	货物数量(中文) 货物重量(中文)	合同号	
运输工具名称	运输工具(中文)	标记及号码	
入境口岸			
入境日期			
检验检疫结果 签字:　　　　日期:　　年　　月　　日			
备注			

注:有"＊"号栏由出入境检验检疫机关填写。

31.10 集装箱检验检疫结果单

集装箱检验检疫结果单

编号：

申请人：(中文)

集装箱数量：　　　　箱型：

拟装/装载货物：　　　　运输工具：(中文)

检验地点：　　　　检验日期：

检验检疫结果：

□箱体、箱门完好，箱号清晰，安全铭牌齐全。

□箱体无有毒有害危险品标志；箱内清洁、卫生，无有毒有害残留物，且风雨密封状况良好；箱内温度达到冷藏要求，符合《中华人民共和国商品商检法》及其实施条例的规定。

□未发现病媒生物，符合《中华人民共和国国境卫生检疫法》及其实施细则的规定。

□未发现活害虫及其他有害生物，符合《中华人民共和国进出境动植物检疫法》及其实施条例的规定。

规格	集装箱号码	规格	集装箱号码	规格	集装箱号码

本单有效期：截止于　　年　　月　　日

签字：　　　　日期：　　年　　月　　日

注：在适当的“□”内“✓”，以横线划去不适当的内容。

31.11　进口机动车辆随车检验单

进口机动车辆随车检验单

报检单位:(中文)　　　　　　　　电话:　　　　　　　　*编号________

收货人	(中文)		
	(英文)		
发货人	(中文)		
	(英文)		
入境日期		合同号	
发货港(外文)	(英文)	发票号	
卸货港		发票所列数量	
运输工具	(中文)	提单/运单号	
品名及型号 (中、外文)	(中文) (英文)	提/运单日期 质量保证期	
发动机号		标记及号码	
底盘(车架)号			
车辆识别代码(VIN)			

检验情况

1. 一般检验

2. 安全性能检验

签字:　　　　　　　　　　日期:　　　年　　月　　日

31.12 进口机动车辆检验证明

进口机动车辆检验证明

*编号________

称呼

____

下列进口车辆业经检验合格,请按车辆管理有关规定办理行车牌证。

使用单位:________________

车辆名称:________________

规格型号:________________

生产国别:________________

发动机型号:________________

底盘(车架)号:________________

车辆识别代号(VIN):________________

签字:(中文)　　　　　　　　日期:　　年　　月　　日

本证明无签字及检验检疫机关印章无效。

①办理行车牌证

31.13　卫生证书

中华人民共和国出入境检验检疫
ENTRY-EXIT INSPECTION AND QUARANTINE
OF THE PEOPLE'S REPUBLIC OF CHINA

共　页第　页 Page　of

*编号 No.：

卫生证书
SANITARY CERTIFICATE

收货人名称及地址：
Name and Address of Consignee ____________

发货人名称及地址：
Name and Address of Consignor ____________

品名：
Description of Goods ____________

报检数量/重量：
Quantity/Weight Declared ____________

包装种类及数量：
Number and Type of Packages ____________

产地：
Place of Origin ____________

合同号：
Connact No. ____________

标记及号码
Mark & No.

到货地点：
Port of Arrival ____________

到货日期：
Date of Arrival ____________

启运地：
Place of Despatch ____________

卸毕日期：
Date of Completion of Discharge ____________

运输工具：
Means of Conveyance ____________

检验日期：
Date of Inspection ____________

检验检疫结果：

备注：

批号　　数量　　生产日期保质期

印章：
Official Stamp

签证地点：
Place of Issue

签证日期：
Date of Issue

授权签字人：
Authorized Officer

签　名
Signature

▲

B

[ce-2(2000.1.1)]

31.14 出入境包装容器及包装材料检验检疫申请单

中华人民共和国出入境检验检疫出入境包装容器及包装材料检验检疫申请单

日期： 年 月 日 报检单位注册号：__________ *编号：________________

申请人(单位) (加盖公章)(地址)				联系人 电话	
包装材料使用人		包装容器标记及批号			
包装材料名称及规格 包装材料生产厂					
原材料名称及产地		包装材料 许可证号/备案号			
申请项目(划“✓”)	☐危包性能 ☐危包使用 ☐一般包装性能 ☐食品包装				
数　量		包装容器编号			
生产日期		存放地点			
拟装货物名称		状态		拟装货物单件毛净重	
运输方式(划“✓”)	☐海运 ☐空运 ☐铁路 ☐公路 ☐				
危包性能 检验结果单号				密度	
联合国编号		危险货物类别		危险货物 包装类别	危险货物 灌装日期
装运口岸		提供单据(划“✓”) ☐合同 ☐信用证 ☐厂检单 ☐			
装运日期		集装箱上箱次装货名称			
输往国家		合同、信用证等对包装的特殊要求		*检验费 总金额(人民币元)	
分证单位及数量				计费人	
				收费人	
所需证书名称 (划“✓”)	☐运输包装性能检验结果单 ☐危包使用鉴定结果单 ☐食品包装及材料检验结果单				
申请人郑重声明： 上列填写内容正确属实，并承担法律责任。 签名：__________				领　取　证　单 时　间： 签　名：	

31.15　出境货物运输包装性能检验结果单

出境货物运输包装性能检验结果单

*编号＿＿＿＿＿＿＿＿

申请人							
包装容器名称及规格			包装容器标记及批号				
包装容器数量		生产日期	自　年　月　日至　年　月　日				
拟装货物名称		状态		比重			
检验依据			拟装货物类别（划“×”）	□危险货物 □一般货物			
			联合国编号				
			运输方式				
检验检疫结果	签字：　　　　日期：　年　月　日						
包装使用人							
本单有效期	截止于　年　月　日						

分批出境核销栏	日期	使用数量	结余数量	核销人	日期	使用数量	结余数量	核销人

说明：(1)当合同或信用证要求包装检验证书时，可凭本结果单向出境所在地检验检疫机关申请检验证书；

(2)包装容器使用人向检验检疫机关申请包装使用鉴定时，须将本结果单交检验机关核实。

31.16 出境危险货物运输包装使用鉴定结果单

出境危险货物运输包装使用鉴定结果单

*编号________________

申请人						
使用人						
包装容器名称及规格				包装容器标记及批号		
货物包装类别						
包装容器性能检验结果单号						
运输方式						
危险货物名称	（中文）			危险货物类别		
	（英文）			联合国编号		
危险货物状态				危险货物密度		
报检包件数量		单件容积			单件毛重	
危险货物灌装日期	年 月 日				单件净重	
检验依据						
鉴定结果	签字： 日期： 年 月 日					
本结果单有效期	截止于 年 月 日					

分批出境核销栏	日期	出境数量	结余数量	核销人	日期	出境数量	结余数量	核销人

31.17 熏蒸/消毒证书

中华人民共和国出入境检验检疫
ENTRY-EXIT INSPECTION AND QUARANTINE
OF THE PEOPLE'S REPUBLIC OF CHINA

熏蒸/消毒证书 编号 No.：

FUMIGATION/DISINFECTION CERTIFICATE

发货人名称及地址：
Name and Address of Consignor ______

收货人名称及地址：
Name and Address of Consignee ______

品名：
Description of Goods ______

产地：
Place of Origin ______

报检数量：
Quantity Declared ______

标记及号码：
Mark & No.

启运地：
Place of Despatch ______

到达口岸：
Port of Destination ______

运输工具：
Means of Conveyance ______

杀虫和/或灭菌处理 DISINFESTATION AND/OR DISINFECTION TREATMENT

日期：
Date ______

药剂及浓度：
Chemical and Concentration ______

处理方法：
Treatment ______

持续时间及温度：
Duration and Temperature ______

附加声明 ADDITIONAL DECLARATION

印章：
Official stamp

签证地点：
Place of Issue

签证日期：
Date of Issue

授权签字人：
Authorized Officer

签 名
Signature

▲▲▲

31.18 数量/重量证书

中华人民共和国出入境检验检疫
ENTRY-EXIT INSPECTION AND QUARANTINE
OF THE PEOPLE'S REPUBLIC OF CHINA

共 页第 页 Page of

*编号 No.:

CERTIFICATE OF QUALITY AND WEIGHT

发货人:
Consignor ______

收货人:
Consignee ______

品名:
Description of Goods ______

标记及号码:
Mark & No.

报检数量/重量:
Quantity/Weight Declared ______

包装种类及数量:
Number and Type of Packages ______

运输工具:
Means of Conveyance ______

检验检疫结果

印章:
Official stamp

签证地点:
Place of Issue

签证日期:
Date of Issue

授权签字人:
Authorized Officer

签 名:
Signature

▲▲▲

31.19 进境动植物检疫许可证

中华人民共和国进境动植物检疫许可证

*许可证编号：

<table>
<tr><td rowspan="3">申请单位</td><td colspan="3">名称：</td><td colspan="2">法人代码：</td></tr>
<tr><td colspan="3">地址：</td><td colspan="2">邮政编码：</td></tr>
<tr><td>联系人：</td><td colspan="2">电话：</td><td colspan="2">传真：</td></tr>
<tr><td rowspan="9">进境检疫物</td><td>名称</td><td>品种</td><td>数/重量</td><td>产地</td><td>境外生产、加工、存放单位</td></tr>
<tr><td></td><td></td><td></td><td></td><td></td></tr>
<tr><td colspan="2">输出国家或地区：</td><td colspan="2">进境日期：</td><td>出境日期：</td></tr>
<tr><td colspan="3">进境口岸：</td><td colspan="2">结关地：</td></tr>
<tr><td>目的地：</td><td colspan="3">用途：</td><td>出境口岸：</td></tr>
<tr><td colspan="5">运输路线及方式：</td></tr>
<tr><td colspan="5">进境后的生产、加工、使用、存放单位：</td></tr>
<tr><td colspan="5">进境后的隔离检疫场所：</td></tr>
<tr><td colspan="5"></td></tr>
<tr><td>检疫要求</td><td colspan="5">签字盖章：
签发日期：</td></tr>
<tr><td colspan="6">有效期限：</td></tr>
<tr><td colspan="6">备注：</td></tr>
</table>

A 第一联：申请单位存（凭此联向出入境检验检疫局报检）

31.20 废物原料进口许可证

中化人民共和国自动许可进口类可用作原料的固体废物进口许可证
IMPORT LICENCE OF THE PEOPLE'S REPUBLIC OF CHINA FOR AUTOMATAC-LICENSINC SOLID WASTES THAT CAN BEUSED AS RAW MATERIALS

1. 进口商： Importer	2. 进口许可证号： Import licence No.
3. 利用商： Recycler	4. 进口许可证有效截止日期： Import licence explry date
5. 商品名称： Description of goods	6. 商品编码： Code of goods
7. 数量： Quantity	8. 计量单位： Unit
9. 报送口岸： Place of clearance	10. 贸易方式： Terms of trade
11. 备注： Supplementary detalla	12. 发证机关盖单： Issuing authority's stamp
	13. 发证日期： Licence date

国家环境保护总局监制(2005)

31.21 装运前检验证书

中国检验认证集团北美有限公司

CCIC NORTH AMERICA INC.

Add:1050 Lakes Drive. Suite 480. West Covina. CA91790. U. S. A.
Tel:001 626 9198802
Fax:001 626 9198903
E-mail:ccicna@ ccicna. com

证书编号(No.):

签证日期(Date):

PRE-SHIPMENT INSPECTION CERTIFICATE

注册编号/(Registration No.):
注货人(Shipper):
货物申报名称(Commodity Declared):
申报数量(Quantity Declared):
船名航次(Vessel's Name & Voyage):
申报发货港(Loading Port Declared):
申报到货港(Destination Port Declared):
检验日期(Date of Inspection):
检验地点(Inspection Site):

1. 货物储存情况(Storage Condition of Cargo):

2. 检验(Inspection):

3. 结论(Conclusion):

检验员(Inspector):

本证书自签发日起90天内有效。
This Certificate is valid within 90 days from the date of issuing.

Member of CCIC Group

D 0170000
C009006547C0-3

32

出境/入境货物检验检疫流程

32.1 出境货物检验检疫流程

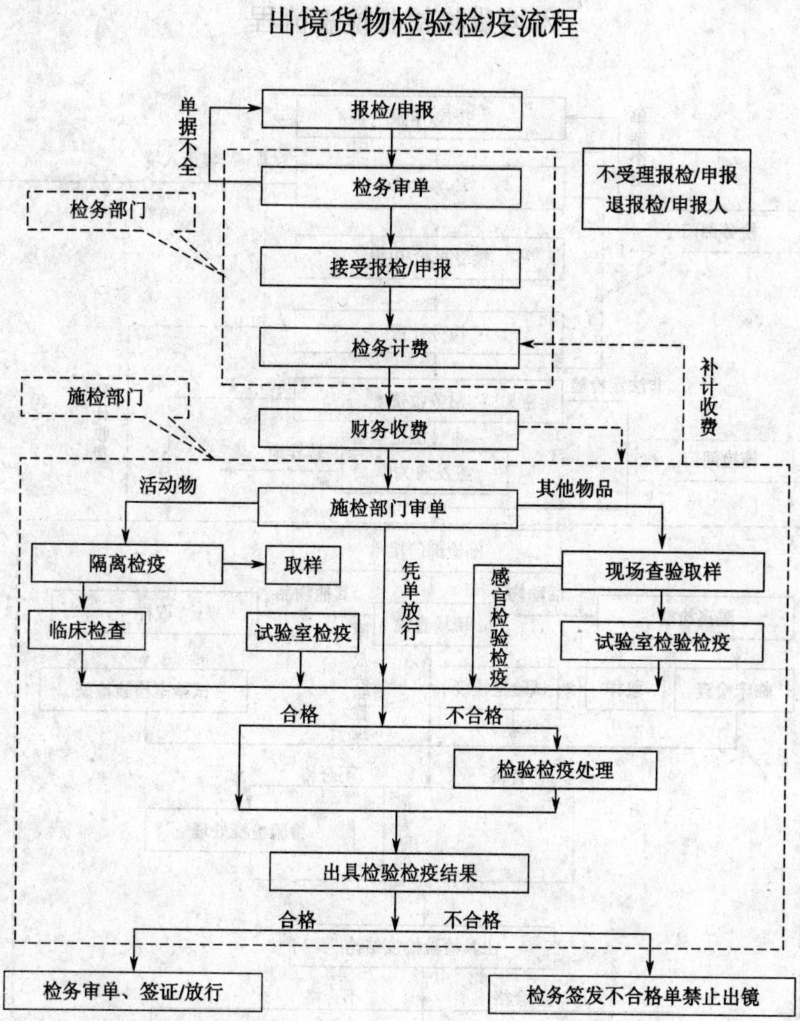

32.2 入境货物检验检疫流程

入境货物检验检疫流程

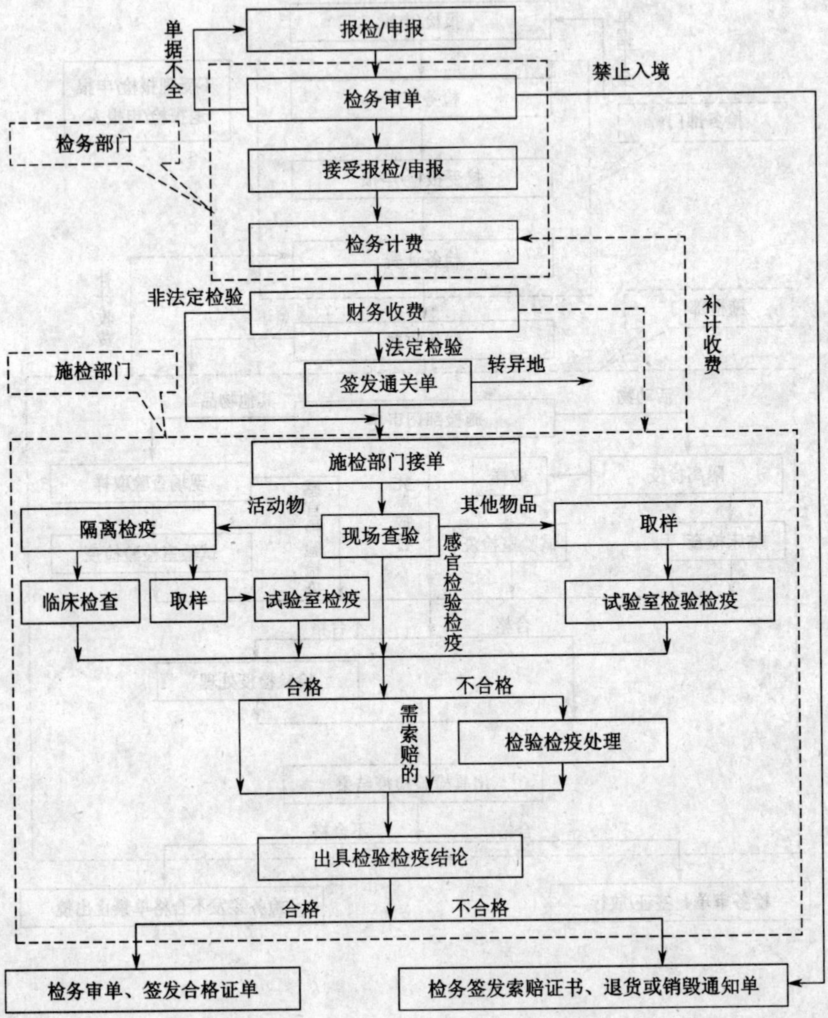

第五部分

习 题

33

分章练习题

33.1 中国出入境检验检疫知识练习题

一、单选题

1. 1929年,工商部(　　)商品检验局成立,这是中国第一家由国家设立的官方商品检验局。

A. 北京　　B. 南京　　C. 上海　　D. 广州

2. (　　)年,国民政府行政院通过《商品检验法》,这是中国商品检验最早的法律。

A. 1928　　B. 1930　　C. 1932　　D. 1934

3. (　　)年2月21日,第七届全国人大常委会第六次会议通过了《中华人民共和国进出口商品检验法》。

A. 1986　　B. 1988　　C. 1989　　D. 1991

4. 1959年5月11日,周恩来总理针对出口商品存在的质量问题,强调对外贸易必须(　　)。

A. 重合同　　B. 守信用　　C. 重质先于重量　　D. A、B、C均是

5. 报检单位应在(　　)检验检疫机构办理备案登记手续。

A. 报检地　　B. 报关地　　C. 工商注册地　　D. A、B、C都可以

6. 通过报检员资格考试合格的人员,取得《报检员资格证》后,(　　)内未从事报检业务的,《报检员资格证》自动失效。

A. 6个月　　B. 10个月　　C. 1年　　D. 2年

7. 代理报检单位在办理代理报检业务时,应交验委托人的《报检委托书》,并

(　　)。

A. 加盖委托人的公章　　B. 加盖代理报检单位的公章

C. 加盖双方公章　　D. 无须加盖公章

8.(　　)年12月2日，第六届全国人大常委会第十八次会议通过并公布了《中华人民共和国国境卫生检疫法》。

A. 1986　　B. 1988　　C. 1989　　D. 1991

9. 全国人大九届一次会议批准通过的国务院机构改革方案确定，国家进出口商品检验局、国家动植物检疫局和国家卫生检疫局合并组建国家出入境检验检疫局，并于(　　)年4月成立，这就是统称的“三检合一”。

A. 1997　　B. 1998　　C. 1999　　D. 2000

10. 报检单位在按有关规定办理报检，并提供抽样、检验检疫的各种条件后，有权要求检验检疫机构在(　　)内完成检验检疫工作，并出具证明文件。

A. 合同规定的装船期限　　B. 规定的检验检疫期限

C. 货主要求的期限　　D. 代理单位要求的期限

11. 报检员不再从事报检工作或被解聘、或离开本单位的，代理报检单位应以(　　)通知检验检疫机构，办理收回和注销《报检员证》手续，否则因此而产生的法律责任由代理报检单位承担。

A. 书面形式　　B. 电话形式　　C. 传真形式　　D. 电子邮件形式

12. 为维护国家经济利益和对外信誉，只有对重要的出口商品实施必要的(　　)检验检疫，才能保证质量、规格、包装等符合进口国法规要求。

A. 强制性　　B. 一般性　　C. 集中性　　D. 服务性

13. 国家对涉及人类健康、动植物生命和健康，以及环境保护和公共安全的产品实行(　　)制度。

A. 强制性认证　　B. 贸易壁垒　　C. 注册　　D. 监管

14. 列入《中华人民共和国实施强制性产品认证的产品目录》内的商品，必须经过指定的认证机构认证合格、取得指定认证机构颁发的认证证书，并加施认证(　　)后，方可进口。

A. 记号　　B. 说明　　C. 封条　　D. 标志

15. 对国家允许作为原料进口的废物，实施(　　)检验制度，防止境外有害废物向我国转运。

A. 装运前　　B. 装运后　　C. 报关时　　D. 加工时

16. 国内生产企业或其代理人均(　　)向当地出入境检验检疫机构申请出口质量许可证书。

A. 可以　　B. 不可以

17. 凡在中华人民共和国境内生产、加工、储存出口食品的企业，必须取得(　　)后，方可生产、加工、储存相应的出口食品。

A. 卫生注册证书　　B. 卫生登记证书

C. 卫生注册证书或者卫生登记证书　　D. 卫生登记

18. 对出口危险货物包装容器实行危包出口质量(　　)制度，危险货物包装容器须经检验检疫机构进行性能鉴定和使用鉴定后，方能生产和使用。

A. 许可　　B. 登记　　C. 卫生注册　　D. 卫生登记

19. 用船舶和集装箱装运粮油食品、冷冻品等易腐食品出口的，应向(　　)申请检验船舱和集装箱，经检验符合装运技术条件并发给证书后，方准装运。

A. 口岸检验检疫机构　　B. 运输口岸机构

C. 海关　　D. 口岸卫生局

20. 收货人与发货人签订的废物原料进口贸易合同中，必须订明所进口的废物原料须符合中国(　　)的要求，并约定由出入境检验检疫机构或国家质检总局认可的检验机构实施装运前检验，检验合格后方可装运。

A. 环境保护控制标准　　B. 危险品

C.《进出境动植物检疫法》　　D.《食品卫生法》

二、多选题

21. 1873 年，由于印度、泰国、马来半岛等地霍乱的流行并向海外广泛传播，在(　　)海关设立卫生检疫机构，这是中国出入境卫生检疫的雏形。

A. 天津　　B. 上海　　C. 厦门　　D. 广州

22. 全国人大九届一次会议批准通过的国务院机构改革方案确定，(　　)合并组建国家出入境检验检疫局。

A. 国家进出口商品检验局　　B. 国家动植物检疫局

C. 国家卫生检疫局　　D. 国家质量技术监督局

23. 下列表述正确的是(　　)。

A.《报检员资格证》是经国家质检总局统一考试后对合格者颁发的证书，只有获得《报检员资格证》的人员，方可申请报检员的注册

B.《报检员资格证》是取得《报检员证》必备的条件

C. 报检员应该具有高中或中等专业学校以上的学历

D.《报检员证》是表明报检人身份、办理报检业务的凭证

24. 出入境动植物检疫对(　　)具有十分重要的意义。

A. 保护农、林、牧、渔业生产安全　　B. 促进对外经济贸易的发展

C. 防止检疫传染病的传播　　D. 保护人体健康

25. 出入境检验检疫机构对发现检疫性有害生物或不符合安全卫生条件的商品、物品、包装和运输工具，有权禁止进口，或视情况在进行(　　)的措施等无害化处理并重验合格后，方准进口。

A. 消毒　　B. 灭菌

C. 杀虫　　D. 或其他排除安全隐患

26. 检验检疫部门已对轻工、机电、医疗器械、煤炭、(　　)等类商品实施出口产品质量许可制度。

A. 机器　　B. 机械、电子　　C. 玩具　　D. 农产品

27. 外商投资财产鉴定包括(　　)鉴定等。

A. 价值　　B. 损失　　C. 品种　　D. 质量、数量

三、判断题

28. 所谓"法定检验检疫",又称强制性检验检疫。(　　)

29. 出入境检验检疫局作为政府的一个行政部门,以保护国家整体利益和社会效益为衡量标准,以法律、行政法规、国际惯例或进口国法规要求为准则,对出入境货物、交通运输工具、人员及其事项等进行检验检疫、管理及认证,并提供官方检验检疫证明、居间检验检疫公证和鉴定证明的全部活动。(　　)

30. 2001 年 4 月,原国家出入境检验检疫局和国家质量技术监督局合并,组建国家质量监督检验检疫总局,但原国家出入境检验检疫局设在各地的出人境检验检疫机构、管理体制及业务不变。(　　)

31. 检验检疫工作受到法律保护,所签发的证件具有法律效力。(　　)

32. 出入境检验检疫法规已形成相对完整的法律体系,奠定了依法施检的执法基础。(　　)

33. 不符合安全条件的危险品包装容器,不可以装运危险货物。(　　)

34. 不符合卫生条件或冷冻要求的船舱和集装箱,不准装载易腐易变的粮油食品或冷冻品。(　　)

35. 对未取得安全、卫生、检疫注册登记的涉及安全卫生的产品生产厂、危险品包装加工厂和肉类食品加工厂,不得生产加工上述产品。(　　)

36. 出入境检验检疫合理利用国际通行的非关税壁垒即技术壁垒手段,可保证中国对外贸易顺利进行和持续发展。(　　)

37. 中国检验检疫机构对进出口商品实施检验、提供各种检验鉴定证明,就是为对外贸易有关方履行贸易、运输、保险契约和处理索赔争议,提供具有公正权威的必要证件。(　　)

38.《进出口商品检验法》对防止检疫传染病的传播,保护人体健康是一个十分重要的屏障。(　　)

39. 凡列入"实施检验的进出境商品目录"的进出口商品和其他法律、法规规定须经检验的进出口商品,必须经过出入境检验检疫部门或其指定的检验机构检验。(　　)

40. 规定进口商品应检验未检验的,不准销售,可以使用。(　　)

41. 报检员如有正当理由撤销报检时,有权按有关规定办理撤检手续。(　　)

42. 出入境检验检疫部门单独或会同有关主管部门共同负责发放出口商品质量许可证的工作,未获得质量许可证书的商品不准出口。(　　)

43. 进口的食品(包括饮料、酒类、糖类)、食品添加剂、食品容器、包装材料(食品用工具及设备除外)必须符合我国有关法律、法规规定。( )

44. 某公司一名员工取得了《报检员证》,该公司其他人也可持其《报检员证》到检验检疫机构办理报检业务。( )

45. 对列入"实施检验检疫的进出境商品目录"和其他法律、法规规定必须经检验检疫机构检验的出口商品的运输包装进行性能检验,未经检验或检验不合格的,不准用于盛装出口商品。( )

46. 检验检疫机构对入境、出境人员实施传染病监测,有权要求入出境人员填写健康申明卡、出示预防接种证书、健康证书或其他有关证件。

47. 检验检疫机构对患有艾滋病、性病、麻风病、精神病、开放性肺结核的外国人应阻止入境。( )

48. 代理报检单位应按规定代委托人缴纳检验检疫费,在向委托人收取相关费用时,应如实列明检验检疫机构收取的费用,并向委托人出示检验检疫机构出具的收费票据,不得借检验检疫机构名义向委托人收取额外费用。( )

49. 已经办理过备案登记手续的自理报检单位,去往其他口岸出入境检验检疫机构报检时,无须重新办理备案登记,而应办理异地备案手续。( )

50. 代理报检单位只能在规定的区域内从事代理报检业务。( )

33.2 报检业务基础知识练习题

一、单选题

1. 实施强制性产品认证的进口商品,报检时应提供( )颁发的《中国国家强制性产品认证证书》。

A. 国家质检总局

B. 国家认证认可监督管理委员会

C. 国家质检总局指定的认证机构

D. 国家认证认可监督管理委员会指定的认证机构

2. 为出口危险货物生产运输包装容器的企业,必须向检验检疫机构申请包装容器的( )。

A. 性能检验　B. 使用鉴定　C. 性能鉴定　D. 使用检验

3. 出口小家电产品的生产企业实行登记制度,首次登记的企业应将样品送至( )指定的试验室进行型式试验。

A. 直属检验检疫局　B. 国家环保总局　C. 国家认监委　D. 国家质检总局

4. 输往欧盟、美国、加拿大等国家或地区的盆景,报检时应提供( )。

A. 出境盆景场/苗木种植场检疫注册证　B. 出境动植物检疫许可证

C. 盆景/苗木允许出境证明　D. 栽培介质的特许审批单

5.( )主管全国出口食品生产企业卫生注册、登记工作。

A.国家质量监督检验检疫总局 B.国家认证认可监督管理委员会

C.卫生部 D.农业部

6.国家对出口电池产品实行( )和( )专项检测制度。

A.审批制度,铅含量 B.备案制度,汞含量

C.备案制度,铅含量 D.审批制度,汞含量

7.为提高我国打火机、点火枪类商品的质量,促进贸易发展,保障运输及消费者人身安全,自2001年6月1日起,对出口打火机、点火枪类商品实行( )。

A.抽查检验 B.凭货主申请检验

C.法定检验 D.以上三者视情况不同而定

8.《出口危险货物包装容器质量许可证》有效期为( )年。

A.1 B.2 C.3 D.4

9.一般出境货物最迟应在出口报关或装运前( )报检。

A.10天 B.7天 C.5天 D.3天

10.对实施分类管理的出口工业产品生产企业的产品,检验检疫机构应按照不同类别实施抽批检验或者批批检验。一类企业,年批次抽检率为( )。

A.5%~15% B.10%~15% C.30%~45% D.60%~100%

11.对工业产品生产企业实施分类管理的有效期为( ),愿意继续实施分类管理的企业应在有效期满前( )重新办理申请手续。

A.1年;30日 B.2年;60日 C.3年;10日 D.2年;30日

12.《进出口电池产品备案书》有效期为( )个月。

A.1 B.3 C.6 D.12

13.出口小家电产品生产企业实行登记制度,首次登记的企业应将随机抽取并封存的样品送至( )指定的试验室进行型式试验。

A.国家质检总局 B.国家认监委 C.国家环保总局 D.外经贸委

14.某公司出口一批保鲜大蒜(检验检疫类别为P.R./Q.S),经检验检疫合格后于2005年2月17日领取了《出境货物通关单》。以下情况中,无须重新报检的是( )。

A.将货物包装由小纸箱更换大纸箱

B.将货物进行重新拼装

C.更改输出国家,且两国有不同的检验检疫要求

D.于3月1日报关出口该批货物

15.出口危险货物的经营单位向检验检疫机构申请出口危险货物品质检验时,必须向当地检验检疫机构提供( )。

A.性能检验结果单 B.使用鉴定结果单

C.品质检验结果单 D.运输包装检验申请单

二、多选题

16. 下列属于《中华人民共和国实施强制性产品认证的产品目录》中产品认证的环节有(　　)。

A. 进口验证　　B. 型式试验　　C. 抽样检测　　D. 工厂审查

17. 出口食品的(　　)的企业都需要办理卫生注册、登记。

A. 生产　　B. 加工　　C. 运输　　D. 储存

18. 外贸企业出口棉夹克到美国，申请标识查验时报检人应提供该批纺织品的(　　)。

A. 商标　　B. 标签　　C. 吊牌　　D. 包装唛头

19. 下列关于出口玩具的表述，正确的有(　　)。

A. 我国对出口玩具及其生产企业实行质量许可制度

B. 我国对出口玩具及其生产企业实行注册登记制度

C. 出口玩具检验不合格的，应国外买方的要求也可先出口

D. 出口玩具必须逐批实施检验

20. 有下列哪些情形，企业的卫生注册资格将自动失效。(　　)

A. 卫生注册企业的名称、法人代表或者通讯地址发生变化后 30 日内未申请变更的

B. 卫生注册企业的生产车间改建、扩建、迁址完毕或者其卫生质量体系发生重大变化后 30 日内未申请复查的

C. 1 年内没有出口注册范围内食品的

D. 逾期未申请换证复查的

21. 实施卫生注册登记制度的生产出境动物产品的企业包括(　　)。

A. 屠宰厂　　B. 冷库　　C. 仓库　　D. 加工厂

22. 报检出口打火机、点火枪类商品时提供的证单包括(　　)。

A. 生产企业自我声明　　B. 生产企业登记证

C. 工商营业执照　　D. 型式试验报告

23. 凡列入商务部公布的《需经查验的出口纺织品目录》内的纺织品，检验检疫机构要进行(　　)的查验。

A. 品质　　B. 标签　　C. 挂牌　　D. 包装唛头

24. 对进出口化妆品下列表述正确的是(　　)。

A. 进口和出口化妆品的标签都要求进行审核，由国家质检总局颁发《进出口化妆品标签审核证书》

B. 出口化妆品由产地检验检疫机构实施检验，出境口岸检验检疫机构查验放行

C. 进口化妆品由进境口岸检验检疫机构实施检验

D. 进出口化妆品经检验合格的，由检验检疫机构出具合格证单，必须在检验检疫机构监督下加贴检验检疫标志

25. 安徽合肥某公司第一次出口花露水，拟从宁波港启运，下列描述正确的是（ ）。

A. 报检时应提交《化妆品标签审核申请书》以及相关资料申请标签审核

B. 申请化妆品标签审核时，应提供产品配方

C. 其产品经检验检疫合格后，必须加贴检验检疫标志

D. 该公司应在安徽检验检疫局取得通关单后，到宁波海关办理通关手续

26. 下列对出口小家电的表述正确的是（ ）。

A. 检验检疫机构对出口小家电产品的生产企业实行登记制度

B. 小家电产品出口须取得型式试验报告，首次登记的企业，由当地的检验检疫机构派员从生产批中随机抽取并封存样品，由企业送至国家质检总局指定的试验室进行型式试验

C. 小家电产品出口，凡型式试验不合格的产品，可以出口

D. 合格产品的型式试验报告有效期为1年

27. 下列对出口化妆品的表述正确的是（ ）。

A. 出口化妆品必须经过标签审核，取得《进出口化妆品标签审核证书》方可报检

B. 检验检疫机构对出口化妆品实施检验的项目有标签、数量、重量、规格、包装、标记以及品质卫生等

C. 出口化妆品，其中安全卫生指标不合格的，应在检验检疫机构监督下进行销毁或退货

D. 出口化妆品，其中安全卫生指标不合格的，应在检验检疫机构监督下进行技术处理，重新检验合格后方可出口

28. 下列对出口烟花爆竹的表述正确的是（ ）。

A. 检验检疫机构对出口烟花爆竹的企业实施登记管理制度

B. 对长期出口的烟花爆竹产品每年应进行不少于一次的烟火药剂安全稳定性能的检验

C. 经考核合格的企业，方可从事烟花爆竹的出口

D. 凡经检验合格的出口烟花爆竹，由检验检疫机构在其运输包装明显部位加贴验讫标志

三、判断题

29. 产品的生产者、销售者和进口商都可以作为申请人，向指定认证机构提出强制性产品认证申请。（ ）

30. 凡经检验合格的出口烟花爆竹，由检验检疫机构在其运输包装明显部位加贴验讫标志。（ ）

31. 出口电池在报检时必须提供《进出口电池产品备案书》。（ ）

32. 经检验检疫合格的出境货物，应在《出境货物通关单》规定的期限内报运出口，超过期限的，应重新报检。（ ）

33. 出口危险货物的经营单位向检验检疫机构申请出口危险货物运输包装容器的使用鉴定时,必须提供《性能检验结果单》。( )

34. 检验检疫机构对获得《出口玩具质量许可证》企业出口的玩具实行抽查检验。( )

35. 检验检疫机构受理备案申请后,经审核,对不含汞的电池产品,可直接签发《进出口电池产品备案书》;对含汞的及必须通过检测才能确定其是否含汞的电池产品,须进行汞含量专项检测。( )

36. 我国政府对国外援助物资可不经检验检疫机构实施检验,直接启运出境。( )

37. 港务部门凭检验检疫机构出具的《出境危险货物运输包装使用鉴定结果单》安排出口危险货物的装运,并严格检查包装是否与检验结果单相符。( )

38. 列入《法检目录》的含汞电池产品需实施汞含量和其他项目的检验。( )

39. 一切出口食品及用于食品的添加剂等都属于报检范围(包括各种供人食用、饮用的成品和原料,以及按照传统习惯加入药物的食品)。( )

40. 同一批号,分批出口的危险货物包装容器在使用结果单有效期内,可凭该结果单在出口所在地检验检疫机构办理分证手续。( )

41. 援助物资中的生产物资应经检验检疫机构产地检验、口岸查验合格后出境,而生活物资部分不适用此规定。( )

42. 检验检疫机构对生产出境动物产品的企业(包括加工厂、屠宰厂、冷库、仓库)实施卫生注册登记制度,货主或其代理人向检验检疫机构报检的出境动物产品,必须产自经注册登记的生产企业的产品并存放于注册登记的冷库或仓库。( )

43. 凡列入商务部公布的需经查验的出口纺织品目录内的纺织品,检验检疫机构要进行标签、吊牌和包装产地标识的查验。( )

44. 出口纺织品的报检,报检时间与报检纺织品的品质检验的时间相同。( )

45. 援外物资未经检验检疫机构产地检验、口岸查验合格的,不准启运出境。( )

46. 出口打火机、点火枪类商品的报检,还必须提供商品生产企业的自我声明和商品的型式试验报告。( )

33.3 出入境动植物检疫练习题

一、单选题

1. 邮寄物入境后,邮政部门应向检验检疫机构提供入境邮寄物清单,由检验检疫人员实施现场检疫。现场检疫时,对需拆验的邮寄物,由检验检疫人员和( )双方共同拆包。

A. 海关工作人员　　B. 公安部门工作人员

C. 邮政部门工作人员　　D. 收件人

2. 装运经国家批准进口的废物原料的集装箱，应由(　　)实施检验检疫。

A. 目的地检验检疫机构　　B. 进境口岸检验检疫机构

C. 指运地检验检疫机构　　D. 合同指定的检验检疫机构

3. 装运经国家批准进口的废物原料的集装箱，由入境口岸检验检疫机构实施检验检疫，经检验检疫符合国家环保标准的，签发(　　)，不符合环保标准的，出具(　　)并移交当地海关、环保部门处理。

A. 环保安全证书；检验检疫情况通知单

B. 集装箱检验检疫结果单；熏蒸/消毒证书

C. 检验检疫情况通知单；环保安全证书

D. 检验检疫情况通知单；熏蒸/消毒证书

4. 装载非法定检验检疫商品的入境集装箱，检验检疫机构受理报检并实施检验检疫后，对不需要实施卫生除害处理的，出具(　　)。

A.《集装箱检验检疫结果单》　　B.《熏蒸/消毒证书》

C.《检验检疫处理通知书》　　D.《出入境货物报检单》

5. 需隔离检疫的出境动物，应在出境前(　　)预报，隔离前(　　)报检。

A. 60天；10天　　B. 60天；7天　　C. 30天；10天　　D. 30天；7天

6. 在出境口岸装载拼装货物的集装箱，必须向(　　)报检。

A. 出境口岸检验检疫机构　　B. 所在地检验检疫机构

C. 目的地检验检疫机构　　D. 启运地检验检疫机构

7. 出境集装箱检验检疫有效期为(　　)，超过有效期限的出境集装箱需要重新检验检疫。

A. 7天　　B. 10天　　C. 15天　　D. 21天

8. 有一艘需要修理的驳船从韩国启运，运往我国进行修理，从上海吴淞口岸进口，运往无锡船厂进行修理，应由(　　)实施检疫。

A. 上海直属检验检疫局　　B. 无锡检验检疫局

C. 韩国启运港口的检验检疫机构　　D. 吴淞口岸检验检疫机构

9. 装载出境动物的运输工具，装载前应在口岸检验检疫机构监督下进行(　　)。

A. 清洗处理　　B. 消毒处理　　C. 灭害处理　　D. 以上都对

10. 来自动植物疫区的船舶、飞机、火车，无论是否装载动植物、动植物产品和其他检疫物，在(　　)均应实施动植物检疫。

A. 入境口岸　　B. 装运港口岸

C. 启运地口岸　　D. 以上答案都不对

11. 对来自动植物疫区的运输工具进行检疫时，发现运输工具中装有我国规定禁止或限制进境的物品,出入境检验检疫机构施加标识予以(　　)。

A.退回　　B.熏蒸、消毒

C.封存　　D.补办检疫审批手续

12.出境观赏动物,应在出境前(　　)报检。

A.60天　　B.45天　　C.30天　　D.15天

13.旅客携带伴侣犬、猫进境,每人限(　　)。

A.1只　　B.2只　　C.各1只　　D.各2只

14.引进单位、个人或其代理人应在植物繁殖材料进境前(　　)日持必要的证单向指定的检验检疫机构报检。

A.15　　B.5　　C.7　　D.10

15.进境动物及其产品的审核机构为(　　)。

A.国家质检总局　　B.进境口岸直属检验检疫局

C.加工地直属检验检疫局　　D.使用地直属检验检疫局

16.进境动物产品检疫审批的有效期为(　　)。

A.1个月　　B.3个月　　C.半年　　D.1年

17.旅客携带伴侣犬、猫进境,须持有输出国(或地区)官方兽医检疫机关出具的检疫证书和(　　)。

A.动物注册证明　　B.宠物注册证明

C.宠物健康证书　　D.狂犬病免疫证书

二、多选题

18.我国A公司打算从泰国进口一批香蕉,从深圳入境,已经办理了进境水果检疫审批手续,下列哪些情况,应重新办理审批手续。(　　)

A.A公司不进口香蕉,改为进口芒果的

B.A公司原打算进口50吨香蕉,后改为进口60吨香蕉的

C.A公司原打算进口50吨香蕉,后改为进口40吨香蕉的

D.改从湛江进口的

19.来自疫区的入境运输工具经检疫合格或经除害处理合格的,由口岸检验检疫机构根据不同情况,分别签发(　　)方能准予入境。

A.《运输工具检疫证书》　　B.《运输工具检疫处理证书》

C.《检验检疫处理通知书》　　D.《交通工具卫生证书》

20.装载过境动物的运输工具到达口岸时,口岸检验检疫机构对(　　)进行消毒。

A.装载的动物　　B.装载容器外表　　C.运送人员　　D.运输工具

21.对进境动物和动物产品下列表述正确的是(　　)。

A.所有进境动物及其产品的审核机构均是国家质检总局

B.进境动物和动物产品的一般检疫审批的手续应在贸易合同或协议签订前

办妥

C. 进境活动物和动物产品检疫审批的有效期为3个月，办理审批后，需更改进境国家和地区、时间、动物或动物产品的种类、数量的，需重新办理审批手续

D. 进境活动物和动物产品检疫审批批准后，输出国发生重大疫情时，如果国家有关部门发布禁止或限制公告，原审批自动失效

22. 某公司向日本出口一批观赏鱼，报检时应提供的单据包括(　　)。

A. 养殖场供货证明　　B. 出境货物报检单

C. 养殖场或中转包装场注册登记证　　D. 合同、发票

23. 下列需进行出境植物及其产品报检的有(　　)。

A. 出口到日本的30吨菠菜

B. 参加法国农业博览会的100克优良大豆样品

C. 通过快递方式向日本出口的15克种子

D. 供应香港的10吨蔬菜

24. 对出境检验检疫下列的表述正确的是(　　)。

A. 出口货物未经检验合格的，不准出口

B. 输出动植物、动植物产品和其他检疫物，经检疫合格或者经除害处理合格的，准予出境；检疫不合格又无有效方法作除害处理的，不准出境

C. 出境的人员、交通工具、运输设备以及可能传播检疫传染病的行李、货物、邮包等物品，都应接受检疫，经检验检疫机构许可方准出境

D. 出口货物未经检验合格的，也可以出口

25. 对出境动物下列的表述正确的是(　　)。

A. 需隔离检疫的出境动物，应在出境前60天预报，隔离前7天报检

B. 出境观赏动物，应在动物出境前30天持贸易合同或展出合约、产地检疫证书、国家濒危物种进出口管理办公室出具的许可证、信用证到出境口岸检验检疫机构报检

C. 输出观赏鱼类，须有养殖场供货证明、养殖场或中转包装场注册登记证和委托书

D. 需隔离检疫的出境动物，应在出境前30天预报，隔离前7天报检

26.《中华人民共和国进出境动植物检疫法》规定的“动物产品”包括(　　)等。

A. 脏器　　B. 皮革　　C. 奶制品　　D. 骨、蹄、角

27. 出境邮寄物有下列情况之一的，寄件人须向检验检疫机构报检，由检验检疫机构实施现场和试验室检疫。(　　)

A. 进口国有检疫要求的

B. 出境邮寄物中有微生物、人体组织、生物制品的

C. 出境邮寄物中有血液及其制品等特殊物品的

D. 寄件人有检疫要求的

28. 入境邮寄物有下列情况之一的，检验检疫机构将作退回或销毁处理。(　　)

A. 带有规定禁止邮寄进境的

B. 证单不全的

C. 在限期内未办理检疫审批或报检手续的

D. 经检疫不合格又无有效处理方法的

三、判断题

29. 进境供拆解用的废旧船舶，由口岸出入境检验检疫机构实施动植物检疫。(　　)

30. 对装运出口易腐烂变质食品的船舱和集装箱，承运人或装箱单位必须在装货前申请检验。(　　)

31. 法律、行政法规、国际条约规定或者贸易合同约定的其他应实施检验检疫的集装箱，按照有关规定、约定实施检验检疫。(　　)

32. 超过检疫许可证有效期的，报检时可向口岸检验检疫机构提出延期申请，批准后方可报检。(　　)

33. 入境车辆来自动植物疫区的，在入境口岸由检验检疫机构作防疫消毒处理。(　　)

34. 装载植物、动植物产品和其他检疫物的运输工具过境时，口岸检验检疫机构检查运输工具和包装容器外表，符合国家检疫要求的准予过境，出境口岸对过境货物及运输工具不再检疫。(　　)

35. 船舶出境的卫生检疫，必须在最后离开的出境港口接受检疫。(　　)

36. 对入境货运汽车，必须申报实施卫生检查、采样检验或必要的卫生处理，检疫完毕后签发《运输工具检疫证书》。(　　)

37. 入境交通运输工具，检疫时发现有危险性病虫害的，不准带离运输工具，作除害、封存或销毁处理，并对卸离运输工具的非动植物性物品或货物作外包装消毒处理，对可能被动植物病虫害污染的部位和场地作消毒除害处理。(　　)

38. 装载入境动物的运输工具，无论是否来自动植物疫区，在入境口岸均应实施动植物检疫。(　　)

39. 装载出境动物的运输工具，须在口岸检验检疫机构监督下进行消毒处理合格后，由口岸检验检疫机构签发《运输工具检疫处理证书》，准予装运。(　　)

40. 输出试验动物应有农牧部门品种审批单。(　　)

41. 装载动物的运输工具抵达口岸时，未经口岸检验检疫机构防疫消毒和许可，任何人不得上下运输工具。(　　)

42. 输出动植物产品经检疫不合格的，不准出境。(　　)

43. 输出非供屠宰用的畜禽，应有国家濒危物种进出口管理办公室出具的许可证。(　　)

44. 输往欧盟、美国、加拿大等国家或地区的出境盆景，应提供国家濒危物种进出口管理办公室或其授权的办事机构签发的允许出境证明文件。(　　)

45. 如果出境动物产品来源于国内某种属于国家级保护或濒危物种的动物、濒危野生动植物种国际贸易公约中的中国物种的动物，报检时必须递交国家濒危物种进出口管理办公室出具的允许出口证明书。(　　)

46. 出入境旅客携带物的检验检疫，以现场检疫为主，其他检疫手段为辅。(　　)

47. 对旅客携带用于人体的特殊物品入境的，必须事先申请办理检疫审批，但携带出境的不需办理。(　　)

48. 因科学研究等特殊需要携带禁止携带进境物，必须提前向国家质检总局或相关行政主管部门申请办理检疫特许审批。(　　)

49. 进境邮寄物，带有规定禁止邮寄进境的、证单不全的、在限期内未办理检疫审批或报检手续的、经检疫不合格又无有效处理方法的，将作退回或销毁处理。(　　)

50. 旅客携带植物种子、种苗及其他繁殖材料进境，因特殊情况无法事先办理审批手续的，应按照有关规定申请补办检疫审批手续。(　　)

33.4　出入境人员的卫生检疫练习题

一、单选题

1. 中国籍出境人员重点检测(　　)和监测传染病。

A. 遗传传染病　　B. 检疫传染病　　C. 家庭传染病　　D. 近亲传染病

2. (　　)是签发给患有不宜进行预防接种的严重疾病的旅行者的一种证书。

A. 预防接种禁忌证明　　B. 预防接种证书

C. 健康证书　　D. 体检证明

3. 出境人员体检合格者，发给(　　)。

A. 预防接种禁忌证明　　B. 预防接种证书

C. 国际旅行健康检查证明书　　D. 体检证明

4. 出境(　　)以上的中国公民应出示《国际旅行健康证书》

A. 半年　　B. 1 年　　C. 1 个月　　D. 3 个月

二、多选题

5. 出入境人员健康申请对象包括(　　)。

A. 申请出国或出境 1 年以上的中国籍公民

B. 在境外居住 3 个月以上的中国籍回国人员

C. 来华工作或居留半年以上的外籍人员

D. 国际交通工具上的中国籍员工

6. 来华外籍人员重点检查项目有(　　)。

A. 霍乱　B. 麻风病　C. 肺炎　D. 精神病

7. 申请国际预防接种的项目,包含(　　)。

A. WHO 和《国际卫生条例》有关规定要求的预防接种项目

B. 推荐接种项目

C. 申请人自愿要求的接种项目

D. 口蹄疫的接种项目

8. 入境旅客健康申报时,旅客应填写《入境检疫申明卡》,申报的内容有(　　)。

A. 精神病、艾滋病(含病毒感染者)、性病

B. 发烧、咳嗽、腹泻等症状

C. 随身携带的生物制品、血液制品等特殊物品

D. 性病、肺结核等疾病

9. 中国籍出境人员重点检查(　　),还应根据去往国家疾病控制要求着重检查有关项目,增加必要的检查项目。

A. 检疫传染病　B. 监测传染病　C. 感冒　D. 心脏病理

10. 入境人员检疫是通过检疫查验发现(　　)给予隔离、留验、就地诊验和必要的卫生处理,从而达到控制传染病源,切断传播途径,防止传染病传入或传出的目的。

A. 染疫人　B. 染疫嫌疑人　C. 危险性病原　D. 传染病

11. 回国人员的健康检查除按照国际旅行人员健康检查记录表中的各项内容检查外,重点应进行(　　)的监测。

A. 艾滋病抗体　B. 梅毒等性病　C. 皮肤病　D. 鼠疫

12. 对来华外籍人员实施健康检查,重点检查项目是(　　)。

A. 检疫传染病　B. 检测传染病　C. 艾滋病、性病　D. 禽流感

33.5　电子检验检疫练习题

一、单选题

1. 出境货物受理电子报检后,报检人应按受理报检信息的要求,在(　　)随附单据。

A. 实施检验检疫前　B. 实施检验检疫时

C. 通关放行时　D. 通关放行后

2. 电子报检是指实现(　　)出入境检验检疫报检的行为。

A. 远程办理　B. 电子办理　C. 网络办理　D. 计算机办理

二、多选题

3. 下列属于申请电子报检的报检企业应具备的条件的有(　　)。

A. 遵守报检的有关管理规定

B. 已在检验检疫机构办理报检人登记备案或注册登记手续

C. 具备开展电子报检的软硬件条件和经检验检疫机构培训考核合格的报检员

D. 在国家质检总局指定的机构办理电子业务开户手续

4. 实施电子转单后，对报检工作的变化叙述正确的有（　　）。

A. 报检人不再领取《出境货物换证凭单》，而是《转单凭条》

B. 报检人不再领取《转单凭条》，而是《出境货物换证凭单》

C. 报检人凭报检单号和密码即可在出境口岸检验检疫机构申请《出境货物通关单》

D. 报检人凭报检单号、转单号和密码即可在出境口岸检验检疫机构申请《出境货物通关单》

5. 实施电子转单后，依据《口岸查验管理规定》相关规定，检验检疫机构（　　）。

A. 不再实行查验　　B. 实行批批查验

C. 对活动物实行批批查验　　D. 对一般货物实行抽查

6. 较之传统的由客户凭《出境货物换证凭单》到报关地检验检疫机构换发《出境货物通关单》的方式，电子转单具有（　　）的功能。

A. 简化操作程序　B. 数据信息共享　C. 提高通关速度　D. 降低外贸成本

三、判断题

7. 电子报检是指报检人使用电子报检软件通过检验检疫电子业务服务平台将报检数据以电子方式传输给检验检疫机构，经检验检疫业务管理系统和检务人员处理后，将受理报检信息反馈报检人，实现远程办理出入境检验检疫报检的行为。（　　）

8. 电子报检，对报检数据的审核是采取“先机审，后人审”的程序进行。（　　）

9. 入境货物受理电子报检后，报检人应按受理报检信息的要求，在领取《入境货物通关单》时，提交报检单和随附单据。（　　）

10. 入境电子转单，入境检验检疫关系人应凭报检单号、转单号及密码等，向目的地检验检疫机构申请实施检验检疫。（　　）

11. 出境货物在产地预检的，出境货物出境口岸不明确的，出境货物需到口岸并批的，出境货物按规定须在口岸检验检疫并出证的和其他按有关规定不适用电子转单的暂不实施电子转单。（　　）

12. 电子通关方式不仅加快了通关速度，还有效控制了报检数据与报关数据不符问题的发生，同时能有效遏制不法分子伪造、变造通关证单的不法行为。（　　）

13. 采用网络信息技术，将检验检疫机构签发的出入境通关单的电子数据传输到海关计算机业务系统，海关将报检报关数据比对确认相符合，予以放行，这种通关形式叫电子通关。（　　）

14. 在目前阶段，国家质检总局和海关总署开发采用的“电子通关单联网核查系统”尚须同时校验纸质的通关单据。（　　）

15. 电子报检人可以使用任一电子报检软件进行电子报检。(　　)

16. 电子报检人对已发送的报检申请须更改或撤销报检时,应发送更改或撤销报检申请。(　　)

34

综合练习题

得分	阅卷人

一、单选题(每题 1 分,共 25 分)

1. 国家出入境检验检疫局(三检合一)于(　　)年成立。

A. 1998　　B. 2000　　C. 2001　　D. 1999

2. 用船舶和集装箱装运粮油食品、冷冻品等易腐食品出口的,应向(　　)申请检验船舱和集装箱,经检验符合装运技术条件并发给证书后,方准装运。

A. 口岸检验检疫机构　　B. 运输口岸机构

C. 海关　　D. 口岸卫生局

3. 对国家允许作为原料进口的废物,实施(　　)检验制度,防止境外有害废物向我国转运。

A. 装运前　　B. 装运后　　C. 报关时　　D. 加工时

4. 出境动物产品,应在出境前(　　)日报检,须作熏蒸、消毒处理的,应在出境前(　　)日报检。

A. 5;15　　B. 7;15　　C. 10;20　　D. 15;30

5. 危险货物的生产企业,必须向检验检疫机构申请包装容器的(　　)。

A. 性能检验　　B. 使用鉴定　　C. 性能鉴定　　D. 使用检验

6. 有一艘需要修理的驳船从韩国启运,运往我国进行修理,从上海吴淞口岸进口,运往无锡船厂进行修理,应由(　　)实施检疫。

A. 上海直属检验检疫局　　B. 无锡检验检疫局

C. 韩国启运港口的检验检疫机构　　D. 吴淞口岸检验检疫机构

7. 报检入境废物时,应提供(　　)签发的《进口废物批准证书》和(　　)认可的检疫机构签发的装运前检疫证书。

A. 国家环保总局;国家环保总局　　B. 国家质检总局;国家环保总局
C. 国家环保总局;国家质检总局　　D. 国家质检总局;国家质检总局

8. 新疆某外贸公司从韩国进口一批聚乙烯,拟从青岛口岸入境后转关至北京,最终运至陕西使用。该公司或其代理人应向(　　)的检验检疫机构申请领取《入境货物通关单》。

A. 青岛　　B. 北京　　C. 新疆　　D. 陕西

9. 太原某生产企业向法国出口一批瓶装醋,外包装为纸箱,出境口岸为上海。在办理本批货物检验检疫有关手续的过程中,按照取得证单的先后顺序,以下排序正确的是(　　)。

A. 出境货物通关单,品质证书,出境货物运输包装性能检验结果单
B. 品质证书,出境货物运输包装性能检验结果单,出境货物通关单
C. 出境货物运输包装性能检验结果单,品质证书,出境货物通关单
D. 出境货物换证凭单,出境货物运输包装性能检验结果单,出境货物通关单

10. 以下出口货物,其《出境货物通关单》有效期为 60 天的有(　　)。

A. 活鱼　　B. 巧克力饼干　　C. 绿豆　　D. 柳条筐

11. 已办理进境动物检疫审批手续的进口活牛,因故需变更输出国家和地区则(　　)。

A. 应重新申报
B. 有不同动植物相关疫情的,应重新申报
C. 无须重新申报
D. 不能再更改输入国家或地区

12. 我国对涉及人类健康和安全,动植物生命和健康以及环境保护和公共安全的产品实行强制性认证制度认证标志是(　　),其名称是(　　)。

A. CCIB;中国强制认证　　B. CCIB;中国安全认证
C. CCC;中国强制认证　　D. CCC;中国安全认证

13. 进口货物进境,进口商凭检验检疫机构签发的(　　)销售、使用。

A. 检验检疫不合格证明　　B. 入境货物检验检疫证明
C. 检验证书正本　　D.《入境货物通关单》

14. 口岸报关出境的货物,由产地检验检疫机构出具(　　),口岸检验检疫机构经验证或核查货证合格后,换发(　　)。

A. 出境货物通关单;出境货物换证凭单
B. 出境货物换证凭单;出境货物通关单
C. 品质证书;出境货物通关单
D. 品质证书;出境货物换证凭单

15. 出口商品质量许可证的范围不包括(　　)。

A. 机械　　B. 煤炭　　C. 纺织品　　D 烟花爆竹

16. 邮寄物入境后,邮政部门应向检验检疫机构提供进境邮寄物清单,由检验检

疫人员实施现场检疫。现场检疫时，对需拆验的邮寄物，由检验检疫人员和(　　)双方共同拆包。

A. 海关人员　B. 公安人员　C. 邮政人员　D. 收件人

17. (　　)主管出口危险货物包装容器质量许可证的审批工作。

A. 直属检验检疫机构　B. 地方检验检疫机构

C. 国家质检总局　D. 国家认证认可监督管理委员会

18. 报检人申请复验应在收到检验检疫机构结果之日起(　　)天内提出。

A. 10　B. 15　C. 20　D. 25

19. 下列不属于需要实施装运前检验的进口商品是(　　)。

A. 废物原料　B. 旧机电　C. 大型机器设备　D. 危险品

20. 检验检疫机构对出境货物的工作程序一般是(　　)。

A. 受理报检－签证放行－检验检疫－合格评定

B. 受理报检－检验检疫－合格评定－签证放行

C. 检验检疫－合格评定－受理报检－签证放行

D. 检验检疫－受理报检－签证放行－合格评定

21. 出口食品生产企业"卫生注册证书"的有效期是(　　)年，"卫生登记证书"的有效期是(　　)年。

A. 3;5　B. 3;3　C. 5;3　D. 5;5

22. 中国强制认证的管理工作由(　　)负责。

A. 国家认监委　B. 国家质检总局

C. 各地检验检疫机构　D. 国家食品药品监督管理局

23. 对于报关地与目的地不同的进境货物，应向报关地检验检疫机构申请办理(　　)，向目的地检验检疫机构申请办理(　　)。

A. 进境流向报检;异地施检报检　B. 进境一般报检;进境流向报检

C. 异地施检报检;进境流向报检　D. 进境一般报检;异地施检报检

24. 某公司出口一批速冻蔬菜(检验检疫类别是 P. R/Q. S)，对装载该批货物的集装箱不须实施(　　)。

A. 卫生检疫　B. 动植物检疫　C. 适载检验　D. 熏蒸处理

25.《预防接种禁忌证明》是签发给患有(　　)的旅行者的一种证书。

A. 慢性病　B. 严重疾病

C. 艾滋病　D. 不宜进行预防接种的严重疾病

得分	阅卷人

二、多选题(每题 2 分，共 30 分)

1. 出入境动植物检疫对(　　)具有十分重要的意义。

A. 保护农、林、牧、渔业生产安全　B. 促进对外经济贸易的发展

C. 防止检疫传染病的传播　D. 保护人体健康

2. 列入《中华人民共和国实施强制性产品认证的产品目录》内的商品必须(　　),方可进口。

A. 取得进口商品安全质量许可证　　B. 加施认证标记

C. 取得指定认证机构颁发的认证证书　　D. 经所在地检验检疫机构认证合格

3. 外商投资财产鉴定包括(　　)鉴定等。

A. 价值　　B. 损失　　C. 品种　　D. 质量、数量

4. 危险货物出口报检时,必须持有的证单是(　　)。

A. 性能检验结果单　B. 使用鉴定结果单　C. 发票　　D. 合同

5. 实施卫生注册登记制度的生产出境动物产品的企业包括(　　)。

A. 屠宰厂　　B. 冷库　　C. 仓库　　D. 加工厂

6. 报检人对检验检疫机构的检验结果有异议需复验的,可以向(　　)申请。

A. 原检验检疫机构　　B. 当地法院

C. 上级检验检疫机构　　D. 当地仲裁委员会

7. 进境动物中查出患有一类传染病、寄生虫病的,作(　　)处理。

A. 没收　　B. 销毁　　C. 退回　　D. 罚款

8. 河南某公司出口一批芦笋罐头,该公司在办理有关业务过程中,与检验检疫有关法律法规或规定不符的是(　　)。

由于合同规定该批货物应于5月1日前装运,公司备好货物已是4月25日,为不耽误船期,该公司直接将货物运至出口口岸青岛(A),并于4月28日(B)持合同、发票、装箱单、厂检单、包装性能检验结果单、卫生注册证书副本等单据(C)向青岛出入境检验检疫局办理有关报检手续(D)。

9. 出口(　　)必须在产地检验检疫机构办理报检手续。

A. 玩具　　B. 小家电　　C. 食品　　D. 化妆品

10. 根据《中华人民共和国食品卫生法》的有关规定,进口的(　　)必须经出入境检验检疫机构检验合格,方准进口。

A. 食品　　B. 食品包装材料

C. 食品添加剂　　D. 食品容器、食品用工具和设备。

11. 合肥某食品厂向美国出口一批果脯,合同中买方要求出具品质证书。货物从上海口岸出境。该食品厂向安徽检验检疫机构报检时应申请的证单有(　　)。

A.《出境货物通关单》　　B.《出境货物换证凭单》

C.《出口食品生产厂卫生注册证书》　　D.《品质证书》

12. 在办理进境检疫审批手续后,检疫许可证的内容发生以下变化,货主或其代理人须重新办理检疫审批手续的有(　　)。

A. 进口商品由盐渍羊皮改为牛皮　　B. 进境口岸由天津改为大连

C. 进口数量由1 000吨改为980吨　　D. 输出国家由美国改为加拿大

13.《出境货物报检单》中,合同号一栏可以填写(　　)的号码。

A. 销售合同　　B. 订单　　C. 形式发票　　D. 销售确认书

14. 根据《中华人民共和国国境卫生检疫法》及其实施细则有关规定，患有(　　)的外国人将被阻止入境。

A. 开放性肺结核病 B. 艾滋病和性病 C. 黄热病 D. 登革热

15. 对于报关地与目的地属不同检验检疫机构辖区的一般入境货物，以下描述正确的是(　　)。

A. 应在报关地检验检疫机构办理入境报检手续，在目的地检验检疫机构申请品质检验

B. 报关地检验检疫机构签发《入境货物调离通知单》供报检人在海关办理通关手续

C. 在报关地卸货时发现包装破损的，应向目的地检验检疫机构申请检验出证

D. 货主或其代理人可凭报关地检验检疫机构签发的《入境货物调离通知单》向目的地检验检疫机构申请检验

得分	阅卷人

三、判断题(每题1分，共25分)

1. 所谓"法定检验检疫"，又称强制性检验检疫。(　　)

2. 出入境检验检疫作为政府的一个行政部门，以保护国家整体利益和社会效益为衡量标准，以法律、行政法规、国际惯例或进口国法规要求为准则，对出入境货物、交通运输工具、人员及其事项等进行检验检疫、管理及认证，并提供官方检验检疫证明、居间检验检疫公证和鉴定证明的全部活动。(　　)

3. 中国强制认证证书没有固定的有效期，其有效性依据发证机构的定期监督获得保持。(　　)

4. 规定进口商品应检验未检验的，不准销售，可以使用。(　　)

5. 中国检验检疫机构对进出口商品实施检验、提供的各种检验鉴定证明，就是为对外贸易有关方履行贸易、运输、保险契约和处理索赔争议，提供具有公正权威的必要证件。(　　)

6. 海南某公司打算从荷兰进口郁金香种子，合同顺利签订后，该公司即着手到检验检疫机构办理了检疫审批手续。(　　)

7. 对列入《实施检验检疫的进出境商品目录》和其他法律、法规规定必须经检验检疫机构检验的出口商品的运输包装，进行使用鉴定，未经检验或检验不合格的，不准用于盛装出口商品。(　　)

8. 对于已签发检验检疫单证的出境货物，改换包装或重新拼装后不必重新报检。(　　)

9. 进境供拆解用的废旧船舶，由目的地出入境检验检疫机构实施动植物检疫。(　　)

10. 装载植物、动植物产品和其他检疫物的运输工具过境时，口岸检验检疫机构

检查运输工具和包装容器外表,符合国家检疫要求的准予过境,出境口岸对过境货物及运输工具不再检疫。( )

11. 装载动物的运输工具抵达口岸时,未经口岸检验检疫机构防疫消毒和许可,任何人不得上下运输工具。( )

12. 列入《出入境检验检疫机构实施检验检疫的进出境商品目录》的进出口商品,都须凭检验检疫机构签发的通关单办理通关手续。( )

13. 货物出口报检时,《出境货物报检单》上的数/重量应为合同所列的数/重量。( )

14. 对出入境的旅客、员工个人携带的行李和物品,不实施卫生处理。( )

15. 法定检验范围以外的出入境货物,商检机构对其实施抽查检验。( )

16.《出境货物通关单》和《入境货物通关单》都由口岸检验检疫机构签发。( )

17. 过境动植物及其产品报检时,应持货运单和输出国家或地区官方出具的检疫证书;运输动物过境时,还应提交国家质检总局签发的动植物过境许可证。( )

18. 享有外交、领事特权与豁免的外国机构和人员公用或者自用的动植物产品和其他检疫物进境,口岸出入境检验检疫机关不予实施动植物检疫。( )

19. 输出动物,出境前须经隔离检疫的,在口岸出入境检验检疫机构指定的隔离场所隔离检疫。( )

20. 自2000年1月1日起建立新的检验检疫货物通关制度,进境货物实施“报检后先检验检疫,后通关放行”的通关模式。( )

21. 商品获“CCC”认证证书后,生产企业便可在商品上加贴或印刷“CCC”标志。( )

22. 检验检疫证书须经公证机构公证,方可作为仲裁或诉讼时有效的证明文件。( )

23. 货物出口报检时,《出境货物报检单》上的报检日期,应由检验检疫机构受理报检的工作人员来填写。( )

24. 检验检疫机构对出口危险货物包装容器实行质量许可证制度,生产企业没有获得出口危险货物包装容器质量许可证前,也可生产,只是该容器不能报检。( )

25.《运输包装性能检验结果单》可以核销出口数量,多次使用,直至证中所列的出口数量全部核销完毕或证单超过有效期,证单才失效。( )

得分	阅卷人

四、报检单填制(每空1分,共20分)

根据所给单据,填制入境货物报检单。

中华人民共和国出入境检验检疫
入境货物报检单

报检单位（加盖公章）：　　　　　　　　　　　　　　＊编号：

报检单位登记号：　　　　　联系人：　　　　电话：　　　　报检日期：　　年　月　日

收货人	（中文）	
	（外文）	1
发货人	（中文）	
	（外文）	2

货物名称（中/外文）	H.S 编码	产地	数/重量	货物总值	包装种类及数量
3		4	5	6	7

运输工具名称号码		8		合同号	9
贸易方式		贸易国别（地区）	10	提单/运单号	11
到货日期		启运国家（地区）	12	许可证/审批号	
卸毕日期		启运口岸	13	入境口岸	14
索赔有效期至		经停口岸	15	目的地	17
集装箱规格、数量及号码	16				
合同、信用证订立的检验检疫条款或特殊要求				货物存放地点	18
				用　途	

19 随附单据（划“✓”或补填）		标记及号码	＊外商投资财产（划“✓”）	□是□否
□合同	□到货通知	20	＊检验检疫费	
□发票	□装箱单			
□提/运单	□质保书		总金额（人民币元）	
□兽医卫生证书	□理货清单			
□植物检疫证书	□磅码单			
□动物检疫证书	□验收报告		计费人	
□卫生证书	□			
□原产地证	□		收费人	
□许可/审批文件	□			

报检人郑重声明：	领取证单	
1. 本人被授权报检。 2. 上列填写内容正确属实，货物无伪造或冒用他人的厂名、标志、认证标志，并承担货物质量责任。 签名：____________	日期	
	签名	

注：有“＊”号栏由出入境检验检疫机关填写。　　　　◆国家出入境检验检疫局制

［1－2（2000.1.1）］

BILL OF LADING

CONSIGNOR: PB I/E CORPORTATION BUSAN KOREA		OUR BOOK NO.: 24JFK5466J	B/L NO.: ZT780321
CONSIGNEE: HENAN GH IMP/EIP CO., LTD. No. 34 GUANGZHDU ROAD, ZHEHGZHDU, CHINA		REMARKS:	
NOTIFY PARTY: DALIAN DAXING COMMERCIAL & TRADE CO., LTD. No. 176 ZHONGSHAN ROAD, DALIAN, CHINA			
PORT OF LOADING: SYDNEY	VESSEL: START RIVER	VOYAGE NO. 847E	FLAG: GERMANY
PORT OF DISCHARGE: DALIAN CHINA VIA INCHON		PLACE OF DELIVERY:	

MARK	NO. OF PKGS	DESCRIPTION	GROSS WEIGHT	MEASUREMENT
GH BM	20PLASTIC PALLETS	SHEEP SKIN(AUSTRALLA ORIGIN) 2000PIECES PACKING:IN PLASTIC PALLETS CONTRACT No.:GH-002	18,000 KGS	17,600 CBM
1×20'CONTAINER No. MBLU4459040/771126				

DATE: Jun. 23, 2004 LUCKY FERRY CO., LTD.

BY ____________________ BY ____________________

参考文献

[1]国家质检总局报检员资格考试委员会.报检员资格全国统一考试教材[M].北京:中国标准出版社,2009.

[2]兰影.出入境检验检疫报检员培训教材[M].北京:中国法制出版社,2005.

[3]中国出入境检验检疫协会.报检员资格全国统一考试辅导[M].北京:中国计量出版社,2009.

[4]国家质检总局门户网站.www.aqsiq.gov.cn

[5]中华人民共和国商务部网站.www.mofcom.gov.cn